M.F.Hakket

BÖSES WESEN GIER

Zum Buch:

Was würdest du tun, wenn du dich aufmachen würdest, das Licht in der Dunkelheit zu suchen und feststellen würdest, dass du dieses Licht bist?
Kati Sandfels ist zehn Jahre alt, als ein gewaltiges, hypermodernes Kasino in ihrer Stadt errichtet wird. Die Bürger sind nach anfänglicher Skepsis begeistert. Niemand kommt auf die Idee, Parallelen zu dem alten Herrenhaus zu ziehen, das genau an dem Platz, an dem das Kasino nun steht und durch ein merkwürdiges Unglück vernichtet wurde.
Nach und nach verändern sich die Bürger – und vor allem die Kinder des Ortes leiden darunter. Kati macht sich mit ihrer Freundin auf den Weg, um einem vermeintlichen Geheimnis auf die Spur zu kommen.
Was sie entdecken, ist furchtbar …
BÖSES WESEN GIER ist nur vordergründig ein Mysterythriller. Das Buch legt den Finger in die Wunde unserer Gesellschaft, die nach immer mehr und mehr strebt und dabei vollkomme aus dem Blick verliert, was im Leben wahrlich wichtig ist.

Zum Autor:

M.F.Hakket wurde Anfang der 70er in Berlin geboren und lebt in Norddeutschland.
Seine Geschichten sind meist gesellschaftskritischer Art – wobei sie Elemente des Horrors und der Fantasy nutzen, um diese Kritik greifbar zu machen.

Der wahre Horror hat wenig mit Geistern oder gruseligen Erscheinungen zu tun, sondern stammt aus unseren eigenen Herzen. Die Konfrontation mit uns selbst ist viel gtrausamer.

M.F.Hakket

BÖSES WESEN GIER

BW

BÖSES WESEN GIER
1. Auflage

BLUTWUT-Verlag, Schillerstraße 36, 71560 Sulzbach

Korrektorat: Silvia Vogt
Zeichnung: Markus Müller / www.markusmueller.wix.com/5mkunst
Umschlaggestaltung und Konzeption: M.F.Hakket
Druck: PRINT GROUP Sp. z o.o. ul. Księcia Witolda 7 71-063 Szczecin (Polen)

ISBN 978-3-96443-328-2

E-Mail: info@blutwut.de
Facebook: https://www.facebook.com/Blutwut/

www.blutwut.de

Eine Ahnung von etwas Schlimmen zu haben, ist furchtbar, aber es ist doch nur ein Gefühl und nicht die Realität. Es existiert immer noch ein Funke, der sich aufbäumt und seine Stimme dagegenhält.

Im Glauben ist Hoffnung - man rechnet damit, dass die eigenen Gedanken zu abwegig sind und dass man absichtlich übertreibt, um von der Realität nicht vollkommen erschlagen zu werden. Doch leider ist sie nicht selten schlimmer als alles, was der eigenen Vorstellung entspringen kann.

Der Gedanke an das, was sein könnte, ist nur eine Ahnung von dem, was wirklich ist.

Der schwarze Mann entsteht nicht, weil man ihn sich vorstellt.

Er existiert und wartet nur darauf, dass man sich seiner bewusst wird.

Behauptet er.

Ich muss mein Schicksal tragen, so gut es geht,
im Wissen,
dass der Kraft der Notwendigkeit nichts widerstehen kann.

- *Aischylos*

Prolog

Die Klimaanlage summte auf Hochtouren, trotzdem glänzten Schweißperlen auf der hohen Stirn von Bürgermeister Eberhard Willerbach. Mit einer fahrigen Bewegung wischte er sie fort, bei diesen sommerlichen Temperaturen schwitzte er immer extrem und bekam schlecht Luft.

Er klappte den Laptop zu und schob ihn von sich.

Ihm war klar, dass er etwas mehr für seine Gesundheit tun sollte, mehr Sport, weniger fettes Essen und Alkohol. Weniger Stress. Vor allem weniger Stress. Aber Politik war sein Leben, seine Frau früh verstorben, die Kinder außer Haus – es war bis auf seinen Arzt niemand mehr da, der ihm ins Gewissen reden konnte. Doch Ärzten konnte man nicht trauen. Die wollten nur Geld.

Er goss sich, statt der dritten oder vierten Tasse Kaffee, ein Glas Mineralwasser ein und blickte aus dem Fenster.

Bald würde im Flecken Coppenbroich, *seiner* Gemeinde, wieder gewählt werden, und seine Umfrageergebnisse waren nicht besonders gut. Nein, das stimmte nicht, sie waren miserabel.

Knarzend protestierte der Stuhl, als er sich zurücklehnte und wiederholt darüber nachdachte, was er in seiner Amtszeit eigentlich so furchtbar verkehrt gemacht hatte.

Ihm fiel nichts ein. Im Grunde hatte er den Istzustand nur verwaltet, niemandem ging es schlechter als vorher, und dass er keine Arbeitsplätze aus dem Hut zaubern konnte, war nicht ihm anzulasten. Kleine, dörfliche Gemeinden waren für große Investoren einfach nicht interessant.

Willerbach nahm einen Schluck Wasser und rülpste verhalten.

Die Wähler waren schwierige Subjekte. Sie wünschten sich große, politische Veränderungen, die alles besser machen sollten. Besser bedeutete in der Regel: mehr Geld in der Brieftasche. Sie waren aber nicht in der Lage zu erklären, wie das denn nun genau zu bewerkstelligen sei, denn meist lehnten sie alles ab, was die ausgetretenen Pfade versuchte zu verlassen. Sie wollten lieber beim Bewährten bleiben. Aber besser sollte es halt sein.

Willerbach war den Gang des geringsten Widerstandes gegangen und beließ es, wie es war. Das war eigentlich der einzige Vorwurf, dem man ihm hätte machen können.

Doch nun sollte alles anders werden. Der Grundstein, den er für seine Wiederwahl brauchte, war gelegt worden.

Wenn er ganz ehrlich zu sich war, wusste er nicht, ob das, was er getan hatte, richtig oder vielleicht doch falsch gewesen war. Er schüttelte den Kopf, wischte den Gedanken fort wie vorhin den Schweiß. Keine Zweifel haben. Ein Politiker, der an seinen Entscheidungen zweifelte, war ein Idiot.

Sollte alles so laufen, wie er es sich gedacht hatte, würde ihm niemand auf dieser Welt vorwerfen, dass er sprichwörtlich seine Seele dafür verkauft hatte. Es hätte eh niemanden interessiert, weil alle nur an sich selbst dachten. War das ein Vorwurf? Nicht doch, er verfuhr schließlich selbst so.

Und sollte es wider Erwarten anders ausgehen ... dann

würde das ohnehin keine Rolle mehr spielen.

Ihm wurde schwindelig, eine Schweißperle rann an seiner Schläfe hinab. Verdammte Hitze.

War er wach oder torkelte er durch einen Albtraum?

Willerbach nahm sein Handy in die Hand und begutachtete das Display. Irgendjemanden wollte er anrufen ... oder war er gerade angerufen worden? Sein Gesicht spiegelte sich dunkel in dem kleinen Bildschirm.

Bin ich ein Idiot?, fragte er sich und legte das Gerät auf den Tisch zurück, blickte zur weißen Decke hinauf.

Ihm war übel.

1

»Was sollen wir denn mit einem Casino?«

Thomas Sandfels schüttelte den Kopf, als er den großen, reißerisch aufgemachten Artikel in der Zeitung las. Im Hintergrund gluckerte die Kaffeemaschine und verströmte angenehmen Duft.

»Ein Casino?«, fragte Ingrid, seine hochgewachsene, blonde Frau, die ohne Zweifel eine gute Figur in einem Modemagazin gemacht hätte. Die Farbe ihrer Augen chargierte zwischen Gletschereis und Aquamarin, sie wirkten dabei aber nie kalt – im Gegenteil, sie strömten eine vertrauenerweckende Wärme aus, bei der sich jeder sofort geborgen fühlte. »Wie ... wo ...?«

Als Antwort tippte Thomas mit dem Finger auf die Zeitung und erklärte: »Hier steht, dass sie ein Casino bauen wollen. In der Torstraße.«

»Ach so. Ein Casino? Warum nicht? Das wird hier vielleicht ein bisschen was ankurbeln«, sagte Ingrid lapidar, während sie ihm Kaffee eingoss.

Thomas klappte die Zeitung zusammen und nickte zum Dank. »Glaub ich nicht. Wie viele Einwohner haben wir? Fünftausend? Sechstausend? Wie hoch ist die Arbeitslosigkeit? Ein Casino! Glücksspiel. Wer soll denn hier Glück haben? Außerdem muss man beim Glücksspiel erst mal was setzen. Und was setzt du, wenn du nichts hast? Na?« Er kniff seine braunen Augen zusammen, was ihn zusammen mit seinen sorgfältig auf zerzaust gestylten, ebenfalls blonden Haaren wie einen Surfer wirken ließ, der die hübschesten Bikinigirls am Strand sondierte. Er grinste sie breit an.

Ingrid lächelte. »In Casinos gehen doch eh nur reiche Leute. Die, die es sich leisten können. Wir zum Beispiel. Außerdem kommt dann Geld in Umlauf, es werden vermehrt Steuern bezahlt und so weiter. Vielleicht zieht das auch Publikum von außerhalb an. Aber das muss ich dir doch nicht erklären!? Ein Casino. Finde ich schon spannend.«

»Na, wir werden sehen. Wir können ja eine Wette abschließen. Ich wette, spätestens im Winter oder im Frühjahr machen sie den Laden wieder dicht.«

»Na, warte mal.« Sie lachte. »Bevor ich hier irgendwelche Wetten abschließe, sollte ich mir sicherheitshalber den Artikel selbst mal durchlesen. Ich kenne dich doch! Du erzählst mir immer nur die Hälfte.«

Er schien ertappt und reichte ihr die Zeitung. »Nicht immer. Eigentlich.«

Neue Investition für unsere Stadt –
voller Einsatz von Bürgermeister Willerbach!

prangte in dicken Lettern über einem großen Bild, das den Bürgermeister frohgemutes und mit ausholender Handbewegung vor einem verwilderten, von altem Mauerwerk umrahmten Garten zeigte.

Ingrid las vor:

»In der nächsten Woche beginnen die Arbeiten in der Torstraße. Das alte, baufällige Herrenhaus wird abgerissen, und auf dem dann neu erschlossenen Gelände wird ein Casino errichtet. Die Stadtverwaltung unter der Führung von Eberhard Willerbach hat sich dazu entschieden, das Grundstück zu verpachten. Über die Pächter

selbst wollte der Bürgermeister noch nichts verlauten lassen. Willerbach sprach von einem Meilenstein in der Geschichte von Coppenbroich und einer großen Chance für die Gemeinde.«

Sie runzelte die Stirn. »Ach so, jetzt weiß ich wo. Auf dem alten Gelände ... Das Haus ist ja furchtbar, aber den Garten fand ich ganz romantisch, so ein richtiger Dornröschengarten. Schade. Die betonieren da bestimmt alles zu.«

»Romantisch«, wiederholte Thomas spöttisch. »Das ist doch nicht romantisch. In dem Zustand ist das vollkommen unbrauchbar. Solange ich denken kann, gammelt das vor sich hin. Wird wirklich Zeit, dass da mal was passiert.« Er kratzte sich am Kinn. »Aber ein Casino? Wir sind ja nun nicht gerade Las Vegas.«

Ingrid legte die Zeitung beiseite und taxierte ihren Mann herausfordernd. »Weißt du was? Ich halte deine Wette. Ich sage, dass sie länger als ein halbes Jahr durchhalten.« Sie reichte ihm die Hand. Er wischte sich die Krumen des Frühstückbrötchens von seiner und ergriff ihre.

»Die Wette gilt«, sagte er.

»Die Wette gilt.« Sie nickte verschmitzt. »Und was bekomme ich, wenn ich gewinne?«

»Du wirst nicht gewinnen. Versprochen.«

»Wir werden sehen, Thomas, wir werden sehen.«

Ingrid fing langsam an, den Tisch abzuräumen, sah dabei auf die Uhr. »Sag mal, ist Kati immer noch nicht wach?«

Thomas wedelte beschwichtigend mit der Hand. »Ach ... lass sie doch ausschlafen. Es ist Samstag ...«

Er war derjenige, der außer Haus arbeitete und die Rolle des großmütigen Vaters übernahm, der seiner Tochter alles durchgehen ließ, während Ingrid die autoritäre Mutter mimte, die sich vorrangig um die Erziehung kümmerte. Regeln mussten sein, auch wenn sie auf herzlich wenig Gegenliebe trafen. Es war schon eine anstrengende Aufgabe, sich einen Ehemann zu erziehen, fand sie.

Oft genug versuchte sie, irgendeinen Teil ihres Erziehungsauftrags zu retten, scheiterte aber an dem Bollwerk aus pädagogischer Anarchie. Ihr Mann und ihre Tochter hatten eine ganz besondere Verbindung. Sie machten sich dann gemeinsam über sie lustig und warfen ihr vor, eine Spielverderberin zu sein.

So sehr Ingrid und Thomas ansonsten ein eingespieltes Team und meist einer Meinung waren, gab es eben noch einen dritten Mitspieler, der alles gehörig durcheinanderbringen konnte.

Zum Glück waren alle mit einer guten Portion Humor gesegnet, sodass wirklicher Streit im Grunde nie vorkam.

»Du bist immer viel zu nachgiebig mit ihr«, mahnte Ingrid dann auch an.

»Ich lasse ihr nur das zukommen, was ich dir auch zukommen lasse. Nachgiebigkeit und Verständnis.« Er feixte.

»Ach so, Nachgiebigkeit und Verständnis. Du hast vollstes Verständnis dafür, dass ich immer Frühstück mache. Und du bist so nachgiebig, es auch zu essen? So in etwa?«

»Ähm ...«

Von oben ertönte wie auf Kommando eine sich öffnende und schließende Tür, und einige Sekunden später kamen Geräusche aus dem Badezimmer.

Kurz darauf trottete ihre Tochter herzhaft gähnend die

Treppe vom ersten Stock herunter. Das Kind war das perfekte Ebenbild seiner Mutter, nur gut zwanzig Jahre jünger. Waren Ingrids Augen schon spektakulär, übertrafen die Augen ihrer Tochter jegliche Vorstellungskraft. Licht gewordene Saphire glühten aus dem rundem, wohlgeformten Gesicht, das die besten Gene der beiden Vorzeigeeltern vereinte.

»Hallo, meine Süße«, sagte Thomas. Kati lehnte sich an die Tischkante, stützte sich mit den Händen ab, fing auf den Zehenspitzen an zu wippen.

»Hm«, machte sie.

»Guten Morgen«, sagte Ingrid und strich ihr über den Rücken. »Gut geschlafen?«

»Hm.«

»Verstehe«, lachte Thomas. »Das Fräulein ist heute Morgen nicht sehr gesprächig, wie?«

»Ist kein Frühstück da?« Kati registrierte den nur noch mit zwei Kaffeetassen gedeckten Tisch und machte ein enttäuschtes Gesicht.

Ingrid tippte ihr auf die Nase. »Du weißt genau, was wir abgemacht haben. Wenn du erst so spät aufstehst, musst du dir dein Frühstück selber machen. Alt genug bist du ja wohl.«

»Okay ...« Kati stimmte damit zwar der Anweisung ihrer Mutter zu, machte aber keine Anstalten, ihr auch nachzukommen. Stattdessen drehte sie ganz langsam den Kopf, und sah durch den Vorhang ihrer zerzausten Haare ihren Vater an. Dann legte sie einen Ausdruck in ihr Gesicht, der Steine zum Erweichen bringen konnte. Die Saphire wurden zu Lasern. Väter von Töchter besitzen einen Trigger-Punkt. In der Regel finden die Töchter diesen Punkt sehr schnell und benutzen ihn ausgiebig, für alles Mögliche.

Thomas wurde getriggert und ihm blieb nichts anderes übrig. Er machte Frühstück.

Wenn Haare auf Honig treffen, ergibt sich meist eine unschöne Verbindung. So machte Kati auch ein angewidertes Gesicht, als sie ins Brötchen biss und auf ihren eigenen Haaren herumkaute.

»Igitt«, machte sie und prustete.

»Kati!«, ermahnte ihre Mutter sie.

»Da sind Haare drauf!«, beschwerte sie sich.

»Es sind *deine* Haare«, merkte Thomas an.

»Haha. Das weiß ich selbst! Sag mir nicht immer Sachen, die ich schon weiß.« Kati zog die Strähnen vom Brötchen. Ingrid hielt ihre Hand fest. »Lass das. Du machst es nur noch schlimmer. Ich wasche dir gleich die Haare.« Sie sah wieder auf die Uhr. »Und beeil dich mal ein bisschen. Wir wollen noch in die Stadt.«

Katis Miene hellte sich auf. »Okay«, freute sie sich.

Die Stadt, rund eine halbe Stunde Fahrt mit dem Auto entfernt, bot wesentlich mehr als Coppenbroich. In der Stadt gab es ein mehrstöckiges Einkaufszentrum mit Kino, und ein Besuch war immer ein besonderes Erlebnis.

Kati vertilgte in Windeseile den Rest vom Frühstück und sprang voller Tatendrang vom Stuhl auf, stieß dabei mit dem Knie gegen die Tischkante; der Tisch wackelte und die Kaffeetassen kippten um.

›Scheiße‹, wollte sie sagen, und das Wort hätte sicherlich gut gepasst, zumal es ausgiebig in ihrer Schule benutzt wurde. Aber die Erwachsenen hörten es nicht gern aus Kindermund, weil sie es für sich selbst gepachtet hatten, vermutete sie. Also sagte sie stattdessen: »Verdammt, das tut weh!«

»Was musst du auch immer so herumspringen?« Ingrid schüttelte den Kopf.

Thomas kümmerte sich um den verschütteten Kaffee.

»Sei doch nicht so gemein zu ihr.«

»Genau.« Kati machte einen Satz rückwärts. »Sei nicht immer so gemein zu mir.« Sie zog eine Schnute, kam wieder auf ihre Mutter zu und pikste sie in den Bauch.

Ingrid kicherte, hielt Kati fest und kitzelte sie. »Weißt du was? Ich werde dir einen Kurzhaarschnitt verpassen, fünf Millimeter kurz, damit du keine Probleme mehr beim Essen hast.« Sie ließ Kati los, nur um mit beiden Händen eine Schere zu imitieren. »Schnipp schnapp.«

»Neeeiiinn!« Kati flüchtete in theatralischer Panik Richtung Badezimmer. Ingrid rannte hinter ihr her.

Während die Damen des Hauses das Badezimmer unsicher machten, räumte Thomas die Kaffeetassen und Katis Gedeck in die Geschirrspülmaschine.

Sein Blick fiel auf die Kühlschranktür, an der ein von Kati gemaltes Bild hing, festgeklemmt mit einem kleinen Magneten in Form einer Blume. Auf der bereits etwas vergilbten Zeichnung waren Vater, Mutter, Kind, ein Haus, ein knallrotes Auto, ein Baum und die Sonne abgebildet. Alles wirkte heiter, sogar die Sonne ließ es sich nicht nehmen, mit einem breiten Grinsen der kleinen Familie ihr Wohlwollen zu signalisieren.

Er lächelte und nahm das Bild in die Hand, betrachtete es. Die perfekte kleine Idylle. Er hatte unfassbares Glück gehabt in seinem Leben, konnte es kaum glauben, dass er diese großartige Frau kennengelernt hatte, sie heiraten durfte und der Vater seiner Tochter sein konnte. Sie standen finanziell mit beiden Beinen fest auf dem Boden, das Haus gehörte so gut wie ihnen, sein Job wurde ordentlich bezahlt und war sicher, und nirgends schienen dunkle Wolken in Sicht.

Er hängte das Bild zurück an den Kühlschrank, strich mit den Fingern liebevoll darüber und stutzte, runzelte die Stirn.

Irgendetwas stimmte mit dem Bild nicht.

Das war ihm früher schon aufgefallen. Aber er kam einfach nicht drauf.

2

Das Badezimmer glich einem Schwimmbad. So wie immer, wenn Kati es in irgendeiner Weise mit Wasser zu tun bekam. Wasser war ihr Element. Bereits als Kleinkind konnte sie sich stundenlang mit einer Schüssel oder einem Topf voll Wasser beschäftigen, die ihr hingestellt worden waren, nachdem man ihr Interesse dafür erkannt hatte. Sie streckte die Hand hinein und rührte des Wasser um. Sie ließ das Wasser zur Ruhe kommen, betrachtete ihr Spiegelbild, zerstörte es wieder. Mehr noch als von einem normalen Spiegel, schien sie von dem Eigenleben der Wasseroberfläche und dem, was es mit ihrem Antlitz machte, fasziniert zu sein.

Nach der unvermeidlichen Trockenlegung des Bades und der Einigung darüber, die Haarlänge von Kati doch zu belassen, wie sie war, saß Familie Sandfels im Auto, viel später, als es eigentlich geplant war.

»Kriege ich ein Eis?«, fragte Kati.

»Warte es ab. Wir sind noch nicht mal zwei Minuten unterwegs«, sagte Thomas.

»Dann, wenn wir da sind?«

»Vielleicht.«

»Wann sind wir da?«

»Das weißt du doch, wir fahren doch nicht zum ersten Mal dahin. Aber wenn ich keinen Parkplatz finde, wohl nie.«

»Nie ist aber schon ziemlich lange. Ich glaub, du willst mir gar kein Eis kaufen.«

Kati bekam natürlich ihr Eis. Es gab zwar eine längere Diskussion darüber, ob sie zuerst die Geschäfte abklappern sollten, dann ins Kino gehen, und das Eis als krönenden Abschluss genießen wollten, oder alles in einer anderen Reihenfolge, von der Kati sehr angetan war, obwohl sie anmerkte, dass sie durchaus auch bereit wäre, das Eis als Abschluss des Tages zu akzeptieren, vorausgesetzt, es hätte auch ein Eis zu Beginn gegeben.

Sie einigten sich darauf, erst etwas shoppen zu gehen, und dann in eines der reichlich vertretenen Cafés einzukehren. Danach schlenderten sie durch ein paar weitere Geschäfte der Passage. Thomas wollte sich über neue Laptops informieren, und Ingrid hatte es eine neue Modemarke angetan.

Sie kauften jedoch nur eine erlesene Bonbon- und Lakritzmischung, die man in Coppenbroich nicht bekam. Den späten Nachmittag ließen sie dann im Kino mit dem Film *Der König der Löwen* ausklingen.

Auf dem Heimweg bog Thomas in Coppenbroich von ihrem eigentlichen Nachhauseweg ab, obwohl alle recht müde waren.

»Wo willst du denn noch hin?«, fragte Ingrid. Hinter ihr raschelte es, sie drehte sich um. »Kati! Nein, lass das!«

Ihre Tochter hatte es bewerkstelligen können, an eine

der Tüten mit den Süßigkeiten zu gelangen. Ingrid war schleierhaft, wie sie darangekommen sein konnte. Die Tüte lag im Kofferraum, und vom Wageninneren kam man eigentlich nicht heran. Aber wenn es um Süßigkeiten ging, hatte ihre Tochter manchmal magisch anmutende Fähigkeiten.

»Tu sie wieder weg!«, mahnte Ingrid. »Nachher hast du wieder Bauchschmerzen.«

Die Tüte landete lieblos auf der Hutablage, aber nicht bevor sich Kati noch mal ausgiebig bedient hatte.

»Also, wo wolltest du noch hinfahren?«, erinnerte sich Ingrid an ihre Frage.

»In die Torstraße.«

»Was willst du denn da?« Auf einmal kam ihr ein Gedanke, der sie lächeln ließ. »Du willst dir doch wohl nicht irgendwelche Informationen einholen, um sie dann gegen mich zu verwenden, damit du die Wette doch noch gewinnst?«

»Ach was. Ich wollte mir nur noch mal das Gelände anschauen. Da ist doch heute eh keiner.«

Kati beschäftigte sich mit sich selbst, kurbelte das Fenster halb herunter und hielt die Nase in den Wind. Manchmal steckte sie sich verstohlen ein Bonbon in den Mund. Es war ihr egal, um was es bei der Torstraße ging, sie wollte nur hier sitzen, im Auto, mit dem Gesicht im Wind und den süßen Geschmack des Bonbons genießen. Einfach Kind sein und sich um nichts kümmern müssen.

Bis sie am alten Gelände des Herrenhauses angekommen waren.

»Papa, was willst du hier?«, fragte sie misstrauisch.

»Ich will mir nur etwas angucken, Süße.«

»Was denn?«

»Das alte Gelände.«

Kati schwieg. Sie schwieg immer noch, als sie eine Parkbucht ansteuerten und ausstiegen. Fünfzig Meter weiter befand sich ihr Ziel.

Kati stieg nicht aus.

»Nun komm schon«, sagte Ingrid.

»Ich hab keine Lust.«

Sie stieg schließlich doch aus. Sicherlich hätte sie im Auto warten können, aber sie hatte das Gefühl, jetzt nicht allein sein oder ihre Eltern allein lassen zu können.

Je näher sie dem Grundstück kamen, desto mulmiger wurde ihr, und das hatte wenig mit den Süßigkeiten zu tun. Das kam von den Geschichten, die in der Schule über das Gelände erzählt wurden.

Familie Sandfels stand schließlich vor einem riesigen, alten rostigen Tor. Durch das Tor sahen sie einen völlig verwilderten Garten, mit verstreut wirkenden Bäumen, irgendwo weiter hinten spiegelte sich der Himmel, wahrscheinlich durch einen Teich oder eine sehr große Wasserlache. Am Ende stand eine alte Winterlinde, die eine weit ausladende Krone hatte.

Das alte Herrenhaus wirkte wie ein vor langer Zeit verstorbenes Lebewesen, wie ein Skelett, das nach dem furchtbaren Brand vor nahezu hundertzwanzig Jahren die Farbe des Mooses angenommen hatte, und nun langsam mit seiner urweltlichen Umgebung verschmolz. Thomas rüttelte an dem Tor. Es war nicht abgeschlossen.

»Kommt schon«, flüsterte er. »Gehen wir rein.«

»Also ich weiß nicht.« Ingrid steckte ihre Hände in die Hosentaschen und zog die Schultern hoch. »Die Stadt hat es abgegeben, und die neuen Betreiber finden es bestimmt nicht lustig, wenn wir hier herumlaufen. Außerdem ist das Haus einsturzgefährdet, du weißt, was hier früher passiert ist. Das Tor dürfte gar nicht offen sein. War hier nicht auch immer ein Schild mit ›Betreten verboten‹?«

»Ich will doch nicht in das Haus, ich will nur schauen.«

Thomas stieß Kati an. »Was ist mit dir?«

Kati sagte nichts, rührte sich nicht.

»Spielverderber!«, sagte Thomas und streckte die Zunge heraus.

Was war mit seiner Tochter los? Zu viel Eis? Er sah sie an. Sie spürte seine Blicke, wusste, was er von ihr wollte.

Ganz langsam, als sei die Bewegung ferngesteuert, hob sie einen Arm und zeigte mit dem Finger in den Garten.

»Ich … geh ... da ... nicht ... rein.« Nach jedem Wort machte sie eine seltsame, kleine Pause, fast so, als würde gar nicht sie die Wörter sagen, sondern jemand anderes, der sie dazu zwang. Als wäre sie eine Bauchrednerpuppe, den Mund auf- und zuklappend, synchron zu den Wörtern, die von einem Unsichtbaren gesprochen wurden. Thomas wurde klar, dass sie niemals dieses Grundstück betreten würde. Sie hatte für diesen kurzen Augenblick ihr Kindsein abgelegt. Ihre Eltern spürten das und akzeptierten es für diesen Moment.

Kati lehnte sich an ihre Mutter. Das Kind wirkte auf einmal matt und erschöpft.

»Fahren wir nach Hause?«, fragte Kati. Thomas und Ingrid sahen sich an. »Ja, natürlich«, lenkte Thomas ein.

3

Am darauffolgenden Montag rückten die ersten Arbeiter mit ihren Baufahrzeugen an, um den Garten und das Herrenhaus endgültig dem Erdboden gleichzumachen. Sie bemühten sich gar nicht erst, die Pforte zu öffnen. Eine der schweren Maschinen hob ihre Schaufel und drückte sie nieder.

Ein Großteil der Baufahrzeuge passte nicht durch die Toröffnung. Wieder kam der Bagger zum Einsatz. Er riss die umgebenden Mauern nieder und vergrößerte den Durchlass.

Die Steine, aus denen die Mauer bestand, waren alt und marode, es war ein Wunder, dass sie überhaupt noch stand. Es wirkte, als hätte sie nur darauf gewartet, endlich abgerissen zu werden.

Einer der Arbeiter machte sich darüber sogar lustig, erklärte, dass sie gar kein schweres Gerät benötigen würden, er könnte sie mit bloßen Händen einreißen. Er ging an ein noch nicht niedergerissenes Stück und klopfte dagegen. Nichts passierte.

Er schlug mit der Faust dagegen.

Die Mauer hielt, gab nur ein dumpfes, fast fragendes Geräusch von sich. Der Arbeiter schüttelte den Kopf.

»Na, kein Mumm in den Knochen, wa?«, rief einer seiner Kollegen. Er wandte sich an seine Kumpel: »Erst die Fresse aufreißen und dann nix gebacken kriegen. Das hab ich gern!«

Grölendes Gelächter.

»Vielleicht ist sie hier fester«, rechtfertigte der Arbeiter sich, und strich mit der Hand über die alten Steine.

»So, jetzt ist Schluss mit lustig«, sagte der Baggerfahrer.

Das Schaufelmonster setzte sich dröhnend in Bewegung. Der Boden zitterte. Die Schaufel ging hoch, wollte gerade niederfahren ...

Ein Mauerabschnitt von rund zehn Metern, mittig an genau der Stelle, an der der Arbeiter versucht hatte, sie mit der bloßen Faust zu zertrümmern, löste sich unvermittelt einfach auf. Wie ein sorgsam gesprengtes Hochhaus sackte sie in sich zusammen, wurde zu Staub, zu Dreck, zu nichts, zu etwas, was nicht mehr als Mauer zu identifizieren war.

Der Arbeiter wurde von einer Staubwolke eingehüllt. Sekundenlang schien er wie verschluckt von einem graubraunen Nebel der Vergangenheit.

Als er schließlich hustend wieder ausgespien wurde, klatschten seine Kollegen Beifall.

»Horst, ich muss mich bei dir entschuldigen«, brüllte der Baggerfahrer gegen den Krach seines Geräts an. »Du hast echt was drauf! Die Mauer brauchte erst noch 'ne Weile, um zu kapieren, dass sie einstürzen soll.«

Wieder ertönte brüllendes Gelächter.

Der Baggerfahrer sprang aus seiner Kabine heraus.

»Hey, gehts bei dir?«

Horst hustete immer noch. Er hatte offenbar Probleme, auf den Beinen zu bleiben, seine Arme ruderten, seine Hände suchten nach Halt.

»Geh doch mal aus der Wolke raus, du Trottel!«

Horst stolperte und schwankte zur Seite, ruderte weiter mit den Armen. Er setzte sich auf einen umgestürzten Baum, die Hände zu Fäusten geballt, ... und er hustete.

Mittlerweile hatten die anderen Arbeiter ihr Tun eingestellt und waren nähergekommen. Einer hockte sich zu Horst und klopfte ihm auf den Rücken, machte Witze darüber, dass sich seine Raucherei nun rächen würde … und Horst hustete. Er fing an zu schwitzen, sein Gesicht rötete sich. Er hob die Hand, wollte etwas sagen, aber er konnte nicht, er hustete, japste nach Luft.

»Was?«, brüllte ihn sein Kollege an.

Horst nahm alle Kraft zusammen: »Uch ... Hilfe ... Luft ... uch ... keine Luft!«

»Sag mal, markierst du jetzt, oder was?«

»Ey, da stimmt was nicht!«, meinte ein weiterer Kollege.

Horst markierte nicht. Er hustete in seine Hände. Er hustete Blut. Die Sprenkel bildeten schmutzig umrandete Bahnen auf seiner Haut, tropften zu Boden, versickerten im Staub. Er hustete immer stärker, spie Blut wie aus einer Sprühpistole.

Er markierte wirklich nicht.

Der Baggerfahrer reagierte am schnellsten. Er kletterte zurück in seine Kabine und fingerte sein Handy aus der Jackentasche. Schnell tippte er die Nummer des Notrufs ein. »Was ... keine Ahnung!«, schrie er in sein Telefon. »Ein Kollege hat Staub eingeatmet, und jetzt hustet und spuckt er Blut! Ja, und er hört gar nicht mehr auf!« Sein Blick wanderte zu seinem Kollegen. Der saß nicht mehr auf dem Baumstumpf, er krümmte sich davor, hustete auch nicht mehr, sondern röchelte. Dickes, dunkles, fast schwarzes Blut sickerte aus seinem Mund. Seine Augen hatten sich tiefrot verfärbt, die Iris verlor sich in den Augenhöhlen, seine Gesichtsfarbe ähnelte einem frisch gebleichten Laken, garniert mit violetten Lippen, was ihn irgendwie nicht richtig aussehen ließ.

»Mensch, Scheiße!«, brüllte der Baggerfahrer die Dame am anderen Ende der Leitung an, die genauere Informationen haben wollte. »Mensch, Scheiße!«, sagte er nochmals. »Ich glaub, der krepiert gleich! Ja, verdammt, in der Torstraße! Ja, das alte Gelände!« Er legte auf. »Weiber!«, knurrte er und warf die Arme in die Luft.

Horst gab mittlerweile keinerlei Geräusche mehr von sich. Er lag da, zuckte nur noch, seine Kollegen bildeten einen Kreis um ihn, unfähig, untätig, verwirrt und verblüfft.

Die Ärzte, die keine fünf Minuten später auf dem Burggelände eintrafen, konnten nur noch seinen Tod feststellen.

Etwas Tiefes. Etwas Dunkles. Etwas Düsteres. Etwas Geheimnisvolles. Etwas, das wie das war, was man fühlte, wenn man aus einem Albtraum erwachte, regte sich. Es war wie das hilflose Gefühl, nicht zu wissen, ob man geträumt hatte oder mit der Realität konfrontiert worden war. Wenn man sich gehetzt umsah, schweißgebadet, mit rasendem Herzen und zutiefst verstörtem Unterbewusstsein.

Dieses Etwas öffnete den Mund, zog die Mundwinkel nach außen, fletschte die Zähne ... und tat etwas, was es selbst als Grinsen bezeichnen würde.

Ich bin wieder da.

4

Familie Sandfels saß am Frühstückstisch, so, wie es Ingrid liebte.

»Was hast du denn heute für Unterricht?«, fragte sie ihre Tochter.

»Mathe, Deutsch und Sport.«

»Hast du alles gepackt? Dein Sportzeug mit?«

»Ja, Mama.« Kati kaute lustlos auf ihren Haferflocken herum.

»Hast du dein Duschzeug?«

»Ja, Mama.« Sie verdrehte die Augen. »Hm«, machte sie nach einer Weile.

»Na, was ist los, Süße?«, fragte Thomas.

Kati versenkte den Löffel in die Frühstücksschale, stützte ihr Kinn mit den Händen ab. »Ach, ich habe keine Lust auf Schule. Montage nerven. Warum sind die Wochenenden immer sooo kuuurz ...« Sie dehnte die letzten beiden Wörter wie Kaugummi.

Thomas lachte. »Na, das frage ich mich auch manchmal. Aber mach dir nichts draus, mir geht es genauso. Montage sind ausgesprochen unbeliebt, nicht nur bei dir.«

»Und mich bemitleidet wohl keiner, was?« Ingrid zog demonstrativ die Mundwinkel nach unten.

»Wieso, Mama? Du gehst doch gar nicht arbeiten.«

»Ach so? Das ist ja interessant.« Vorwurfsvoll sah sie Thomas an und stemmte die Hände in die Hüften. »Herr Sandfels! Haben Sie das mitbekommen? Ihre

Tochter behauptet doch allen Ernstes, dass ich nicht arbeite.« Thomas schwieg. Er wusste, worauf sie hinauswollte, aber das war ihre Sache, er hatte nichts damit zu tun.

Ingrid beugte sich zu ihrer Tochter hinüber und klemmte ihre Nase zwischen Zeige- und Mittelfinger ein.

»Soso, du meinst also, dass ich nicht arbeite, ja? Und was ist mit dem Frühstück? Dem Mittagessen? Dem Abendbrot? Was ist mit der Wäsche, die ich wasche? Und wer räumt das Haus auf?« Sie ließ die Nase ihrer Tochter wieder los, damit sie antworten konnte.

»Ich hab ja nur gesagt, dass du nicht arbeiten gehst. Du kannst ja zu Hause bleiben und da arbeiten. Das ist doch was total anderes. Außerdem, wenn ich zu spät zur Schule komme, krieg ich Ärger. Und Papa auch. Und du kannst alles dann machen, wann du willst. Außer dem Frühstück vielleicht. Weil das brauchen wir vorher. Aber das ist ja auch nicht sooo schwer zu machen, oder? Außerdem sind Haferflocken sowieso ziemlich *bäh*.« Kati legte den Kopf schief und verzog den Mund.

»Eins zu null für Kati.« Grinsend hob Thomas einen Daumen. Es war nicht zu bestreiten, dass sich ihre Tochter ein wenig von den schnippischen Dialogen ihrer Eltern abgeschaut hatte.

»Jaja«, seufzte Ingrid. »Macht mich nur fertig. Ihr werdet schon sehen, was ihr davon habt.« Sie drehte sich auf ihrem Stuhl zur Seite, den anderen Familienmitgliedern den Rücken zu.

»Ach, Mama.« Kati streichelte ihre Schulter. »Das war doch nicht so gemeint.«

Ingrid drehte sich zurück und verschränkte die Arme vor der Brust. Mit ernster Miene erklärte sie: »Ich weiß schon, um was es jetzt geht. Ihr fürchtet um euer Frühstück. Ohne mich wärt ihr doch komplett aufgeschmissen und würdet verhungern.« Sie überlegte kurz. »Oder nur Tiefkühlpizza essen. Zum Frühstück. Gefroren. Lecker. Mjam mjam.«

Für ein paar Sekunden herrschte absolute Stille. Drei Köpfe drehten sich mehrfach einander zu und tauschten vielsagende Blicke.

Dann lachte Familie Sandfels herzlich miteinander und übereinander. Sie wussten, dass nichts so mächtig ist, wie die Liebe einer Familie.

Nie wäre ihnen in den Sinn gekommen, dass sie sich irren könnten.

»Kann ich vorn sitzen?«, fragte Kati, als sie und ihr Vater ins Auto stiegen.

»Nein, das weißt du ganz genau. In zwei Jahren vielleicht. Oder wenn du eins fünfzig groß bist.«

»Darf ich vorn sitzen?«

»Nein.«

»Darf ich vorn sitzen?«

»Nein.«

»Darf ich ...?«

»Kati! Du kannst gleich zu Fuß gehen.«

»Dann bist du schuld, wenn ich zu spät komme!«

»Das ist mir dann auch egal.«

Schweigen. Etwa zehn Sekunden lang.

»Darf ich vorn sitzen?«

»Nein!«

»Vorn? Vorn! Vorn! Vorn!«

»Nein! Nein! Neieieieiein!«

Sie waren bereits eine Weile unterwegs, Kati saß hinten auf ihrem Kindersitz, den sie seit einiger Zeit für vollkommen überflüssig hielt und ließ nicht locker. Weniger, weil sie wirklich vorn sitzen wollte, sondern weil ihr das verbale Scharmützel mit ihrem Vater eine Menge Spaß machte. Dieses Spiel spielten sie jeden Montag, wenn Thomas früher zur Arbeit fuhr und seine Tochter an der Schule absetzte.

»Darf ich vorn sitzen?«

»Nein!«

Sie fuhren einen Umweg, durch die Torstraße. Thomas wusste nicht genau, warum er diesen Umweg fuhr. Er fuhr einfach in die entsprechende Richtung. Einfach so, ohne darüber nachzudenken.

Kati verstummte und machte große Augen, als das Gelände auftauchte. Das Tor war verschwunden, ebenso die Mauer.

Das Gelände, so seiner Begrenzungen beraubt, sah verletzlich aus. Dort, wo einst das Tor gewesen war, stand jetzt ein Krankenwagen. Leute gruppierten sich um den Wagen herum und schauten ernst. Kati versuchte, etwas zu erkennen, aber sie fuhren zu schnell und zu viele Menschen standen im Weg.

Thomas sah es auch. »Nanu. Was ist denn da passiert?« Er sah auf die Uhr. »Wir haben noch etwas Zeit. Sollen wir gucken gehen?«

Keine Reaktion.

»Kati?«

Nichts.

Er drehte sich kurz um, um sich zu vergewissern, dass seine Tochter noch auf dem Rücksitz saß.

»Hey, Süße. Was ist los? Wollen wir gucken?«

Katis Kopf drehte sich, ihre Augen waren auf den Krankenwagen fixiert.

Die ganze Szene floss an ihr vorbei, wie ein Film, der

spätabends lief und von dem sie nur noch einzelne Szenen mitbekam, die dann aber umso eindrucksvoller waren. Ihr lief eine Gänsehaut über den Rücken, über die Arme, ihr Magen rumorte.

»Fahr ... weiter ... Papa ...«

Es war ein Befehl. Thomas spürte das. Er wusste, dass er alles hätte machen können, aber eins auf keinen Fall: anhalten.

Kati dachte nach. Sie hatte ein Déjà-vu, da war sie sich sicher, obwohl sie nicht einmal genau wusste, was das Wort bedeutete. Es war ein Fremdwort. Irgendwann hatte sie im Fernsehen etwas darüber gesehen, und die Sendung war eigentümlich gewesen. Und jetzt, in diesem Augenblick, in dem sie das Gelände und den Krankenwagen sah, hatte sie das Gefühl von Gewissheit, das Gefühl von etwas, das sie schon einmal erlebt hatte. Sie wusste, dass dort gerade jemand gestorben war.

Gestorben.

Tot.

Sie legte die Hände in den Schoß und betrachtete ihre Finger.

Tot.

Tot bedeutete, dass man nie wiederkommen würde. Dass man dann begraben wurde. Sie hob den Kopf, sah nach vorn, starrte die Lehne vor sich an und grübelte.

Tot.

Ein merkwürdiges Wort, fand sie. Es klang deprimierend. So in sich sinnlos und endgültig, klang von beiden Seiten gleich, egal wie man es drehte und wendete.

Tot. Weg. Begraben.

Alle Menschen heulten dann, weil der Tote tot war und nie wiederkommen würde. Weil er weg war. Für die anderen und für sich selbst. Er war weg von sich. Die Erwachsenen erzählten, dass der Tote in den Himmel kommen würde, in das Paradies, und dass es da ganz toll sein würde. Dass es eine Erlösung sei.

Eine Erlösung von was, fragte sie sich. Vom Leben?

Sie glaubte nicht daran. Wenn man tot war, dann war man tot. Man lag unter der Erde und wurde von Würmern zerfressen, die mussten schließlich auch von etwas leben. Es war das Ende, aus und vorbei. Kati schnaubte leise. Sie war sich sicher, dass die Erwachsenen sich das mit Gott und dem Himmel nur ausgedacht hatten, um sich zu trösten. Sie knuffte die Rückenlehne. Was für ein Scheiß! Im Himmel! Selbst wenn man da hinkommen würde, es gab keinen Boden, man würde einfach fallen. Was sollte das für ein Paradies sein, wenn man keinen Boden mehr unter den Füßen hatte?

Vor einigen Jahren wurde sie schon enttäuscht, als man ihr eröffnete, dass der Weihnachtsmann gar nicht existierte und von ihren Eltern imitiert wurde. Seitdem war sie auf ähnlich gelagerte Glaubensbekenntnisse nicht gut zu sprechen, vor allem, wenn sie offensichtlich unplausibel waren. Sie verstand nicht, warum die Erwachsenen trotzdem an ihren Geschichten festhielten. Es war fast so, als würden sie die eigenen Erfindungen glauben, obwohl sie es besser wissen mussten. Ihr war klar, dass Erwachsene Märchen erfanden, um sie ihren Kindern zu erzählen. Geschichten vom Schwarzen Mann, um sie zu ängstigen, damit sie das taten, was die Erwachsenen wollten. Aber es wussten doch alle, dass es Märchen waren, nicht die Wahrheit, also irgendetwas Ausgedachtes, und dass es den Schwarzen Mann nicht gab. Es war doch alles ausgedacht.

Oder?

Aber … was war, wenn die Märchen wahr waren? Wurden die Geschichten, die sich Erwachsene ausdachten – über böse Wesen und gruselige Erscheinungen – Realität in dem Moment, in dem die Wörter den Mund der Eltern verließen und im Kopf der Kinder Bilder malten?

Kati rieb sich die Arme. Trotz der warmen Temperaturen hatte sie eine Gänsehaut.

Thomas riss sie aus ihren Gedanken.

»Süße. Aussteigen. Wir sind da. Sag mal, träumst du?«

Das war eine gute Frage. Träumte sie? Oder hatte sie das geträumt, was sie in der Torstraße gesehen hatte? Hatte sie geträumt, dass da jemand gestorben war? Hatte sie sich das ausgedacht? Sie schlug sich die Hand vor dem Mund. Jetzt hatte sie es gedacht. War jetzt jemand tot, weil sie daran gedacht hat?

»Mathe. Ich hasse Mathe«, sagte sie und stieg aus dem Auto.

5

Katharina blickte aus dem Fenster ihres hoch oben gelegenen Zimmers. Ihr Kopf ruhte in ihren Händen, ihre Ellenbogen stützten sich auf dem Fenstersims ab.

»Hm ...«, machte sie.

Die Sonne brannte unerbittlich vom Himmel herab und ließ die Luft flirren. Der Vormittag war bereits weit fortgeschritten, und eigentlich war sie glücklich darüber, dass ihre Lehrerin damit einverstanden gewesen war, den Unterricht, wegen des warmen Wetters, kürzer zu halten.

Nun gab es aber nichts anderes zu tun, als den Arbeitern dabei zuzuschauen, wie sie den Anbau am Haus fertigstellten. Den Anbau hatte ihr Vater Ulrich Beers in Auftrag gegeben, und er sollte etwas mit Vergnügen und Zerstreuung zu tun haben. Und ihre Zukunft sollte er sichern.

Aber auch das Zuschauen sorgte für keine Zerstreuung, zumindest von hier oben aus nicht. Sie hätte gern den Männern vom Boden aus zugesehen, wäre gern direkt dabei gewesen und hätte Fragen gestellt, hätte sich gern unterhalten. Aber ihr Vater hatte es ihr verboten. Er mochte es nicht, wenn sie mit Fremden sprach. Außerdem sei es zu gefährlich, bei den Arbeiten direkt anwesend zu sein, und sie sei ohnehin noch zu klein.

Sie war immer für alles zu klein.

»Hm ...«, machte sie wieder.

Sie hatte ihren Blick auf die Gruppe von Männern gerichtet, die am Fuß einer gerade errichteten Mauer, die eine Wand des Anbaus ergeben sollte, Worte wechselten und eine Pause machten. Sie konnte nicht verstehen, was die Männer sprachen, aber sie schienen ausgelassen zu sein, lachten, klopften sich gegenseitig auf die Schultern.

Plötzlich nahm sie eine Bewegung am Rand ihres Gesichtsfeldes wahr und lenkte ihre Aufmerksamkeit zum oberen Teil der Mauer. Einer der großen Steine wackelte fast unmerklich, einfach so, obwohl niemand in seiner Nähe war, als ob ihn ein Windstoß erfasst hätte. Langsam, sehr langsam bewegte er sich, es rieselte unter ihm, Staub wehte in der warmen Luft, und dann rutschte der Stein immer weiter von der Mauer herunter. Katharina konnte von ihrem Platz aus nicht genau abschätzen, wie groß der Stein war, aber er kam ihr gewaltig vor. Sie konnte sich kaum erklären, wie die Männer es schaffen konnten, ihn oben auf die Mauer zu heben.

Selbstverständlich wollte Katharina die Arbeiter warnen, denn die schienen nichts davon bemerkt zu haben. Sie standen einfach nur da, am Fuß der Mauer, direkt unter dem Stein, der nun langsam aber sicher Fahrt aufnahm. Sie wollte rufen: »Hallo, ihr da! Der Stein!« Und sie wollte mit dem Finger darauf zeigen.

Aber der Stein fiel in diesem Moment rasend schnell, und es war so dramatisch, dass sie kein Wort über die Lippen brachte und sich ihr Arm nur wenige Zentimeter weit hob, um dann zu erstarren.

Katharina registrierte den Ablauf völlig für sich genommen, als ob alles um sie herum mit einem Male ausgelöscht, nicht mehr vorhanden und ausgeblendet worden war. Erst das unvermittelte leichte Schwanken des Steins, der Staub, der unter ihm verwehte, und dann, wie er ganz langsam von der Mauer rutschte. Fast wirkte es, als wollte er doch noch an seinem Platz bleiben, nur leicht seine Position verändern, weil er vielleicht nicht ganz richtig lag. Dann aber war er doch gerutscht, just in dem Moment in dem Katharina ihre Warnung ausstoßen wollte. So, als ob ihr Gedanke daran den letzten Ausschlag dafür gegeben hätte. Sie meinte gar, das Knirschen gehört zu haben, das Reiben des Steins auf dem Staub und an den anderen Steinen, die unter ihm lagen.

Es wurde vollkommen still, der Stein fiel und traf den Kopf eines unglücklichen Mannes mit einem merkwürdig leeren, fragenden Geräusch, und der Mann sackte in sich zusammen. Der Stein veränderte nach der Kollision mit dem Schädel kaum seine Fallrichtung, der Mann schien freiwillig nach vorn zu kippen, um der Flugbahn des Steins nicht weiter im Wege zu sein.

Mann und Stein lagen nebeneinander. Regungslos.

Und es geschah erst einmal gar nichts weiter.

Kein Laut, keine Bewegung, kein Windhauch. Selbst die Luft schien nicht mehr zu flimmern.

Nach Sekunden des kompletten Stillstands schauten die anderen Männer entsetzt nach dem zusammengesackten Mann, dann zum Stein, wieder zurück zum Mann ... Und nun kamen auch die Geräusche zurück. Das leise Säuseln des Windes, das Rascheln von Blättern irgendwo, das Zwitschern vereinzelter Vögel. Die Luft vibrierte wieder, der ausgeblendete Hintergrund kehrte zurück, so wie auch Katharina ins Hier und Jetzt zurückkehrte.

Einer der Männer zeigte nach oben zum Mauerrand. Kaum hatte er das getan, machten alle anderen hektische Schritte von der Mauer weg.

Um den am Boden liegenden Mann bildete sich langsam eine dunkle, feucht glitzernde Lache. Auch schien der Kopf seine Form verändert zu haben, zumindest sah das von dort, wo Katharina aus dem Fenster sah, so aus. Er wirkte eingedellt oder nur noch zur Hälfte vorhanden.

Sie musste sich das einfach aus der Nähe ansehen. Alles in ihr kribbelte, es zog sie einfach dorthin. In Windeseile verließ sie ihr Zimmer und schlich sich aus dem Herrenhaus.

Ihr Vater würde schimpfen, wenn er sie erwischen würde, dessen war sie sich vollkommen bewusst.

Als sie außer Atem den Ort des Geschehens erreichte, hatten die Männer einen losen Kreis um den Verunglückten gebildet. Sie gestikulierten wild, zeigten mit den Fingern nach oben, einer schubste gar einen anderen und schrie ihn an.

Katharina drängelte sich zwischen die Männer, um einen Blick auf den Mann zu erhaschen. Nur wenig konnte sie erkennen, weil sie sofort zur Seite geschubst wurde. Sie sah nur das Gesicht des Mannes und einen Teil seines Hinterkopfes. Das Gesicht wirkte auf sie friedlich, wie im Schlaf. Lediglich etwas Blut war aus der Nase geronnen. Aber ein großer Teil seines Hinterkopfes war nicht mehr da, war einfach fort. Ein großes Loch gähnte an dessen Stelle, und eine fleischige graue Masse lag halb innerhalb, halb außerhalb seines Kopfes, ein Gedärm aus grauen, haarlosen Ratten mit langen sich verwindenden Schwänzen. Katharina fragte sich erschaudernd, ob es in ihrem Kopf auch so aussehen würde. Und wie man damit – sollte dem so sein – darüber nachdenken konnte, wie es dort aussehen würde.

Sie versuchte sich nochmals an den Männern vorbeizudrängen, doch einer von ihnen packte sie am Arm und zischte sie an, dass Kinder hier nichts zu suchen hätten.

Katharina gab es auf, und stand eine Weile verloren hinter den Arbeitern. Sie war sich sicher, dass der Mann tot war. Sie hatte ihn nicht gekannt. Er und die anderen Männer waren von ihrem Vater eingestellt und ihr nicht vorgestellt worden. Trotzdem verspürte sie tiefes Mitleid mit ihm. Vielleicht hatte er eine Frau und Kinder, vielleicht sogar eine Tochter, in ihrem Alter gar. Und diese würden nun auf ihn vergebens warten, weil so ein vermaledeiter Stein seinen Schädel zertrümmert hatte.

Katharina schüttelte sich, Übelkeit regte sich in ihr. Vielleicht hatte ihr Vater recht, wenn er meinte, sie sei noch zu klein, und es sei zu gefährlich. Wenn sie nun diejenige gewesen wäre, die von dem Stein ... Schnell fasste sie sich an den Hinterkopf, ein bisschen zu schnell, es fühlte sich fast an wie ein Schlag.

Die Gedanken, die in ihr aufkamen, waren furchtbar,

andere mussten her, schleunigst. So beschloss sie, sich zu ihrem Lieblingsplatz im Garten zu begeben.

Sie ging zurück zu dem großen Platz vor dem Haus, wandte sich nach links, auf einen kleinen Weg, der erst von niedrigen, schwer duftenden Buschrosen gesäumt wurde und dann in einen winzigen Birkenwald führte. Und dahinter, der Rückseite des Hauses zugewandt, war er: ihr See. Der See, der ihr ganz allein gehörte. Sie nahm ihn gern als See wahr, obwohl es sich bei ihm eher um einen kleinen Teich handelte, der durchaus hübsch angelegt war: mit vereinzelten Seerosen, auf denen sich quakende Frösche ein Stelldichein gaben, und mit darüber sirrenden, golden und grün glitzernden Libellen, die sich womöglich über die ungeschickten Versuche der Frösche, sie zu fangen, lustig machten. Aber es war eben doch nur ein Teich. Für ihren Vater, der immerhin diesen Platz erschaffen hatte, war er ein sumpfiger Tümpel, aber diese abfällige Bezeichnung hatte sie sich dann doch sehr schnell verbeten.

Er lag etwas abseits des Weges, recht nahe am Rand des Gartens unter einer großen, kraftstrotzenden Linde, die ihren gewaltigen, knorrigen Stamm fest im Boden verankert hatte und dessen Krone und Geäst sich über den halben Teich erstreckten. Wie ein guter, uralter Geist, der mit seinen schützenden Zweigen die Grenze zwischen Himmel und Erde markierte.

Ein großer Baumstamm lag vor dem Teich und diente Katharina als Bank. Es war ein wahres kleines Idyll, sie liebte diesen Platz. Er war ihr Refugium, und niemand durfte hier sitzen und verweilen, wenn sie es nicht gestattete.

Sie liebte das Wasser des Sees, seine Unergründlichkeit, das Glitzern der Sonne darauf, als wären Tausende Silbermünzen darin verborgen, als wären dort Fische aus Kristall, die miteinander albern Fangen spielten. Oft glaubte sie sogar, das Wasser hören zu können, obwohl es stillschweigend dalag.

Sie ging um den Baumstamm herum, ließ sich am Rand des Sees nieder und erblickte ihr Spiegelbild auf der Wasseroberfläche.

Ein kleines Mädchen mit langen blonden Haaren, die zu einem Zopf geknüpft waren, blickte von der Wasseroberfläche zurück, sah sie mit großen blauen Augen und langen Wimpern an. Kleine Grübchen erschienen, wenn es lächelte. Aber zum Lächeln war Katharina nicht zumute. Ihre Gedanken kreisten noch immer um den verunglückten Mann.

»Tot«, sagte sie laut und schlug mit der flachen Hand auf die Wasseroberfläche. »Tot.« Das Wasser kräuselte sich.

»Wer ist tot?«, hörte sie eine fremde, männliche Stimme fragen.

Katharina erschrak. Sie erhob sich, blickte auf. Im ersten Moment konnte sie niemanden entdecken. Sie drehte sich um, schaute hinter sich, doch da war niemand. Schließlich erkannte sie das halbe Gesicht eines Mannes, der über die den Garten umgebene Mauer lugte.

Die Stimme des Fremden klang alt, doch angenehm, beruhigend und interessant. Außerdem musste der Mann erstaunlich groß sein, oder wenigstens auf einer Art Podest stehen, denn die Mauer war hoch genug, um unerwünschte Blicke abhalten zu können. Als der Fremde erkannte, dass Katharina ihn entdeckt hatte, schob sich der Rest des Gesichtes auch noch über die Mauer. Offenbar war er sehr groß.

Er musste schon eine Weile dort gestanden und vielleicht gelauscht haben, vermutete Katharina, wieso auch sonst hätte er das Wort an sie richten sollen?

Der Alte lächelte, hob die Hand und winkte. »Tot, sagtest du. Ist jemand gestorben, junges Fräulein?«

Katharina schlang die Arme um sich. »Ja. Ein Mann, der für meinen Vater gearbeitet hat. Er hat vorhin einen Stein an den Kopf bekommen. Bestimmt ist er jetzt tot«, seufzte sie, ließ etwas traurig den Kopf hängen. »Nur wegen dieses Anbaus. Sein Tod ist doch vollkommen sinnlos.«

Der Fremde blickte zu Boden, wodurch sein Gesicht wieder zum Teil hinter der Mauer verborgen war, verlor dabei aber sein Lächeln nicht. »Weder das Leben, noch der Tod ist vollkommen sinnlos, auch wenn es uns manchmal so vorkommt, mein Fräulein. Alles hat seinen Sinn, alles ist im Fluss. Alles ist ein Kommen und Gehen. Alles hat einen Anfang und ein Ende, und das Ende ist der Anfang. Ohne Anfang gibt es kein Ende und ohne Ende keinen Anfang. Das Ende des einen ist der Anfang des anderen. So hat alles seinen Platz, alles seinen Sinn.« Der Alte sah sie wieder an, und Katharina hatte den Eindruck, dass das Gesicht des Mannes, trotz der Mauer zwischen ihnen, ganz nah kam. Sie dachte eine Weile über die Worte nach, konnte aber nicht alles von dem, was er ihr sagte, deuten, doch hatte sie das Gefühl, dass es wichtig war. Es klang auf jeden Fall so.

»Wie heißt du?«, fragte sie.

»Mein Name ist Arnim. Darf ich fragen, wie dein Name ist?«

»Ich heiße Katharina.«

»Katharina«, wiederholte der Mann freundlich und schien den Klang des Namens zu prüfen, wie Katharina vorhin das Wort *tot*. »Das ist ein sehr schöner Name.

Und so passend. Nun, ich muss weiter meines Weges gehen. Auf Wiedersehen, mein junges Fräulein Katharina. Vielleicht sehen wir uns eines Tages wieder.« Und so unerwartet die merkwürdige Unterhaltung begonnen hatte, entschwanden das Gesicht und der Mann aus Katharinas Sichtfeld.

Verwirrt blickte sie zur Stelle der Mauer, an der der Fremde aufgetaucht war, dann wandte sie sich wieder ihrem See zu, schaute ins Wasser, und ihr Gesicht tauchte wieder auf.

Die hoch am Himmel stehende Sonne verlieh ihrem Antlitz eine Art goldig leuchtenden Schein, gekrönt von den mit Blättern behafteten Ästen der Linde, die sie wie eine Krone umspielten.

Mit der flachen Hand schlug sie auf die Wasseroberfläche. Ihr Spiegelbild verschwand. Sie nahm ihre Hand hoch und beobachtete, wie sich ihr Gesicht zitternd wieder zusammensetzte.

Alles hat einen Anfang und ein Ende, und das Ende ist der Anfang, erinnerte sie sich an die Worte des Mannes. Diese passten doch vortrefflich zu dem, was mit ihrem Spiegelbild gerade passierte. Endlich waren die trüben Gedanken fort, die Faszination des Spiels mit dem Wasser überwog.

Sie sah wieder sich. Erneut schlug sie mit der Hand auf das Wasser. Es war erheiternd mit anzuschauen, wie ihr Gesicht in Tausende von Teilen zersplitterte, unkenntlich wurde und schließlich verschwand, um dann nach und nach wabernd und flimmernd wiederaufzutauchen. Mit anfangs verzerrten, verwirrend anmutenden Proportionen, vermischt mit den silbrigen, die Augen kitzelnden Scherben der Sonne.

Sobald sich das Wasser beruhigte, beruhigten sich auch

ihre Gesichtszüge im flüssigen Spiegel, wurden wieder eins, glatt und schön und vertraut. Das war immer so. Darauf konnte sie sich verlassen. Sie war sich ihrer selbst bewusst, wusste, wer sie war, wusste, dass sie immer da sein würde, immer sie selbst.

Katharina klatschte noch ein letztes Mal mit der Hand ins Wasser, um ihr Spiegelbild zu zerstören.

Doch dieses Mal war alles anders. Keine funkelnden Silbersplitter der Sonne, die vertrauten Äste der Linde wurden zu grotesken Krallen, die nach ihr griffen, und ihr Gesicht ... es war in irgendeiner Weise ihr Gesicht, und doch war es das nicht. Es war dunkel, düster, um es herum war nicht mehr der Himmel, nicht mehr der helle, von Licht durchflutete Himmel mit der Sonne hoch oben.

Er leuchtete grau, wie im Winter bei Schneefall, wie kurz vor einem Sturm. Um das Gesicht im Wasser waberte es, wanden sich Strukturen, die nicht zu erfassen waren. Äste, sich drehend und windend wie schwarze, gebrochene Würmer und doch alles nicht klar und eindeutig.

Das Gesicht sah fürchterlich aus, glühende Augen starrten aus ihm, als wäre die Sonne erloschen und zu zwei feurigen Kohlen im Kopf des Gesichts geworden. Der Mund war viel zu groß, mit viel zu vielen, viel zu langen Zähnen, bitterböse grinsend.

Nein, das war nicht ihr Spiegelbild. Und es konnte auch nicht sein, dass dieses Gesicht mit einem Male sprach, denn sie selbst war wortlos und bewegungslos, zutiefst erschrocken und fassungslos über das, was sich vor ihren Augen in ihrem kleinen Idyll abspielte.

»Sei gegrüßt, Katharina«, sagte das Gesicht.

Die Worte formten sich in ihrem Kopf zu etwas Hörbaren, aber es waren nicht ihre Worte, nicht ihre Gedanken. Es war das totale Gegenteil von ihr selbst, etwas Widerwärtiges, das in sie eingedrungen war und sich ihrer Empfindungen bemächtigte. Eiseskälte ergriff ihr Herz und presste ihr die Luft aus der Lunge. Die schwarze Essenz der Angst umschlang ihren kleinen Körper und saure Übelkeit ergoss sich in ihr.

Eine tiefe, dunkle, schwarze, böse Stimme, die aus den düstersten Schatten der Unterwelt kam.

Vater! Es ist in meinem Kopf!

Die Stimme erschütterte sie bis in die Tiefen ihrer kindlichen Seele hinab. Katharina lief davon, wollte all das abschütteln, sie wollte schreien, aber ihre Kehle war wie zugeschnürt von den grausigen Worten, die nicht die ihrigen waren.

Vater! Bitte, hilf!

Sie berührte die Wasseroberfläche niemals wieder. Der See war auch nicht mehr ihr Lieblingsplatz.

Er war von nun an das nasse Grab ihrer Glückseligkeit.

Der Ort, an dem es begann.

6

Kati galt als großes Talent im Coppenbroicher Sportverein, und nicht nur einmal hatte man ihr nahegelegt, intensiver Leichtathletik zu betreiben, aber bisher hatte sie immer abgelehnt. Sport sollte Spaß machen, und nicht zur Pflicht werden. So sahen das Thomas und Ingrid im Übrigen auch.

Kati freute sich auf den Sportunterricht in der Schule,

war er doch ein wohltuender Ausgleich zur Mathematik.

Es war im Sommer üblich, Jungen und Mädchen während des Sports zu trennen und sich mit der Nutzung der Sporthalle abzuwechseln.

An diesem Tag lag Völkerball an, und aufgrund Katis enormer Fähigkeit, sich geschickt und schnell zu bewegen und damit ein kaum zu treffendes Ziel abzugeben, war sie es in der Regel immer, die als Letzte in ihrem Spielfeld übrig blieb.

Für ihre Mitschülerinnen war es fast schon eine Ehre, die ansonsten respektierte Kati abzuschießen, und so sah sie sich wie immer einem wahren Trommelfeuer ausgesetzt. Das jedoch war für sie nur noch mehr Ansporn, sie mochte diese Herausforderung.

Den ersten Bällen konnte sie locker ausweichen. Der Ball rollte aus dem Feld zur gegnerischen Mannschaft.

Tanja, von den anderen Mädchen ehrfurchtsvoll *Kriegerin* genannt, wollte sie unbedingt aus dem Spiel befördern. Sie schubste mit ihrem kräftigen Hintern zwei ihrer Mannschaftsmitglieder zur Seite. Ihr ging es nicht nur um die Ehre. Sie konnte Kati absolut nicht leiden, was aber auf Gegenseitigkeit beruhte. Es kreiselte zwischen den beiden eine stumme Abneigung, von der beide nicht wussten, woher diese eigentlich rührte.

Tanja fixierte ihre Gegnerin. Kati sah sie gelassen, fast überheblich an. Einem Wurf von Tanja konnte sie immer ausweichen. Zwar war Tanja groß und stark, aber auch eher ungeschickt, und aufgrund ihrer Masse ziemlich langsam.

Kati grinste herausfordernd, war aber dennoch hochkonzentriert. Sie beugte die Knie leicht, verlagerte den Schwerpunkt aufs rechte Bein, spannte die Muskeln an. Sie plante, dem Ball nicht auszuweichen, sondern zu fangen, da sie wusste, dass Tanja immer mit leichtem Linksdrall warf. Doch plötzlich gefror ihr das Grinsen im Gesicht.

Tanja löste sich auf. All ihre Mitschülerinnen verschwanden. Die Lehrerin, die Sporthalle, einfach alles wurde von einem undurchdringlichen Nebel erfasst. Innerhalb von Sekundenbruchteilen lichtete sich der Nebel wieder, und sie sah ihr unbekannte Menschen. Diese Menschen trugen merkwürdige Kleidung, bildeten einen Kreis, umringten einen Stein und eine Person, die am Boden lag. Die Menschen redeten aufgeregt miteinander, in einer teils unverständlichen Sprache, wie als hätte der Nebel noch Auswirkungen auf ihre Stimmen. Nach und nach wurden die Worte verständlicher. Und als Kati »Geh, Kind!« laut und deutlich vernahm, und sich fragen wollte, ob sie denn gemeint wäre, verspürte sie auf einmal einen heftigen Schlag gegen den Kopf. Der Himmel rollte in ihr Sichtfeld wie eine sich entfaltende Tapete, schmückte sich mit Lichtblitzen und Sternen. Dann wurde es dunkel.

Sie wusste nicht, für wie lange. Als sie die Augen öffnete, lag sie am Boden. Die Gesichter ihrer Lehrerin, ihrer besten Freundin Sarah, Tanja und die einiger anderer Schülerinnen schwebten mit verdutztem Ausdruck über ihr.

»Katharina?«, fragte die Lehrerin besorgt. »Ist alles in Ordnung mit dir?«

Kati versuchte sich aufzurichten, doch ihr wurde schwindelig, und sie senkte den Kopf. Sie schloss die Augen, atmete ein paarmal tief durch, biss die Zähne zusammen und stand schließlich auf. Ihr Kopf dröhnte. Sie fasste sich an die schmerzende Stirn.

Die Lehrerin kniete sich vor sie, sah sie besorgt von unten herauf an und fasste sie an beide Arme. »Katharina? Wie geht es dir?«

»Geht schon.«

»Bist du sicher?«

»Ja.«

»Wie viele Finger siehst du?«

Kati verdrehte die Augen. »Zwei?«

»Gut. Wo sind wir?«

»In der Turnhalle?«

»Okay. Wer bin ich?«

»Frau Hansen?«

»Prima, wer bist du?«

»Catwoman?«

»Du setzt dich sofort auf die Bank. Wir brauchen einen Arzt.« Frau Hansen schnellte hoch, griff nach ihrem Handy.

Kati zog eine Schnute.

»Nein«, sagte sie gedehnt. »Ich bin Katharina Sandfels.«

»Das ist kein Spaß! Na, Gott sei Dank, das ist ja noch mal gut gegangen.«

Frau Hansen drehte sich zu Tanja um und stemmte wütend die Hände in die Hüften. »Warum machst du das? Das ist Völkerball, keine Steinigung!«

Tanja war nur unbedeutend kleiner als die Lehrerin, wog aber sichtlich einige Kilo mehr. Auch sie stemmte nun die Hände in die Hüften und grunzte. Die anderen Mädchen hielten einen respektvollen Abstand zu den beiden, schließlich hatte Tanja immer damit geprahlt, sie würde es auch mit einer Lehrerin aufnehmen, sollte sie ihr denn querkommen. Zudem war sie zwei Jahre älter als ihre Klassenkameraden.

Niemand wollte Tanja in die Quere kommen.

Die *Kriegerin* war erst im letzten Winter mit ihren Eltern hierhergezogen und kam dann in diese Klasse. Der Grund, warum sie zwei Klassen zurückgestuft worden war, klärte sich nicht wirklich. Tanja bemühte sich, um sich herum die Aura eben jener *Kriegerin* und ehemaligen *Gang Leaderin* aufzubauen. Auf einige Mädchen wirkte das anziehend. Sie suchten Tanjas Freundschaft, die vermeintliche Stärke des Mädchens, weil auch sie sich dann stärker fühlten. Außerdem war es nie verkehrt, sich mit jemandem gut zu stellen, der so kampferprobt war. Oder es zumindest behauptete. Da aber eben niemand den Schneid hatte, das wirklich herauszufinden, galt, was alle glaubten.

So hatten sich drei Lager gebildet. Auf der einen Seite Tanja mit einer kleinen, aber loyalen Gefolgschaft, auf der anderen Seite Kati, Sarah und zwei oder drei weitere Mädchen, mit denen sie besonders gut auskamen, und die größte Gruppe, bestehend aus den Kindern, die keiner der beiden Gruppierungen angehören wollten.

Tanja retournierte den Vorwurf Frau Hansens giftig: »Wieso mache ich was?«

Ihre unverwechselbare Stimme hätte eher zu einem Jungen gepasst, der gerade dem Stimmbruch entkommen war. »Zum Völkerball gehört doch, dass man jemanden trifft, oder? Und was anderes habe ich nicht gemacht, oder?«

Frau Hansen wedelte mit den Armen. »Du weißt genau, was ich meine. Halte dich das nächste Mal etwas zurück und wirf nicht mit aller Kraft. Du bist nun mal den anderen Mädchen körperlich überlegen. Du solltest verantwortungsvoller mit deiner Kraft umgehen.«

»Pah. Hab mich doch zurückgehalten. Das war nur halbe Kraft. Sagen Sie mal lieber *der da*«, und sie zeigte auf

Kati, »dass sie keine Spiele spielen soll, die sie nicht verträgt. Bist halt 'ne Prinzessin. 'ne Prinzessin, was Kati!?«

Einige der Mädchen kicherten. Kati kochte. *Prinzessin* war das Reizwort, das rote Tuch, das von ihrer Feindin immer wieder gegen sie eingesetzt wurde. Dabei war es gar nicht einmal das Wort, das sie so verärgerte. Kati hatte überhaupt nichts gegen Prinzessinnen, ganz im Gegenteil. Sie hatte die Vorstellung von aufgerüschter Mädchenhaftigkeit irgendwie gemocht, aber so wie Tanja den Begriff benutzte, war er schmutzig. Wie durch Dreck gezogen – etwas Wunderschönes zu etwas Widerwärtigem degradiert, als hätte ihr Tanja etwas weggenommen und dadurch, dass sie es nun benutzte, zerstört. Selbst wenn der Begriff auf eine versöhnliche Art und Weise wieder an sie zurückgefallen wäre, hätte er doch nie wieder die gleiche Schönheit erlangt. Tanja hatte die Prinzessinnen dieser Welt unwiderruflich in schwächliche Witzfiguren verwandelt, für alle Zeiten. Seitdem das geschehen war, vermied sie es strikt, an Prinzessinnen zu denken.

Kati passierte erbost die Lehrerin und baute sich vor Tanja auf, die deutlich einen Kopf größer war. Sarah wollte sie zurückhalten, flüsterte: »Mann, lass doch«, ließ sie aber doch gewähren.

Wütend zeigte Kati mit dem Finger auf Tanja. »Du hast mich nur getroffen, weil ich gerade … weil ich gerade nicht aufgepasst hab. Du würdest mich sonst nie treffen. Nie!«

Tanja bückte sich nach dem Ball und ließ ihn herausfordernd von einer Hand in die andere gleiten. »Bist du sicher?«

»Versuchs doch!« Kati war wieder voll da, fokussiert, konzentriert, sie wusste, dass sie schon hundert Mal um

Tanja herumgelaufen wäre, noch bevor diese überhaupt mit dem Ball ausgeholt hätte.

»Stopp, ihr beiden!« Frau Hansen ging dazwischen. »Wenn ihr nicht vernünftig miteinander Völkerball spielen könnt und das hier in einen Privatkrieg ausartet, machen wir Schluss, und ihr könnt mit den Jungs draußen um die Wette laufen! Und zwar alle.«

»Uhhhh!«

»Öhh!«

»Ich hab Durst!«

»Nöhh!«

»Voll Scheiße!«

»Buhh!«

»Wieso wir, wenn die *Beef* haben?«

»Scheißkack!«

Es war natürlich klar, dass dieser Vorschlag auf wenig Gegenliebe treffen würde.

»Also, vertragt euch wieder. Gebt euch die Hand. Wir sind hier alle Freunde und ihr auch.«

Was für ein Scheiß, dachte Kati. Als ob durch einen erzwungenen Händedruck eine Feindschaft aus der Welt geschafft werden würde. Wieder so eine Sache, die sie nicht verstehen konnte, die sich wohl nur Erwachsene ausdenken konnten, um sich besser zu fühlen. Wenn man jemanden nicht mochte, und derjenige einen selbst auch nicht, dann war das einfach so. Es machte überhaupt keinen Sinn, sich irgendwelche Mühe zu geben, das ändern zu wollen. Gefühle konnte man nicht ändern, sie waren da oder nicht, sie waren so oder anders, man konnte sie nicht ändern oder gar umkehren. Schließlich konnte man auch niemanden auf Anordnung hassen, wenn man ihn lieb hatte. Wenn man jemanden hasste, musste man ihm halt aus dem Weg gehen. Aber leider war das in der Schule, noch dazu, wenn das Subjekt des Hasses in die gleiche Klasse ging, kaum möglich.

Kati gab Tanja trotzdem die Hand. Sie hatte keine Lust auf ellenlange Diskussionen mit der Lehrerin. Tanja verzog keine Miene und drückte so fest zu, dass Kati fast aufgeschrien hätte. Sie ertrug Zähne knirschend den Schmerz. Sie war keine Prinzessin.

Katis Mannschaft verlor das wieder aufgenommene Spiel. Letztlich war sie ja getroffen worden und gehörte nun zu den Werfern. Darin war sie nicht ganz so gut.

»In Ordnung, meine Damen«, sagte die Lehrerin schließlich. »Machen wir Schluss für heute.«

In der Umkleidekabine stichelte Tanja weiter gegen Kati: »Na, Prinzessin? Erlegt von der Kriegerin.« Sie riss die Arme empor. »Sieger!«

Sarah, Katis trollähnlicher *Sidekick*, wollte ihrer Freundin zur Seite stehen. »Mann, hör doch mal auf mit dem Scheiß!«

»Klappe!«, blaffte Tanja zurück. Sarah wandte sich ab und kramte in ihrem Schulranzen.

Ein paar Duschen wurden angemacht und rauschten im Hintergrund, dazu gesellte sich Kichern und Getuschel.

Kati presste die Lippen zu einem schmalen Strich zusammen. Warum konnte Tanja nicht Ruhe geben?

Sie wollte eigentlich auch noch duschen, doch nicht bevor diese Sache hier geklärt war. So baute sie sich mit einem Handtuch über den Schultern vor Tanja auf, die die stumme Herausforderung annahm und ihren Brustkorb aufblähte.

Kati kniff die Augen zusammen, beugte sich vor und fing an zu schnüffeln. »Okay, eins zu null«, sagte sie.

»Dafür dusche ich und stinke nicht so wie du. Aber ich kann das verstehen. Wenn ich so dick wäre und so riechen würde wie du, würde ich mich auch nicht ausziehen. Ist ja eklig.«

Die Mädchen, die nicht in der Dusche waren und das Duell mitbekamen, machten große Augen und klappten den Mund auf und zu. Manche nur auf. Sarah unterdrückte ein Lachen.

Tanjas Gesicht zog sich zusammen, als ob sie in eine Zitrone gebissen hätte, Augen wie Schießscharten, Röte schoss ihr in die Wangen.

Kati rechnete mit allem, mit einem Faustschlag, mit dem massigen Körper, der sich auf sie stürzen würde, aber es geschah erstaunlicher Weise nichts. Der ganze Umkleideraum schien eingefroren zu sein, niemand atmete, alles wartete gebannt auf den unvermeidlichen großen Knall. Stattdessen drehte sich Tanja mit hochrotem Kopf um und stapfte aus der Kabine.

»Das zahl ich dir heim«, flüsterte sie. Dabei klang ihre Stimme nicht ganz so fest wie sonst.

Da nach dem Sport kein weiterer Unterricht mehr stattfand und Kati von ihrem Vater eine knappe halbe Stunde nach Schulschluss abgeholt werden würde, hatte sie noch etwas Zeit und genoss das warme Wasser der Dusche.

Die anderen Kinder hatten sich bereits auf den Heimweg gemacht.

Frau Hansen schaute zur Tür hinein. »Kati?«

»Ja?« Die eigene Stimme klang komisch, so durch das Wasser.

»Holt dich dein Vater ab?«

»Ja.«

»Wie gehts deinem Kopf?«

»Schon wieder gut.«

»In Ordnung. Ich bin ja noch eine Weile hier, falls irgendwas ist.«

»Okay.«

Das Wasser tat gut. Kati schloss die Augen. Das Rauschen des Wassers trugen ihre Gedanken fort, dorthin, wo Gedanken nicht wichtig waren. Sie entspannte sich vollkommen. Sie liebte Wasser, sie liebte das Duschen, wobei Baden natürlich noch besser war, weil man sich dann fühlte, als wäre man schwerelos. Als würde man in einer Wolke eingebettet sein, die man gar nicht spürte. Man fühlte sich gar nicht mehr wie man selbst, sondern wie jemand anderes, den man sehr gern mochte.

Plötzlich verspürte sie wieder dieses seltsame Gefühl im Magen. Sie öffnete die Augen, legte eine Hand auf ihren Bauch und zog ihn ein. Das Gefühl verschwand nicht. Sie schaute an sich herunter, auf die kleinen weißen Fliesen, sah, wie das Wasser darüber lief, sah, wie es sich sammelte und im Ausguss verschwand. Es war viel mehr Wasser, als der kleine Ausguss schlucken konnte. War er verstopft? Das Wasser stand bereits einige Zentimeter hoch und schien immer weiter zu steigen. Es stand schon kurz vor der Kante zur Umkleide, noch ein bisschen mehr und es würde darüber schwappen und alles unter Wasser setzen. Kati hob den Fuß, ließ ihn wieder ins Wasser schnellen. Es spritzte.

Plötzlich jagte ihr ein Schauer über den Rücken. Sie traute ihren Augen nicht.

Ins Wasser zu ihren Füßen mischte sich eine dunkle, fast schwarze Flüssigkeit, wie Tinte, die jemand von oben hinabtropfen ließ. Kati riss den Kopf hoch, starrte zur Decke, doch da war nichts, nichts tropfte von dort.

Verwirrt blickte sie wieder nach unten, hob nun instinktiv einen Fuß, denn sie wollte von der Farbe nicht berührt werden. Die Flüssigkeit zerlief im Wasser und beschrieb groteske Formen, strudelte und formte ein Oval. Nach und nach bekam die Erscheinung Augen und einen Mund. Glühende Augen. Und einen großen Mund. Ein Maul. Das Gesicht sagte etwas zu ihr. Die Stimme kroch unverständlich dumpf durch das Wasser, warf Blasen, stieg aus dem Wasser, kroch auf der Oberfläche entlang. Ein Stück der schwarzen Substanz löste sich vom Rest, es war die Stimme, düster, unheimlich, sie schwamm auf sie zu.

Kati *sah* die Stimme.

Sie stand unter der Dusche, festgewurzelt, hatte die Hände zu Fäusten geballt, und unter ihrem Kinn vergraben. Wie ein Kranich stand sie da, mit einem erhobenen Fuß, und sie starrte mit panischen Augen auf das Schwarze, das sich ihr unaufhaltsam näherte.

Scheiße! Was ist das?

Das Stück Stimme erreichte die Zehen ihres noch auf dem Boden stehenden Fußes. Es verweilte dort einen Augenblick, als würde es überlegen, wie es weiter verfahren könne, und schließlich drehte es sich um Katis Knöchel, schlängelte sich wie ein dünner Faden an ihrem Bein empor.

Kati spürte es nicht, aber sie *sah* es!

Sie versuchte in ihrer Bewegungslosigkeit alle übrigen Sinne auf Hochleistung zu bringen, um ihren Augen eine Rückmeldung zu liefern. Einen Beweis dafür, dass das, was sie sahen, nicht real sein konnte – oder eben doch. Und während sie aufs Äußerste gespannt war und diesen Horror erlebte und alles, was sie spüren konnte, der hämmernde Herzschlag in ihrer Brust war, erreichte die Erscheinung ihren Kopf. Und sie hörte die Worte.

»Sei gegrüßt, Katharina!«, sagte das schwarze, verwässerte Irgendwas, das an ihr hochgeschlängelt kam und sie wahnsinnig vor Angst werden ließ. Kati riss den Mund auf, um zu schreien, nach der Lehrerin zu rufen, doch das unablässig aus der Dusche strömende Wasser füllte ihre Kehle und erstickte den Versuch.

Und dann war die Erscheinung fort. Weg von ihr und von ihrem Körper, weg von den Kacheln. Nichts mehr, kein Schleier von Farbe, keine Rückstände, nichts. Das Wasser plätscherte unschuldig, lief in den Ausguss, es war, als wäre nichts gewesen. Kati sackte zusammen. Sie rutschte mit dem Rücken an der Wand entlang und saß erschöpft auf den Fliesen. Ihr Kopf schwindelte. Sie zog die Knie an, umschloss sie mit den Armen und erlaubte endlich ihrem Körper zu zittern.

Minuten später teilte Frau Hansen den Wasservorhang. »Kati? Was ist mit dir? Was ist denn mit dir los? Ist dir schlecht geworden?« Die Lehrerin stellte die Dusche ab, wurde dabei ganz nass, und kniete sich hin. Sie strich Kati die nassen Haare aus dem Gesicht und begutachtete die Beule. »Nicht, dass du eine Gehirnerschütterung hast. Damit ist nicht zu spaßen.«

»Frau Hansen?«, erklang die Stimme von Thomas, der soeben die Halle betreten hatte, um nach seiner Tochter zu suchen, da sie nicht wie verabredet vor der Schule gewartet hatte.

»Hier!«, rief die Lehrerin, die ihn erkannt hatte. »Das heißt ... Moment. Sie sollten vielleicht einen Moment warten, Ihre Tochter steht noch unter der Dusche, und ich auch … also … das heißt, nicht direkt ... weil … Sie verstehen ...«

»Kati? Frau Hansen? Seid ihr hier?«

Peinlich war das am ehesten Frau Hansen, da sie nicht wirklich wusste, wie sie mit der Situation umgehen sollte, und war sehr erleichtert darüber, dass es dann doch sie war, die sich am meisten Sorgen machte ob der Nacktheit ihrer Schülerin. Sie zog Thomas aus der Umkleide, um Kati etwas Privatsphäre zu ermöglichen und schilderte kurz den Vorfall während des Völkerballspiels und Katis vermeintlichem Zusammenbruchs unter der Dusche. Thomas musste ihr versprechen, mit Kati zum Arzt zu fahren, und selbstverständlich sei sie als Lehrerin verantwortlich und würde für alle Fragen zur Verfügung stehen.

»Können wir jetzt fahren?«, fragte Kati, fertig angezogen, die Schultasche lässig über die Schulter gehängt.

»Natürlich.« Thomas legte seinen Arm um Katis Schultern und zog sie an sich.

Kati drehte verstohlen den Kopf, blickte kurz zurück zur Umkleide.

Zu dem Ort, an dem es begann.

7

Der Arzt ging davon aus, dass keine Gehirnerschütterung oder gar Schlimmeres vorlag.

Er wies jedoch darauf hin, dass Kati genau beobachtet werden sollte. Sollte sich in ihrem Verhalten etwas ändern, sie einen verwirrten Eindruck machen oder sich übergeben, würde er sofort eine Einweisung fürs Krankenhaus schreiben.

Thomas rief Ingrid von unterwegs an und entschärfte

die Geschichte etwas, damit sie sich nicht zu viel Sorgen machte.

Er warf während der Fahrt immer wieder einen Blick in den Rückspiegel. Die Rötung an Katis Stirn war inzwischen kaum noch zu sehen.

»Süße? Geht es dir wirklich gut?«

»Papa ... ja, alles ist gut.« Es war natürlich nicht alles in Ordnung, ganz im Gegenteil. Das Erlebnis mit dieser Erscheinung im Wasser ließ sie nicht los. Sie war fest davon überzeugt, dass all das soeben real passiert war.

Eigentlich.

Aber wenn der Schlag gegen ihren Kopf doch so hart gewesen war, dass er ihren Verstand durcheinandergebracht hatte? Doch warum war dann kurz zuvor alles verschwunden? Warum hatte sie diese fremden Menschen gesehen? Das war doch eindeutig, bevor der Ball sie getroffen hatte. Schließlich waren diese Bilder schuld daran, dass der Ball sie traf. Wie konnte das also sein?

Thomas spürte, dass seine Tochter vor sich hin grübelte.

»Bist du sicher?«, fragte er.

»Womit?«

»Dass es dir gut geht. Du musst uns unbedingt Bescheid sagen, wenn dir komisch wird.«

»Ich hab gehört, was der Arzt gesagt hat.«

»Gut. Aber du musst dann auch wirklich ...«

»Okay. Versprochen«, unterbrach Kati ihn und sah demonstrativ aus dem Fenster.

Ganz zufrieden war Thomas nicht mit der Antwort, wechselte aber das Thema, um nicht weiter darauf herumzuhacken. »Ach, da fällt mir gerade ein, du hast ja in vier Wochen Geburtstag. Ist dir noch etwas eingefallen, was du dir wünschst?«

Das Thema riss sie aus ihren Gedanken, wenn auch nur kurz, denn ihr Unterbewusstsein verband das eine mit dem anderen.

»Ich will ein Messer«, erklärte sie bestimmt.

Thomas wäre fast auf die Bremse getreten. »Wie bitte? Du spinnst ja wohl! Eine Neunjährige mit einem Messer! Was willst du denn damit?«

»Nichts. Dann bin ich ja auch zehn.«

»Na bitteschön! Und was will eine Zehnjährige mit einem Messer?«

Kati überlegte. Sie wollte ihre Erlebnisse vorerst für sich behalten, weil sie sich ihrer selbst nicht ganz sicher war. Aber irgendetwas musste sie sagen. »Damit ich mich wehren kann.«

»Also stopp mal bitte.«

Thomas hielt am Straßenrand und stellte den Motor ab. Er drehte sich auf dem Fahrersitz um und schaute seine Tochter streng an. »Was? Gegen wen musst du dich wehren? Ich hoffe ja wohl nicht, dass du deine Klassenkameradin wegen des Balls …«

Kati hielt seinem Blick stand. »Nein, nicht deshalb.«

Das Gesicht ihres Vaters formte ein Fragezeichen.

Kati schluckte. »Dann halt nicht. Du brauchst mir kein Messer zu schenken, wenn du nicht willst. War nur so eine Idee.«

Thomas griff nach hinten und legte Kati eine Hand auf den Kopf. »Süße! Die Wahrheit. Was ist los?«

Kati verdrehte die Augen.

»Ist etwas unter der Dusche passiert? Hat dich jemand angefasst?«, bohrte Thomas weiter.

»Nein! Nein, auf keinen Fall! Igitt!«

Thomas glaubte ihr halbwegs. Zumindest heute konnte nichts geschehen sein, was in einem Zusammenhang mit dem Messer gestanden haben konnte, zumal die Lehrerin anwesend gewesen war. Wie kam sie nur darauf? Vielleicht war es gerade in Mode, ein Messer zu besitzen? Vielleicht ging es um einen Film, oder Ähnliches? Ein Teil seiner Freunde war nach dem Erscheinen der *Herr der Ringe*-Filme auch ganz verrückt danach gewesen, Pfeife zu rauchen oder mit dem Bogenschießen anzufangen, was er allerdings ziemlich kindisch fand.

Thomas fuhr weiter. Er blieb skeptisch, im Moment blieb ihm aber nichts Weiteres übrig, als Katis Versicherung Glauben zu schenken.

Kati hingegen fühlte sich unwohl. Sie wusste, dass ihr Vater ihr nur helfen, sie beschützen wollte.

Es war das erste Mal, dass sie ihm nicht vertraute. Das tat weh.

Ein Messer! Dann kann ich dieses Gesicht erstechen, wenn es wiederauftaucht, es packen und von mir abschneiden.

Ein Messer. Sie wünscht sich ein Messer. Was steckt nur dahinter? Na ja, es gibt ja auch Messer, die nicht weiter gefährlich sind, mehr so Kunstobjekte oder Dekoration. Vielleicht würde ihr das reichen. Es wäre dann symbolisch. Vielleicht ist es das.

Vielleicht.

8

Katharina verschwieg ihren Eltern das Erlebnis mit der Erscheinung in ihrem See. Zwar war sie sofort zu ihrem Vater gelaufen, doch er war mehr damit beschäftigt, sich über den Unfall mit dem Stein unterrichten zu lassen.

So verschwand die Begebenheit immer mehr und tauchte nur noch verschwommen in ihren Erinnerungen auf. Sie war sich nicht einmal mehr sicher, ob sie das wirklich erlebt oder nur geträumt hatte, in einer unruhigen Nacht.

Was jedoch blieb, war der große Bogen, den sie um ihren ehemaligen Lieblingsplatz machte.

Ein bedeutend erfreulicheres Ereignis rückte zudem in den Fokus, ihr zehnter Geburtstag.

Ihr Vater Ulrich, ihre Mutter Johanna und ein guter Teil der dauerhaften Gäste des Herrenhauses trafen sich an Katharinas Ehrentag im großen Speisesaal. Die Köchin Hilda, ein Mensch gewordenes Spanferkel, kaum größer als Katharina, hatte mächtig aufgetischt und huschte aufgeregt und mit hochrotem Kopf hin und her, um alle ihre Köstlichkeiten zum rechten Zeitpunkt und in angemessener Form zu kredenzen. Dabei schwitzte sie wahre Bäche, schnaufte wie ein Dampfross, schien aber ansonsten guter Dinge zu sein. Hatte sie einmal gar nichts zu tun, sah man ihr ihren Missmut darüber deutlich an.

Es herrschte insgesamt eine hervorragende Stimmung, und nach einer Weile stand Ulrich Beers, der Herr des

Hauses, ein charismatischer, kraftstrotzender Mann von rund fünfunddreißig Jahren, mit hellbraunem Haar und gepflegtem Bart, auf. Es wurde langsam still, er hob sein Weinglas.

»An diesem Tag gibt es zwei erfreuliche Ereignisse zu feiern. Lasst mich mit dem geschäftlichen beginnen. Der Anbau ist endlich fertiggestellt und steht nun dem Publikum offen. Leider ist ein Unfall geschehen, wie ihr sicher erfahren habt. Die Familie des armen Mannes wurde aber fürstlich entschädigt, das möchte ich mit aller Deutlichkeit erwähnen. Manchmal gibt es eben ein Opfer zu beklagen. Doch letztlich hat sich alles zum Guten gewendet.«

Es wurde anerkennend genickt und gemurmelt. Einige Gäste klatschten in die Hände.

»Mir wäre es zwar lieber gewesen, wir hätten einen der größeren Räume des Hauses dafür gewählt, aber meine liebe Frau Johanna hat sich durchgesetzt. Zwar sind dadurch die Kosten zunächst etwas gestiegen – nicht nur durch den dummen Unfall –, aber vielleicht hat sie recht mit ihrem Einwand, dass das Haus ausschließlich der Familie, unseren Mietern und Angestellten zur Verfügung stehen sollte. Man kann ja nie wissen, was für Gestalten heutzutage unterwegs sind.« Ein paar der Anwesenden lachten. »Wie dem auch sei. Das Spielhaus wird nicht nur mir und meiner Familie materielle Sicherheit garantieren, so werden unsere guten und geschätzten Angestellten ebenfalls davon profitieren. Denn geht es uns gut, wird auch eurer Auskommen bei uns gesichert sein. Ihr müsstet euch also keinen neuen Arbeitgeber suchen. Es sei denn, ihr wollt das so, was ich aber nicht glaube.«

Nun lachten alle.

»Wir werden Kurzweil und Zerstreuung bieten. Und wie es üblich ist, gibt es nichts ohne Gegenleistung. Wer Kurzweil und Zerstreuung wünscht, wird sie bekommen und sie mit barer Münze bezahlen. Wer kann, der möchte. Niemand wird gezwungen werden, aber ich versichere euch, jeder wird es wollen!«

Lachen, Zustimmung.

Katharina hatte nicht den leisesten Schimmer, wie das, was ihr Vater angedeutet hatte, funktionieren sollte. Es interessierte sie aber auch nicht sonderlich. Ungeduldig rutschte sie auf ihrem Stuhl hin und her.

»Kommen wir nun zu der zweiten familiären und somit erfreulicheren Begebenheit. Denn was sind wir doch ohne unsere Familie?«, sagte Ulrich und schuf etwas Platz auf dem langen Tisch. Er ging zu Katharina hinüber, nahm sie hoch und hob sie darauf, machte einige Schritte zurück und breitete die Arme aus. »Meine liebste Tochter! Mein Engel! Mein Augenstern, mein Fleisch und Blut! Mein Ein und Alles! Seht sie euch an! Nun ist sie zehn Jahre alt!«

Beifall ertönte.

Johanna verdrehte die Augen. Dass Ulrich auch immer so übertreiben musste. Das Kind auf dem Tisch! Auf so etwas konnte auch nur er kommen.

Katharina lächelte schüchtern. Es war ihr etwas unangenehm, von allen so angestarrt zu werden, aber dennoch gefiel es ihr. Sie breitete ebenfalls die Arme aus und drehte sich auf dem Tisch um ihre eigene Achse, damit jeder sie von allen Seiten begutachten konnte und die möglichen Veränderungen, die mit dem Erreichen des zehnten Lebensjahres einhergingen, erkennen konnte.

Ulrich machte ein Zeichen, und aus den Anwesenden

lösten sich zwei Männer, die auf einem Kissen einen in Tuch gehüllten, länglichen Gegenstand trugen. Die beiden kümmerten sich normalerweise um den Garten, wohnten selbst jedoch nicht im Haus. Katharina stoppte ihre Pirouette abrupt, was sie etwas schwindeln und gegen ein paar Gläser und Teller stoßen ließ. Johanna hielt sie an einem Knöchel fest und sah sie streng an.

»Katharina!«, zischte sie. »Beherrsche dich! Was musst du immer so herumspringen!«

Ulrich nahm den beiden Männern den verhüllten Gegenstand ab und stellte sich an die Tischkante, direkt vor seine Tochter. Mit lauter, zeremoniell klingender Stimme sprach er: »Nun ist es soweit. Meine Tochter ist zehn Jahre alt und soll es erhalten.« Allerdings zeigte sich, dass *nun* nicht gleichbedeutend mit *jetzt* war.

Katharina schaffte es anfangs, den folgenden Worten ihres Vaters zu lauschen. Aber nach kurzer Zeit dachte sie mehr darüber nach, was er ihr denn schenken könnte. Ulrich schwadronierte über Stärke, über Erfahrung, über das richtige Alter, über Verteidigung und Vertrauen, und dass man nicht früh genug damit anfangen könne. Dass es keine Rolle spielen würde, ob Junge oder Mädchen und noch allerlei. Als er *meine Tochter Katharina* sagte, hörte sie wieder genauer zu: Die Familie, die Liebe und der Zusammenhalt besaß eine besondere Macht. Das Geschenk war ein Symbol dafür, ein Symbol, das Energie, Schönheit und Reinheit in sich verband. Während er sprach, veränderte sich seine Stimme, sie wurde leiser und ein geheimnisvoller Unterton klang in ihr.

Endlich entfernte er das Tuch. Er kniete sich nieder, hob beide Arme und überreichte das Geschenk.

»Ein Schwert?« Verblüfft beugte Katharina sich vor.

Mit allem möglichen hatte sie gerechnet, nicht aber mit einem Schwert. Ihr Vater wandte seinen Blick ehrfurchtsvoll zu Boden. Die Gäste folgten nach und nach seinem Beispiel. Katharina nahm das Schwert in beide Hände und betrachtete es mit großen Augen.

Die kurze Parierstange des Schwertes schimmerte in Gold und Silber. Der Griff lag hervorragend in ihrer Hand, wenn er ihr auch etwas zu groß erschien, aber das sollte sich im Laufe der Zeit ja noch ändern. In das untere Ende war ein blauer Stein eingefasst – und je nach Lichteinfall hatte er das gleiche, intensive Blau wie ihre Augen. Die Klinge glich der eines schmalen Kurzschwertes, maß so lang wie ihr Unterarm. Sie war so glatt poliert, dass sie sich darin spiegeln konnte.

Die anfängliche Unsicherheit veränderte sich und wurde zu Verstehen. Je länger Katharina das Schwert betrachtete, desto mehr begann es sie zu faszinieren, desto mehr wurde ihr bewusst, was ihr Vater vorhin in so ausufernden und für sie ermüdenden Erklärungen von sich gegeben hatte. Sie hielt eine Waffe in der Hand, eine richtige Waffe. Ihr Vater hatte so viel Vertrauen in sie gesetzt, dass er ihr eine Waffe schenkte, und das erfüllte sie mit Stolz und Stärke. Offenbar betrachtete er sie nun nicht mehr als kleines Kind, sondern als erwachsene Persönlichkeit. Ihr Vater hatte ihr etwas geschenkt, das wunderschön war, so voller Klarheit und Reinheit. Das Schwert war wirklich ein Symbol für die Liebe. Ihr Schwert! Ihr Schwert war das schönste Schwert auf der ganzen Welt.

»Wie schön!«, sagte sie voller Freude.

Sie ging auf dem Tisch in die Hocke, breitete die Arme aus, beugte sich zu ihrem Vater hinunter und umarmte ihn. Dabei hielt sie das Schwert fest umklammert, sodass die Klinge der ausladenden Armbewegung folgend einen schwungvollen Halbkreis beschrieb und dem Hals eines Mannes an der Tafel bedrohlich nahekam.

Ulrich erwiderte die Umarmung seiner Tochter.

»Ein schönes Geschenk«, mischte sich Johanna ein, der die ungestüme Handhabung des Schwertes nicht entgangen war. »Aber vielleicht solltest du ihr nicht nur ein Schwert schenken, sondern ihr auch zeigen, wie man mit einem solchen umgeht. Bevor noch ein Unglück geschieht.« Sie blickte entschuldigend nickend zu dem Mann hinüber, der dem Hieb Katharinas gerade knapp entgangen, und vor Schreck blass geworden war. »Es macht wenig Sinn, Gäste anzulocken, wenn man die vorhandenen köpft. Denn unser guter Ruf würde doch etwas leiden.« Sie sagte dies mit voller Ernsthaftigkeit, und jegliches Geräusch in der Halle verstummte schlagartig.

Katharina sah ihren Vater an. Er sah sie an, sie beide sahen Johanna an. Dann gab Ulrich glucksende Geräusche von sich, und augenblicklich brach er in schallendes Gelächter aus. Katharina schaute noch immer zwischen ihnen hin und her, dann tauchte auch auf ihrem Gesicht ein mit Grübchen gekröntes Grinsen auf. Johanna verdrehte die Augen und warf die Arme in die Luft. »Was habe ich nur für eine Familie?«, rief sie theatralisch aus und fing ebenfalls an zu lachen.

Die Gäste im Saal stimmten ein, und allen wurde wieder einmal bewusst, dass die Liebe, die in diesen Mauern innewohnte, durch nichts zerstört werden konnte.

Es kam ihnen nicht in den Sinn, dass sie sich damit täuschten und das Grauen bereits eingezogen war.

9

Das Gelände des alten Herrenhauses war nicht wiederzuerkennen. Schweres Arbeitsgerät hatte alles niedergewalzt, und von dem verwilderten Garten war ebenfalls nichts weiter geblieben, als eine alte Winterlinde und ein paar andere Bäume im hinteren Teil, die dem Vorhaben wohl nicht im Wege standen. Graue Betonplatten ersetzten Gras, Moos, wucherndes Gestrüpp und verwilderte Rosen. Dort, wo das Herrenhaus gestanden hatte, gähnte ein tiefes Loch: der Keller, den man größtenteils wiederverwenden wollte.

Die Arbeiter waren schnell vorangekommen. Das Unglück mit der Mauer war ein tragischer Einzelfall geblieben, ein Unfall, wie er nun einmal vorkommen konnte. Es gab zum Glück Entwarnung, denn weder gefährliche Bakterien, noch aggressive Pilze, Algen oder Ungeziefer konnten in dem Staub nachgewiesen werden. Den anderen Arbeitern legte man also nahe, die Sache nicht weiter zu hinterfragen. Niemand wollte den Fall eingehender beleuchten und dabei nach Verstößen gegen Sicherheitsbestimmungen suchen. Es sollte keine weitere Zeit mehr vertrödelt, und endlich der Schlussstrich unter die Geschichte des Herrenhauses gezogen werden.

Zwei Wochen vor Katis Geburtstag trafen die ersten Lkws mit den Fertigbauteilen ein. Es war ein völlig neuartiges System, wesentlich fortschrittlicher als bei vergleichbaren Fertigbauhäusern. Ein großer Artikel in der

Zeitung informierte über den Stand der Dinge, lobte das schnelle Vorankommen, die innovative, umweltfreundliche und klimaschützende Bauweise, und zitierte Bürgermeister Willerbach, der mit einer Eröffnung in rund zwei bis drei Wochen rechnen würde.

Auf Katis Stundenplan stand an diesem Tag Geografie-Unterricht. Zehn Minuten nach dem Beginn der Stunde war der Lehrer immer noch nicht erschienen. Stattdessen stand ein etwas zerknautscht wirkender Referendar in der Tür und teilte den Schülern mit, dass der Geografie-Unterricht ausfallen würde, weil der zuständige Lehrer sich gerade krankgemeldet hatte. Da auf die Schnelle keine Vertretung zu bekommen war, bedeutete das eine unbeaufsichtigte Freistunde.

Tanja hatte die Auseinandersetzung mit Kati in der Umkleidekabine nicht vergessen. Nach langem, anstrengendem Grübeln war in ihr vor ein paar Tagen die Idee gereift, wie sie es ihrer Kontrahentin heimzahlen konnte. Banale Schläge als Antwort hatte sie schnell verworfen, denn auf den zu erwartenden Ärger konnte sie gut verzichten. Etwas Perfideres musste also her.

Und einen besseren Zeitpunkt als diese Freistunde hätte es für Tanjas Plan nicht geben können.

Sie riss also ein Stück Papier aus ihrem Block und kritzelte etwas darauf. Dann tippte sie Christian, einem etwas weichlich wirkenden Jungen von hochgewachsener Statur, der in sie verknallt war, zumindest aber auffallend oft wie eine Klette an ihr hing, auf den Rücken.

Tanja nickte ihm zu. »Gib ihn weiter.« Christian, stolz darauf, Tanja einen Dienst zu erweisen, lächelte schüchtern. Er nahm das Papier an sich, überflog den Inhalt und runzelte die Stirn. Er klappte den Mund auf, schaute misstrauisch und stellte geräuschlos die Frage nach dem Wahrheitsgehalt des gerade Gelesenen. Tanja zog die Augenbrauen hoch. *Is so.*

Christian sah zu Kati hinüber und prustete leise. Er faltete den Zettel zusammen und reichte ihn weiter.

Nach einer Weile spürte Kati eine merkwürdige Stimmung in der Klasse aufziehen. Tatsächlich wurde sie von einigen Mitschülern auf eine nicht zu interpretierende Art und Weise angeglotzt, doch bevor sie eine Erklärung finden konnte, landete der Zettel auf ihrem Tisch.

Sie öffnete ihn und las. Schamröte stieg ihr ins Gesicht, sie riss die Augen auf und konnte einfach nicht glauben, was dort geschrieben stand. In der Hoffnung, die Aussage würde sich irgendwie verändern, überflog sie nochmals die Zeilen. Es blieb jedoch dabei. Sie sprang von ihrem Stuhl auf, holte Luft, wollte ihre Wut von der Leine lassen, irgendwem die Schuld geben, sie stockte und hielt den Atem an. Zorn rumorte in ihrem Magen, wie ein Marder, den man unvermittelt in einen Käfig gesteckt hatte.

Alle starrten sie an.

Kati setzte sich mit hochrotem Kopf wieder hin.

Sarah, die mit Kati das Pult teilte, hatte den Zettel indessen auch gelesen und schüttelte fassungslos den Kopf.

Dann begann das Lachen – ein verhaltenes Kichern erst, das langsam mutiger wurde. Tanja, die Kriegerin, hatte die Schlacht in aller Öffentlichkeit begonnen, und ihre Feindin war die Letzte, die davon erfuhr.

Kati zitterte. Was auf dem Zettel stand war eine verdammte Lüge. Aber was sollte sie tun? Die Behauptung hatte sich jetzt in jedem Kopf ihrer Mitschüler eingenistet, und es spielte keine Rolle, ob sie in der Lage dazu wäre, einen Gegenbeweis zu erbringen – abgesehen davon, dass das praktisch nicht möglich war. Es war ein Gerücht, eine Lüge, und nichts konnte sie dagegen tun, es würde immer etwas davon an ihr haften bleiben. Ihre Kiefer arbeiteten, während sie den Kopf drehte und Tanja fixierte. Ihre Vermutung über den Urheber des Zettels schien sich zu bewahrheiten, denn Tanja lehnte entspannt in ihrem Stuhl, hatte die Arme vor der Brust verschränkt, die Augenbrauen erwartungsvoll erhoben und erwiderte Katis Blick mit genüsslicher Genugtuung. Natürlich. Tanja. War ja klar.

In diesem Moment geschah etwas Aufregendes für die Schüler. Tanja hatte Kati den Fehdehandschuh hingeworfen und diese musste wohl oder übel reagieren. Wieder erhoffte sich die Klasse einen handfesten Streit.

Tanja war sich der Aufmerksamkeit bewusst und legte nach: »Tja, Prinzessin, ich muss nicht andauernd duschen. Du musst das anscheinend. Jetzt wissen wir auch warum.« Das Lachen in der Klasse schwoll an.

Kati stürmte direkt auf Tanja los, die mit dieser Reaktion gerechnet hatte, aber genau wusste, dass niemand sich auf eine Prügelei mit ihr einlassen würde.

Und tatsächlich kam Kati kurz vor der Kollision doch noch zur Besinnung. Eine körperliche Auseinandersetzung würde wahrlich keinen Sinn machen, egal wie sportlich sie auch sein mochte. Das änderte aber nichts daran, dass das furchtbare Gefühl aus ihr herausmusste.

»Du blöde, Scheißsau!«, brüllte sie. »Das ist gelogen, das stimmt nicht. Und ich bin keine feige Prinzessin!« Das Gelächter in der Klasse verebbte.

Tanja legte den Kopf schief, die Arme noch immer vor der Brust verschränkt. »Na, dann beweise doch, dass du nicht feige bist. Dann werden wir ja sehen ...«

Katis Hände verkrümmten sich zu Fäusten, wollten irgendetwas zertrümmern. Sie musste sich auf die Provokation einlassen, musste jeden Strohhalm ergreifen, der ihr die Chance gab, aus der Sache herauszukommen. Ihr war klar, dass das alles ein Plan war, eine Falle, die jetzt zuschnappte. Sie ergab sich, ließ die Hände sinken. »Wie?«, fragte sie grimmig.

»Sag ich dir morgen. Bis dahin … weißte ja.«

10

Thomas war der Laden in der kleinen Innenstadt nie aufgefallen. Er lag etwas versteckt in einer Seitenstraße, weit hinten, wo fast immer Dämmerung herrschte, in einer Gegend, die zum ältesten Teil Coppenbroichs gehörte. Vielleicht hatte der Laden auch erst vor Kurzem aufgemacht. Vielleicht war er auch noch nie in dieser Gasse gewesen. Seine Beine hatten ihn nach seinem Feierabend hierhergetragen, nachdem er sich beim Bäcker einen Kaffee im Stehen geleistet und die Bestellung für Katis Geburtstagstorte besprochen hatte.

Er blieb vor dem Schaufenster stehen, und dachte daran, dass die Scheibe mal wieder eine Wäsche nötig hätte und versuchte, das Chaos zu überblicken, das er in der Auslage vorfand. Sehr alte Bücher, Orden, vergilbte Papiere, uralte Fotoapparate, und alte Fotografien, kleine Gemälde, Kisten und Kästen in allen Größen, Vasen, Schalen, Asiatika, kleine Öllämpchen lagen wie zufällig dahin gepurzelt vor ihm.

Den Rest ordnete er als Ramsch und Schrott ein, vor

allem das, dem er keinen tatsächlichen Nutzen zuordnen konnte.

Er trat von dem Schaufenster zurück und sah über die Eingangstür.

›UNTERBERG – ANTIK‹ stand auf einem Schild.

»Unterberg«, wiederholte Thomas murmelnd. Der Name des Ladens kam ihm bekannt vor. Er konnte sich jedoch beim besten Willen nicht daran erinnern, wo er ihn schon mal gehört hatte. Er zuckte mit den Schultern und wollte gerade weitergehen, um sich auf den Heimweg zu machen, aber plötzlich blitzte etwas auf. Es war nur ein kurzer, gleißender Sonnenstrahl, intensiv genug, um ihn wieder näher an das Schaufenster herantreten zu lassen.

Er drehte kurz den Kopf nach oben und wunderte sich, dass die Sonne sich hier in etwas spiegeln konnte. Schließlich sah er zurück und suchte nach dem, was gefunkelt haben konnte. Es war ein kleines Schwert mit glänzend polierter Klinge. An sich war es nicht wirklich ein Schwert, fand er, vielmehr ein schmales Kurzschwert, oder noch eher ein etwas längerer Dolch, vermutlich eine verkleinerte Kopie von einem richtigen Schwert.

Kati und ihr Wunsch nach einem Messer kam im sofort in den Sinn. Er presste die Lippen zusammen.

Eigentlich … nein. Aber dieses Ding hier war so hübsch und wirkte so ungefährlich, dass man es eher als Dekoration einordnen konnte. An dem Dolch, wie er ihn von nun an definierte, stand kein Preis, wie auch an allen anderen Exponaten. Er hatte nicht wirklich vor, ihn zu kaufen, vielmehr trieb ihn reine Neugierde. Vielleicht bekam er ja auch ein paar Informationen, die ihn darin bekräftigten, die Finger davonzulassen.

Er drückte die Klinke des Ladens herunter, öffnete die Tür, verharrte kurz auf der Schwelle und trat schließlich ein.

Der Raum, der sich vor ihm ausbreitete, entsprach dem äußeren Erscheinungsbild: nicht dreckig, aber staubig, nicht unaufgeräumt, eher ungeordnet. Thomas fragte sich, ob es sich bei dem Laden überhaupt um ein Geschäft handelte, oder eher um eine Kammer von irgendwem, der ein altes Ladengeschäft gemietet hatte, um sein Gerümpel unterzubringen. Trotz des Wortes ANTIK über der Tür und der Tatsache, dass nicht abgeschlossen war. Oder war es vielmehr eine Wohnung, in einem kleinen Haus, das sich zwischen die anderen kleinen Häuser gedrängt hatte? Vielleicht sollte das Wort lediglich darauf hinweisen, dass hier einfach alles ziemlich alt war. Denn einen Verkäufer gab es offenbar auch nicht.

»Hallo?« Es war nicht sehr hell im Raum, das Licht reichte gerade noch aus, um es nicht als zu dunkel zu empfinden.

Er hatte ihn tatsächlich nicht gesehen, der Mann verschwand regelrecht in dem Inventar, verschmolz mit ihm zu grauen und braunen Tönen, und erst als er sich bewegte und dabei Geräusche machte, registrierte Thomas seine Anwesenheit. Der Mann stand von einem etwas weiter im Raum befindlichen Tisch auf.

»Kann ich etwas für Sie tun?«, fragte der Mann freundlich, moderat, einen Hauch zu langsam. Seine Stimme klang wohltuend, wie eine alte Melodie über das Meer, vorgetragen von einem Bariton. Er war alt, definitiv, Thomas vermochte aber sein Alter nicht zu schätzen, denn der fast das halbe Gesicht verdeckende, lange Bart ließ eine genauere Bestimmung unmöglich zu.

»Ja, ähm … Guten Tag. Also ... Ich interessiere mich für den Dolch im Schaufenster. Der mit dem blauen Stein am Griff. Sie verkaufen … hier doch?«, erkundigte sich Thomas.

Der Alte reagierte nicht, sah ihn aber interessiert an. Er musterte Thomas von oben herab, denn er war erstaunlich groß, dabei war Thomas selbst auch nicht gerade klein. In dem Blick des Alten lag eine seltsame Mischung aus Neugier, Abwägung und Lebenserfahrung.

»Der Dolch«, wiederholte Thomas langsam. »Dort im Schaufenster.« Sein Zeigefinger wies die Richtung.

»Oh. Ich wusste nicht, dass es dort liegt.«

»Ach, dann ist er nicht zu verkaufen?«

Der Alte legte den Kopf schief, überlegte und strich sich über den Bart. »Verkaufen«, wiederholte er und schwieg. Zupfte an seinem Bart. Legte den Kopf auf die andere Seite. »Nein. Oder ja. Vielleicht. Ich bin mir nicht sicher, ob es der richtige Zeitpunkt ist.«

Thomas kratzte sich unschlüssig am Hinterkopf. Entweder hatte der Mann nicht mehr alle Tassen im Schrank, oder er war ein verdammt ausgefuchster Geschäftsmann. Oder beides.

»Na ja,« sagte er mit gespieltem Desinteresse und wandte sich halb ab. »Es muss ja auch nicht sein, ich schau mich aber noch etwas um, wenn das in Ordnung geht?!« Er machte drei Schritte und zeigte schnell auf eine kleine, gerahmte, potthässliche Tuschezeichnung von irgendwelchen kahlen Bäumen – oder etwas, was Bäume darstellen sollte. »Das ist ja auch ganz nett ...«

»Ich kann es nicht an jeden verkaufen. Das Schwert ist etwas ganz Besonderes.« Mehr Leben flutete durch den alten Mann, sein Sprachtempo erhöhte sich, er war wie aus dem Schlaf erwacht. »Es handelt sich um ein Kurzschwert, eine Einzelanfertigung. Über die Herkunft bin ich mir nicht ganz sicher, ich weiß nicht, wer es geschmiedet hat«, erklärte er nun zügig. »Aber wie Sie sicherlich schon erkannt haben, hat es eine deutlich kürzere und leichtere Klinge als ein gängiges Kurzschwert.«

»Ein Dolch ...«, warf Thomas ein.

»Nein. Kein Dolch. Ein Dolch ist eine reine Stichwaffe. Es ist ein Kurzschwert – daran zu erkennen, dass es beidseitig geschliffen ist. Ein sehr kurzes, einhändiges Schwert. Wohl weniger eine ausdauernde Waffe für einen realen, harten Kampf als vielmehr ein Symbol, weil es wirklich sehr klein ist. Die tatsächliche Bestimmung wird wohl nur derjenige wissen, für den es bestimmt war und sein wird. Möglicherweise kann ich Ihnen mehr darüber erzählen, wenn Sie das wünschen. Allerdings müsste ich dafür ein wenig recherchieren.« Er ließ wieder den Kopf zur Seite kippen, dachte nach. »Ich bin mir sicher, dass es aus unseren Landen stammt. Ach, mein Gedächtnis. Manchmal funktioniert es, und manchmal vergesse ich es, manchmal vermischt es sich mit dem, was ich wusste und dem, was ich nie gewusst habe. Das Alter, wissen Sie? Da ist man sich nicht mehr ganz sicher mit allem.«

»Aha. Verstehe«, meinte Thomas, hob eine Augenbraue. Er bekam den Eindruck, dass der Alte einer Vermarktungsstrategie nachging und sein schlechtes Gedächtnis nur ein Trick und Bestandteil davon war.

»Das ist ganz interessant, aber ich habe da wenig Ahnung von, und so sehr interessieren mich die historischen und fachlichen Hintergründe auch nicht. Ich fand es ganz hübsch, und es hätte jemandem, den ich kenne, ganz gut gefallen. Aber wenn Sie es ungern verkaufen möchten ...«

»Es sollte nur eine ganz besondere Person bekommen.«

»Dessen sind Sie sich aber anscheinend sicher.«

»Das bin ich.«

»Na ja. Ich kenne auch nur ganz besondere Personen.«

Sie sahen sich in die Augen. Der Alte lächelte unmerklich. Und dann nickte er.

»Wir kennen alle besondere Menschen, nicht wahr? Es wäre vertane Lebenszeit, sich mit den nicht Besonderen abzugeben.«

»Natürlich. Das versteht sich doch von selbst.« Thomas zwinkerte ihm zu. »Was also hätten Sie denn gern für das Stück? Ich gehe doch mal davon aus, dass wir uns über die Bedeutung von *besonders* geeinigt haben?«

»Wollen Sie es sich nicht erst noch einmal genauer ansehen? Vielleicht ist es doch nicht das Richtige für Ihre Person, die Sie so besonders kennen.«

Nichts konnte richtiger sein, wusste Thomas. Das Schwert, wie er nun erfahren hatte, sollte seine besondere Aufmerksamkeit verdienen. Und das Gerede von besonderen Personen tat seine Wirkung, stichelte ihn noch weiter an, obwohl es lediglich ein kluger Verkaufstrick war.

Da er nichts sagte, machte sich der Alte auf den Weg zum Fenster und kam mit der Waffe wieder zurück. In seiner Hand wirkte das Schwert wie eine Miniatur, oder wie für ein Kind gemacht, die Klinge maß nur rund fünfundzwanzig Zentimeter.

Es wäre vollkommener Unsinn, Kati dieses Ding zu schenken, sagte Thomas sich. Denn so klein es auch wirken mochte, war es eben noch immer eine Waffe, die jemanden verletzen oder gar töten konnte. In seiner Brust tanzte die Vernunft gegen die Liebe an.

Thomas nahm es entgegen und musterte es genauer. Er hatte keine Ahnung von Waffen, er mochte sie nicht, aber das hier war ein wahres Schmuckstück. Die Parierstange schien aus silbernen und goldenen Metallstreifen gedreht worden zu sein, und am Ende des Griffes prangte ein blauer Stein – aus Glas, wie er vermutete. Das mochte man zwar als etwas kitschig ansehen, dachte er, andererseits hatte Kati blaue Augen, so passte auch das ganz gut. Die Klinge war erstaunlich sauber, hochglänzend poliert, und der alte Mann hatte recht, die Seiten waren angeschliffen, wenn auch augenscheinlich nicht sehr scharf. Vorsichtig prüfte er sie mit dem Finger – sie waren stumpf. Also doch eher ein Dolch. Er war fast zu perfekt um echt zu sein. »Wie viel?«, fragte er nochmals.

Der Alte lächelte. »Wie viel ist es Ihnen denn wert, diese besondere Person glücklich zu machen?«

Wie viel war das glückliche Gesicht einer Tochter wert? Thomas lächelte in sich hinein, der Alte war ein hervorragender Verkäufer. Er öffnete die Brieftasche und legte ein paar Scheine auf den Tisch. Wenn der Dolch ein hochwertiges, antikes, einzigartiges Sammlerstück gewesen wäre, hätte er zu wenig auf den Tisch gelegt. Wenn es eine billige Imitation gewesen wäre, wäre es viel zu viel gewesen.

Der Alte nahm wortlos das Geld.

»Ist das denn genug?«, fragte Thomas. Er hatte mit einer Reaktion auf sein Angebot gerechnet und war überrascht, dass der Alte nichts sagte.

»Es entspricht der Besonderheit Ihres Bekannten.«

Thomas dachte darüber nach und kam zu dem Schluss, dass man den Wert mancher Dinge nicht mit Geld beziffern konnte.

»Wie Sie meinen. Dann schönen Tag noch.«

»Den wünsche ich Ihnen auch. Genießen Sie ihn. Sie wissen nie, was morgen ist.«

»Ach, eines noch«, erinnerte sich Thomas. »Falls ich das fragen darf?«

»Wenn ich wüsste was, sicher.«

»Der Name des Geschäftes, UNTERBERG, irgendetwas klingelt da bei mir. Woher kenne ich den Namen?«

Das Gesicht des alten Mannes wurde weich, und ein bisschen Wehmut stahl sich in seine Augen. »Das war eine lustige kleine Idee, die mit einem guten alten Bekannten bei einem feuchtfröhlichen Abend entstanden ist. Das ist sehr lange her. Ich weiß nicht mehr, ob er sie hatte oder ich, und was lustig daran war. Es ist einfach nur ein Name. Er benutzt ihn, ich benutze ihn, es ist eine Hommage an unsere Freundschaft. Glaube ich. Aber was weiß ich schon noch von dem, was einmal war.«

Thomas verließ den Laden mit einem kleinen, länglichen Kästchen unter dem Arm. Er musste das Geschenk gut verstecken. Nicht nur gut vor Kati, sondern vor allem gut vor Ingrid. Sie würde ein Donnerwetter heraufbeschwören. Wenn der Dolch – und dabei blieb er – erst zu Katis Geburtstag auftauchen würde, könnte Ingrid ihn ihr nicht mehr wegnehmen. Das würde sie niemals übers Herz bringen.

11

»Was? Du spinnst! Was für ein Scheiß!«

Kati, ihre Freundinnen, Tanja mit ihrer Gang, zu der sich nun auch Christian zugehörig fühlte, und ein paar interessierte Schüler standen sich in der Pause gegenüber.

Tanja hatte soeben mit der Erklärung der Regeln geschlossen.

»Das mach ich niemals! Das ist viel zu gefährlich und verboten. Da wird doch noch gebaut.« Kati schüttelte ablehnend den Kopf. »Ich geh da nicht rein!«, sagte sie bestimmt.

»Na also, ich wusste es. Du bist ’ne feige Prinzessin. Und du machst ...«

Katis Hand schoss nach oben, köpfte den Satz kurz vor der peinlichen Vollendung. »Das ist nicht wahr! Du bist eine Scheißlügnerin!«

Tanja grinste. »Wer ist die Lügnerin? Wer? Wenn du es nicht machst, hast du Schiss. Und wer Schiss hat, ist feige, also ...«

Katis Herz klopfte zum Zerspringen. Was sollte sie tun? Wenn sie sich weigern würde, wäre sie der Feigling für alle, sie konnte die unverschämte Unterstellung nicht auf sich sitzen lassen. Andererseits hätten das ihre Eltern nie erlaubt, sie hätte sie also hintergehen müssen – anlügen, in gewissem Sinne.

Aber da war noch etwas, und das war viel schlimmer. Sie hatte tatsächlich Angst. Nicht Schiss, sie war auch nicht feige, obwohl das, was Tanja forderte, wahrscheinlich niemand aus der Klasse gemacht hätte. Sie hatte Angst, wie damals, als sie davorgestanden hatte und sich weigerte, hineinzugehen. Und sie hatte dieses komische Gefühl, als sie den Krankenwagen gesehen hatte. Sie musste nur daran denken, und Übelkeit stieg in ihr auf. Die gleiche diffuse Übelkeit, das gleiche Gefühl im Magen, wie unter der Dusche, als …

Tanja wusste, dass jeder Angst vor dem Gelände in der Torstraße hatte. Das Betreten war seit langer Zeit wegen der Baufälligkeit des Herrenhauses nicht gestattet. Aber Verbote, und ein großes, altes, halb verfallenes Gebäude übte vor allem auf Kinder eine geheimnisvolle, morbide Faszination aus. Es gab viele merkwürdige Geschichten, und vor einigen Jahren starb ein Jugendlicher, der nachts mit seinen Freunden der Sache auf den Grund gehen und herausfinden wollte, ob es dort tatsächlich spukte. Die Gruppe veranstaltete eine Seance im Haus, trank zu viel Alkohol, wurde übermütig, und der Junge wurde von einem niederstürzenden Dachbalken erschlagen. Der Unfall mit den Jugendlichen und die Tatsache, dass über den Untergang des Herrenhauses die verschiedensten Theorien kursierten, die aber alle mit mehr oder weniger Gewalt zu tun hatten, trug das Übrige bei.

Kinder waren sehr empfänglich für solche Geschichten, und es war mit der Zeit egal, ob wirklich Merkwürdiges dort vorging. Die Idee davon setzte sich fest und wurde zur allgemein anerkannten Realität. Möglicherweise spukte es dort tatsächlich, aber nicht von sich aus, sondern erst durch das Entstehen von entsprechenden Geschichten, wie im Fall des Hauses Hohensyburg, das man deswegen abgerissen hatte. Und natürlich hatte sich unter den Kindern herumgesprochen, dass vor Kurzem wieder jemand auf dem Gelände umgekommen war. Damit war sozusagen bewiesen, dass es dort nicht mit rechten Dingen zuging. Es war sozusagen Gesetz, dass man lieber einen großen Bogen darum machte und sich auf die Ausschmückung von Legenden über einen unheilvollen Ort beschränkte. Der Schwarze Mann muss nicht zwangsläufig eine Person sein.

»Also«, meinte Tanja und wiederholte die Anweisungen. »Du musst nachts um zwölf einmal über das Gelände laufen. Nur einmal. Wenn du das schaffst, ohne dich einzupissen, dann hast du bewiesen, dass du keine feige Prinzessin bist. Halt nur 'ne Prinzessin. Ich bin dann auch da und checke ab, ob du es machst.«

Kati versuchte, sich herauszureden, konnte dabei aber natürlich nicht zugeben, dass sie sich fürchtete. »Aber meine Eltern ...«, schob sie vor.

Tanja schlug sich vor die Stirn. »Bist du dumm. Willste echt deine Eltern um Erlaubnis fragen? Oder mitnehmen, damit sie dein Händchen halten?« Sie lachte. »Glaubst du, ich mach das?«

»Und wie soll ich dann ...?«

»Lass dir was einfallen. Du musst dich halt rausschleichen. Mach ich auch.«

Der Einwand platzte wie eine Seifenblase, was Kati ohnehin klar war. Natürlich konnte sie sich heimlich rausschleichen. Ihre Eltern schliefen meistens schon um diese Zeit, sie musste eben leise sein. Tanja hatte recht, es war kein Problem.

Kati sah sich um. Sie sah das erwartungsvolle, aufmunternde Gesicht Sarahs, die skeptischen Blicke der anderen. Das war alles nicht fair.

Scheiße!

»Okay«, sagte Kati. »Ich mache es.« Sie stimmte vorerst

zu, um die jetzige Situation beenden zu können. Vielleicht fiel ihr dann später noch eine andere Lösung ein.

Ganz leise, fast nicht zu hören, tief in ihrem Inneren, hörte sie eine Stimme. Aber weder wusste sie, was sie sagte, noch, ob es ihre eigene war.

»Papa?«

»Ja, Süße?«

»Kann ich dich was fragen?«

»Das tust du doch schon.«

Kati boxte ihren Vater in die Seite. »Haha«, knurrte sie.

Thomas klopfte sich auf den Oberschenkel, Kati setzte sich darauf, schlang einen Arm um seinen Hals. Er sah ihr in die Augen. »Du kannst mich fragen, was du willst. Dafür bin ich doch da. Das weißt du doch.«

»Hm. Okay.«

»Was möchtest du mich denn fragen?«

Kati wusste nicht genau, wie sie anfangen sollte, ohne zu verraten, um was es eigentlich ging. »Hast du manchmal Angst, Papa?«

Thomas lächelte. »Natürlich, jeder hat mal Angst. Das ist ganz normal.«

»Und vor was hast du Angst?«

»Na, zum Beispiel, dass ich dich oder Mama verlieren könnte. Das wäre ganz schrecklich für mich.«

»So was meine ich nicht.«

»Was denn dann?«

Sie druckste etwas herum. »Ich meine … was man fühlt, ganz tief in einem drin … wenn man nicht weiß, wovor man Angst hat, sondern nur weiß, *dass* man Angst hat. So, wie früher, als ich noch Angst im Dunkeln hatte. Hattest du auch früher Angst im Dunkeln?«

»Ja, klar! Das hatte wohl jeder, als er klein war.«

»Dann weißt du, was ich meine.«

Thomas war sich nicht ganz sicher, ob er es wusste. »Du hast wieder Angst im Dunkeln?«, fragte er.

»Nein.« Kati verdrehte die Augen. Um den heißen Brei herumzureden funktionierte nicht. »Papa, was meinst du? Soll man etwas tun, vor dem man Angst hat, so wie vorm Dunkeln, oder soll man es nicht tun? Soll man dann also dahin gehen, wo es dunkel ist, oder lieber nicht?«

»Das ist eine sehr gute Frage«, meinte Thomas. »Darf ich dir auch eine Frage stellen?«

»Okay, ja.«

»Wieso willst du das wissen?«

»Ich … Das ist wegen der Schule. Wir haben das im Unterricht.«

»Verstehe.« Thomas überlegte eine Weile. »Das ist nicht einfach. Manche Leute sagen, dass man sich seinen Ängsten stellen soll, um sie zu überwinden.« Er versuchte, sich einfacher auszudrücken. »Es heißt, dass man dann keine Angst mehr hat, wenn man das tut, vor dem man Angst hat. Also, wenn du Angst vorm Dunkeln hast, um bei dem Beispiel zu bleiben, sollst du dahin gehen, wo es dunkel ist, weil du dann vielleicht merkst, dass das gar nicht so schlimm ist. Das ist wie …«, er suchte die passenden Worte, »... das ist dann, als hättest du in der Dunkelheit ein Licht gefunden, und dann wäre es ja nicht mehr schlimm. Verstehst du?«

»Hm. Und was ist, wenn man sich trotzdem fürchtet und da kein Licht ist und es dunkel und schlimm bleibt?«

»Tja. Das wäre natürlich nicht gut. Wahrscheinlich würde die Angst dann noch größer.«

»Was meinst du, was ist denn nun richtig? Soll ich in

die Dunkelheit gehen, weil ich vielleicht das Licht finde oder soll ich lieber bleiben, wo es schon ist?« Sie legte ihre Hand an die Wange ihres Vaters, sah ihn an. »Und Papa … wenn ich in die Dunkelheit gehen sollte und kein Licht finde, finde ich dann überhaupt wieder zurück?«

Thomas bekam eine Gänsehaut. Einerseits fand er es gut, dass im Unterricht solche grundlegenden Dinge wie Furcht besprochen wurden, andererseits sollte es auch nicht dazu führen, dass Kinder derartige Gedankengänge konstruierten. Wobei er sich nicht sicher war, ob seine Tochter den Gedankengang hatte oder nur er. Er nahm ihre Hand in seine.

»Na ja, ich glaube, dass kommt immer darauf an. Ehrlich gesagt, ich weiß es nicht, Süße.«

»Okay.« Kati rutschte von seinem Schoß. Eine große Hilfe war er nicht. Sie musste allein damit fertig werden.

Kati lag im Bett, die Hände hinter dem Kopf verschränkt, und starrte an die Decke.

Also, wie war das? Licht, Dunkelheit, das war einfach. Das Gelände, die Prüfung, das war die Dunkelheit, und das Licht war die Chance darauf, dass alles gar nicht so schlimm war, dass sie beweisen konnte, kein Feigling zu sein und Tanja als Lügnerin zu entlarven. Das klang gut, das klang nach Hoffnung, ein Ziel, eine Belohnung, die es wirklich wert war.

Aber dem gegenüber lauerte die Dunkelheit wie ein knurrendes Tier.

Was wäre, wenn wirklich Geister oder etwas Unaussprechliches auf dem Gelände existierten, etwas, was sie sich gar nicht vorstellen konnte? Der Arbeiter, der dort neulich gestorben war. Der Jugendliche, der vor vielen

Jahren erschlagen wurde. Und die Bewohner des Herrenhauses sollten ebenfalls dort umgekommen sein, wusste sie. Darüber waren sich die Geschichten, die man sich über das Haus erzählte, zumindest einig. Es war im Grunde völlig klar: Die Verstorbenen würden ihre Wut an jedem auslassen, der das Gelände betrat, auch an ihr, weil sie so dumm war, für eine Mutprobe nachts in ihrem Garten herumzulaufen, den es nicht mehr gab. Was sie vielleicht noch wütender gemacht haben könnte.

Furchtbar, dachte Kati und schüttelte sich. Die Bewohner hatten bis vor Kurzem immerhin noch die Ruine ihres Heimes gehabt, jetzt hatten sie gar nichts mehr. Wo sollten sie hin? Wo waren sie?

Sie schlug sich mit der flachen Hand vor die Stirn, versuchte damit ihre Gedanken wieder auf das eigentliche Problem zu lenken. Sie musste sich zurück auf das Licht konzentrieren. Geister, dachte sie, gab es eigentlich gar nicht, das war alles nur Einbildung. Nur Erzählungen. Märchen. Wie vom Schwarzen Mann. Und die konnten nur wahr werden, wenn man zu sehr an sie glaubte.

Aber es gab die Angst. Das konnte sie einfach nicht leugnen und wegdenken. Was also? *Es könnte sein, dass die Angst verschwindet ... dafür muss man dahingehen, wo die Angst ist. Die Dunkelheit verschwindet, wenn man hineingeht. In der Dunkelheit ist Licht*, sinnierte sie vor sich hin, hob die Arme und betrachtete ihre Finger. *Aber ohne Licht im Dunkeln führt kein Weg zurück. Findet man kein Licht, und man dreht sich um, ist auch da Dunkelheit, und deshalb wird man den Rückweg nicht sehen. Dann ist man gefangen im Dunkeln, in der Angst, und sie wird immer mehr und mehr werden und wird einen fressen wollen, und man kann schreien und rennen und um sich schlagen, aber da ist nichts anderes als die Angst. Überall ist es dunkel. Man muss das Licht suchen, aber um es zu finden, muss es erst dunkel sein* … Je mehr sie über das, was ihr Vater gesagt hatte, nachdachte, desto wirrer wurde es.

Erwachsene glaubten immer, sie könnten die Welt erklären. Doch je mehr sie erklärten, desto weiter verstrickten sie sich in Widersprüche und verkomplizierten sie, und es wurde ihnen dabei nicht bewusst, dass sie nicht mehr wussten als die Kinder, die sie nach dieser Welt fragten.

Kati seufzte. Egal wie sie es drehte und wendete, sie wurde nicht wirklich schlauer. Sie konnte eine Menge gewinnen. Aber auch einiges verlieren. Vielleicht war das so, vielleicht musste das so sein.

Sie löschte das Licht und schloss die Augen.

Sie hatte sich entschieden.

In dem Traum, der sie in dieser Nacht heimsuchte, wandelte sie durch einen wunderschönen Garten. In dem Garten entdeckte sie einen kleinen Teich, und sie setzte sich an sein Ufer. Auf der Wasseroberfläche erkannte sie sich im Spiegelbild, und sie verspürte Glück und Zufriedenheit. Aber plötzlich verschwand ihr Bild, als hätte jemand etwas ins Wasser geworfen, und bevor sich die Reflexion ihres Antlitzes wieder zusammensetzen konnte, wachte sie schweißgebadet auf. Sie keuchte, schnappte nach Luft, das Blut rauschte in ihren Ohren. Der Traum war fort. Das Einzige, was noch vorhanden war, war Angst.

12

Kati stand mit dem Rücken zur Wand, Tanja vor ihr und hatte beide Hände neben ihren Kopf an die Mauer gestemmt. Sie wurden von der obligatorischen Schülerschar umringt, schließlich wollte niemand die spannende Antwort auf Mut oder Feigheit verpassen.

»Also, du willst es wirklich tun?«, fragte Tanja noch mal eindringlich.

»Ja! Habe ich doch gesagt!«

»Dann heute Nacht.«

»Okay«, blaffte Kati.

In ihrem Kopf fing es an zu arbeiten. Wie sollte sie so schnell alles planen, wie sollte sie das hinbekommen, heute noch, das ging doch nicht ...? Sie schnaufte, schon wieder suchte ihr Hirn nach Ausreden. Nichts musste sie planen, sie musste sich nur den Wecker stellen, um nicht zu verschlafen. Sie musste sich vergewissern, dass ihre Eltern schliefen, musste leise sein, aber weiter war da nichts zu planen, das war an Einfachheit kaum zu übertreffen.

Noch immer flankiert von Tanjas Fäusten, ging sie in die Hocke und tauchte nach unten ab, befreite sich so aus dem Gefängnis, das die Kriegerin um sie herum aufgebaut hatte. »Okay«, sagte Kati noch mal. »Heute Nacht. Unter einer Bedingung, wenn du auch kommst.«

Tanja verzog den Mund. »Und welcher?«

»Geh vorher duschen.«

»Mensch, Kati«, meinte Sarah etwas später. »Du bist echt verrückt. Ich würde mich das nicht trauen.«

»Mach das nicht«, meinte ein anderes Mädchen. »Wir wissen, dass du nicht feige bist. Tanja ist bestimmt selber feige.«

» ... und, dass du … das glauben wir auch nicht«, ergänzte eine weitere Klassenkameradin.

Kati lächelte verkniffen. Das war alles sehr nett, aber es nützte wenig. Sie musste nicht diejenigen überzeugen, die auf ihrer Seite standen, sie musste die Zweifler überzeugen. Das war das Schwierige an solchen Dingen.

Sie ging in Gedanken alles durch, stellte sich alles vor, wie es ablaufen könnte und plötzlich tauchte ein Problem auf, das sie noch gar nicht gesehen hatte. Tanja wollte sie heute Nacht überwachen. Schön und gut. Aber was war, wenn sie die Mutprobe bestehen würde, und Tanja am nächsten Tag trotzdem erzählen würde, dass sie sich nicht getraut hätte? Kati sah ein, dass Tanja sich vom Bestehen der Prüfung überzeugen wollte. Aber wer überwachte Tanja? Wer sollte ihr Zeuge sein? Wer überwachte den Überwacher?

Das Problem baute sich vor ihr auf, auf den ersten Blick unüberwindbar: Wer ist mein Zeuge?

Sarah musste helfen.

»Du, Sarah?«, fragte sie ihre beste Freundin. »Ich … also … ich habe ein Problem.«

»Ja?!«

»Du musst mir einen Gefallen tun.«

»Ja, klar, was denn?«

»Hm, also, wenn ich heute Nacht dahingehe, und nur Tanja ist da, was ist, wenn sie erzählt, dass ich es nicht getan habe, obwohl ich es getan habe?«

»Öh ...«

Betretenes Schweigen. Daran hatte offensichtlich niemand gedacht.

Sarah schnippte mit den Fingern. »Ist doch klar, du brauchst jemanden, der zusieht, wenn du auf das Gelände gehst. Jemand anderen als Tanja. Sonst hast du ja gar keinen Beweis.«

Kati lächelte trotz der verzwickten Situation in sich hinein. Sarah war eine so liebe Person, wirklich ihre beste Freundin, sie hätte sie niemals gegen jemand anderen eingetauscht. Und so begabt sie in technischen Dingen war, vor allem mit Computern, so langsam war sie manchmal von Begriff in ganz alltäglichen Dingen. »Genau, Sarah. Ganz genau.« Sie sah sie eindringlich an. Sie bohrte mit ihren Augen Löcher in den Kopf ihrer Freundin. Sie rüttelte imaginär an ihrem Verstand, damit der Groschen, der fiel, auch endlich unten ankommen würde.

Sarahs Mimik war das Klick dann deutlich anzusehen. »Ah, du meinst, dass ich ...?«

Alle anderen Mädchen machten unauffällig einen Schritt rückwärts. Sarah, noch geistig damit beschäftigt, die Information und das daraus resultierende Ergebnis in Einklang zu bringen, blieb stehen.

Es ging um einen Freiwilligen. Freiwillige gaben sich in der Regel dadurch zu erkennen, dass sie vortraten. Wenn niemand vortrat, mussten halt alle einen Schritt zurück machen, und derjenige, der diesen Schritt nicht machte, war dann augenscheinlich derjenige, der vorgetreten war. Eine simple Sache.

Sarah fand das aber doof.

»Ahm … Nee. Nee. Nein, nein, nein«, protestierte sie. »Ich hab doch gesagt, dass ich mich das nicht traue.«

Kati ging ganz nah an sie heran und berührte mit ihrer

Stirn Sarahs Stirn. So standen sie sich eine Weile gegenüber und schwiegen.

»Sarah«, flüsterte Kati schließlich. »Du brauchst nicht mit mir drüber zu gehen. Das macht Tanja bestimmt auch nicht. Du sollst nur mein Zeuge sein. Du musst nur da sein. Du bist meine beste Freundin. Das musst du für mich tun.«

Sarahs Mundwinkel zuckten.

»Bitte, Sarah!«

Der Pausengong erklang und rief zur nächsten Stunde. Sarah sagte nichts. Sie sagte auch den Rest des Vormittags nichts mehr.

An diesem Abend beherrschte eine drückende Schwüle die Luft. Der Spätsommer hatte nochmals die Temperatur nach oben getrieben, und seit Ewigkeiten behielt der Himmel kühlenden Regen für sich. Nun aber hatte er sich zugezogen, immer wieder kam Wind auf, änderte die Richtung, ebbte wieder ab. Das Gewitter stand in den Startlöchern.

»Mama, ich bin müde, ich geh schlafen.«

»So früh? Geht es dir nicht gut?«, fragte Ingrid und musterte ihre Tochter.

»Doch, Mama. Ich bin nur müde.«

»Papa kommt doch gleich. Soll ich ihn zu dir schicken, damit er dir gute Nacht sagt?«

»Hm.«

»Ich sag ihm Bescheid. Und vergiss das Zähneputzen nicht.«

»Okay.« Kati stand bereits an der Treppe nach oben. Sie hielt inne, drehte sich um, kam zurück und umarmte ihre Mutter. »Ich hab dich lieb, Mama.«

»Na, Süße. Bist du müde?«, fragte Thomas, an der Bettkante sitzend.

»Ziemlich.«

»Anstrengender Tag, was?«

»Ja.«

»Hatte ich auch. Die Besprechungen in der Firma sind immer furchtbar. Ziehen sich ewig und bringen eigentlich gar nichts.« Er strich ihr eine Strähne aus dem Gesicht, küsste sie auf die Stirn und packte sie fest in ihre Decke ein.

»Papa ...!« Kati strampelte sich wieder frei. »Es ist sowieso schon so warm.«

»Oh, entschuldigen Sie bitte vielmals.«

Sie kicherte. »Nacht, Papa. Ich hab dich lieb.«

»Ich dich auch. Gute Nacht, meine Süße.«

Klick. Damit war das Licht aus, ihr Vater aus dem Zimmer und sie allein.

In ihrem Zimmer war es dunkel, nicht nur, weil der Himmel mit Wolken zugezogen war, auch waren die Jalousien heruntergelassen. Manchmal klapperten sie verhalten, wenn der Wind prüfend an ihnen rüttelte.

Der Wecker zuerst. Sie glaubte zwar nicht daran, noch vor der nächtlichen Aktion ein Auge zumachen zu können, aber hätte sie verschlafen, hätte sie sich das niemals verziehen.

Sie stellte den Wecker auf elf Uhr. So wäre noch genug Zeit, die momentane Lage abzuschätzen und sich zu vergewissern, dass die Eltern auch wirklich schliefen.

Sie versuchte zur Ruhe zu kommen, was nicht klappte. Ihre Gedanken kreiselten zwar nicht mehr um Licht und Dunkelheit, aber dafür um die Frage, ob Sarah kommen würde. Irgendein Problem gab es eben immer.

Machte das ganze überhaupt Sinn, wenn sie ganz allein

zur Prüfung erschien? Konnte sie sich auf die Ehrlichkeit von Tanja verlassen? Natürlich nicht. Sollte sie dann die Mutprobe ablehnen, wenn Sarah nicht kommen sollte? Aber dann hätte sie tatsächlich nicht bestanden. Also musste sie die Probe absolvieren, egal ob ihre Freundin dabei wäre oder nicht. Wenigstens hätte sie sich dann selbst bewiesen, dass sie nicht feige war – aber das wusste sie ohnehin. Obwohl – wusste sie das wirklich? Hatte sie das überhaupt zu beurteilen? Was sollte sie nur tun?

Um genau fünf Minuten vor elf stellte sie den Wecker ab, schwang leise ihre Beine aus dem Bett und horchte in die Stille. Das Gewitter ließ sich noch immer Zeit.

Es war vollkommen ruhig. Auf Zehenspitzen tastete sie sich zu ihrer Zimmertür vor, öffnete sie und horchte wieder. Der Fernseher im Wohnzimmer gab keinen Laut von sich, also waren ihre Eltern im Bett.

Nichts. Sie hörte nur die Dunkelheit atmen. Ihre Eltern schliefen. Ihr Herz raste. Sie legte eine Hand auf ihre Brust.

Sie hören mein Herz ...

Nein! Ich bin keine feige Prinzessin!

Es klappte alles wie vorgesehen. Sie zog sich um, drapierte Kissen unter die Decke, schlich die Treppen hinunter, öffnete so leise wie möglich die Haustür und stand schließlich in der Einfahrt. Ihr Fahrrad befand sich vorn am Haus, sie hatte es extra nicht in die Garage gestellt, um keinen unnötigen Lärm zu verursachen. Sie schaute auf ihre Armbanduhr. Es war kurz vor halb zwölf.

Nach fünfzig auf dem Rad zurückgelegten Metern hielt sie an und sah sich um. Ihr Haus war nicht mehr zu sehen. Sie wusste, wo es war, im spärlichen Licht der

Straßenbeleuchtung konnte sie es erahnen, und das war ein seltsames Gefühl. Ihr Haus, ihre Eltern, die jetzt schliefen und darauf vertrauten, dass sie das auch tat; das alles war ihr Licht. Dort fühlte sie sich geborgen. Und nun saß sie auf ihrem Fahrrad, mit einem Fuß auf der Straße und einem Fuß auf der Pedale, bereit, um in die Dunkelheit zu fahren und das Licht hinter sich zu lassen. Hinein in die Gefahr, mit der Gewissheit, den Rückweg vielleicht nie mehr wiederzufinden.

Sie holte Luft, seufzte, atmete tief durch und fuhr weiter. Dorthin, wo ihre Angst wohnte, um zu beweisen, dass sie keine feige Prinzessin war und sich in die Hosen pisste.

Vor allem sich selbst.

13

Fünfzehn Minuten vor Mitternacht hielt Kati gegenüber dem Gelände in der Torstraße an. Bis auf das eine oder andere Auto, das durch Coppenbroich fuhr, vor dem sie sich aber verbergen konnte, lief ihr niemand über den Weg, der sie fragen könnte, warum sie zu dieser Zeit durch die Gegend radelte. Coppenbroich war nun auch eher klein und beschaulich, schon vor zweiundzwanzig Uhr war in der Regel das öffentliche Leben eingeschlafen.

Kati stand unter einer Laterne und blickte zur anderen Straßenseite hinüber, ihrem Ziel, das nun völlig im Dunkeln lag. Man hatte dort, wo die alten Mauern die Grenzen des Gartens markierten, neue gezogen; graue, schnurgerade und rund zwei Meter hohe, glatte Wände, die das Licht der Laternen gegenüber diffus zurückwarfen.

Ihr Atem ging in höherer Frequenz, obwohl die Fahrt auf dem Rad nicht anstrengend war. Sie hob den Arm, schaute auf die Uhr. Fünf vor zwölf. Die Luft roch schwer und gesättigt.

Niemand zu sehen.

Kati zuckte mit den Schultern, schnaufte. Was, wenn gar keiner kam? Auch Tanja nicht? Wie lange sollte sie warten?

Zwei Minuten vor zwölf.

Nichts. Keine Tanja zu sehen. Eine Böe erfasste sie, schüttelte sie, ließ sie wieder los.

Sie setzte sich in Bewegung, schob ihr Rad über die Straße, hinüber zu der grauen Mauer, dabei warfen sie und ihr Fahrrad einen Schatten auf den Asphalt, der sich langsam in die Länge zog und schließlich einen raschen Bogen beschrieb und erlosch. Vielleicht wartete Tanja an einer anderen Stelle.

Langsam trat sie wieder in die Pedale, fuhr die Mauer ab, folgte ihr in eine Seitenstraße, und näherte sich dem ursprünglichen Eingang. Sie kam zu der Stelle, wo sie vor Wochen mit ihren Eltern am alten Tor gestanden hatte und ihr Vater sie davon zu überzeugen versuchte, das Gelände zu erkunden. Hier war es bedeutend dunkler. Eine der Laternen war ausgefallen. Sie schaute in den Himmel, der pechschwarz glänzte, kein Mondlicht schien durch die dicken Wolken. Wären je Zweifel an der Fähigkeit der Natur, ironisch sein zu können, aufgekommen, hier und jetzt waren sie mehr als unangebracht. Ganz langsam rollte sie auf ihrem Rad weiter, der Freilauf klickte verhalten, wie der Sekundenzeiger einer Uhr, wie die Zeit, die verrann. Die Dunkelheit schloss ihren Umhang hinter ihr.

Sie hielt an. Hier war der Eingang. Gerade so konnte sie ein weiß-rotes Plastikband erkennen, das die beiden rund fünf Meter auseinanderklaffenden Mauerenden miteinander verband. Die Warnung, dass sie dahinter nichts zu suchen hatte, war klar und eindeutig.

Sie atmete langsam und kräftig, versuchte ihr Herz wieder etwas zu beruhigen, sie riss sich zusammen und wartete.

Nichts.

Wenn Tanja nicht kommen konnte oder wollte, war das nicht ihre Schuld. Kati ließ den Kopf hängen und drehte den Lenker ihres Fahrrads, um sich auf den Rückweg zu machen, sah kurz nach unten, damit sie sehen konnte, wie die Pedale standen, setzte den rechten Fuß auf, rollte an und prallte auf etwas Großes und Weiches.

»Uhhhaaaaa ...!«

»Ach, da biste ja doch!« Tanja. Und Christian.

Kati glotzte die beiden mit offenem Mund und großen Augen an, wusste nichts zu sagen. Das war nicht gut. Denn nach der ersten Schrecksekunde wurde ihr klar, dass Tanja ebenfalls über die Beweiskraft der Mutprobe nachgedacht hatte. In kluger Voraussicht hatte sie Christian mitgebracht, der ohnehin auf ihrer Seite stand. Kati hätte also beliebig oft über das Gelände laufen, gar dort übernachten können. Es hätte nichts gebracht. Christian tat alles, was ihm Tanja sagte, und wenn sie ihm sagte, dass er erzählen sollte, dass Kati nicht gekommen wäre, standen zwei Aussagen gegen eine.

Sie hatte überhaupt keine Chance, nie eine gehabt.

Die Hoffnung, dass Sarah noch auftauchen würde, hatte sie auch längst aufgegeben.

»Also ...«, sagte Tanja, verbeugte sich etwas und machte eine einladende Handbewegung.

Kati machte keine Anstalten, sich in Bewegung zu setzen. Tanja frohlockte. »Na? Oder machst du es doch nicht? Dachte ich mir. Feige Prinzessin.«

»Bin ich nicht.« Kati überlegte, ob sie mit Tanja darüber diskutieren sollte, dass es ein Problem mit möglichen, sich widersprechenden Aussagen geben könnte. Sie zögerte.

»Was ist jetzt? Ja oder nein? Lange warte ich nicht mehr.«

»Ja, genau«, meinte Christian. Er hielt sich ansonsten zurück, immer halb hinter Tanja. »Mach jetzt endlich.« Er schaute in den Himmel, rechnete damit, dass es bald anfangen würde zu regnen.

»Geh du doch rein!«, giftete Kati Christian an.

»Ich muss da nicht rein«, gab er zurück und hoffte auf Zustimmung von Tanja.

»Ey, Klappe, klar«, knurrte Tanja. »Ich hab dir gesagt, du sollst dich nicht einmischen. Du sollst zuschauen und mein Zeuge sein. Ansonsten, Klappe zu.«

»Jo«, machte Christian, hob beschwichtigend die Hände und trat noch einen halben Schritt weiter hinter Tanja.

»Hm.« Kati legte einen Zeigefinger an ihren Mund. »Du hast gerade Zeuge gesagt.«

»Ja, und?«

»Wenn ich die Mutprobe bestehe, könntet ihr doch erzählen, dass ich sie nicht bestanden habe. Ihr seid zu zweit und haltet zusammen.« Sie verschränkte die Arme vor der Brust. »Das ist total unfair.«

Tanja lachte gedämpft. »Tja, Prinzessin. Das Leben ist halt unfair.« Sie schien es erst dabei belassen zu wollen und sah Kati eine Weile überheblich an. Doch es schien hinter ihrer Stirn zu arbeiten. Ihr Gesichtsausdruck veränderte sich, und schließlich platzte es aus ihr heraus: »Ich sag dir mal, was unfair ist. Es ist total unfair, dass ich in deine Scheißklasse musste, und überhaupt war das total unfair, dass ich hierherziehen musste, in dieses Scheißkaff, wo nichts los ist. Coppenbroich – das klingt wie 'ne beschissene Krankheit.« Sie machte eine Faust, klopfte mit den Knöcheln gegen Katis Kopf, als wolle sie sie aufwecken und wurde lauter. Ihr Lächeln schwand, wich unterdrückter Wut. »Meinst du, mich hat jemand gefragt? Ist auch total unfair, dass mein Vater ein Arschloch ist. Ist auch unfair, dass ich nicht so tolle Klamotten anhabe wie du, dass meine Mutter nur hartzt und wir keine Kohle haben. Glaubst du, ich will das so? Das ist alles tootaal unfaaiir«, verhöhnte sie Kati, drehte sich dann von ihr weg, hin zu Christian und packte diesen mit einer Hand am T-Shirt. »Meinst du, es ist fair, wenn dich alle auslachen, weil du so bist wie du bist?« Sie schluckte hart. »Wenn dich alle auslachen, weil du *fett* bist?« Sie spuckte ihm das Wort vor die Füße und schubste ihn dann von sich weg. »Was, Prinzessin, was denkst du?«, fragte sie wieder an Kati gewandt. »Dass alles toll ist, dass man immer alles bekommt, was man will? Ha. Scheiße ist. Du musst dich wehren, du musst ihnen auf die Fresse hauen, sonst hauen sie dir in die Fresse. Du bekommst nichts geschenkt. Das Leben ist unfair, Prinzessin. Is so!« Tanja schnaufte, ihr ganzer Körper vibrierte. »Und stell dir mal vor, du hast recht, es ist tootaal egal, ob du die Mutprobe bestehst oder nicht. Denn wir werden erzählen, dass du dir vor Angst in die Hosen gepisst hast und zu deiner Mami gelaufen bist.« Wieder drehte sie sich zu Christian. »Und wenn du irgendwas anderes erzählst, dann werde ich dir deine Fresse so polieren, dass dich deine Mami nicht mehr wiedererkennt. Klar?!«

Christian nickte und hoffte auf Regen.

Die drei Kinder standen in der Dunkelheit, konnten sich gegenseitig gerade so erkennen, und das Einzige, was zu vernehmen war, war der Atem Tanjas und das flüsternde Rauschen der durch den Wind bewegten Blätter, als wären sie ein Publikum, das raunend dem Schauspiel beiwohnte.

»Ich geh jetzt nach Hause«, erklärte Tanja schließlich. »Macht, was ihr wollt. Du hast eh verloren, Prinzessin. Gegen mich wirst du immer verlieren.« Sie schnippte Kati mit den Fingern ins Gesicht.

»Mann, seid ihr laut.«

Tanja, Kati und Christian zuckten kollektiv zusammen.

Sarah tauchte aus der Dunkelheit auf wie ein Geist.

»Tschuldigung, dass ich so spät komme, aber meine Eltern wollten nicht schlafen gehen.«

Kati fiel Sarah um den Hals, drückte sie und drehte sich dann zu Tanja um. »Das Leben ist nicht unfair, Tanja. Nicht immer.«

Die Kriegerin legte die Stirn in Falten, nun würde es doch noch etwas komplizierter werden. »Was willst du denn hier?«

Sarah zeigte auf sich und dann auf Kati. »Ich bin ihre Zeugin.«

»Genau«, erklärte Kati. »Du hast Christian, und ich habe Sarah. Wenn du willst, dann geh doch, aber dann werden *wir* erzählen, dass du gar nicht gekommen bist und dann ist das alles eh umsonst.«

Christian hob schüchtern einen Finger. »Äh, ich bin auch noch da. Wir sind zwei gegen zwei. Wenn ihr sagt,

Tanja war nicht hier, dann sage ich, dass das gelogen ist. Ist es ja auch.«

Tanja gefiel die Situation nicht. Nun stand Aussage gegen Aussage, das war zwar besser als nichts, aber so wirklich überzeugend wäre das dann alles nicht gewesen. Sie hatte fest damit gerechnet, mit Christian in der Überzahl zu sein. »Euch wird trotzdem keiner glauben«, versuchte sie ihre Kontrahentinnen einzuschüchtern.

»Doch, werden sie.« Sarah griff in die Hosentasche und beförderte ein Smartphone zutage. »Ich hab mein Handy mit. Damit kann man Filme machen. Kati geht einfach über den Platz und filmt alles.« Triumphierend hielt sie das Gerät hoch und grinste Tanja und Christian breit an. »Gegen den Beweis könnt ihr gar nichts machen.«

»Scheiße«, entfuhr es Tanja. Der Plan, den sie sich zurechtgelegt hatte, war gerade im Begriff, sich gegen sie zu wenden. Ein Handy. Ein verfluchtes Handy. Damit hätte sie rechnen können.

Aber wenigstens blieb ihr noch die Gewissheit, dass Kati eine Menge Ängste ausstehen müsste, wenn sie über das Gelände ging. Sie begann zu drängeln. »Von mir aus, ist spät genug jetzt. Fängt bestimmt gleich an zu pissen. Dann nimm das Scheißhandy und filme doch. Kannst ja die Geister filmen. Vor allem den Arbeiter, haha. Der ist ja erstickt und läuft jetzt mit 'nem geplatzten Kopf rum.« Sie imitierte einen Zombie, mit ausgestreckten Armen und schlurfenden Schritten.

»Uhhhhh...«, machte sie.

Kati verzog das Gesicht.

»Gib her«, sagte sie zu Sarah und nahm ihr das Handy ab. Sarah zeigte ihr kurz wie der Filmmodus funktionierte und bat sie inständig darum, vorsichtig zu sein, denn ihre Eltern hatten ihr verboten, es zu verleihen.

Sarah sah Kati in die Augen.

Die Freundinnen nickten sich zu. Sarah legte ihre Hände auf den Lenker von Katis Fahrrad. »Ich passe solange darauf auf, bis du wiederkommst.«

›Bis du wiederkommst‹, hallte es in Katis Gedanken nach, während sie den drei anderen Kindern den Rücken zudrehte.

Sie stand direkt vor dem warnenden Absperrband, das Handy in der rechten Hand, startete die Filmaufnahme, und filmte kurz Tanja, Christian und Sarah, hielt sich das Objektiv dann selbst vors Gesicht, um alle späteren Zweifel an der Echtheit der Aktion ausräumen zu können. Sie hörte ihr Herz rasen, ihren Magen rumoren, sie nahm ein paar tiefe Atemzüge, tauchte schließlich unter dem Band hindurch und betrat das Gelände.

Ich gehe da nicht rein, sagte eine Stimme in ihr.

Zu spät, sagte eine andere.

Sie machte einen Schritt. Und noch einen. Kleine Kiesel knirschten unter ihren Sohlen, furchtbar laut. Die zwei LEDs des Handys warfen ein bläuliches Licht auf den Boden, punktuell und fokussiert. Drum herum befand sich nur Schwärze. Sie sah in den kleinen Bildschirm, und der betonierte Boden sah darin merkwürdig aus, unwirklich, nicht real, er ruckelte träge nach, wenn sie sich bewegte. Sie hob das Handy in die Waagerechte, auf Augenhöhe, aber da konnte sie gar nichts erkennen. Der Bildschirm blieb so schwarz wie die Realität. Sie drehte sich um, blickte zurück und dabei ins Handy, aber da war nichts mehr. Nicht Sarah, nicht Tanja, nicht Christian, kein rot-weißes Band.

Nur noch Dunkelheit.

14

Die Schwüle in ihrem Zimmer ließ Katharina einfach nicht zur Ruhe kommen. An Schlaf war erst recht nicht zu denken. Sie rollte sich von einer Seite auf die andere, schleuderte die Decke vom Bett, aber es half nichts. Außerdem konnte sie die Leute, die sich immer bis spät in die Nacht in dem neuen Anbau, in dem Spielhaus, aufhielten, bis hierher hören. Gerade wenn man nicht schlafen konnte, konzentrierte man sich umso mehr auf die fremden Geräusche.

Ihr Vater hatte ihr erklärt, dass die Erwachsenen dort Spiele für Erwachsene spielten, und ihre Mutter wiederholte, als ob Katharina der springende Punkt an der Sache entgangen war: »Erwachsenenspiele.«

Natürlich, sie hatte schon verstanden, dass sie dort nichts zu suchen hatte.

Katharina stand auf und beschloss, ein wenig durch das Haus zu streunen, vielleicht auf den Balkon zu gehen, etwas raus an die frische Luft. Vielleicht machte sie das müde.

Ihr Blick wanderte zu der Kommode, auf der ihr Schwert lag. Sollte sie es mitnehmen? Ein bisschen hatte sie schon gelernt, damit umzugehen. Ja, sie würde es mitnehmen, vielleicht unterwegs ein paar Schläge und Hiebe üben, in den langen Fluren imaginäre Gegner erledigen, gegen Ungetüme kämpfen.

Normalerweise steckte das Schwert in einem Gürtel, den ihr ihre Mutter geschenkt hatte, aber da sie nur ein

Nachthemd trug, ruhte die Klinge auf ihrer Schulter. Sie wusste, dass ihr Vater das nicht gern sah, hatte er ihr doch mehrfach erklärt, ein Schwert sei kein Sack, den man sich über die Schulter warf, dafür sei es zu gefährlich, außerdem sähe sie damit aus wie ein Tölpel oder ein Bauer, der seine Mistgabel trägt.

Aber ihr Vater war nicht da, er war bei den Erwachsenen und ihren zerstreuenden Spielen, fast immer, seitdem das Spielhaus in Betrieb war. Die Spiele mussten faszinierend sein, denn manchmal bekam sie mit, dass jemand vor die Tür gesetzt wurde und schrie, und unbedingt wieder zurückwollte, und dass er nur noch einmal spielen wollte, nur noch einmal.

Irgendwann würde sie erwachsen sein. Dann würde sie diese Spiele auch spielen und sich zerstreuen, schwor sie sich.

Katharina hüpfte mehr durch die schwach beleuchteten Flure, als dass sie ging. Das Schwert auf ihrer Schulter wippte bei jedem ihrer Schritte auf und nieder. Sie ging auf die vordere Seite des Hauses, dorthin, wo der Lärm kaum noch zu hören war. Hier war einer der großen Balkone, sie konnte ein wenig draußen sein, die Kühle der Nacht genießen und ein paar Ungetüme oder Unholde oder beides erledigen. Unterwegs lief ihr ein vor nicht allzu langer Zeit eingezogener Mieter über den Weg, ein junger Kerl namens Sigmund Froboess, von dürrer Gestalt, mit fast weißer Haut und feuerrotem Haar und einem ebensolchen Schnurrbart. Tagsüber war er wenig präsent, schlief fast nur, oder war außerhalb, dafür schlich er oft – wie Katharina – nachts durch die Flure. Betrunken meist, gab er vor, sein Zimmer nicht finden zu können. Er hatte laut eigener Auskunft viel Geld geerbt, daher ließ man ihn im Großen und Ganzen gewähren, auch wenn er wechselnde, weibliche Bekanntschaften mitbrachte, was vor allem Johanna nicht gern sah.

Katharina mochte ihn nicht. Immer, wenn sie sich begegneten, warf er ihr Blicke zu, die ihr unangenehm waren. Zwar war er stets freundlich, aber sie fühlte sich dabei an etwas Klebriges erinnert, oder an verdorbene Süßigkeiten. Dieses Mal schien er jedoch zu betrunken zu sein, um näheren Kontakt zu ihr zu suchen, er tippte sich lediglich mit dem Finger an die Stirn zum Gruß, machte einen respektvollen Bogen um sie, was vielleicht an ihrem Schwert lag, und verschwand dann polternd und rülpsend in seinem Zimmer.

Auf dem Balkon angekommen, ließ sie ihren Blick über den Garten schweifen. Es war eine finstere Nacht, wolkenverhangen, kaum konnte sie die Bäume erkennen, und eine Ahnung von Rosenduft wehte zu ihr hinauf. Der kleine Birkenwald lag links von ihr, und sie erinnerte sich daran, wohin er führte. Aber ihr See löste keine Gefühle mehr in ihr aus, er war nur noch ein weiterer Bestandteil des Gartens.

Es war angenehm hier draußen, kühler als drinnen, sie fühlte sich sicher und geborgen, sie fühlte sich stark und unbesiegbar mit ihrem Schwert auf der Schulter.

Für einen Augenblick schloss sie die Augen, lächelte.

Als sie ihre Lider wieder öffnete, glaubte sie erst, einer Sinnestäuschung zu erliegen. Ganz weit hinten, wo das große Tor den Eingang zu dem Grundstück markierte, und die vereinzelte, mit Gas betriebene Straßenlaterne ein dürres Licht warf, meinte sie, eine Bewegung gesehen zu haben. Eine Gestalt, mit unklaren Umrissen. Das sollte nicht sein. Sicherlich gab es aufgrund des Spielhauses regen Betrieb, Menschen kamen und gingen, aber der Anbau hatte einen gesonderten Eingang und wurde streng bewacht. Man konnte vom Spielhaus aus auch nur ins Haupthaus gelangen, wenn man einen Schlüssel hatte. Das war eine der Grundbedingungen ihrer Mutter, und das Tor war zu dieser Zeit fest verschlossen, auch für die regulären Mieter des Hauses. Es gab klare Regeln für die abendlichen Heimkehrer. Wer zu spät kam, stand vor verschlossenem Tor und musste sich für die Nacht eine andere Bleibe suchen. Aus dem Haus selbst war auch niemand gekommen, das wäre ihr aufgefallen. War jemand über die Mauer geklettert? Für einen Mieter, der zu spät gekommen war oder einem verirrten Spieler war die Gestalt aber zu klein, oder sie ging sehr gebückt.

Es war jemand im Garten. Katharina schüttelte den Kopf und strengte ihre Augen an, trat dicht an das Geländer des Balkons heran, beugte sich vor.

Da bewegte es sich wieder. Sie dachte jetzt an ein Tier, verwarf aber den Gedanken, das war kein Tier. Es war zu dunkel, sie konnte es nicht genau erkennen, aber das da, was da aus dem Boden emporwuchs, und nun dastand und sie ganz sicher anstarrte, nur sie, sie allein, weil nur sie hier war und keiner sonst, war definitiv kein Tier.

Die Angst kam auf leisen Sohlen und schwappte dann wie ein Guss kalten Wassers über sie.

Das Gesicht! Das Gesicht aus ihrem See! Das musste es sein – es musste aus ihrem See gekrochen sein und nun im Garten umherstreifen, auf der Suche nach ihr. Es hatte einen Körper bekommen, würde jetzt zu ihr kommen, die Mauern emporklettern und sie packen, es hatte sie gefunden!

Aber warum sagte es nichts? Warum blieb es da stehen, wie angewurzelt und starrend? War das überhaupt das Gesicht? Wo waren dann die glühenden Augen, sie müsste sie doch sehen können in dieser Dunkelheit. Katharina konzentrierte sich, eine Gänsehaut erfasste sie, sie schüttelte sich, und dann fingen die vermissten Augen wie auf Kommando an zu glühen. Sie bewegten sich, schienen zu schwanken, standen wieder still, bewegten sich wieder, stoppten, wanderten hierhin und dorthin, als tanzten sie, und sie kamen eindeutig näher. Es stimmte also: Das Gesicht hatte den See verlassen, um nach ihr zu suchen.

Plötzlich erklang ein kurzer, schriller Schrei. Katharina schlug sich die Hand vor dem Mund. Nein, sie hatte nicht geschrien.

Sie nahm allen Mut zusammen, nochmals wollte sie nicht wegrennen, sie ließ ihr Schwert langsam von der Schulter gleiten, nahm es fest in beide Hände, richtete die Spitze auf das Wesen und rief halb in die Nacht und flüsterte halb zu sich selbst: »Wer bist du?« Und just in dem Moment wurde sie von einer Böe erfasst, die ihre Haare umherwirbelten. Sie umschlangen ihren Kopf, verdeckten ihr die Sicht, ließ sie wieder frei und ihr Nachthemd flatterte, zerrte an ihr. Die Natur lieferte das perfekte Szenario für einen vermeintlichen Kampf.

Aber sie bekam keine Antwort auf ihre Frage. Katharina verharrte in der Stellung, aufs Äußerste gespannt, rechnete mit allem Möglichen, aber es geschah nichts mehr. Die Augen erloschen so plötzlich, wie sie erschienen waren, keine Stimme, die womöglich ihren Namen nannte, war zu hören, keine Bewegung zu sehen, nichts mehr.

Nach einer Weile schmerzten ihre Muskeln von der angespannten Pose, und sie gähnte unbewusst. Das Wesen tauchte nicht wieder auf. Vielleicht hatte sie sich getäuscht, und es war doch nur ein Tier oder ein Besucher des Spielhauses, der sich verlaufen hatte und von etwas kleinerer Statur war. Das Glühen der Augen empfand sie zwar weiterhin als sehr merkwürdig, aber die Müdigkeit machte sie immer schwerer, das Nachdenken wurde immer anstrengender.

Sie wollte nur noch ins Bett.

•

Ihr Vater beruhigte sie am nächsten Tag und erklärte ihr nochmals, dass niemand von außerhalb in den Garten gelangen konnte, genauso wie ins Haus und dass sie vollkommen sicher sei. Das Glühen erklärt er damit, dass der Mond sich in den Augen eines Tieres gespiegelt haben musste.

Katharina glaubte ihrem Vater, er hatte sie schließlich noch nie belogen.

Aber in dieser Nacht hatte kein Mond geschienen.

Was hatte sie nur gesehen?

15

Es war gar nicht so schlimm. Die ersten Schritte zumindest nicht. Kati konzentrierte sich auf den kleinen Bildschirm in ihrer Hand, der ihr den Weg wies, und sie war froh darüber, dass sie ihn hatte. Fungierte er doch nicht nur als Beweismittel, sondern auch ganz praktisch als Taschenlampe. Das Licht der kleinen Lämpchen reichte zwar nur bis zum Boden und dort nur ein oder zwei Schritte weit, aber das war weitaus besser, als gar nichts zu sehen. An eine Taschenlampe hatte sie überhaupt nicht gedacht, und innerlich schlug sie sich die Hand vor die Stirn. Sie wäre im Stockdunkel umhergeirrt und hätte sich sonst was brechen können. Licht. Sie hatte Licht. Sie musste es nicht finden, sie hatte es dabei.

Danke, Sarah, danke.

Während des Abschreitens der Mutprobe erinnerte sie sich daran, wie sie noch klein war und Angst im Dunkeln hatte. Ihr Vater hatte ihr dabei geholfen, sie zu überwinden. Er erklärte ihr, dass man im Dunkeln oft Dinge hören und vielleicht sogar sehen würde, die gar nicht da waren. Der Kopf sei schuld daran, er würde Dinge erfinden, und man musste sich nur davor hüten, sie zu glauben. Es gab also keinen Grund, Angst zu haben. Wenigstens bis zum Boden und zwei Fuß weit nicht.

Rund alle zwanzig Schritte blieb Kati stehen, löste den Blick vom Bildschirm, hob das Handy, und filmte in die Nacht. Aber das Handy filmte nur das, was sie auch so sah. Nichts.

Wie weit war sie inzwischen gegangen, fragte sie sich. Wie lang? Sie blieb stehen und filmte ihre Uhr. Es war zwanzig vor eins, und es kam ihr so vor, als wäre sie schon seit Ewigkeiten unterwegs. Wie oft hatte sie schon bis zwanzig gezählt? Sie hatte es vergessen.

Sie holte laut Luft, hob den Kopf, sah geradeaus, in die Dunkelheit.

Da! Da war doch etwas!? Noch schwärzer als die Dunkelheit selbst zeichnete sich gegen den Nachthimmel ein Gebäude ab. Ganz sicher ein Gebäude. Ein riesiger, eckiger Klotz, wie ein schwarzes Loch in der Nacht. In der Hoffnung es filmen zu können, hob sie das Handy. Es war jedoch nicht möglich, auf dem nun schwarzen Bildschirm zu erkennen, ob man es beim späteren Abspielen auch sehen konnte.

Wenn sie weitergehen würde, bis zu dem schwarzen Klotz, der wahrscheinlich das Casino werden sollte, und dann umdrehte, müsste sie die Mutprobe bestanden haben. Mehr konnte wirklich niemand von ihr verlangen. Und dann, nahm sie sich vor, würde sie Tanja sagen, sie solle doch den gleichen Weg gehen. Sicherlich würde sie sich weigern und lauter Ausreden parat haben, aber Christian und alle anderen würden dann wissen, wer wirklich der Feigling war. Sollte Tanja doch mal sehen, wie sie ohne Licht die Aufgabe meistern würde. Grimmig grinste sie in sich hinein. Die Vorfreude darauf, ihre Feindin unter Druck setzen zu können, gab ihr wieder etwas Ansporn und Zuversicht.

Doch so weit war es noch lange nicht. Weder hatte sie das im Bau befindliche Casino erreicht, noch war sie auf dem Rückweg.

Der Rückweg! Wie sollte sie eigentlich das rot-weiße Absperrband wiederfinden, wenn alles um ihr kleines Licht herum dunkel war? Was nützte ihr das kleine Licht? Was, wenn sie nicht zurückfand? Sie wirbelte herum, starrte in die Richtung, aus der sie gekommen war – zumindest hielt sie diese dafür. Stockdunkel. Was auch sonst. Ihr Grinsen verschwand augenblicklich.

Dafür kam die Angst. Alles im Bildschirm sah auf einmal merkwürdig aus, der verdammte Betonboden wirkte vollkommen gleichförmig, als würde sie gar nicht vorwärtskommen, wie auf einem Rollband laufen, wie in einem Albtraum, in dem man sinnlos rannte. Waren die Füße, die Schuhe, die im Takt einen Schritt nach dem anderen taten, überhaupt ihre? Was, wenn in dem Bildschirm plötzlich zwei weitere Füße auftauchen würden, vor ihr oder neben ihr oder sie gar überholten?

Kati schüttelte den Kopf. Sie machte den nächsten

Schritt und noch einen, verließ sich nicht mehr auf das Handy, sondern auf ihre Augen und richtete den Blick stur auf ihr Ziel.

Aus diesem Grund sah sie die Palette mit Werkzeug auch nicht, die mitten in ihrem Weg stand.

Man kann einfach stolpern und nichts geschieht, weil man seine Füße unter Kontrolle hat, und dann ist das Stolpern nicht mehr als ein vereinzeltes Aufstoßen beim Gehen. Man kann aber auch anders stolpern und zwar richtig.

Kati stolperte nicht einfach über eine Holzpalette. Denn das war gar keine.

Tote, von Würmern zerfressene, menschliche Gestalten, brachen den Betonboden auf, ihre verwesenden, vor Schleim triefenden Hände reckten sich empor, genau dort, wo sich Kati befand, und sie spürte die knöchernen, stinkenden, vermodernden Finger an ihren Fußgelenken, wie Schraubstöcke, wie Schlingpflanzen, hart und weich, dehnbar und unzerstörbar und Willens, sie in ihr graues Grab aus Beton zu zerren.

Kati konnte nicht anders, sie musste einfach hinfallen – nein, nicht einfach hinfallen –, sie wurde zu Boden gerissen.

Das Handy entglitt ihrer Hand und vollführte wirre Rotationen um sich selbst, filmte dabei den schwarzen Himmel und den grauen Boden in wildem Wechsel. Und durch den Verlust des Lichtes sah Kati nichts mehr, wusste nicht, wann sie aufkommen würde, sie gab einen kurzen, spitzen Schrei von sich, riss instinktiv die Hände vor das Gesicht.

Doch es nützte wenig, sie schlug mit dem Kopf auf den Boden auf.

»Habt ihr das gehört?« Ängstlich schaute Sarah in die Richtung, in die Kati verschwunden war. »Was war das?«

Christian hatte es auch gehört. Er kaute auf seinen Fingernägeln herum. Der erste Blitz kündigte das Gewitter an. Die drei zuckten zusammen.

»Klappe«, sagte Tanja. Sie beugte sich zu der kleineren Sarah hinunter und flüsterte: »Wenn die Prinzessin das war, hat sie sich jetzt bestimmt eingepisst. Geist Nummer eins.«

Sarahs Lippen fingen an zu beben. »Mann, du bist so scheiße, Tanja!«

Obwohl Tanja scherzte, war ihr nicht ganz wohl. War das wirklich Kati gewesen? Und wenn ja, was passierte da?

Kati rappelte sich wieder auf. Ihre rechte Hand brannte. Ihr Knie tat weh und ihre Stirn juckte heiß. Ihre linke Hand betastete ihren Kopf und fühlte klebrige Nässe. Sie sah sich um, suchte am Boden nach dem Licht des Handys. Nichts. Sie ging in die Hocke, tastete umher. Da war es, aber es war aus. Alle Versuche, es wieder zu aktivieren, schlugen fehl. Kati kannte sich mit Handys nicht aus, sie sollte erst eines bekommen, wenn sie älter wäre, außerdem sah sie so gut wie nichts. Sie stand auf und stopfte sich das Gerät in die Tasche.

Und dann sah sie es.

Das Gebäude, die Umrisse, das klobige Etwas hatte seine Form verändert. Es waren mehr Winkel und Unregelmäßigkeiten, in der Mitte thronte eine Art Dreieck.

Unter ihren Schuhen war kein glatter Beton mehr. Sie konnte Erde riechen, vermischt mit dem Duft nach herben Rosen, der Boden war weich, sie hörte Gestrüpp rascheln, neben sich, nach ihr greifend.

In dem Gebäude, das nun ein anderes war, tauchte urplötzlich ein Gesicht auf und ein halber Oberkörper folgte.

Sie konnte es deutlich erkennen, obwohl es so dunkel war, sie sah es, und sie konnte nicht glauben, was sie sah. Denn dieses Gesicht glich dem ihrigen. Mehr noch, sie schien in einen Spiegel zu schauen. Aber das konnte unmöglich sein. Sie stand hier auf dem Boden und das andere Gesicht schwebte weit über ihr.

Das Mädchen starrte sie an, und Kati starrte verwirrt zurück und keuchte verängstigt. Nein, niemals konnte das eine Spiegelung sein. Vielmehr glich es einer Imitation eines Spiegels, und in dem falschen Spiegel blickte ihr kopiertes Gesicht zurück. Wie auf der Wasseroberfläche eines Tümpels in einem fiebrigen Traum. Sie sah sich, aber sie war es nicht.

Die Gestalt, die vor ihr schwebte, in diesen dunklen Winkeln eines Gebäudes, begann sich zu bewegen.

Das Mädchen, das fremde, merkwürdig vertraute Mädchen, hielt ein Schwert in der Hand und zeigte damit auf sie.

Katis Gedanken rasten.

Angst.

Ist es das? Ist das die Angst in der Dunkelheit? Wenn man das Licht nicht gefunden hat? Sieht man sich selbst? Ist man selbst die Angst?

Sie wollte schreien, wollte heulen, um sich schlagen, wegrennen, die Augen verschließen vor der Spiegelung ihres Selbst.

Etwas hielt sie zurück. Noch.

Wenn man selbst die Angst ist, schoss es ihr durch den Kopf, konnte man diese dann nicht besiegen? Musste man sich einfach nur selbst besiegen? Dem Verstand nicht gestatten, Märchen zu erzählen? War das der Grund, dass dieses Mädchen, von dem sie im Moment überzeugt war, dass es ihre Angst war, mit einem Schwert auf sie zeigte? Wollte sie sie besiegen? Ihr Denken schlug Haken. Doch sollte dem so sein, war dann sie selbst die Angst und das andere Mädchen eigentlich sie? War sie selbst gar nicht existent, sondern nur die Projektion ihrer Angst?

Was würde geschehen, wenn sie sich besiegte?

Was geschieht mit der Finsternis, wenn das Licht sie erhellt?

Kälte! Woher kam auf einmal diese Kälte? Sie konnte Wind sehen. Sie konnte ihn weder hören, noch fühlen, sie sah ihn, denn die langen, hellen Haare des Mädchens bewegten sich wie das Haupt einer Gorgone. Umschlangen das Gesicht, verharrten für einen Moment, bewegten sich wieder, bis sie wehten, als wäre hinter ihr ein Sturm losgebrochen.

Es war kein Sturm.

Es war das Gebäude. Es hatte zu leben begonnen, schien seine Form zu verändern, als wäre es aus weicher Masse, an der ein unsichtbares Ungetüm ziehen würde.

Kati wollte den Mund öffnen, irgendetwas sagen, dem Mädchen zurufen, dass sie keine Angst vor der Dunkelheit haben müsse, keine Angst vor ihr und sich selbst haben müsse, sondern vielmehr vor dem, was hinter ihr war, doch sie kam nicht mehr dazu.

Das andere Mädchen kam ihr zuvor. Es sprach Worte, die Kati nicht verstand. Töne hallten in ihrem Kopf wider, noch bevor sie den Mund des Mädchens verließen. Das Gesicht veränderte sich. Es zerlief, als wäre es aus Wachs, verzog sich, die Haut schälte sich in weißen Fetzen vom Knochen, entblößten einen von Blut bedeckten Schädel. Das Blut wurde braun, schwarz und zerstob zu Staub. Ein bleicher Schädel wurde umweht von fast weißen Haaren, und der Schädel öffnete den Mund ohne irgendetwas darin, ohne Worte. Nur kalter Hauch.

Kati stand am Abgrund dessen, was ein menschlicher Verstand ertragen konnte.

Sie machte noch einen Schritt, sprang jedoch nicht.

Düsternis umfing sie.

Nicht nur Sarah machte sich ernsthafte Sorgen.

Christian tippte Tanja an. »Sie ist schon ganz schön lange weg«, flüsterte er. Wieder blitzte es, und nun grollte in einiger Entfernung Donner. Tanja schwieg und starrte angestrengt auf das stockdunkle Gelände.

»Es ist gleich eins«, jammerte Sarah. »Kati ist bestimmt was passiert. Und wenn es da doch Geister gibt?«

»Klappe.« Tanja legte einen Finger an den Mund. »Ich kann nichts hören!«

Sarah nagte an ihrer Unterlippe. »Wir müssen die Polizei holen.«

»Bist du dumm? Polizei? Wir warten noch was, klar? Und wenn sie nicht kommt, dann müsst ihr sie suchen.«

»Äh ...«, wollte Christian widersprechen.

»Halt die Klappe, ich hör nichts.« Zur Bestätigung hielt Tanja eine Hand an ihr Ohr

Drei Augenpaare starrten, und sechs Ohren horchten in die Dunkelheit, alle Sinne hefteten sich hinter das Absperrband ins Nichts.

Plötzlich durchzuckten mehrere Blitze hintereinander die Nacht, fünf oder sechs in kurzer Reihenfolge, und als der letzte sein gleißendes Licht warf und jegliche Farbe aus der Umgebung sog, stand ein fahles Gespenst vor dem Absperrband, ein Racheengel, der fast weiß wirkte, umrandet von übertrieben scharfem Kontrast.

Kati stand da wie eine Statue, ihre Arme hingen herab, die Hände waren zu Fäusten geballt, der Kopf geneigt, und sie starrte die drei Kinder mit bösen, furchteinflößenden Augen an. Es knallte, der Donner ließ den Boden erbeben, und eine gewaltige Böe erfasste Blätter, Äste, Kleidung und die Haare des blonden Mädchens, ließ sie wie goldene Flammen tanzen. Zwei dunkle Striche verliefen quer durch ihr Gesicht, vermischt mit Blut, wie eine Kriegsbemalung, als hätte sie eine Schlacht geschlagen, gegen jemanden, gegen irgendetwas.

War das tatsächlich Kati? Oder war das ein Geist?

Christian verlor die Nerven, riss die Arme in die Luft, gab ein unbestimmtes »Oh nöö« von sich und flüchtete.

Sarah glotzte mit weit aufgerissenen Augen ihre Freundin an, rührte sich nicht.

Tanjas Gesicht arbeitete in alle Richtungen. Sie wischte sich nervös über die Stirn. Sie glaubte nicht an Geister, niemals, aber jetzt, als sie ihre liebste Feindin so vor sich sah, regten sich Zweifel. Kati ging auf Tanja zu, ganz langsam, setzte einen Fuß vor den anderen, als hätte sie das Laufen erst wieder lernen müssen. Sie wirkte dabei wie ein wahrer Zombie, nicht wie Tanjas schlechte Kopie, und sie sah sie auf eine merkwürdige Weise an: einerseits böse, andererseits mit einem seltsamen Lächeln, erfüllt von grausamer Überlegenheit. Tanja bekam es mit der Angst zu tun, konnte nicht anders, sie musste vor Kati zurückweichen.

Sie ist ein Monster!, durchfuhr es sie. Sie hob abwehrend die Hände, das körperlich schwächere Kind sollte sie nicht anfassen, sollte ihr vom Leib bleiben, sie war wie eine wandelnde Infektion, wie ein Virus mit dem Antlitz eines Engels, warum tat sie das nur – es war nicht fair, dass Prinzessinnen einen schaudern lassen können.

Tanja bekam keine Luft mehr, als Kati ganz langsam einen Finger hob und mit einer Stimme zu ihr sprach, die wie weit entfernt und doch ganz nah klang.

»Jetzt gehst du!«

Tanja schüttelte den Kopf, machte noch ein paar Schritte rückwärts, drehte sich auf dem Absatz um und rannte.

Sarah bewegte sich noch immer nicht, glotzte weiterhin mit offenem Mund.

»Kati?«, fragte sie schließlich zitternd. »Bist du das? Bitte, bitte, sag, dass du das bist.«

Der Wind legte sich. Aus Katis Haaren schwand das Lodern, sie lagen still. Wieder blitzte es. Und da konnte Sarah erkennen, dass Kati wirklich Kati war, kein Gespenst. Kati lächelte, zwinkerte ihr zu, legte Sarah eine Hand auf die Schulter. »Klar, wer soll ich denn sonst sein?«

Sarah musste ihrer Freundin um den Hals fallen. Die beiden Mädchen standen in freundschaftlicher Umarmung, lachten erleichtert.

»Was, was ist passiert?«, wollte Sarah wissen. »Mann, du siehst aus … hast du Geister gesehen?«

Kati überlegte einen Moment und schüttelte den Kopf. Nein, was sie erlebt hatte, da auf dem Gelände, ging niemanden etwas an. Vorerst. »Ich bin hingefallen. Da lag irgendwas rum. Bretter oder so. Ich habe sie nicht gesehen und bin darüber gestolpert. Hab mir den Kopf gestoßen.« Sie tastete als Bestätigung nach der Stelle an ihrer Stirn. Es war nicht mehr feucht, aber druckempfindlich.

»Du hast es wirklich gemacht. Mann, Kati! Du bist total cool. Zeig mal das Handy. Hast du alles aufgenommen?«

»Hm«, machte Kati nur. »Es ist mir runtergefallen. Tut mir leid. Es ist aus. Hoffentlich hab ich es nicht kaputt gemacht. Tut mir leid. Echt.«

Beide begutachteten das Gerät so gut es ging.

»Der Akku scheint nur lose zu sein«, erklärte Sarah. »Ich guck mir das zu Hause an, kriegt man immer schwer auf, die Scheißklappe hinten. Ich bin echt gespannt, was du aufgenommen hast. Mann, du hast es Tanja gezeigt.«

Die ersten Tropfen fielen. »Jetzt wirds gleich nass. Hoffentlich haben unsere Eltern nichts gemerkt.« Sarah strahlte.

Kati nicht. Hätte sie gewusst, dass das bisher nur ein Auftakt war, lediglich eine verschwommene Ahnung von dem, was noch kommen sollte – sie hätte vor Freude getanzt.

16

Katharinas Interesse daran, zu erfahren, was die Erwachsenen für Spiele spielten, welche Art der Zerstreuung sie suchten und womöglich fanden, war inzwischen verflogen. Ihr Vater hatte immer weniger Zeit für sie, machte langsam einen fast kränklichen Eindruck und schickte sie immer öfter weg, wenn sie seine Nähe suchte. Sein anfänglicher Enthusiasmus, ihr den Umgang mit dem Schwert zu lehren, ließ merklich nach, auch stritt er immer häufiger mit ihrer Mutter Johanna. Katharina konnte sich das nicht erklären, denn er war doch so guter Dinge und überzeugt davon gewesen, dass es ihnen besser gehen würde, wenn das Spielhaus erst fertig und in Betrieb sein würde. Fast empfand sie Zorn ihm gegenüber, denn ein bisschen fühlte sie sich verraten.

Ihre bereits leicht ergraute Hauslehrerin Frau Schultheiß spürte Katharinas gedankliche Abwesenheit, während sie über den Büchern brütete und einen Text, den sie die Tage zuvor gelesen hatte, nun mit eigenen Worten wiedergeben sollte.

»Stimmt etwas nicht, Katharina?«

»Doch. Es ist nur … es fällt mir schwer heute. Ich habe schlecht geschlafen.«

Frau Schultheiß fixierte Katharina eine Weile, und anfangs hielt das Kind dem forschenden Blick stand, musste dann aber zur Seite schauen.

»Katharina, du kannst mir doch nichts vormachen. Es liegt doch nicht an mangelndem Schlaf. Dich beschäftigt etwas. Du kannst ruhig mit mir darüber sprechen.«

»Es ist ...«, begann sie. »Es ist wegen Vater. Er war so gut gelaunt, als das Spielhaus fertig war, und er hat versprochen, dass es uns allen besser gehen würde. Aber warum streitet er dann so viel? Warum hat er kaum noch Zeit für mich? Es sieht aus, als ob alles schlechter geworden ist, statt besser. Ich verstehe das nicht. Wenn das mit dem Spielhaus nicht gut ist, warum macht er es dann nicht wieder zu?«

»Oh. Darum geht es. Ich verstehe dich. Das ist leider nicht ganz einfach zu erklären. Ich werde es dennoch versuchen.« Die Lehrerin faltete die Hände, blickte zur Decke, überlegte einen Moment. »Dein Vater hat eine Investition getätigt … ah, weißt du, was eine Investition ist?« Katharina verneinte. »Eine Investition ist, ganz einfach erklärt, wenn man etwas kauft, um damit Geld zu verdienen, und zwar mehr, als man anfangs dafür ausgegeben hat. Schreibe das Wort bitte direkt nieder und notiere dir die Erklärung dazu.« Sie buchstabierte, Katharina schrieb es in ihr Heft. »Ich gebe dir ein Beispiel. Du kaufst ein Stück fruchtbares Land und Saatgut für eintausend Taler. Du bringst dann die Saat auf deinen Acker aus, und nach einiger Zeit kannst du ernten, was du gesät hast.«

»Und dann verkauf ich es wieder«, ergänzte Katharina.

»Ganz genau. Du wirst bei diesem Beispiel feststellen, dass es jedoch nur mit dem Kaufen von Boden und Saat allein nicht getan ist. Du musst sehr viel arbeiten, bis deine Investition Früchte trägt. Das ist anstrengend, und manchmal geht es sehr schnell und manchmal dauert es länger. Und du musst bedenken, dass du erst dann Gewinne machen wirst, wenn du mit dem Verkauf von deinen Erträgen eintausend Taler zusammen hast. Warum ist das so?«

»Weil ich sie vorher ausgegeben habe und sie mir fehlen.«

»Richtig. So wird es auch deinem Vater gehen. Er hat das Spielhaus bauen lassen, und das hat Geld gekostet. Nun muss er sehr viel arbeiten und auf alles achten, bis er das investierte Geld – so sagt man dazu – wieder eingenommen hat. Wenn das geschehen ist, dann verdient er Geld mit dem Spielhaus, und dann wird es auch ihm und dir und deiner Mutter zugutekommen. Aber es wird eben seine Zeit dauern.« Frau Schultheiß öffnete die Hände wieder, drehte die Handflächen nach oben. »Das ist eine sehr einfache Erklärung. Es gibt dabei noch weitere Dinge zu beachten, wie Steuern, Gebühren und weiteres, im Falle des Spielhauses ist es noch etwas komplizierter, aber das musst du noch nicht wissen, das ist dann doch noch etwas schwierig für dich. Was du wissen musst, ist, dass dein Vater sehr hart arbeitet für euch. Ich glaube fest daran, dass er lieber mit dir und deiner Mutter zusammen wäre, aber er möchte euch ein gutes Leben bieten können. Wenn man erwachsen ist und für eine Familie sorgen muss, ist es oft schwer, einen guten Mittelweg zu finden, zwischen der Zeit, mit seinen Liebsten zu verbringen und der Zeit, die man aufwenden muss, um für ein gutes Auskommen zu sorgen. Bedenke, du hast das Privileg, von mir in deinem Haus unterrichtet zu werden. Du musst euer Anwesen nicht verlassen.«

»Vater will nicht, dass ich es verlasse«, warf Katharina ein.

»Das weiß ich. Glaube mir, das ist auch ganz gut so. Es mag dir manchmal etwas beschränkt vorkommen, dich nur hier bewegen zu können, aber die Welt dort draußen ist sehr schwierig. Du müsstest wie die anderen Kinder auch zur Schule gehen. Jeden Morgen früh aufstehen, auf harten Bänken an leeren Tischen sitzen, neben anderen Kindern, die dich vielleicht nicht mögen. Weil dein Vater dafür sorgt, dass ihr auch weiterhin ein gutes Auskommen habt, kann er mich bezahlen, und ich kann dich hier unterrichten. Verstehst du das?«

Katharina ließ den Kopf sinken. Fast fühlte sie sich ein wenig schuldig. »Ja, ich verstehe das.«

»Das ist gut. Es ist sehr wichtig, dass du darüber nachdenkst und das verstehst. Und ich verstehe, dass du heute deine Gedanken nicht mehr auf den Unterricht wirst lenken können. Wir beenden ihn für heute, denn ich habe deinen Kopf wohl genug gefüllt mit neuen Dingen. Aber ich möchte, dass du einen Aufsatz darüber schreibst, wie Investitionen gemacht werden und was sie bedeuten.«

»Das werde ich. Aber … können Sie mir einen Gefallen tun?«

»Natürlich, wenn ich kann.«

»Sagen Sie bitte meinem Vater nichts davon. Dass ich böse auf ihn war.«

»Warst du das denn?«

Katharina fing an zu lächeln. »Nein, nicht richtig.«

Frau Schultheiß lächelte zurück, fuhr sich mit den Fingern über den Mund, als wolle sie ihre Lippen versiegeln. »Ich verrate dich nicht.« Sie zwinkerte Katharina zu, packte ihre Bücher ein und ließ das Kind allein mit seinen Gedanken.

Innerhalb einer einzigen Stunde schrieb Katharina ganze drei Seiten über Investition in ihr Heft nieder; dass es eine gute Sache sei, und dass alle Menschen, die daran beteiligt waren, an einem Strang ziehen sollten, damit das investierte Geld möglichst schnell wieder da war, und sich alle wieder umeinander kümmern konnten.

Ihre Begeisterung verebbte allerdings recht schnell, denn so sehr sie verstehen konnte, dass eine Investition betreut werden musste, so sehr störte sie daran, dass das Hier und Jetzt dabei in den Hintergrund trat. Ihr Vater fehlte ihr jetzt, sein Streiten mit Mutter gefiel ihr überhaupt nicht, aber der Groll gegen ihn war wenigstens nicht mehr so schlimm. Viel eher tat er ihr leid. Sie überlegte, ob sie selbst mit ihm darüber sprechen und ihm erklären sollte, dass sie ihn verstand, aber dass er sich vielleicht ein klitzekleines bisschen Mühe geben sollte, auch sie zu verstehen.

Sie streifte eine Weile durchs Haus, achtete darauf, Sigmund nicht über den Weg zu laufen, machte immer wieder einen Anlauf, ihren Vater zu suchen, aber ihre Beine machten sowohl um das Spielhaus wie auch um den Keller, in dem er weit hinten sein Arbeitszimmer hatte, einen Bogen. Schließlich beschloss sie, ihre Mutter zu suchen. Sie war nicht im Schlafzimmer, auch nicht im Garten oder der Küche, um Anweisungen zu geben, also musste sie im Bad sein.

Johanna hielt sich oft dort auf. So wie Ulrich sein Arbeitszimmer hatte, hatte sie das große Bad zu ihrer Oase der Entspannung erkoren, nachdem einige Neuerungen eingebaut worden waren, und wenn immer sie sonst nirgends zu finden war, war sie hier.

Katharina mochte den Baderaum recht gern, nicht selten badete sie zusammen mit ihrer Mutter in der großen Wanne. Es ging mit dem neuen Ofen an der Wand zwar bedeutend schneller, genügend Wasser zu erhitzen, aber es dauerte immer noch eine gefühlte Ewigkeit – man gewöhnte sich eben sehr schnell an Luxus. Doch egal, wie lange das Wasser nun brauchte, ein ausgiebiges Bad war wirklich ausgesprochen entspannend und man roch danach sehr gut. Hin und wieder zog Katharina ihren Vater damit auf, er solle doch auch öfter baden, dann würde er besser riechen, aber er meinte nur, dass es vollkommen reichen würde, wenn die Frauen das täten. Männer müssten nicht gut riechen, und seine beiden Frauen würden gut genug für sie alle drei riechen.

»Mutter?« Sie klopfte an die Tür des Badezimmers.

»Katharina?«, kam es zurück. »Bist du das? Warte einen Moment.«

In ein großes Tuch gewickelt öffnete Johanna die Tür. Die Wanne, bereits voll und dampfend, war ein riesiges

Behältnis, mit hübschen Kupferbeschlägen, groß genug für eine kleine Familie, und es war gar mobil, aber seit Johanna den Raum umgestaltet hatte, blieb die Wanne, wo sie war. Katharina schnupperte, das Wasser roch wunderbar nach Rosen und Lavendel.

»Komm doch mit hinein«, forderte Johanna sie auf. »Es ist herrlich.«

»Hm ...«, machte Katharina ablehnend, und beobachtete, wie ihre Mutter das Tuch abwarf und sich ins schaumige Wasser sinken ließ.

Johanna döste mit halb geschlossenen Augen vor sich hin. Katharina saß auf dem Wannenrand, steckte eine Hand ins milchige Wasser, bewegte sie hin und her, fischte nach Rosenblättern, und verursachte kleine Wellen. »Wo ist Vater?«, fragte sie schließlich nach einer Weile.

Es war nicht so, dass Katharina ihren Vater mehr liebte als ihre Mutter. Aber nach der erhellenden Erklärung von Frau Schultheiß fühlte sie sich im Moment eher dazu verpflichtet, ihm beizustehen. Sie erhoffte sich durch ein Gespräch, dass das Verhältnis zwischen ihm und ihrer Mutter auch wieder besser werden würde.

»Ach, dein Vater ...« Johanna seufzte schwer, als ob der Gedanke an ihren Gemahl eine erschöpfende Anstrengung sei. Sie strich sich eine feuchte Haarsträhne aus dem Gesicht. »Sicherlich schläft er. Es ist sehr anstrengend geworden für ihn. Für ihn und mich.«

»Er schläft nicht. Ich war vorhin im Schlafzimmer, weil ich dich gesucht habe.«

»Dann ist er irgendwo, treibt sich herum.« Johanna seufzte wieder. »Wie lange sollen wir das nur ertragen?«, fragte sie mehr sich selbst. »Welchen Preis müssen wir dafür bezahlen?«

Katharina runzelte die Stirn. »Eine Investition dauert und muss betreut werden«, erklärte sie knapp.

»Woher hast du *das* denn?« Etwas Leben kam in Johanna zurück, sie richtete sich halb auf in der Wanne.

»Hm … das ist nicht wichtig. Ich habe nachgedacht über Vater und das Spielhaus und das alles. Er tut das für uns. Und es dauert eben, bis … bis er sich wieder mehr um uns kümmern kann.«

»Sieh an, sieh an, meine Tochter ist ein gescheites Kind«, lächelte Johanna und streichelte Katharinas Arm. »Du hast recht. Vater hat viel Arbeit. Es ist gut für uns und wir müssen dankbar sein. Die Zeiten haben sich geändert. Weißt du, vor langer Zeit, war es einfacher für Leute wie uns. Es gab Untertanen, die haben gearbeitet und uns einen Teil ihres Ertrages abgegeben.«

»Wieso haben sie das gemacht?«

»Sie wurden dafür von uns beschützt.«

»Beschützt vor wem?«

»Vor den anderen, die diesen Teil haben wollten.«

Katharina machte ein fragendes Gesicht.

»Das ist lange her. Es ist im Grunde noch immer so, nur, dass nicht mehr wir diesen Teil bekommen, sondern andere. Und wir müssen auch einen Teil abgeben. Aber das verstehst du noch nicht.« Sie sank zurück ins Wasser, schloss die Augen.

»Dann gehe ich jetzt Vater weitersuchen.«

Johanna wollte etwas entgegnen, aber das warme Wasser machte sie schläfrig. Zudem war Katharina so schnell aufgesprungen und aus der Tür hinaus, dass es keinen Sinn machte, sie aufzuhalten. Sie hatte schließlich ein Recht auf ihren Vater. Natürlich stand das Geschäft an erster Stelle, aber es gab noch andere Aufgaben, die ein Familienvater und Ehemann zu erfüllen hatte, und eben genau das war der in letzter Zeit immer wiederkehrende Streitpunkt zwischen ihr und Ulrich. Wenn Katharina nun auch noch ihren Finger in die Wunde legen würde, käme er vielleicht eher zur Besinnung und seinen übrigen Pflichten nach.

Katharina konnte ihren Vater nicht finden. Also musste er in seinem Arbeitszimmer sein, das war der einzige Ort, an dem sie noch nicht nach ihm gesucht hatte. Eigentlich durfte sie ihn ohnehin nur dann dort stören, wenn es sich gar nicht vermeiden ließ. Allerdings war sie der Meinung, dass es sich eben nicht vermeiden ließ, ihr brannte so einiges auf der Seele und sie wollte ihm ja auch ihre Unterstützung zusichern. Sie musste die lange Treppe nach unten steigen und durch den Keller. Den sie nicht besonders mochte.

Die schwere Holztür, hinter der die lange Treppe lag, die in das riesige Gewölbe führte, war für Katharina kaum zu bändigen. Als sie die Tür endlich geöffnet hatte, wehte ihr die kühle und süßlich-muffige Luft entgegen, vermischt mit noch ein paar anderen Gerüchen, die von den eingelagerten Lebensmitteln herrührten. Sie griff nach einer der bereitstehenden Öllampen, entzündete sie und stieg die steinerne, immer etwas schlüpfrige Treppe hinunter. Nein, sie mochte den Keller gar nicht. Sie wusste zwar, was hier lagerte und dass sie keine Angst haben musste, aber hier unten gab es noch kein Licht wie in den Fluren, sodass nur die kleine Öllampe in ihrer Hand ihr den Weg weisen konnte.

Die Stützpfeiler der Deckenbogen warfen flackernde Schatten an die Wand, so wie ihr Körper selbst auch, und immer wieder schaute sie sich um, erschreckte sich, war sich nie sicher, ob die schwarzen Bewegungen natürlichen Ursprungs waren oder von düsteren, fremden Gestalten herrührten. Und das eine oder andere winzige, unbekannte Getier, das hier hauste, trug auch nicht dazu bei, sich wohler zu fühlen.

Katharina konnte nicht verstehen, warum ihr Vater ausgerechnet hier, am Ende des Kellers, sein Arbeitszimmer hatte, das er auch noch mit einem schweren Schloss sicherte. Er war somit vollkommen abgeschnitten von allem, hatte kein Tageslicht, keine frische Luft, vielmehr war es wie ein Verlies, oder eine leer geräumte Folterkammer, wie ein geheimnisvoller Ort innerhalb ihres vertrauten Heims.

Erfreut sah sie das offene Schloss und hörte schließlich seine Stimme durch die Tür des Zimmers, sie wollte klopfen und sie öffnen, aber sie stockte, hielt inne und lauschte.

Die Stimme ihres Vaters klang anders als sonst. Der gewohnte, starke und überlegende Ausdruck war verschwunden, hatte sich in etwas Bittendes, fast Unterwürfiges verwandelt, als hätte ihr Vater einen großen Fehler begangen und würde nun um Verzeihung bitten. Seltsam, fand sie, niemandem war er Rechenschaft schuldig, er musste um nichts bitten, geschweige denn um Verzeihung.

Sie legte ein Ohr an die Tür, um besser zu verstehen.

Gedämpft, aber klar verständlich drangen seine Worte zu ihr.

»Aber das kann ich nicht tun. Das kannst du nicht von mir verlangen. Das ist ... das ist ... Das ist nicht Teil unserer Abmachung.« Es klang fast flehend.

Was hatten sie abgemacht?, fragte sich Katharina. *Und wer?* Denn sie konnte nur ihren Vater hören.

» ... ja, das ist mir bewusst. Ich stehe zu meinem Wort,

ich bin ein Ehrenmann. Aber das ist wie … wie Mord. Und ich bin kein Mörder.«

Was? Vater? Ein Mörder?

Ulrichs Stimme schlug um, wurde wütend: »Oh, ja, sicher. Welch Verdrehung der Tatsachen.« Einen Moment lang herrschte Stille. Dann wieder bittend. »Nein, das kannst du nicht tun!« Die Wut war verflogen, machte Angst Platz.

»Gut, gut. Ich füge mich. Aber du wirst dafür büßen. Wenn nicht durch mich, dann durch Gottes Hand!«

Nun konnte Katharina die Stimme des bisher stummen Gesprächspartners ebenfalls vernehmen. Die Stimme lachte. Lachte voller Hohn. Das Furchtbarste daran war jedoch nicht, dass sie lachte, auch nicht die Art des Lachens.

Katharina erschrak bis ins Mark, sie stolperte von der Tür rückwärts, ihre Beine verhedderten sich und fast wäre sie gefallen, das Licht in ihrer Hand flackerte. Von Panik erfasst machte sie weitere Schritte weg von der Tür, bis sie mit dem Rücken gegen einen Pfeiler stieß. Ihre Augen groß wie Teller, ihr Herz in Eis gehüllt, ihr Atem verlor sich.

Das Furchtbarste an dieser Stimme war, dass sie ihr bekannt war. Diese Stimme hatte am Teich ihren Namen gesagt. Und nun hatte sie gesagt: »Es gibt keinen Gott.«

Katharina rannte. Sie rannte fort von dem Arbeitszimmer, zurück durch den Keller, so schnell, dass die kleine Flamme ihrer Lampe beinahe erlosch und schwarzen Rauch wie einen Schleier hinter sich herzog.

Katharina flüchtete, dorthin, wo ihre Mutter war. Bei ihr zu sein, im warmen Wasser, ganz nah bei ihr und weg von der Stimme, weg von ihrem Vater, den sie so liebte und der mit diesem Wesen, mit diesem grausigen

Gesicht sprach, das scheinbar Furchtbares von ihm verlangte; das war in diesem Augenblick ihr sehnlichster Wunsch.

Sie riss die Tür zum Baderaum auf.

»Hast du ihn gefunden?«, fragte ihre Mutter erstaunt.

Selbst das warme Wasser und die Umarmung ihrer Mutter konnten ihr Zittern nicht lindern.

17

Nachdem Kati nach Hause gekommen und sich mit klopfendem Herzen ins Bett verkrochen hatte, schlief sie sofort ein, obwohl sie damit gerechnet hatte, bis zum Morgen kein Auge mehr zumachen zu können.

Als der Wecker klingelte, fühlte sie sich ausgelaugt. Draußen regnete es. Sie blieb noch in ihrem Bett liegen, sah auf ihre Hände und betastete die Stelle an ihrer Stirn. Wirklich weh tat es nicht, es fühlte sich eher taub an.

Na toll, dachte sie. *Nun ist die Beule von dem Ball weg, und ich habe eine neue. Und wer ist schuld? Tanja.*

Ihre Hand, mit der sie versucht hatte, ihren nächtlichen Sturz abzufangen, war nur ein bisschen rot, dabei hatte es sich viel schlimmer angefühlt. Aber die neue Beule am Kopf musste sie sich genauer anschauen. Ihre Eltern würden mit Sicherheit darauf aufmerksam, und wie sollte sie das dann erklären? Mit der Wahrheit?

Die Mutprobe. Ihre Gefühle begannen sich zu spalten. Ja, sie hatte es geschafft, sie hatte die Dunkelheit und Tanja besiegt und dieses dumme Gerücht, das sie in

Umlauf gebracht hatte. Und sie hatte einen Beweis, sofern das Handy nicht ganz kaputtgegangen war, und sie hatte eine Freundin, auf die sie sich vollkommen verlassen konnte. Es war, wie ihr Vater erklärt hatte – sie hatte sich der Angst gestellt und das Licht gefunden. Sie hätte sich auf die Schulter klopfen und beglückwünschen können.

Nur ... dieses Licht, in Form des Mädchens – es war ganz anders, als sie sich vorgestellt hatte. Aber war das wirklich passiert? Oder war das alles nur in ihrer Einbildung geschehen, durch den Sturz, spielte ihr Kopf verrückt, wie unter der Dusche nach dem Sport? Hatte sie das alles nur geträumt heute Nacht, nachdem sie die Mutprobe bestanden hatte, weil ihr Unterbewusstsein Erlebtes mit Erträumten vermischte?

Sie sah auf ihre Hände, schloss sie zu Fäusten, öffnete sie, schloss sie wieder und so fort.

Was ist los mit mir?

Im kleinen Spiegel ihres Zimmers zeigte sich, dass die Stelle an der Stirn zwar nicht sehr auffiel, aber doch erkennbar war, wenn man wusste, wohin man sehen musste. Ein verkrusteter, schmaler Schnitt zog sich ein paar Zentimeter oberhalb ihres rechten Auges bis zum Haaransatz. Außerdem hatte sie noch immer Dreck im Gesicht. Sie musste ungesehen ins Bad gelangen, um die Spuren so gut es ging abzuwaschen. Aber was sollte mit der Verletzung geschehen? Sie sah sich um, und ihr Blick fiel auf ihr Basecap, das sie im Frühjahr auf einer Werbeveranstaltung von einem Sportnahrungshersteller in der Stadt bekommen hatte und ein ungeliebtes Dasein an der Garderobe fristete. ›WHEY‹ prangte in dicken, aufgeklebten Lettern auf dem Cap, was sie damals als *Why/Warum* uminterpretierte.

Leise schloss sie die Badezimmertür hinter sich.

»Oha«, meinte Thomas später beim Frühstück. »Probierst du einen neuen Style? Ist das jetzt in Mode?«

»Ich finde, das steht dir hervorragend«, meinte Ingrid anerkennend.

»Ja, finde ich auch«, lächelte Kati voll verkniffenem Eifer.

»Mann, ich hab so was von Ärger bekommen«, teilte Sarah traurig und etwas verschlafen vor Schulbeginn mit. »Meine Eltern sind aufgewacht und haben nach mir gesucht. So ein Scheiß. Es war echt die Hölle los, als ich nach Hause gekommen bin.«

Kati biss sich auf die Lippen. Sie hatte Schuld daran. »Das tut mir so leid, Sarah. Bei mir ist alles glattgelaufen, und du sitzt jetzt in der Scheiße. Was hast du ihnen erzählt, wo du warst?«

»Ich hab was von Schlafwandeln gesagt, aber das haben sie mir bestimmt nicht geglaubt. Ich war ja auch komplett angezogen. Was Besseres ist mir einfach nicht eingefallen. Ich war total baff.«

»Du bist die beste Freundin, die man sich vorstellen kann!« Kati umarmte Sarah. »Ich mache das wieder gut, versprochen.«

»Ach, ist okay. Hauptsache, wir haben es Tanja gezeigt.« Sie machte das *Victory*-Zeichen und grinste breit. »Und auf dem Handyvideo sieht man alles! Echt cool!«

Kati kratzte sich nervös an der Stirn, an der Verletzung, die etwas pochte, als würde sie um Aufmerksamkeit betteln. *Man sieht alles? Was sieht man?*

»Wir müssen rein. Zeig ich dir in der Pause. Das Cap ist übrigens voll cool!«

In der Pause zeigte sich, dass auf dem Video nichts Mysteriöses zu sehen war. Man konnte alle Beteiligten am Anfang erkennen, Katis Gang über das Gelände, zwischendurch wie das Handy aufgehoben wurde und in die Nacht filmte, und schließlich das plötzliche, wilde Rotieren des Bildes.

Während sich die Gesichter der Schüler um den kleinen Bildschirm drängten, musste Kati alles genau erklären, jeden Schritt, den sie getan hatte, ihren Sturz, und dass das Handy danach aus gewesen war. Für alle Schüler, die in die Sache eingeweiht waren, stand nun außer Frage, dass Kati kein Feigling war, im Gegenteil, sie war eine Heldin. Mehr noch, man einigte sich darauf, dass sie jetzt die Kriegerin sei. Zwei Mädchen stellten die Vermutung an, dass sie von einem oder mehreren Geistern angegriffen worden war und deshalb gestolpert sei. Als Kati versicherte, dass nichts dergleichen passiert und sie wirklich nur gestolpert sei und auch keinen Geist gesehen hätte, erklärten die Anhänger der Geistertheorie, dass das im Grunde der Beweis sei. Geister würden sich meist so verhalten, dass man ihre Existenz nicht so leicht nachweisen könnte. Hätte man Geister im Video gesehen, hätte man vermuten müssen, dass es ein Fake gewesen sei. Sah man nichts, waren sie da – klare Sache. Demzufolge schlugen sie vor, Katis neuen Titel in *Geisterkriegerin* zu erweitern.

Kati hatte beschlossen, in ihrer Erzählung alles so zu belassen, wie das Handy vermuten ließ. Sie genoss die Anerkennung und ihren Sieg über Tanja, wollte ihren Erfolg nicht überstrapazieren und von sich aus Geschichten in die Welt setzen, die vielleicht nie geschehen waren. Sie wusste schließlich nicht, ob sie nur geträumt, fantasiert oder sonst etwas hatte. Sie war nun eine Heldin und die Geisterkriegerin, es machte keinen Sinn, den Verdacht aufzubringen, sie hätte vielleicht nicht mehr alle Tassen im Schrank. Sollten andere Legenden über Geister und ihren Kampf dagegen in die Welt setzen, sie hatte nichts damit zu tun.

Die besiegte Tanja fehlte an diesem Tag in der Schule. Christian verhielt sich wortkarg und gab sich alle Mühe, Katis Blicken auszuweichen.

Tanja wartete auf Kati an der Bushaltestelle in ihrer Straße. Sie lehnte etwas verdeckt am Haltehäuschen, mit hängendem Kopf und Schultern, mit den Händen in den Hosentaschen.

»Kati?«

»Was?« Katis Zorn flammte auf, als sie Tanja wahrnahm. Nicht wegen der Mutprobe als solche, das war alles geklärt und vorbei, sie hatte gewonnen. Sie war vielmehr sauer, weil Sarah letzten Endes diejenige war, die in der ganzen Geschichte am meisten verloren hatte. Tanja hatte die Niederlage verdient, Sarah nicht.

Und ob Sarah zu ihrem Geburtstag kommen dürfte, der ja bald anstand, war auch noch nicht sicher.

»Also, Kati, ich ... das war echt stark heute Nacht. Das hätte ich echt nicht von dir gedacht.«

»Okay. Und?«

»Und ...« Tanja schaute auf ihre Füße, grub verlegen mit einem Schuh eine Kuhle in den Boden, vielleicht wollte sie vor Scham darin verschwinden. »Also, ich wollte dich fragen, ob wir Freunde sein können.«

»Wir sollen Freunde sein?«

Tanja versuchte ein schiefes Lächeln. »Ich dachte ...«

Kati holte Luft. Wütend legte sie los. »Ah, du dachtest. Toll, dass du auch mal denkst. Wenn du nachgedacht hast, dann weißt du jetzt wohl auch, dass das eine Scheißidee gewesen ist. Wegen dir hat jetzt Sarah Ärger mit ihren Eltern. Weißt du, wer ein Freund ist? Sarah ist ein Freund. Freunde sind füreinander da und erzählen keinen Scheiß übereinander und denken sich so total beschissene Mutproben aus!« Der Rucksack mit den Schulsachen rutschte von ihren Schultern, da sie anfing mit den Armen zu gestikulieren. »Und jetzt, wo ich deine Mutprobe bestanden habe und du der Feigling und weggelaufen bist, jetzt soll ich deine Freundin sein? Weißt du, wer ich jetzt bin in der Schule? Ich bin jetzt die Kriegerin. Die Geisterkriegerin!« Während sie erklärte, kam sie Tanja immer näher und stand nun eine Handbreit vor ihr, mit erhobenen Kinn, um dem größeren Mädchen direkt in die Augen sehen zu können. Sie fletschte die Zähne. »Die Prinzessin ist tot. Es lebe die Geisterkriegerin.«

Sie nahm den Rucksack wieder auf und drehte Tanja den Rücken zu. Nach zwei Schritten hielt sie inne, schaute über ihre Schulter hinweg zurück. »Noch was«, sagte sie fast sanft.

»Ja?« In Tanjas Gesicht erblühte Hoffnung.

»Das Leben ist nicht unfair, Tanja. Du bist unfair.«

18

Sarah zu helfen hatte für Kati nun oberste Priorität. Lange überlegte sie hin und her, wie sie den Ärger ihrer Freundin, für den sie mehr oder weniger direkt verantwortlich war, aus der Welt schaffen konnte und fasste schließlich einen Entschluss. Vor noch nicht noch allzu langer Zeit wäre ihr das nie in den Sinn gekommen, und selbst wenn, hätte sie nicht den Mut dazu aufbringen können. Aber ihre Einstellung zu manchen Dingen hatte sich verändert.

Man musste eben manchmal tun, was man tun musste, auch wenn man Angst davor hatte. Beließ man alles, wie es war, würde es selten besser werden.

»Sarah hat keine Zeit«, sagte Sarahs Mutter, Yvonne Köster, als sie Kati die Haustür öffnete.

»Das macht nichts. Ich wollte auch zu Ihnen.«

»Zu mir? Ich weiß nicht, was du dir versprichst, Katharina. Ich finde es ja durchaus löblich, wenn du Sarah beistehen willst. Aber das ist ihre Sache. Du hast damit nichts zu tun.«

»Hab ich doch. Es ist vor allem meine Sache.«

Verwundert öffnete Yvonne die Tür ganz und bat das blonde Mädchen, das in diesem Moment überhaupt nicht wie eine fast Zehnjährige wirkte, dann doch noch ins Haus.

Manchmal kann sich ein Kind mit einem Erwachsenen auf einer gleichberechtigten Ebene unterhalten – wenn beide den Altersunterschied und die damit verbundenen, teilweise berechtigten Vorurteile nicht in den Mittelpunkt stellen. Falsche Entscheidungen werden nun einmal getroffen, es kommt darauf an, dass man dazu steht und versucht, sie beim nächsten Mal zu vermeiden. Diese Einsicht ist universell und unabhängig vom Alter des Betroffenen. Wenn das die Gesprächspartner verinnerlichen, kann man sich auf die Zukunft konzentrieren und muss nicht in einer mit Vorwürfen gespickten Vergangenheit verweilen, die ohnehin nicht zu ändern ist.

Es hätte viel passieren können. Ja, und Kati versprach auch, dass sie so etwas nie wieder tun würde. Yvonne Köster war allerdings nicht der Meinung, dass Kati die alleinige Schuld trug. Sarah hatte einen eigenen Willen und hatte sich dazu entscheiden, bei diesem Unsinn mitzumachen. Dann musste sie auch die Konsequenzen tragen. Zumindest ein bisschen.

Sie einigten sich auf einen Kompromiss. An Katis Geburtstag durfte Sarah teilnehmen. Alles Weitere davor und danach würde sich noch zeigen.

»Darf ich kurz zu ihr?«, fragte Kati, nachdem alles geklärt war.

»Du solltest es nicht übertreiben, Katharina. Ich werde Sarah Bescheid geben. Und in der Schule seht ihr euch morgen sowieso.«

Kati gab Sarahs Mutter die Hand und strahlte. »Vielen Dank. Wirklich.«

19

»Jetzt gewinne ich, jetzt gewinne ich! Ihr werdet es sehen, ihr alle!«

Selten hatte Heinrich ein derart spannendes Würfelspiel gespielt. Anfangs klangen die Regeln und die Gewinnverteilung undurchsichtig, aber es gab einen Spielleiter, der erstaunlich schnell die zu verteilenden Gewinne errechnete und auszahlte, selbst wenn der Würfelspieltisch voll besetzt war.

Je mehr Mitspieler es gab, desto voller war der Topf und desto höher die Gewinne. Heinrich hatte bisher leider nicht sehr viel Glück gehabt, die Würfel wollten einfach nicht so rollen, wie er es gern gehabt hätte. Meist erspielte er die niedrigsten Zahlen, ging demnach leer aus oder gewann gerade so viel, dass er für einen weiteren Wurf den Spielleiter und den Mindesteinsatz bezahlen konnte.

Er wog seine letzten Taler in der Hand und warf sie in den Topf. Er musste eine hohe Zahl würfeln, dann hätte er wieder ein komfortables Polster, würde vielleicht sogar aussteigen und sich anderen Spielen zuwenden: der Drehscheibe, oder einem Kartenspiel.

Die Berechnung der Gewinne war dort übersichtlicher, der Einsatz nicht so hoch, allerdings auch der Gewinn nicht, da unabhängig von der Anzahl der beteiligten Spieler.

Heinrich war als Letzter an der Reihe zu würfeln und schüttelte den Holzbecher lange und gründlich, schlug ihn schließlich laut auf den Tisch.

Er schloss die Augen. Mehr als drei Augen galt es zu erreichen, sonst würde er bei der Gewinnausschüttung leer ausgehen, und dann hätte er alles verloren. Es war ohnehin totaler Wahnsinn, sein ganzes Geld zu setzen, das war ihm vollkommen bewusst. Dazu noch der ganze Wein, den er nebenbei bestellt hatte. Aber diese angespannte Atmosphäre, dieses Kribbeln im ganzen Körper, diese Ahnung von Glück und Reichtum, die in der Luft dieses Hauses lag, ließ ihn nicht los.

Ganz langsam, fast ehrfürchtig, lupfte er den Becher. Seine Augen erspähten eine Zwei, und ein Lächeln erschien auf seinem Gesicht. Jetzt war es sehr unwahrscheinlich, dass er verlieren würde. Alles durfte der zweite Würfel anzeigen, nur keine Eins.

»Na los, zeig uns die Zahlen«, forderte der Mitspieler,

der vor ihm gewürfelt hatte. Er fieberte mit ihm, auch er stand im Bann der Spannung, denn mehr als eine Drei hatte er auch nicht zustande bekommen.

»Haben Sie doch Geduld!«, sagte Heinrich. »Ich sehe schon eine Zwei. Der andere Würfel muss nur ebenfalls eine Zwei zeigen, dann bleibe ich im Spiel, und Sie gehen leer aus.«

Schließlich zog er den Becher ganz weg. Sein Gesicht gefror. Er hatte wieder verloren. Er kam ebenfalls nur auf drei. Nun bekamen beide keinen Gewinn, was aber für Heinrich schlimmer war. Er hatte nichts mehr. Im Gegensatz zu dem anderen Spieler, der lediglich mit den Schultern zuckte und damit klarmachte, dass ihn der Verlust nicht sehr erschütterte.

Aus und vorbei. Er schüttelte den Kopf. Sein Nachbar breitete die Arme aus und lächelte mitfühlend. »So ist das. Heute ist nicht Ihr Tag. Verfluchtes Würfelspiel. Schon unsere Vorfahren haben Haus und Hof verloren, von ihrem Verstand ganz zu schweigen.« Er lachte laut.

»Nun, ich denke«, sprach Heinrich, wischte sich den Schweiß von der Stirn, leerte seinen Becher mit Wein und erhob sich, »dass es an der Zeit ist, diesen gastlichen Ort zu verlassen.« Als er stand, deutete ihm der Spielleiter, zu ihm zu kommen.

»Mein Herr«, sagte dieser zu Heinrich, und er sagte es merkwürdig leise, als wären sie Vertraute. »Es gäbe da noch einen Weg, wie Sie das Glück weiter herausfordern könnten.«

Heinrich horchte auf. Wie sollte das gehen? »Ich besitze kein Geld mehr. Ich kann nicht einmal die Gebühr für das Spiel aufbringen«, erklärte er.

»Das mag sein. Aber wir könnten Ihnen welches leihen.«

Heinrich kratzte sich sein unrasiertes Kinn. Das klang verlockend. »Einfach so?«

»Durchaus. Wir würden Ihnen zehn Taler leihen. Zurückzahlen müssten Sie elf.«

Heinrich überlegte. Es war im Grunde egal, ob er die zehn oder elf Taler zurückzahlen müsste, er stand jetzt ohne etwas da. Er konnte doch nicht einfach ständig verlieren. Es war auch genügend Geld im Topf durch die anderen Spieler, er brauchte sich wegen des einen zusätzlichen Geldstücks überhaupt keine Gedanken machen.

»Ich bin einverstanden«, sagte er zu dem Bediensteten. »Ich wäre ein Dummkopf, wenn ich das nicht annehmen würde.«

Ihm wurde ein Blatt Papier gereicht, auf dem die zurückzuzahlende Summe eingetragen worden war. Heinrich unterschrieb das Papier und bekam sein Geld.

Er zahlte die Gebühr für das Spiel und den Mindestspieleinsatz, wartete, bis er an der Reihe war und schüttelte den Becher, schlug ihn auf den Tisch und sah sofort darunter.

Er hatte eine gute, mittlere Zahl. Er blieb im Spiel! Und jetzt konnte er es fühlen. Er durfte auf keinen Fall aufhören, denn nun begann seine Glückssträhne, er wusste es, er konnte sie fast mit den Händen greifen.

Nach und nach fing alles um ihn herum an, zu verschwinden, die hübschen Damen, die für das leibliche Wohl sorgten, die betrunkenen Männer, die lauthals sangen, ihre Freude oder ihren Unmut über gewonnene und verlorene Einsätze kundtaten, die Geräusche der mechanischen Spiele, all das war plötzlich unwichtig.

»Nur noch ein Spiel! Nur noch ein Spiel! Sieh nur, das ganze Geld. Nur noch ein Spiel!«

Es wurden natürlich mehr als eins. Seine kleine Glückssträhne zerbrach genauso schnell wie sie gekommen war.

Keine zwei Stunden später fragte er das dritte Mal nach einer Leihgabe. Inzwischen musste er bereits fünf zusätzliche Taler zurückzahlen, was theoretisch immer schwieriger wurde, da es nicht mehr so viele Spieler am Tisch gab.

Heinrich akzeptierte ohne Widerworte. Zur Not müsste er eben noch ein paar Mitspieler auftreiben.

Er würfelte. Und verlor. Zu allem Übel verließen die restlichen Spieler den Tisch, und ihm wurde erklärt, dass er keine weitere Leihgabe bekommen könne, denn das wäre natürlich nur möglich, wenn es noch andere Spieler geben würde. Es wäre schließlich sinnlos, um seinen eigenen Einsatz zu spielen, vor allem, wenn ihm dieser gar nicht gehörte.

Die Chance, neue Spieler an den Tisch zu bekommen, war gering, denn der Abend war immens weit fortgeschritten und das Spielhaus begann sich naturgemäß etwas zu leeren.

»Es ist vorbei«, realisierte Heinrich, inzwischen leicht angetrunken. Er saß da, geschlagen und erschöpft, sein Kopf dröhnte. Er fühlte sich, als hätte er seit Tagen nicht mehr geschlafen. Er hatte verspielt, was er besessen hatte, und selbst seine Schulden konnte er nicht zurückzahlen. Sein Kopf sank schwer auf seine Brust. Als er ihn wieder hob, saß ihm Ulrich gegenüber, der ihn eine Zeit lang wortlos musterte.

»Ich habe Ihr Unglück mit angesehen«, sagte der Herr des Spielhauses nach einer Weile.

»Wollen Sie mich verspotten?« Heinrich machte eine unwirsche Handbewegung. »Es sind Ihre Spiele, Sie profitieren von meinem Unglück. Und jetzt heucheln Sie Mitleid?«

»Es sind meine Spiele, das ist wohl wahr. Doch es sind nicht meine Regeln. In jedem Spiel gibt es Gewinner und Verlierer. Würden Sie mir einen Vorwurf machen, wenn Sie zu den Gewinnern gehören würden?«

»Nein, natürlich nicht.« Heinrich haderte mit sich selbst.

Sein Gegenüber machte wirklich nicht den Eindruck, als wolle er sich über ihn lustig machen. »Ich habe alles verloren«, beklagte er sich. »Was soll ich meiner Frau und meinen Kindern sagen, wenn ich nach Hause komme? Liebling, ich habe alles Geld verspielt, aber der, der es jetzt hat, gab mir Mitleid dafür?«

»Ich verstehe Ihre Situation nur zu gut. Daher kann ich Ihnen ein Angebot machen, über welches Sie gut nachdenken sollten. Es gäbe die Möglichkeit auf ein letztes Spiel. Alles oder nichts? Wie wäre das?«

Heinrich spitzte die Ohren.

Noch ein Spiel? Noch ein allerletztes Spiel?

»Ich besitze nichts mehr. Ich habe Schulden bei Ihnen. Der Spielleiter leiht mir nichts mehr, was ich der Regeln wegen verstehe. Was sollte ich in den Topf werfen? Was kann ich Ihnen bieten?«

»Mir nichts. Aber jemand anderem. Er wird Ihnen ein letztes Spiel gewähren. Aber er wird eine Sicherheit wollen. Etwas anderes als Geld.«

»Wenn ich dann die Möglichkeit für ein letztes Spiel habe, dann lasst uns mit ihm verhandeln. Gern will ich meine Schulden zurückzahlen.«

»Eine Verhandlung ist nicht vonnöten. Ich vertrete ihn. Sie sollten nur wissen, dass er Ihre Sicherheit einfordern wird, sollten Sie dieses letzte Spiel auch verlieren.«

»Was erhalte ich, wenn ich gewinne? Und gegen wen soll ich denn überhaupt spielen?«

»Gegen mich. Ich werde einhundert Taler in den Topf werfen. Wenn Sie gegen mich gewinnen, werden Sie Ihre Schulden bezahlen und mit einem guten Gewinn abschließen können.«

»Oh, das ist es wert! Einhundert Taler!« Heinrich verschlug es fast die Sprache. Zwar hätte er dann alles in allem immer noch Verlust gemacht, immerhin hatte er fast einhundertfünfzig Taler verspielt, die Verköstigung nicht mitgerechnet, aber es kam ihm wie ein Gewinn vor, wenn er seine jetzige Situation betrachtete. »Aber lassen Sie mich eines wissen«, fragte er. »Wenn ich verliere, was ist dann der Preis, den ich zu zahlen habe? Was ist die Sicherheit, von der Sie gesprochen haben?«

Für einen Moment herrschte Stille. Ulrich holte einmal tief Luft und ließ sie wieder entweichen, bevor er antwortete.

Es war dunkel im Zimmer, als Katharina plötzlich die Augen aufriss. Hatte sie schlecht geträumt, oder hatte sie im Schlaf etwas gehört? Sie legte eine Hand auf ihren Bauch, er rumorte, ein gewisses Hungergefühl konnte sie nicht verleugnen. Da fiel ihr ein, dass die Köchin Hilda einen großen Berg dieser hervorragenden Plätzchen gebacken hatte, die noch unten in der Küche zum Abkühlen liegen mussten. Kalt dürften sie nun schon lange sein. Als sie daran dachte, lief ihr das Wasser im Mund zusammen. Ein paar leckere Plätzchen, das wäre es jetzt.

Sie verließ ihr Bett, entzündete eine Kerze und schlich leise aus ihrem Zimmer.

In der Küche angekommen fand sie die geliebten

Plätzchen nach einer Weile in einem Krug, die Köchin hatte sie also bereits weggeräumt. Katharina verputzte zwei von ihnen direkt im Stehen, langte dann noch mal zu, schließlich konnte es ja durchaus sein, dass der Appetit zurückkam, wenn sie wieder im Bett liegen würde. Es war ohnehin nie verkehrt, einen kleinen, geheimen Vorrat an Süßigkeiten zu haben.

In der einen Hand die Kerze, in der anderen so viele Plätzchen wie hineinpassten, drehte sich Katharina von der breiten Küchenzeile mit der schweren, hölzernen Arbeitsplatte weg, und ging Richtung Küchentür, um sich wieder auf den Weg zu ihrem Zimmer zu machen.

Erst nahm sie ihn gar nicht wahr, weil er so vollkommen unbeweglich dort stand. Deutlich zeichnete sich ein Schatten im Türrahmen ab. Sie erschrak heftig und blieb stehen. Das Licht der Kerze reichte nicht aus, um die Gestalt hell genug erscheinen zu lassen, sie konnte nicht erkennen, wer dort stand, zumal der schwache Schein aus dem Flur die Gestalt von hinten beleuchtete. Sie überlegte kurz, ob er sie überhaupt sehen konnte, schließlich könnte er auch mit dem Rücken zu ihr stehen, aber so, wie er dastand, musste er in die Küche schauen. Er lehnte schräg im Rahmen, stützte sich mit dem Ellenbogen ab, seinen Kopf mit der Hand, während seine Füße in der anderen Ecke standen, so blockierte er die ganze Tür. Außerdem musste er sie gehört haben, denn sie hatte recht deutlich mit dem Krug geklappert. Wer auch immer er war, er beobachtete sie und musste sie längst erkannt haben, denn ihr Gesicht war im Licht der Kerze klar und deutlich zu sehen. Trotzdem rührte er sich nicht, sagte kein Wort. Er konnte sie erkennen, sie ihn nicht.

Sie hob langsam die Kerze, bewegte sie von einer Seite

auf die andere, winkte mit dem Licht, aber weder konnte sie nun erkennen, um wen es sich handelte, noch erfolgte irgendeine Reaktion. Wollte er, dass sie auf ihn zuging oder ansprach? Spielte er ein Spiel mit ihr? Wer war das? Es musste ein Mann sein, das war sicher, denn für eine Frau war die Gestalt viel zu groß. Ihr Vater? Nein, der hätte längst gefragt, was sie mitten in der Nacht in der Küche zu suchen hätte, außerdem war er nicht die Art von Mann, der jemanden wortlos anschaute, um irgendwelche Erklärungen zu bekommen. Er sagte immer direkt, was er dachte oder, wenn er etwas wollte. Es musste also irgendjemand anderes sein, der auch im Haus wohnte. Aber wer im Haus verhielt sich so seltsam?

Da fiel es ihr wie Schuppen von den Augen. Ja, die Silhouette passte. Und nein, sie fühlte sich nun gar nicht wohl.

»Sigmund?«, wisperte sie.

Ein Schuh kratzte über den Boden. Ein Arm stemmte sich in die Hüfte.

»Sigmund Froboess, sind Sie das?«

Der Schatten löste sich langsam aus dem Türrahmen, zog die Tür hinter sich zu und kam näher. Katharina machte jeden Schritt, den die Gestalt auf sie zu machte, gleichsam rückwärts, wodurch sie immer noch keine endgültige Klarheit erlangte, denn der Kerzenschein verzog sich mit ihr. Sie stieß schließlich mit dem Rücken gegen die Arbeitsplatte. Weiter zurück konnte sie nicht. Da tauchte das rote Haar des jungen Mannes vor ihr auf, die geröteten Augen, die kräftig durchbluteten Wangen, der etwas verschleierte Blick. Sie konnte seine Alkoholfahne riechen. Sigmund grinste breit.

»Wen haben wir denn hier?«, fragte er süffisant und

musterte sie von oben bis unten. »Die Tochter des Hauses?« Er stand jetzt direkt vor ihr, eindeutig zu nahe.

Er griff nach ihrer Hand, in der sie die Plätzchen hielt, hob sie hoch. »Kekse … Kekse … Kekse«, brabbelte er. »Sie stiehlt Kekse.«

»Ich stehle keine Kekse. Sie gehören mir. Unsere Köchin backt sie mit unseren Zutaten. Es sind meine Kekse.«

»So. Soso. Und deshalb musst du sie mitten in der Nacht aus der Küche stibitzen, wie?«

»Ich hatte Hunger.«

Sigmund ließ ihre Hand los und brachte etwas Distanz zwischen sie. Nicht viel, nur ein kleines bisschen. »Hunger. Ja, Hunger habe ich auch. Wie wäre es, wenn du mir einen Keks abgibst?«

»Da hinten im Krug sind welche. Ich erlaube Ihnen, sich einen zu nehmen.«

»Ich will keinen aus dem Krug. Ich will einen von dir. Ich will, dass du mich fütterst.«

Katharina schüttelte den Kopf, sie bemerkte, dass sie zitterte, und ihre Hand, mit der sie die Kerze hielt, verkrampfte sich. Sie stellte den Kerzenständer auf die Küchenarbeitsplatte direkt neben sich, öffnete und schloss die schmerzende Hand, und zeigte dann auf den Krug mit den Plätzchen. »Entweder aus dem Krug oder gar keinen.« Die Lust auf Plätzchen war ihr vergangen, wieder fühlte sie sich an schlecht gewordene Süßigkeiten erinnert. Die vertilgten Plätzchen stießen ihr sauer auf.

Plötzlich schoss der junge Mann vor, packte sie an der Hüfte und wuchtete sie auf die Arbeitsplatte, sodass sie darauf zu sitzen kam. Er drängte sich an sie, schob ihre Beine auseinander, presste sich dazwischen. Vor Schreck zerquetschte Katharina das Gebäck in ihrer Hand zu

Krümeln, ballte die Fäuste, schob die Schultern und Arme instinktiv nach hinten, um der Annäherung Sigmunds irgendwie zu entkommen, dabei riss sie den Kerzenhalter samt Kerze um und das Licht erlosch. Sie fühlte eine seiner Hände auf ihrem Rücken, wie er sie an sich drückte, dabei rutschte ihr Nachthemd etwas nach oben, weil er sich weiter an sie presste. Seine andere Hand tastete sich an ihrem Oberschenkel aufwärts.

Das alles geschah so schnell, und die plötzliche Dunkelheit machte die Verblüffung noch größer, sodass Katharina gar nicht auf die Idee kam, irgendetwas dagegen zu tun, geschweige denn, um Hilfe zu rufen. Vielmehr war sie sprachlos darüber, dass Sigmund die Dreistigkeit hatte, sich ihr auf diese Weise zu nähern. Sie wusste sehr wohl, was er vorhatte, konnte aber kaum glauben, dass er es auch tatsächlich tat. Was sie hörte, war der schwere, halb röchelnde Atem des jungen Mannes an ihrem Ohr, und der feste, schmerzhafte Griff an der Innenseite ihres Schenkels. Sein Mund grub sich in ihren Hals, sein Bart fühlte sich an wie Rosenzweige. Sie packte in seine Haare, riss dran. Er stöhnte auf, ließ jedoch nicht von ihr ab. Stattdessen packte er seinerseits in ihre Haare und bog ihren Kopf nach hinten, und jetzt holte sie Luft, um zu schreien.

Da hörten sie Schritte und Stimmen.

Sofort ließ Sigmund von ihr ab, raunte ein »Kein Wort zu irgendwem«, und verschwand, trotz der Dunkelheit in der Küche, nahezu lautlos, als wäre er eine stromernde Katze.

Katharina blieb einen Moment sitzen, wo sie war.

Ihr Herz hämmerte.

Sie streifte ihr Nachthemd zurück über die Knie, schluckte. Ihr war übel.

Sie rutschte von der Arbeitsplatte herunter und wäre fast hingefallen, so sehr zitterten ihre Knie.

Die Stimmen, die sie gerettet hatten, kamen näher. Und eindeutig gehörte eine der Stimmen ihrem Vater. Ein Stein fiel ihr vom Herzen.

Sie verließ vorsichtig, aber so schnell es ging, die Küche. Sigmund hatte sich in Luft aufgelöst, und sie sah gerade noch ihren Vater, wie er mit einem fremden Mann um die Ecke des Flurs bog, fort von ihr. Kurz bevor er vollends mit ihm verschwand, dreht er sich noch mal um, als wolle er sich vergewissern, dass sie nicht verfolgt oder beobachtet werden würden. Er sah sie nicht, dabei schaute er genau in ihre Richtung. Katharina hob an, öffnete den Mund, wollte nach ihm rufen und zu ihm laufen, ihm berichten, was gerade geschehen war. Sie sah sein Gesicht im fahlen Schein der Gaslampen des Flurs und erschauderte. Noch nie zuvor hatte sie so einen Gesichtsausdruck bei ihrem Vater gesehen, und all das, was sie gerade eben erlebt hatte, wich aus dem Zentrum ihres Bewusstseins.

War das überhaupt ihr Vater? Was wollte er zu dieser Zeit mit einem Fremden im Haus? Ihr wurde schwarz vor Augen und sie musste sich kurz an der Wand abstützen. Sigmunds Gesicht tauchte vor ihrem inneren Auge auf, lallend, sabbernd, grinsend, vermischte sich mit dem fremdartigen Blick ihres Vaters von gerade eben. Katharina schüttelte sich wie ein nasser Hund. Gänsehaut wechselte sich mit Hitze und Kälte ab, die Muskulatur ihres Nackens zog sich zusammen wie ein Knäuel, komprimierten ihre Nerven zu kleinen Murmeln.

Sie musste hinter ihrem Vater her, so oder so. Sie musste ihm einerseits von Sigmund erzählen, auch wenn der sie davor gewarnt hatte, aber wer war er schon, dass er ihr Vorschriften machen konnte? Aber auf keinen Fall sollte der Fremde dabei sein. Und sie musste andererseits, und das war bedeutend wichtiger, erfahren, was ihr Vater vorhatte und warum er so seltsam ausgesehen hatte.

Auf Zehenspitzen schlich sie den beiden hinterher. Kaum war sie ebenfalls um die Ecke des Flurs gebogen, stockte sie. Ihr Vater öffnete gerade die Tür zum Keller. Sie musste schlucken, und das nicht nur wegen der Plätzchen, die ständig drohten, ihren Hals emporzukommen. Ihr fiel das merkwürdige Gespräch zwischen ihrem Vater und der grausigen Stimme wieder ein, das sie belauscht hatte, als sie ihn in seinem Arbeitszimmer aufsuchen wollte. Sollte nun dem fremden Mann das zustoßen, über das ihr Vater mit der Stimme gestritten hatte?

Sie schlug sich die Hand vor den Mund. Wurde ihr Vater jetzt zu einem Mörder? Sollte er etwa jetzt in seinem Zimmer einen Mann töten? Verschreckt sah sie sich um, sie meinte, gerade wieder Alkohol gerochen zu haben. Stand Sigmund hinter ihr? Nein, da war niemand.

Katharinas Magen rebellierte. Ihr Vater ein Mörder? Mörder waren die schlimmsten Menschen, die es gab. Wie konnte sie ihm dann vertrauen, wenn sie ihm von Sigmund erzählte? Wie konnte sie ihm dann überhaupt noch vertrauen?

Sie wartete ab, bis beide die Treppe hinuntergegangen waren. Die Tür zum Keller blieb einen winzigen Spalt weit offen, gerade genug, um an sie eine Einladung auszusprechen, abermals zu lauschen, was denn nun tatsächlich im Kellergewölbe und im Arbeitszimmer vor sich ging, sollte dieses denn wirklich das Ziel der beiden sein. Katharina war sich sicher, dass sich jetzt zeigen würde, ob ihr Vater tatsächlich das tun, was von ihm verlangt wurde oder ob er sich weigern würde. Nun entschied sich, was er war und wie weit sie ihm noch trauen konnte. Inständig hoffte sie, dass sie sich nur verhört oder das Gehörte nur falsch verstanden hatte. Es gab ganz sicher eine einfache Erklärung.

Aus dem Keller klangen verhalten die Schritte zu ihr hoch, viel lauter pochte aber ihr Herzschlag, der sich immer noch nicht beruhigt hatte und zwischen Verarbeitung des Vergangenen und Erwartung des Kommenden hin und her pendelte. Die Schritte verloren sich immer mehr im großen Keller, dann ging eine Tür, das musste das Arbeitszimmer sein. Also doch. Sie horchte noch angestrengter, ihr Ohr verklemmte sich im schmalen Spalt.

Stille. Nichts mehr. Doch dann drang plötzlich ein Laut zu ihr hoch. Weit entfernt und gedämpft, halb verschluckt, aber eindeutig. Eiseskälte fuhr ihr in die Glieder. Gänsehaut gefror auf ihrer Haut. Der Laut, der menschlich war, aber weder ihrem Vater noch diesem Wesen aus dem Teich zuzuordnen war, konnte nur von dem fremden Mann stammen. Dieser Schrei, der eher einem Geräusch ähnelte, war so grauenvoll, so voller Leid, so voller Wahnsinn, dass Katharinas Kopf zurückschnellte und sie sich die Hände auf die Ohren pressen musste. Doch obwohl der Laut so weit entfernt war und den Weg durch den Keller finden musste, hallte er in ihrem Kopf wider, als wäre der Fremde in ihr und würde sein Leid durch sie hinausschreien. Als würde er ihr die Schuld geben, weil ihr Vater ihm Furchtbares antat, sie davon wusste, nichts dagegen tat und es billigte. Es erschütterte sie zutiefst, nie zuvor hatte sie einen solchen Laut von einem Menschen gehört, und niemals mehr würde sie vergessen, was sie gerade vernommen hatte.

Der Laut erstarb.

Bodenlose Stille.

Katharina konnte sich nicht bewegen, sie stand vor dieser Tür, wie angewurzelt, und erlangte erst die Gewalt über ihre Beine wieder, als sie schwere Schritte auf der Kellertreppe hörte. Schnell rannte sie zurück zur Flurbiegung, hielt kurz inne, drehte sich um und sah, wie ihr Vater allein aus der Tür trat und sie hinter sich schloss. Eine Weile verharrte er dort. Traurigkeit, Erschöpfung und noch etwas anderes, das sie nicht deuten konnte, stand in seinem Gesicht.

Katharinas Brust hob und senkte sich unter ihrem schweren Atem. Was hat ihr Vater nur getan? War sie die Tochter eines Mörders? Wie konnte ihr Vater so etwas tun? Es konnte nicht anders sein, als dass dieses furchtbare Wesen ihn dazu zwang.

Unvermittelt schossen ihr die Worte von Frau Schultheiß durch den Kopf. War das gar alles Teil einer Investition? Nicht nur verlorene Zeit, sondern auch Vertrauensverlust, Erpressung, gar Mord? Warum hatte ihre Lehrerin nicht darüber gesprochen, warum hatte sie ihr das verschwiegen? Oder waren das die Dinge, die sie noch nicht verstand, die sie noch nicht wissen musste?

Katharina beschloss, der Sache auf den Grund zu gehen. Sie liebte ihren Vater, wollte nicht, dass er auf diese Weise litt und dass andere Menschen sterben mussten wegen alledem. Sie wollte, nein, sie musste ihrem Vater vertrauen können. Er hatte ihr Vertrauen verloren, und sie musste es wiederfinden, irgendwie. Sie musste allem ein Ende bereiten, obwohl sie nun unglaubliche Angst davor hatte, allein in das Zimmer zu gehen und die Konfrontation mit diesem Wesen zu suchen.

Aber, das wurde ihr nun klar, man musste manchmal das tun, was man tun musste, auch wenn man Angst davor hatte.

Denn ließ man alles, wie es war, würde es nur noch schlimmer werden.

20

Im Laufe der Zeit zeigte sich, dass jeder Geburtstag besser als der vorherige wurde. Zumindest solange man jung war.

Kati hatte jede Menge Spaß mit ihren Freundinnen und war überglücklich darüber, dass Sarah wie versprochen kommen durfte. Ihre Eltern alberten etwas herum, blieben aber locker und verkniffen sich die recht kindischen Spiele der letzten Jahre. Kati nahm wohlwollend zur Kenntnis, dass sie sich dezent im Hintergrund hielten und ihr größtenteils die Rolle der Gastgeberin überließen.

Die Geschenke waren natürlich großartig, Kati bemerkte aber, dass das Zusammensein mit den Menschen, die sie gernhatte, doch noch etwas schöner war. Beschenkt zu werden war das i-Tüpfelchen, ein schmückendes Beiwerk.

Sie hätte die ganze Welt umarmen können. Alles war perfekt. Besser konnte es nicht werden.

Müde und glücklich plumpste Kati abends auf ihr Bett. Lächelnd dachte sie an die Zehn und über die Bedeutung, der zweistelligen Zahl für sie, nach. Nun würde es nicht mehr lange dauern, bis sie das geheimnisvolle Alter eines Teenagers erreicht hätte. Dann wäre sie erwachsen. Fast. Also nahe dran an fast.

Während sie ihre Gedanken in der Zukunft spazieren gehen schickte, schaute Ingrid zur Tür herein. Sie eröffnete ihr, dass sie und Thomas geplant hatten, dem neuen Casino einen Besuch abzustatten. Es sei Eröffnung heute, und sie hätten sich das ganz gern angesehen.

»Geht das auch in Ordnung?« Ingrid saß an Katis Bett. »Es ist ja noch dein Geburtstag. Wenn wir bleiben sollen ...«

»Klar, Mama! Ihr dürft.« Kati zwinkerte ihr zu. »Ich bin doch kein kleines Kind mehr.«

Thomas streckte den Kopf ins Zimmer, blieb aber etwas ungelenk in der Tür stehen. »Mach dich doch schon mal fertig«, forderte er Ingrid auf. »Ich komme gleich nach.«

Ingrid zuckte mit den Schultern und vermutete, dass Kati und Thomas wieder ein Geheimnis hatten, von dem sie als Letzte erfahren sollte. Oder gar nicht. »Ach, ihr wieder!«, meinte sie dann auch. »Na gut, lass ich euch mal allein.«

Thomas trat näher und flüsterte Kati zu: »Weißt du, du hast noch gar nicht alle Geschenke bekommen.«

Kati war eigentlich müde und satt vor Glück, aber das änderte sich schlagartig. Was sollte denn jetzt noch kommen? »Okay?!«

Thomas machte ein etwas ernsteres Gesicht. »Kannst du dich noch daran erinnern, als ich dich im Auto gefragt habe, ob du dir noch etwas wünschst? Als du im Sportunterricht vom Ball getroffen wurdest?«

»Ja ... ich ... ja?«

Er zauberte ein längliches Holzkästchen hervor, das er hinter seinen Rücken verborgen hatte. Deshalb also hatte er vorhin etwas merkwürdig in der Tür gestanden. Kati machte große Augen.

»Ich werde eine Menge Ärger mit deiner Mutter bekommen«, seufzte er. »Denn eigentlich mögen wir solche Dinge nicht.«

Endlich gab er ihr das Geschenk. Kati konnte es kaum abwarten und fingerte an den beiden Verschlüssen herum, die ganz leicht zu öffnen waren, aber nicht, wenn die Finger vor Aufregung durcheinandergerieten. Thomas half ihr lächelnd, öffnete den Kasten.

Kati sah hinein und erstarrte.

Sie sah auf das Ding, das da lag, und sie kannte es. Das Ding starrte zurück.

Thomas fasste ihre Sprachlosigkeit als Freude auf, streichelte ihr über den Kopf. »Ich muss jetzt los. Ich schaue heute Nacht noch mal bei dir rein. Tschüss, meine Süße. Träum was Schönes. … und … pass auf damit. Es ist nicht ungefährlich! Und halte es deiner Mutter nicht sofort unter die Nase.« Er holte Luft, stieß sie hörbar aus, meinte mehr zu sich selbst: »Ich hab das Gefühl, dass das eh noch Ärger geben wird.« Dann verließ er das Zimmer und schloss die Tür hinter sich.

Eine Erwiderung kam Kati nicht über die Lippen. Es war ihr unmöglich, überhaupt etwas zu sagen. Sie hatte sich ein Messer gewünscht, und sie konnte ihrem Vater keinen Vorwurf machen, dass sie es schon einmal gesehen hatte, dort, wo sie in der Nacht der Mutprobe war, dort, wo nun ihre Eltern hingingen.

Eine ihrer zitternden Hände nahm das Kurzschwert aus dem Kasten.

Der Griff war warm, er passte fast genau in ihre Hand,

etwas zu groß vielleicht, schien aber nahezu wie für sie gemacht zu sein. Sie hielt das Schwert, und nichts war fremdartig daran. Noch nie hatte sie so eine Waffe in der Hand gehabt oder auch nur berührt und doch fühlte sie sich sofort verbunden mit ihr. Kati war nicht dumm. Ihr Verstand versuchte ihr klarzumachen, dass es möglicherweise einen Zusammenhang zwischen den seltsamen Sachen, die seit einiger Zeit passierten, gab. Das alte und jetzt erneuerte Gelände musste damit zu tun haben. Vielleicht. Vielleicht auch nicht. Oder war das alles nur Zufall? Ihre Gedanken glichen feinen Spinnweben, die etwas miteinander verbinden wollten, aber immer wieder rissen.

Plötzlich sagte Kati etwas. Sie sagte es nicht zu sich selbst. Auch zu niemand anderen. Sie sagte es zu dem Schwert.

»Wie schön«, sagte sie, umschloss es mit beiden Händen und fiel zurück auf ihr Bett.

Die Klinge ruhte auf ihrer Brust, warm und seltsam vertraut.

»Wie schön«, sagte sie nochmals. Es klang jedoch, als würde es jemand anderes sagen.

Schlaf umarmte sie.

Mit geröteten, erhitzten Gesichtern verließen die Sandfels weit nach Mitternacht das Casino und diskutierten den verbrachten Abend angeregt, voller guter Dinge und schwer beeindruckt.

»Im Ernst«, meinte Thomas. »Da hat der Willerbach ja den Coup überhaupt gelandet. Casino. Casino trifft es ja wohl nur bedingt.«

»Ganz falsch ist es aber auch nicht. Ein bisschen ironisch vielleicht«, erwiderte Ingrid. »Eine sehr moderne

Variante eben. Allerdings hätten sie es von außen ruhig etwas hübscher gestalten können. So ein langweiliger, grauer Klotz. Und der Parkplatz ist irgendwie unheimlich. Dieses Licht.«

»Außen pfui, innen hui, oder wie war das? Die Lounge ist doch wohl der Knaller. Und die Lampen draußen ... haben einen etwas starken Blaustich, du hast recht. Aber unheimlich? Finde ich nicht. Sieht futuristisch aus. Passt doch hervorragend.«

»Ich finds gruselig. Gar nicht futuristisch, wie Irrlichter eher. Die Lounge ist natürlich klasse. Total modern und trotzdem gemütlich. Ich finde das allerdings etwas zweifelhaft, dass wir unsere Daten angeben mussten, obwohl nur Eröffnung war.«

»Wieso? Was meinst du, wo man inzwischen überall seine Bankverbindungen und Personaldaten angibt. Das geht heutzutage gar nicht mehr anders. Und wenn sich jemand bei uns in der Firma bewirbt, bekomme ich auch alle Daten von ihm auf den Tisch, ob wir ihn dann einstellen oder nicht. Oder wenn du was im Internet bestellst, gibst du ja auch deine Daten an, oder machst dir ein Benutzerkonto, selbst wenn du noch gar nicht weißt, ob du was bestellst.«

»Ach, das weiß ich doch, mein liebster Ehemann. Wobei es aber eigentlich immer deine Daten sind, wenn ich was bestelle.« Ingrid lächelte unschuldig und klimperte mit den Augen.

»Verstehe, deshalb verschwindet ständig Geld von meinem Konto«, klimperte Thomas zurück.

»Oh, hab ich mich jetzt verraten?«

Sie lachten, hakten einander unter. Ingrid lehnte ihren Kopf an Thomas' Schulter.

Er erklärte weiter: »Die müssen sich ja auch rückversichern. Ich bin zwar kein IT-Profi, aber wer weiß, was man mit den ganzen Rechnern für Unfug treiben kann. Es geht ja um eine Menge Geld.« Er legte den Kopf in den Nacken und pfiff in die Luft.

»Ich finde, das ist aber ein bisschen was anderes.«

»Finde ich gar nicht. Wenn du in der Bank Aktien kaufst, dann machst du das ja auch über das Konto, und das kommt in ein Depot. Du bekommst keine Aktien in die Hand, das wird alles elektronisch gespeichert. Glaube ich zumindest.« Er hob erklärend einen Finger. »Erinnere dich daran, dass ich mal auf der Bank nach Gold gefragt habe. Da haben sie das mit … wie hieß das … virtuellen Lagern erklärt.«

»Stimmt. Weil es real gar nicht so viel Gold gibt, oder?«

»Genau.« Sie erreichten das Auto, Thomas schloss auf. »Das ist hier das gleiche. Was hatten wir? Einen vierhunderter Hebel? Eigentlich geht das ja gar nicht, du müsstest dann ja das vierhundertfache deines Einsatzes haben, so war das, oder? Das haben wir aber nicht. Irgendwie müssen sie das alles speichern und zuordnen können. Dafür die Daten. Du willst ja auch nicht, dass irgendwer anderes unseren Gewinn bekommt.«

»Ich fand das alles total kompliziert. Ich glaube nicht, dass wir das richtig verstanden haben.«

Thomas kratzte sich am Kopf und startete den Motor. »Ich auch nicht. Ist aber auch egal, das war heute auch nur ein Probekonto. Sie bieten ja Lehrgänge an, dann erklären die das noch mal genauer. Bevor ich nicht halbwegs weiß, was da passiert, stecke ich da sowieso kein Geld rein. Das muss sehr wohl überlegt sein.«

»Der Lehrgang kostet aber schon Geld«, grinste Ingrid.

»Ach komm. Gemessen an den Gewinnmöglichkeiten ist das eine Investition, die sich mehr als lohnt. Stell dir vor, wir könnten dann zu den *Big Playern* werden. Wenn wir dann irgendwo unseren Einsatz machen, dann fällt mehr als nur ein Sack Reis in China um. Schon faszinierend irgendwie.«

Ingrid lachte. So konnte man das auch sagen.

Er gab ihr einen Kuss. »Na, was denkst du? Hältst du die Wette immer noch?«

Ingrid kniff ihm in den Oberschenkel. »Das verhandeln wir nachher noch mal, wenn wir im Bett sind.«

Thomas gab sich nicht sehr viel Mühe, die Tür zu Katis Zimmer, leise aufzumachen. Er wollte seiner Tochter von dem erstaunlichen Abend alles haarklein berichten und sie teilhaben lassen. Vor allem, um die Erklärungen selbst noch einmal zu hören. Er hoffte damit, etwas Ordnung in den Wust aus Informationen, auch für sich selbst, zu bekommen.

Kati schlief natürlich. Er bremste sich ab, setzte sich an ihr Bett und sah im Lichtschein, dass sie nicht einmal unter der Decke lag, und den Dolch auf ihrer Brust fest umklammert hielt.

Er sah sie eine Weile an, streckte dann eine Hand aus und wollte ihr den Kopf streicheln. War das eine winzige Narbe an ihrer Stirn? Er zog die Hand wieder zurück und fuhr sich über das Gesicht. Es war immer noch ganz heiß.

Wie ist das mit den Hebeln? Ich hab das wirklich nicht verstanden. Egal, Montagabend fängt der Kurs an, ich werde das schon noch kapieren. In Katis kleinem Spiegel, sah er sein Gesicht. So frisch und voller Tatendrang hatte er sich schon lange nicht mehr gefühlt. Er spürte, dass unvorstellbare Möglichkeiten zum Greifen nahe waren, dass sie vor einer entscheidenden Veränderung in ihrem Leben standen. Sie könnten reich werden, richtig reich. Es ging ihnen finanziell gut, das stand außer Frage. Aber jetzt hatte sich ein Ziel aufgetan, es war wie ein gleißendes Licht am Ende eines Tunnels. Wie lange lebten sie schon so, ohne zu wissen, dass ihr Leben ein Tunnel mit Licht an seinem Ende war?

Der nachfolgende Sex mit Ingrid war extrem. Sie fielen übereinander her wie Verdurstende.

Es gab, wie vermutet, ein Donnerwetter, als Ingrid am Morgen in Katis Zimmer ging. Kati schlief noch, lag auf der Seite und hielt die Klinge umarmt wie einen Teddybären.

»Du kannst ihn mir nicht wegnehmen.«

Ingrid hatte die erste Schimpftirade abgefeuert.

»Papa hat ihn mir geschenkt!«

»Ach so! Hat er das, ja?«

»Ja, hat er!« Kati umklammerte ihren Schatz, wollte ihn auf keinen Fall mehr hergeben, denn er war ihrer. Er war schon ihrer, bevor sie ihn überhaupt in den Händen gehalten hatte.

»Dann muss ich ja wohl mal mit Papa reden oder wie sehe ich das?«

»Mach doch!«, sagte Kati trotzig.

Das Brötchen verschwand in rasender Geschwindigkeit in Thomas' Hals, die übliche Gemütlichkeit des Frühstücks am Wochenende verlor sich in Gedanken an anderes. »Ich geh gleich mal ins Netz und recherchiere. Dann komme ich mir morgen nicht wie ein Idiot vor.«

Als er gerade halb aufgestanden war, bremste Ingrid ihn aus und sprach ihn auf Katis Geschenk an. Er meinte lapidar, sie solle sich nicht so anstellen, denn schließlich sei es ein Schmuckstück und keine Waffe. Schwert sei auch völlig übertrieben, erklärte er, es ist nur ein Dolch.

»Als ob das ein Unterschied macht! Oh, sieh mal Thomas, unsere Tochter hat sich aufgespießt.« Sie imitierte Thomas' Stimme: »Ist nicht so schlimm, Ingrid, ist nur ein Dolch, kein Schwert.«

Thomas winkte genervt ab und setzte sich wieder. »Du übertreibst.«

»Sie hatte das Schwert in ihrem Bett!«, sagte Ingrid erbost.

»Dolch, Ingrid, Dolch. Wäre es ein Schwert, wäre es an den Seiten scharf.«

»Jetzt mach dich nicht lustig! Was meinst du, was da alles passieren kann.«

»Und, ist was passiert?«

»Nein. Noch nicht!«

»Ich rede nachher mit ihr.«

»Das solltest du. Und wieso schenkst du ihr überhaupt so was? Warum sprichst du nicht mit mir darüber?«

»Weil ich wusste, dass du so einen Aufstand machen würdest.«

»Zu Recht!«

»Lass mich in Ruhe, bitte, ja!?«

In diesem Moment kam Kati die Treppe hinunter. Den Streit hatte sie bruchstückhaft mitbekommen, sie wusste, dass sie dafür verantwortlich war. Das war unangenehm.

Thomas und Ingrid wechselten Blicke. Thomas zuckte mit den Schultern, erklärte ruhig: »Kati, pass mal auf. Der Dolch ist nicht ungefährlich, es geht nicht, dass du ihn mit ins Bett nimmst. Das hab ich dir doch gesagt.«

»Hm, okay. Tut mir leid, Papa.« Sie versuchte eine Umarmung, doch er hob den Arm, um auf Ingrid zu zeigen und verhinderte sie damit. »Sag das deiner Mutter, sie macht sich Sorgen.«

Kati stutzte, wechselte die Richtung und legte ihren Arm um Ingrids Schultern. »Tut mir leid, Mama. Mache ich nicht mehr. Sei nicht mehr böse, okay?«

»Wenn ich dieses Ding noch einmal in deinem Bett sehe, dann werde ich es verschwinden lassen. Egal, was dein Vater sagt.« Ingrid löste Katis Arm von ihrer Schulter und sah sie streng an.

»Ja, Mama.« Kati verdrehte die Augen. »Aber streitet nicht mehr deshalb, das ist doof. Ich will das nicht, vor allem nicht, wenn ihr wegen mir streitet.« Sie wedelte mit der Hand, berichtigte das Gesagte: »Nee, das ist egal, warum ihr euch streitet. Ihr sollt nicht streiten. Okay, Papa?«

»Schon gut.« Thomas setzte seinen Gang endlich fort, drehte sich um und verließ die Küche.

Nach dem Frühstück, der eingehenderen und ermüdenden Begutachtung der Geschenke und der Aufteilung sowie teilweiser Vertilgung der gestrig aufgelaufenen Süßigkeiten – trotz Frühstück – ließ sich Kati im Wohnzimmer satt auf die Couch fallen und knipste den Fernseher an. Thomas saß am anderen Ende der Couch, den Kopf über sein Laptop gebeugt.

Das Zappen durch die Kanäle erwies sich als langweilig. Etwas Interessantes schien derzeit nicht ausgestrahlt zu werden. Zeit für ein bisschen Konversation.

»Danke für das Geschenk, Papa. Der Dolch ist voll super«, gab Kati den Startschuss.

»Ja, Süße, schön.« Er hob kurz die Hand, sah sie aber nicht an.

»Papa ...«, machte sie noch einen Anlauf. Sie wusste nicht wirklich, was sie sagen wollte, sie wollte sich einfach nur ein bisschen unterhalten. »Papaaaaaa …!?« Sie setzte ihr steinerweichendes Gesicht auf. Das Gesicht, mit dem sie ihren Vater immer herumbekam.

Da sah er sie an, doch eher genervt, die beabsichtigte Wirkung war da, aber anders als gewollt. »Kati, was ist? Ich hab zu tun, das siehst du doch. Wenn du was willst, geh zu Mama.«

»Was hast du denn zu tun?«

»Na schön.« Er seufzte und klappte den Monitor des Laptops herunter. »Ich muss ein bisschen was lernen. Wir waren gestern im Casino, und das ist wirklich spannend.« Plötzlich änderte sich seine Stimmung. Er drehte sich zu ihr, fokussierte sie, begann zu lächeln. »Also, du wirst das nicht verstehen, aber es ist da nicht, wie man sich ein Casino vorstellt. Mit Roulette und so etwas. Weißt du, was Roulette ist?«

»Das ist das mit der Kugel und dem Drehdings, oder?«

»Ja, das ist mit Drehscheibe und Kugel, und auf der Drehscheibe sind Zahlen und die Kugel ...« Er malte Kreise in die Luft, stockte, weil er sich albern dabei vorkam. »Aber das ist auch nicht so wichtig.« Merklich begann er das Sprachtempo zu erhöhen. »Egal. Also, so etwas gibt es eigentlich in Casinos. Man kauft Chips am Eingang, und die Chips setzt man dann auf die Zahlen, und wenn man gewinnt, bekommt man mehr Chips, und die kann man dann, wenn man nach Hause geht, am Eingang wieder in Geld umtauschen.«

»Okay.« Kati zog eine Augenbraue hoch. »Chips. Kann man auch Flips nehmen?«

»Haha, nein.« Er tätschelte Katis Kopf. »Diese Chips haben nichts mit Kartoffelchips zu tun, das sind so kleine, runde Plastikdinger, die heißen nur so. Stell dir vor, das ist eine Art Geld. Mit unterschiedlichem Wert drauf. Also schon wie Geld.«

»Weiß ich doch. Aber warum nimmt man dann eigentlich nicht direkt Geld?«

»Ach, Kati, frag doch nicht so. Das ist in unserem Casino sowieso alles anders. Da stehen nur Computer, und man handelt mit Aktien.« Jetzt runzelte er die Stirn, dachte kurz nach. »Also auch. Und man kann wetten. Irgendwie. Also man wettet darauf, ob eine Aktie steigt oder fällt. Also der Kurs davon. Glaube ich. Und das kann man dann noch hebeln.« Mehr zu sich selbst ergänzte er: »Und irgendwas war da doch mit den Zinsen!?«

»Versteh ich nicht.«

Thomas kratzte sich am Kopf, klappte den Laptop wieder auf. »Ja, sag ich doch. Genau verstehe ich das selbst noch nicht, deshalb muss ich das lernen. Und morgen gehe ich mit Mama noch mal hin, weil die eine Art Schule haben. Die bringen einem das dann bei.« Er hob belehrend den Finger. »Also immer schön lernen und zur Schule gehen.«

»Ihr wollt da morgen wieder hin?«, fragte Kati misstrauisch.

»Ja, und nicht nur morgen. Der Lehrgang dauert die ganze Woche. Projektwoche, sozusagen. Das bedeutet übrigens, dass du ab morgen, abends immer allein sein wirst«, fiel ihm ein. »Aber das wird sicherlich kein Problem sein, oder? Du bist ja jetzt ein großes Mädchen.«

Kati nickte langsam, sagte aber nichts weiter dazu. Sie beobachtete ihren Vater schweigend, wie er sich wieder auf den Bildschirm des Laptops konzentrierte.

Es freute sie, dass ihr Vater offenbar so viel Spaß an

der Sache gefunden hatte. Er wirkte richtig aufgedreht. Aber er hatte sie vorhin merkwürdig angesehen, als er versucht hatte, ihr das Casino zu erklären. Mehr durch sie hindurch, als ob sie gar nicht da wäre. Das hatte er noch nie gemacht.

21

Katharina lugte in das Schlafzimmer ihrer Eltern. Ihr Vater schlief unruhig, warf sich von der einen auf die andere Seite. Aber er schlief.

Ihre Mutter hatte sich vor einer halben Stunde mit einer Freundin getroffen und das Haus verlassen. Sie wolle frische Luft schnappen, sie müsse einfach einmal raus, hatte sie erklärt. Nicht nur die Situation mit Ulrich belastete sie. Nachdem Katharina ihr von dem Zwischenfall mit Sigmund erzählt hatte und andeutete, dass sie lieber mit ihr als mit ihm darüber sprechen wollte, reagierte Johanna reichlich ungehalten. Schon mehrfach hatte sie angemahnt, dass diese unverschämte Person aus dem Haus geworfen gehört. Aber Ulrich hätte immer wieder Gründe gefunden, es nicht zu tun und dem jungen Mann noch eine Chance zugebilligt. Dass der Dreckskerl, wie sie ihn nannte, nun auch noch über ihre Tochter herfallen würde, wäre ja dann endlich Grund genug. Sie versprach Katharina einerseits, das zur Sprache zu bringen, andererseits beklagte sie sich darüber, dass sie genau das tun müsse. Das Resultat war dann die Erkenntnis darüber, dass sie zu viel Zeit in diesem Haus verbrachte und einfach öfters ausgehen müsse.

Katharina betrat leise das Schlafzimmer. Sie musste an den Schlüssel für das Arbeitszimmer ihres Vaters kommen. Es war ein Risiko, den Schlüsselbund zu entwenden, während ihr Vater direkt daneben schlief, aber doch noch ein geringeres, nicht zu wissen, wo er war und theoretisch hinter ihr auftauchen konnte.

Sie stellte sich vor sein Bett und fingerte mit der Hand hinter dem Rücken nach der Schublade des Nachtkästchens. So konnte sie immer noch schnell genug reagieren, sollte ihr Vater unvermittelt aufwachen. Die Schublade quietschte, Katharina biss die Zähne zusammen, zog weiter und ließ ihren Vater dabei nicht aus den Augen. Vorsichtig wühlte sie nach dem Schlüsselbund.

Geschafft. Sie musste sich beeilen.

Im Keller vor dem Arbeitszimmer, mit den Schlüsseln in der einen und der Lampe in der anderen Hand, fiel ihr ein, dass sie keine Ahnung hatte, welcher Schlüssel denn passte. Das bedeutete Zeitverlust. Hektisch probierte sie alle infrage kommenden durch.

Der dritte öffnete endlich die Tür. Sie leuchtete nochmals hinter sich in den Keller hinein, lauschte, hielt den Atem an – niemand war ihr gefolgt. Sie atmete auf.

Einen Augenblick später stand sie im Arbeitszimmer. Nur selten war sie hier, und jedes Mal kam es ihr wie eine andere Welt vor, jedes Mal gab es neue Dinge zu entdecken. Auch hier gab es nur eine Lampe auf dem Schreibtisch, die mit einem kleinen Spiegel versehen war, der das Licht punktuell ausrichten konnte.

Sie sah sich genauer um. Eine niedrige Kommode stand direkt an der Wand neben der Tür. Hohe Bücherregale schienen sich leicht in den Raum hinein biegen zu wollen, als ob sie das kleine Mädchen, das sich in der Mitte befand und umschaute, ihrerseits genauer betrachten wollten. An der Wand gegenüber der Tür stand der Schreibtisch aus dunklem Holz, bedeckt mit Papierstapeln und Ordnern, dahinter ein gepolsterter Stuhl. Zwei Sessel thronten in den Ecken.

An der Wand hing ein großes Gemälde, auf dem die Familie in schwerer Ölfarbe verewigt worden war. Ulrich und Johanna standen darauf nebeneinander vor dem Herrenhaus, er hatte eine Hand auf ihre Schulter gelegt, und sie hielt die einige Jahre jüngere Katharina im Arm.

Katharina entzündete die Schreibtischlampe und stieß dabei gegen den drehbaren Spiegel, sodass ein Teil des Lichtscheins auf das Gemälde traf. Die dicke Farbe reflektierte das Licht und ließ das Gesicht des Kindes auf der Leinwand nahezu leuchten, während die Eltern sich im Schatten verloren.

Trotz seiner Abgeschiedenheit war es ein sehr gemütliches Zimmer. Katharina verstand, warum sich ihr Vater hier gern aufhielt. Aber es ging nun nicht um Gemütlichkeit. Sie musste herausfinden, was in diesem Raum vor sich ging, wer oder was ihren Vater dazu zwang, Männer hierherzubringen, wohin diese Männer verschwanden und was es in ihrem See gemachte hatte ...

Wie aber sollte sie das tun? Hier war niemand, außer ihr, die sich im Kreis drehte und jede Wand und jede Ecke des Raums betrachtete, während sie von den Bücherregalen angestarrt wurde. Wo sollte sie suchen, was sollte sie suchen? Was hatte sie sich eigentlich vorgestellt? Und was war das plötzlich? Waren da auf einmal Schatten an der Wand? Sie erschreckte sich, stieß dabei gegen den Schreibtisch und verstellte damit abermals den Spiegel der Lampe.

Es war nichts, es war nur ihr eigener Schatten, der sie erschreckt hatte. Um nicht noch mal darauf reinzufallen, stellte sie ihr Öllämpchen auf die Kommode am Eingang. Ihr Blick wanderte zum Gemälde, der Lichtschein teilte nun ihr gemaltes Gesicht in Licht und Schatten. Sie berührte ihre Haut an der gleichen Stelle, prüfte, ob sich die Teilung auf dem Bild auch an ihr vollzogen hatte und ob sie es spüren konnte. Es war natürlich alles in Ordnung.

Aber irgendetwas stimmte trotzdem nicht. Der Schatten, der sich als ihr eigener herausgestellt hatte, bewegte sich wieder. Aber wenn es ihr eigener war, warum bewegte er sich dann, wenn sie stillstand? Hatte sich Sigmund etwa wieder lautlos an sie herangeschlichen? Blitzschnell dreht sie sich um. Nein, der Raum war deutlich kleiner als die Küche. Das Licht auf dem Schreibtisch und ihr eigenes Licht im Eingangsbereich reichten aus, um alles auszuleuchten. Außer ihr war hier niemand. Katharina drehte sich wieder zurück. Ein weiterer Schatten drehte sich mit ihr. Das war also ihrer.

Was war mit dem anderen Schatten?

Warum wuchs er plötzlich? Wieso lebte er plötzlich? Wieso waberte er, veränderte die Form, schien die Wände zu bedecken, die Regale, das Mobiliar, verschluckte alles und kam auf sie zu? Das war es also. Sie hatte es gefunden. Das Ding aus dem See, das jetzt hier war und ...

Weiter kam sie nicht. Ihr versagten fast die Beine, ihr Herz blieb stehen, ihr ganzer Körper verweigerte für einen Moment jeglichen Dienst. Sie fühlte sich, als würde sie in der Mitte ihres zugefrorenen Sees stehen, und tatenlos mit ansehen müssen, wie sich feine Risse im Eis bildeten. Leises Knacken erklang. Knirschen.

Etwas war hinter ihr. Der Schatten hatte sie berührt.

Die Ohrfeige, die ihr Ulrich verpasste, nachdem er sie

herumgewirbelt hatte, brannte wie Feuer auf ihrer Haut. Ein rötlicher Abdruck bildete sich auf ihrer Wange, erstreckte sich von ihrer Schläfe bis zum Kinn.

Es tat weh, sehr sogar, aber noch mehr tat ihr Herz weh, als der erste Schreck verklungen war. Ihr Vater hatte sie noch nie geschlagen. Sie landete nun endgültig auf ihren Knien, eine Hand hielt ihre Wange, die andere griff nach seinem Rockzipfel.

»Vater …?«, stammelte sie.

Kränkliche Blässe starrte aus seinem Gesicht, einem Toten gleich, tiefe Falten unter seinen geröteten Augen hatten sein Gesicht alt gemacht.

Langsam senkte er eine Hand auf ihren Kopf, seine Finger packten zu. Er zog das Kind hoch, beugte sich vor und sah es mit einer Mischung aus Wut und Entsetzen an. Katharinas Hände griffen nach seinem Handgelenk, sie hatte den Mund aufgerissen, aber kein Laut kam heraus. Er ließ nicht los.

»Das war eine Warnung«, raunte er, und sein Atem roch abgestanden. »Ich will dich hier nie wieder sehen, hast du das verstanden?«

Sie versuchte zu nicken, was nicht ging, die Hand an ihrem Kopf glich einem Schraubstock.

»Ja, Vater, ja!« Katharina heulte nicht, aber es fehlt nicht mehr viel. Seine Finger packten fester zu, sie schrie auf. Tränen stiegen ihr in die Augen.

Ulrich drehte sich mit ihr um, sodass sie mit dem Rücken zur Tür zum Stehen kam.

Mit Schwung schubste er sie rückwärts, so stark, dass sie aus dem Raum stolperte und zu Boden fiel. Die Tür des Arbeitszimmers krachte vor ihr ins Schloss. Der Schlüssel drehte sich.

»Vater!«, schrie Katharina. Sie ignorierte die Schmerzen

des Sturzes und krabbelte in der Finsternis des Kellers auf allen vieren auf das Zimmer zu und trommelte gegen die Tür. »Vater, es tut mir so leid!« Dicke Tränen liefen ihre Wangen hinunter. »Vater. Ich wollte das nicht! Ich habe dich doch lieb!«

Sie horchte, bekam aber keine Antwort, trommelte weiter. »Bitte, gib mir das Licht, gib mir bitte wenigstens mein Licht! Ich finde doch sonst nicht zurück ...«

Eine verzweifelte Seele in einem kraftlosen Körper saß in einem der Sessel und hörte kleine Fäuste, die gegen die Tür hämmerten.

Die Seele weinte.

Etwas anderes lachte.

22

Der Spätsommer lag in den letzten Zügen, jeden Tag verschwand die Sonne ein kleines bisschen früher. Eberhard Willerbach war mit großer Mehrheit zum alten und neuen Bürgermeister gewählt worden. Die letzte große Kraftanstrengung seiner vergangenen Regierungszeit hatte sich also ausbezahlt, das Wunder war vollendet.

Thomas diskutierte ausgelassen mit einem jungen Paar und einem älteren Mann, die er im Lehrgang getroffen hatte, das Erlernte und wie man Strategien anwendet.

Sie verglichen ihre Demogewinne und Verluste, hoben die Notwendigkeit einer schnellen Reaktionszeit hervor, die unabdingbaren Kenntnisse der Nachrichten weltweit, und waren sich einig darüber, dass sie noch viel zu lernen hatten. »Das geht ja auch nicht von heute auf morgen«, meinte Jennifer Roth entschuldigend, die junge Frau, die mit ihrem Mann den Lehrgang von Anfang an mitgemacht und gerade eben das gemeinsame Demokonto auf nahe Null gebracht hatte.

»Richtig«, pflichtete Thomas bei. »Es gibt eine Menge Leute, die davon leben, die machen nichts anderes am Tag. Und die leben richtig gut. Wenn das so einfach wäre, würden das ja alle machen.«

»Etwas anderes: Ich finde es bemerkenswert, dass diese Einrichtung Darlehen vergeben kann. Ich ging davon aus, dass das nur Banken dürfen«, warf der ältere Herr ein.

»Wer weiß, Herr Kowalski, was die Betreiber für einen Deal mit der Stadt oder dem Land haben«, grinste Thomas. »Ich finde das gut. Sicherlich sind die Zinsen hier höher als bei der Hausbank. Aber jedes Mal zur Hausbank gehen, weil man ein todsicheres Gefühl hat? Das hier ist ja vollkommen unbürokratisch. Tolle Lösung. Vor allem geht das deutlich schneller. Und was haben wir heute gelernt?« Er schaute grinsend in die Runde.

»Man muss schnell reagieren!«, kam es wie aus einem Mund.

Ralf Roth lachte und wedelte mit einer kleinen schwarzblauen Chipkarte herum. »Tempo ist halt alles. Aber du hast wirklich recht. Tolle Lösung und eine klasse Geschäftsidee. Alles bleibt in einer Hand. Die Gebühren, die Abläufe, die Geräte, die Depots, die Darlehen, die notwendigen Daten. Alles unter einem Dach, alles gespeichert auf den ID-Karten. Die verdienen sich bestimmt eine goldene Nase damit. Hätte man mal selber draufkommen können. Und die PCs sind echt extrem schnell.«

»Glaubst du, dass das eine Kette ist? Dass die in anderen Städten auch Casinos haben?«, fragte Jennifer.

»Keine Ahnung. Man könnte mal googeln, vielleicht bekommt man da was raus.«

»Sollte dem so sein, haben sie wahrscheinlich ihren Sitz auf irgendwelchen Inseln oder in winzigen Staaten. Der Steuern wegen«, erklärte Kowalski. »Man kennt das ja.«

»Ist das so?« Thomas war sich nicht sicher. »Hat der Willerbach kurz vor der Wahl nicht was von bald sprudelnden Gewerbesteuern erzählt? Kann ja nur von hier kommen, oder habt ihr den Eindruck, dass sich Coppenbroich über Nacht in ein Zentrum des Reichtums verwandeln wird?«

»Nicht wirklich.«

»Der gute Herr Willerbach. Für wirklich kompetent halte ich den ja nicht in politischen Belangen«, meinte Kowalski. »Allerdings, das muss man ihm zugutehalten, dass er sich in ausgesprochen innovativer Art und Weise um das Herrenhaus gekümmert hat. Das hat vor ihm niemand geschafft.«

Ralf Roth schmunzelte. »Haben Sie ihn etwa gewählt?«

Kowalski hob entschuldigend die Augenbrauen. »Irgendjemanden muss man nun einmal wählen. Für finanzielle Angelegenheiten scheint er ja durchaus ein Händchen zu haben.«

»Jaja, der Willerbach. Für Geld verkauft der glatt seine Seele.«

Alle lachten.

Nachdem die Gäste gegangen, die Pforten des Casinos geschlossen und die Rechner heruntergefahren waren, sank Coppenbroich in einen gütlichen Schlaf.

Alles verlief zu vollster Zufriedenheit.

23

Thomas Sandfels begann seine Freizeit umzugestalten. Immer mehr davon verbrachte er im Casino, um die Familie endlich auf den vielsagenden grünen Zweig zu bekommen. Ingrid selbst hatte nach der Hälfte des Lehrgangs die Lust verloren, ihr erschien das alles zu undurchsichtig. Zwar konnte sie es nicht in Worte fassen, aber sie traute der Geschichte nicht.

Die finanzielle Verbesserung war für Thomas nicht der Hauptgrund. Sein Job als Personalleiter in einer Versicherung war nicht gerade das, was man als aufregend und abwechslungsreich bezeichnen konnte. Er war Anfang dreißig, aber sein Leben fühlte sich an, als sei es bereits auf die Zielgerade eingebogen.

Das Casino dagegen bot Spannung und Nervenkitzel. Die unglaubliche Vorstellung, seinen Einsatz in unfassbare Gewinne zu verwandeln, die Geheimnisse der ganzen Mechaniken, die er noch immer nicht vollkommen begriff, waren so viel anders als das, was er in seinem Berufsleben bisher gekannt hatte. Er sah die Zahlen, er sah unglaubliche Zahlen auf seinem internen, virtuellen Konto, und allein die Berechnung, was er mit diesen Zahlen anfangen konnte, wenn er entsprechend setzte, raubte ihm fast den Atem.

Auf solche emotionalen Höhenflüge folgten unvermeidliche Abstürze. Er setzte, gewann, freute sich wie ein Schneekönig; das Casino war dann ein himmlischer Platz, er setzte wieder und verlor, wobei er sich in ein wütendes, geiferndes Männchen verwandelte, und das Casino wurde zur Hölle, in der die menschliche Gier nach Geld schamlos ausgenutzt wurde.

Aber die Abstürze fühlten sich immer weniger schlimm an, sie zeigten ihm lediglich auf, wo er welche Fehler begangen hatte, und das spornte ihn nur weiter an. Das Casino war, egal ob er gewann oder verlor, ein Ort, an dem man seine Probleme vergessen konnte – obwohl Thomas eigentlich gar keine Probleme hatte, außer vielleicht, dass er sich seiner Meinung nach nicht genug konzentrierte, wenn er mal wieder verlor. Immer mehr überkam ihn die Überzeugung, dass Ingrids Entscheidung, sich dem Casino zu verweigern, eine gute war. Denn sie dachte einfach zu gefühlsbetont, zu wenig rational, hatte zu wenig Übersicht, zeigte zu viel Nerven, und ein gewisses Maß an mathematischem Können war schließlich auch von Nöten. Etwas, was sie nun wahrlich nicht besaß, analysierte er.

Wenn er im Casino war, ging es ihm hervorragend. Die gefühlten Auf und Abs ließen ihn das Leben spüren, das Blut schoss durch seine Adern, als würde er Hochleistungssport betreiben. Nicht selten dachte er daran, seinen normalen Job zu kündigen und ganz in das Spiel mit den Zahlen, Hebeln, Kursen und Zinsen einzusteigen. Aber er musste warten. Noch hielt er sich nicht für gut genug. Doch eben das war das beste Argument dafür, mehr Zeit hier zu verbringen. Man lernte nur, wenn man tat, was man beherrschen wollte. Immer mehr fixierte sich sein Denken auf sein imaginäres Ziel, und alles andere, das nebenher getan werden musste, störte und lenkte ab.

So war es egal, wie der Tag im Casino verlaufen war, er hatte schlechte Laune, wenn er abends nach Hause kam.

Die Kommunikation mit der Familie glich inzwischen einem notwendigen Übel, einer lästigen Pflicht, die unproduktiver nicht sein konnte. Die Familie raubte ihm die Zeit, die er brauchte, um die entscheidenden Fortschritte machen zu können. Sie störte seine Konzentration mit ihren unwichtigen Anliegen, kleinen Nörgeleien und Forderungen. Wie sollte er so jemals das Licht am Ende des Tunnels erreichen?

Er redete mit Ingrid nur noch das Nötigste, und als sie ihn einmal fragte, warum und was ihn so verändert hatte, entgegnete er wütend, dass sie sich das alles nur einbilden würde. Er hätte sich nicht verändert, er würde lediglich ein bisschen mehr arbeiten, und er hätte Spaß daran. Stattdessen wollte er wissen, ob sie ihm denn seinen Spaß nicht gönnen würde. Außerdem tat er das für die Familie, und in absehbarer Zeit würden sie alle davon profitieren, aber dafür müsse man ihn halt einfach mal ein bisschen in Ruhe lassen und nicht ständig ablenken. Egoistisch sei das, was sie tat, warf er ihr vor.

Und überhaupt, sie solle sich genau überlegen, was sie sagte, denn ohnehin war er es, der das Geld heranschaffte. Er arbeitete und arbeitete, schlug sich seine Freizeit um die Ohren, alles für eine bessere Zukunft. Sie und ihre Tochter sollten froh und dankbar darüber sein und ihn nicht mit Vorwürfen überschütten.

Das normale gesellschaftliche Leben in Coppenbroich begann sich zu wandeln.

Der beliebte Sport- und Fußballverein, einer der Hauptattraktionen und Gesprächsmittelpunkt, in dem jeder Coppenbroicher irgendwie aktives oder passives Mitglied war, wurde immer weniger genutzt. Selbst alteingesessene Mitglieder tauchten nicht mehr auf. Nur sporadisch wurde das Training der Jugendgruppen abgehalten, weil Trainer fehlten, und die Seniorenabteilung wurde ganz geschlossen. In der letzten Versammlung, die kaum besetzt war, einigte man sich im Schnellverfahren darauf, den nahenden Winterbetrieb ganz einzustellen.

Mehr und mehr Menschen gingen ihren Tätigkeiten nur noch teilnahmslos nach, wie ferngesteuert und ohne eigenen Willen. Die allseits freundliche Stimmung in der Öffentlichkeit veränderte sich. Das nette, unverbindliche Gespräch mit den Kassiererinnen im ältesten Supermarkt oder in der Bäckerei beschränkte sich auf einen kurzen Gruß, wenn überhaupt. Niemand störte sich daran, niemand schien etwas zu vermissen. Keinem schien aufzufallen, dass ihm der eine oder andere Bekannte nicht mehr über den Weg lief. Wie auch, wenn man kaum noch miteinander redete.

Die Bräune des Sommers schwand langsam, die Blässe übernahm rasend schnell.

»Mann, meine Eltern nerven nur noch«, beschwerte sich Sarah bei Kati, als sie Pause hatten. Ein einzelner verloren wirkender Lehrer hatte die Aufsicht. Dabei beaufsichtigte er mehr sein Smartphone als die Schüler.

»Kann ich mir vorstellen«, meinte Kati. »Bei uns ist es auch komisch. Meine Mama ist zwar noch ganz normal, aber Papa spinnt. Manchmal glaub ich, dass er mich gar nicht mehr sieht. Als wäre ich nicht mehr da. Er guckt mich an, und doch guckt er mich nicht an. Das ist alles ganz anders geworden. Er ist kaum noch zu Hause, und wenn, dann streitet er.«

»Ja, genau! Genau, wie bei mir. Als ob ich ihnen im Weg stehen würde. Sie sehen mich gar nicht mehr und reden nur noch von dem Casino und von Geld. Einmal sind das alles Halsabschneider und dann wieder die besten Menschen auf der Welt. Und dann streiten sie, weil sie sich nicht einigen können, wie sie was da machen wollen. Kapier ich nicht. Ist voll scheiße.«

Kati hatte keine passende Erwiderung. Sie nickte und schwieg. Ihr fiel nicht ein, wie sie ihrer Freundin Trost spenden konnte, denn das meiste davon benötigte sie für sich selbst. »Dieses Scheißcasino. Alles nur wegen dieses Mistdings.«

Katis Gedanken drehten sich, tauchten auf und verschwanden wieder in weite Ferne, waren aber nie ganz weg, hatten immer den Anschein von Erreichbarkeit. Sie überlegte, Sarah zu erzählen, was sie erlebt hatte. Sie hatte das Gefühl, dass es einen Zusammenhang zwischen ihren Erlebnissen und dem, was derzeit geschah, geben musste. Denn beides hatte vor allem mit dem Gelände zu tun. Etwas in ihr regte sich, versuchte sie zu veranlassen, etwas zu tun. Irgendetwas. Aber was sollte das sein? Sie war ein zehnjähriges Mädchen. Welche Möglichkeiten hatte sie schon?

Spätabends schreckte Kati aus dem Schlaf hoch. Sie hatte sich zwar an Streit zwischen ihren Eltern gewöhnt, aber jetzt war er laut – richtig laut.

Aus den Wortfetzen stach ihr Name heraus. Sie schlich aus ihrem Zimmer, verharrte am oberen Ende der Treppe und lauschte. Die Küchentür stand offen, sie konnte halb hineinsehen. Ihre Eltern saßen sich am Tisch gegenüber.

»Mach mir keine Vorschriften!«, knurrte Thomas.

»Es geht doch nicht um Vorschriften, Thomas, sie sieht dich ja kaum noch!«

»Dann soll sie die Augen aufmachen!«
»Sehr witzig.«
»Findest du? Ich hab dir schon tausendmal gesagt, dass ich arbeite.«
Ingrid schüttelte entnervt den Kopf. »Thomas, du belügst dich doch selbst. Das ist doch keine Arbeit. Du veränderst dich.«
»Ich? Ich verändere mich? Schau dich doch mal an! Vielleicht bist du diejenige, die sich verändert. Früher hast du dich mit mir gefreut, wenn wir zusammen etwas erreicht haben. Vergiss nicht, dass du selbst nicht mehr mitmachen wolltest. Es ist nicht meine Schuld, wenn du das nicht kapierst.«
»Ich kapiere das nicht? Du kapierst es doch selbst nicht.«
»Pass auf, ja!?« Er stocherte mit dem Zeigefinger in ihre Richtung. »Pass auf, was du sagst.«
»Hör mal, Thomas … bitte.« Sie rieb sich die Schläfen, drosselte ihre Lautstärke, versuchte es wieder im Guten. »Wenn du keine Zeit für mich hast, in Ordnung. Ich kann damit umgehen. Aber bitte denk an unsere Tochter. Du weißt genau, wie sie an dir hängt. Du bist ihr Ein und Alles. Ich war und bin immer neidisch auf eure Verbindung gewesen und werde es immer sein.« Ingrid langte über den Tisch und griff nach seiner Hand, umschloss und drückte sie zärtlich. »Ich habe Katharina auf die Welt gebracht. Ich bin ihre Mutter. Eigentlich müsste ich diejenige sein, die mit ihr diese besondere Verbindung hat. Aber du bist es. Du bist ihr Bezugspunkt, ihr Anker. Sie liebt und verehrt dich.«
Thomas schloss die Augen, sein Gesicht zitterte vor Anstrengung.
Seine freie Hand umschloss die Hand seiner Frau, die

seine hielt. Sein Griff war etwas fester als notwendig.

»Sie fragt nach dir, Thomas. Sie fragt mich, was mit dir los ist. Warum du so anders bist. Verstehst du? Mir ist doch klar, dass das im Moment schwierig ist, dass du ein Ziel hast und dafür arbeitest. Und es geht doch nicht darum, dass ich dir keinen Spaß gönne.«

Er drehte den Kopf weg von ihr, zur Seite, seine Wangenknochen arbeiteten, er öffnete die Augen. Er sah die Zeichnung von Kati an der Kühlschranktür, die kleine, glückliche Familie und ihm fiel auf, dass die Figuren darauf nicht freundlich lächelten, sie grinsten ihn höhnisch an. Das Bild war falsch, so unfassbar falsch, dachte er wütend.

»Sie kommt bald in ein schwieriges Alter«, erklärte Ingrid weiter. »Du musst ihr zur Seite stehen. Zu dir hat sie doch Vertrauen. Wir müssen da jetzt wirklich aufpassen, sonst verlieren wir sie. Mach doch ihr Vertrauen in dich nicht kaputt, Thomas. Sie braucht dich. Thomas. Hörst du? Sie braucht dich. Sie ist deine Tochter. Katharina. Deine Tochter. Thomas? Hörst du mir zu? Du musst zu ihr. Du musst ihr das erklären. Sie ist deine Tochter. Thomas ... Thomas … du musst … Tochter … du musst … Thomas … hör mal ...«

»Was!?« Es fehlte nicht mehr viel und er wäre explodiert. Eine unheimliche Hitze brodelte in ihm. Die rudimentären Gesichter der Zeichnung, auf die er noch immer starrte, verschwanden, die Kühlschranktür begann zu flimmern wie ein Computerbildschirm, auf dem mathematische Formeln um sich selbst rotierten, dazwischen tauchte der Mund seiner Frau auf, der unablässig und mit nervtötender Stimme seinen Namen quakte. Eine Hand wedelte den Mund hinfort, und eine der freundlichen Mitarbeiterinnen des Casinos tauchte vor seinem inneren Auge auf, fragte ihn lächelnd, ob er noch ein paar Erdnüsschen oder Kaffee wünschte. Aus ihrem Kopf wuchsen Zahlenreihen, bauten die Skyline einer Großstadt, und schließlich griffen kleine, tollpatschige Hände nach dem Konstrukt, brachten alles zum Einsturz, und Katis Gesicht schob sich übergroß durch den Wust aus Ziffern, Mündern, Erdnüssen und zerstörten Zahlenhochhäusern, sie kaute herum auf Tortendiagrammen und blökte dabei wie ein Ferkel: »Paaapaaa! Paaapaaa! Paaapaaa!«

Sein Körper katapultierte sich vom Stuhl hoch. Die Muskeln in seinem Nacken waren Stahlseile, rasende Kopfschmerzen rissen an seinen Nerven. Er musste das loswerden. Das alles musste aus ihm raus. Es brachte ihn zum Platzen. Irgendetwas musste er tun, sofort.

Er stand auf und stapfte aus der Küche, ging ganz langsam auf die Treppe zu. Kati rannte so schnell sie konnte in ihr Zimmer, sprang ins Bett und wollte sich die Decke über den Kopf ziehen. Diese Angst war so grausam. Viel schlimmer, als all die Ängste, die sie bisher erlitten hatte.

Ingrid versuchte Thomas zurückzuhalten, zog an seinem Pulli. Der Stoff zog sich in die Länge, bis sie losließ. Er sah sie nicht an, trottete wie ferngesteuert weiter.

Die Decke halb über den Kopf gezogen, blickte Kati nach links, auf ihren Nachttisch. Da lag ihr Dolch, funkelte im Dunkeln.

Vielleicht war das, was da die Treppe emporkam, gar nicht ihr Vater.

Thomas riss die Tür auf, so hart, dass Kati zusammenzuckte, obwohl sie wusste, dass er kam.

»So, du bist also noch wach, ja?« Er packte sie an den

Schultern und hob sie halb aus dem Bett. Kati sah ihm voller Angst ins Gesicht. Er hatte sich verändert. Anderen Menschen wäre es vermutlich nicht aufgefallen. In seiner Wut sah er irgendwie krank aus, blass, und um Jahre gealtert.

»Was willst du?«, bellte er sie an. »Ich habe auch noch ein Leben, kapierst du das? Soll ich dir mein ganzes Leben lang die Hand vor deinen kleinen Arsch halten, bis du dich bequemst, mal etwas eigenständiger zu werden?«

»Papa, ich habe doch nur ...«

»Ich! Immer nur ich. Das ist das Einzige, was ihr könnt, oder?«

Er fing an, sie zu schütteln. Kati rollte die Augen panisch nach rechts, dann nach links. Der Dolch blitzte wieder.

Ingrids Arme tauchten plötzlich um seinen Hals auf, sie versuchte ihn vom Bett zu ziehen.

»Thomas!«, schrie sie. »Hast du den Verstand verloren? Lass sofort meine Tochter los!«

Thomas ließ sie tatsächlich los und löste Ingrids Hände von seinem Hals, sie rutschte förmlich von seinem Rücken herunter, auf den sie geklettert war. Er starrte sie an, sein ganzes Gesicht fing an zu beben. Wut quoll ihm aus den Augen. »Ja, *deine* Tochter! Vielleicht hättest du dich mal all die Jahre mehr um sie bemühen sollen!«

»Du bist doch verrückt geworden. Sie ist *unsere* Tochter! Das weißt du ganz genau!«

»Ach ja? Weiß ich das?«

Kati standen die Tränen in den Augen. »Papa, ich hab dich doch lieb.«

Thomas drehte den Kopf herum, glotzte seine Tochter an wie einen Fremdkörper. Kati rutschte in ihrem Bett bis ans Kopfende.

Er kippte nach vorn, stützte die Fäuste aufs Bett, setzte sie langsam voreinander, als hätten sie die Funktion seiner Füße übernommen. Katis linker Arm wanderte Richtung Nachttisch.

Bitte, Papa, bitte nicht!

Griff er nach ihr? Wollte er nach ihr greifen? Wieso sahen seine geröteten Augen auf ihren Hals? Wieso wurden aus seinen Händen Krallen?

»Wenn du sie anrührst, bringe ich dich um!« Ingrid schlug mit der Faust auf Thomas' Rücken, zweimal, dreimal, dann hielt sie sich eine Hand vor den Mund. Hatte sie ihn gerade geschlagen? Was hatte sie gerade gesagt? Was passierte hier?

Thomas ließ sein Kinn auf die Brust sinken, und Kati glaubte, eine Träne auf ihre Bettdecke fallen zu sehen. Er richtete sich wortlos auf und ging aus dem Kinderzimmer. Er sah auf seine Uhr. Das Casino hatte noch ein paar Stunden geöffnet.

Gut, gut. Dort verstanden sie ihn ohnehin besser, als die hier, diese zwei verwöhnten, von Egoismus zerfressenen Individuen, die seine Lebenskraft aussaugten, die sich wie Zecken an ihn geklammert hatten. Er tat alles für sie, sie taten nichts, lebten nur vor sich hin, lebten von ihm. Sie hatten ja keine Ahnung, was er auf sich nahm.

Kaum schloss sich die Eingangstür des Casinos hinter Thomas, kaum hatte er seine ID-Karte wieder in seiner Brieftasche verstaut, bekam er wieder Luft.

Jetzt sofort an einen der Rechner zu gehen, kam nicht infrage. Zwar konnte er wieder atmen, aber etwas Zeit brauchte er noch, um wieder einen klaren Kopf zu bekommen.

In der Lounge entdeckte er Kowalski. Er setzte sich neben ihn und bestellte einen Cappuccino.

»Na, guten Abend, Thomas. Oder besser, gute Nacht, in Anbetracht der fortgeschrittenen Stunde.« Sie schüttelten sich die Hände. Kowalski musterte ihn. »Du siehst nicht gut aus. Etwas blass, möchte ich meinen.«

»Kein Wunder. Schaff dir Frau und Tochter an ...«

»So schlimm? Das kann ich mir nicht vorstellen. Ich hab deine Frau als sehr freundlich kennengelernt.«

»Das ist sie eigentlich auch. Aber sie hat sich verändert. Und die Kleine ist jetzt in diesem schwierigen Alter.«

»Kinder sind mir nicht vergönnt gewesen. Vielleicht ist das auch ganz gut so.«

»Ist es, glaubs mir.« Thomas nahm einen Schluck vom heißen Cappuccino. Er war hervorragend. »Und, schon Erfolg gehabt heute?«

Kowalski wiegte den Kopf hin und her. »Wie man es nimmt, mal so, mal so. Aber mal was anderes, wenn es in Ordnung ist?«

Thomas nickte, es ging ihm besser.

»Hast du die Roths in letzter Zeit mal gesehen? Ein ausgesprochen angenehmes junges Paar. Ich vermisse sie ein wenig. Meinst du, sie haben aufgehört?«

»Du hast recht. Jetzt wo du es sagst.« Thomas blickte sich um, dabei war das überflüssig, das Paar war nicht hier. »Aufgehört? Glaube ich nicht. Sie hatten doch letztens noch gesagt, sie wollten einen höheren Kredit aufnehmen. Wegen dieser Triple-Strategie. Klasse Sache, muss ich sagen. Wäre mir persönlich zwar zu risikoreich gewesen, aber du weißt ja, wer nicht wagt, der nicht gewinnt.«

»Dem stimme ich zu. Na, vielleicht haben sie gewonnen und nun nicht mehr nötig, sich mit uns Anfängern abzugeben. Unser Niveau ist einfach noch zu niedrig.« Er lachte.

»Das wird es sein«, stimmte Thomas mit ein. »Unter uns. Ein Darlehen werde ich demnächst wohl auch anpeilen. Es muss langsam mal vorwärtsgehen.«

Die Natur ist ein Kommen und Gehen. Was erblüht, wird verwelken. Was entsteht, wird vergehen. Die Beendigung des einen, ist der Beginn des anderen. Was geht, macht Platz für Neues.

Der Erste nennt es den Kreislauf des Lebens.

Der Zweite nennt es den Kreislauf des Todes.

Der Dritte vergrößerte seine Sammlung. Und will doch nur das eine.

24

Das Gesicht in den Händen vergrabenen saß Ulrich in seinem Arbeitszimmer. Seine Tränen waren versiegt. »Ich kann das nicht mehr«, flüsterte er.

»Was kannst du nicht mehr?«

Er sah auf, schüttelte den Kopf, konnte keine Worte finden.

»Was?«, fragte die Stimme nochmals, mit einem Hauch Anteilnahme, von der nicht klar war, ob sie ernst gemeint war oder nur Hohn.

Stockend begann Ulrich. »Als ob du das nicht wüsstest. Jeder Schlaf ist ein Albtraum. Mein Gewissen bringt mich um den Verstand. Soeben habe ich meine Tochter geschlagen. Ich erkenne mich selbst nicht mehr wieder.

Ich verletze die, die ich liebe und beschützen will. Ich will leben und erschaffe den Tod. Es ist eine Perversion. Ich kann das nicht mehr.« Er vergrub seinen Kopf wieder in den Händen.

Die Stimme gab ein glucksendes Geräusch von sich. »Du vergisst, dass wir eine Abmachung haben.«

»Weiß Gott, ich vergesse das nicht! Ja, wir haben eine Abmachung. Wir haben ein Geschäft geschlossen.« Energie fuhr in seinen Körper, wütend stand er auf, zeigte in eine dunkle Ecke, in der nichts war. Seine Stimme hob sich, wurde laut, anklagend. »Doch hätte ich vorher gewusst, welchen Preis ich zahlen muss, hätte ich dich zum Teufel gejagt! Ach, was sage ich – du bist der Teufel!«

Aus der Ecke erklang ein leises Kichern. Dann wurde es still.

Als die Stimme wieder sprach, hatte sich jede erkennbare Emotion verflüchtigt. »Teufel. Gott. Nichts davon existiert. Ihr seid es selbst. Es ist in euch. Es ist in dir. Und wenn du tief in dich hineinhörst, weißt du das auch. Ihr erfindet eure Götzen, um ihnen die Verantwortung dafür zu geben, was ihr selbst tut und verschuldet. Ihr jagt das Böse, um es zu vernichten, ihr betet das Gute an, um Absolution zu erhalten. Wenn du etwas jagen willst, jage dich selbst.« Kichern. »Du weißt, dass ich niemanden zu etwas zwinge. Jeder hat sich aus freien Stücken dazu entschlossen. Du willst an deinen Gott glauben? Er hat euch den freien Willen gegeben, wie es heißt. Wenn du nicht Manns genug bist, dich selbst zu verfluchen, dann verfluche ihn.«

»Aus freien Stücken?«

Ulrich riss die Arme empor, erhoffte Hilfe eines Himmels, von dessen Macht er überzeugt war. »Hätten sie das gewusst, dass … dass … niemals hätten sie weitergespielt!«

»Sie wussten es doch! Willst du mir vorwerfen, dass ihr kein Maß halten könnt? Dass ihr den Hals nicht voll bekommen könnt? Dass ihr vor Gier nicht mehr sehen und denken könnt? Ich zwinge niemanden. Ich beobachte und mache Angebote. Sucht nicht die Schuld bei dem, der euch erkennt. Sucht die Schuld bei euch selbst. Du warst damals am Ende, weil du verprasst hast, was du hattest, erinnere dich. Du hast danach gefleht, dein feudales Leben so weiterzuführen, wie du es gewohnt warst. Ich habe dir die Möglichkeit dazu gegeben und noch mehr. Aber habe ich dich zu irgendetwas gezwungen? Nein, das habe ich nicht. Und sieh, wo du nun stehst, welchen Reichtum du einfährst, Tag für Tag. Denk an deine Frau, denk an dein Kind. Es geht ihnen gut, nicht wahr? Ich habe mein Versprechen gehalten. Halte du deines.«

Ulrich sank zurück auf den Stuhl. Seine Gegenwehr verebbte, er schüttelte sich, als sei er von sich selbst angeekelt. »Nimm es mir wieder. Bitte, nimm alles, was du mir gegeben hast. Ich will es nicht mehr. Ich will wieder ruhig schlafen können. Meine Träume sind Albträume, erfüllt von Gesichtern, die mich anstarren. Mein Gewissen bringt mich um. Es ist mir egal, wenn wir alles verlieren. Wir werden neu anfangen.«

»Du willst es nicht verstehen, nicht wahr? Nicht ich habe all das erschaffen. Nicht ich habe dir den Reichtum gegeben. Nicht ein einziges Geldstück stammt von mir. Aber nur zu, gib es zurück. Gib jedes Stück Metall zurück. Gib zurück an die, die nicht mehr sind. Gib zurück an die, die sich nicht ändern. Du hast von Anfang an gewusst, was du tust. Du hast es getan. Und wieder.

Und wieder. Jetzt plagt dich dein Gewissen. Jetzt winselst du um Gnade, aber nicht, weil es dir um die Männer geht. Es geht dir nur um dich selbst. Du bist nichts anderes als ein Heuchler. Deine erhoffte und wiedergewonnene Bequemlichkeit wird dir unbequem. Ihr Menschen macht immer weiter, bis es kein Zurück mehr gibt. Ihr hört nicht auf, wenn es genug ist. Ihr werdet erst wach, wenn euch eure Schuld auf die Füße fällt. Ihr erhebt euch über alles und jeden und glaubt, ihr seid so klug. Dabei hört das dümmste Schwein auf zu fressen, wenn es nicht mehr kann. Und wenn ihr vor Völlerei platzt, macht ihr den Teufel verantwortlich. Verstehe endlich, was du getan hast und was das bedeutet. Es ist zu spät. Es kann nicht rückgängig gemacht werden. Schließe deine Pforten, verteile was du hast. Spende an Bedürftige. Tu es, wenn du willst. Aber auch das wird nichts daran ändern, was du fühlst, was du bist und was du getan hast. Du kannst mit einem Stück Geld kein Gewissen kaufen, du Tor.«

»Was kann ich nur tun?«, flehte Ulrich. »Was kann ich nur tun, damit es aufhört, und dass ich wieder schlafen, damit ich wieder leben kann? Wie kann ich es wiedergutmachen? Ist denn alles verloren?«

Stille.

»Bitte! Es muss doch eine Möglichkeit geben!«

Stille.

Dann, kaum ein Flüstern: »Es gibt etwas, was ich will.«

»Was?« Voller Verblüffung riss Ulrich die Augen auf, hielt die Luft an. »Was ist es? Ich werde dir alles geben, was du willst.« Eine vermeintliche Erkenntnis traf ihn, öffnete sich wie das Tor zum Garten Eden. »Du willst mich, richtig? Das ist es! Du willst mich! Mit mir hat es begonnen, mit mir muss es enden.«

Er fiel auf die Knie, breitete die Arme aus.

Höhnisches Lachen ertönte, und die Stimme klang nun wie ein Vater, der zu einem Bastard sprach. »Dich? Dich soll ich wollen? Aber du bist doch nichts wert. Was hätte ich schon von dir? Weißt du noch, was du mir gerade erzählt hast? Dass dich dein Gewissen zerreißt? Dass du von Albträumen geplagt wirst? Was soll ich mit dir? Soll ich mich bücken nach einem Brotkrumen, wenn mir die Erde gehört?« Die Schwärze in der Ecke schien etwas zu wachsen. Sie sprach leise, einschmeichelnd und nahe an seinem Ohr: »Ich bin nicht anders als ihr es seid, denn ich bin eure Gier, eure Maßlosigkeit, ich entstehe, weil ihr seid, wie ihr seid. Ich entstand, weil du mich gerufen hast. Kennst du den Unterschied zwischen dem, was man haben muss und dem, was man haben will? Ich werde es dir sagen. Ich tue, was ihr tut. Ich will mehr, ich will immer mehr. Ich will das, was mir nicht zusteht. Ich will das, was ich nicht kriegen kann, ich will das, was ich nicht habe.« Eine kurze Pause entstand. Fast klang es, als würde die Stimme atmen, Luft holen, als würde eine Form von Erregung den Klang zum Vibrieren bringen.

»Deine Tochter war hier. Ich habe sie gesehen. Ich habe sie gerochen. Oh, selten habe ich diese Reinheit verspürt. Wie schön sie ist, nicht wahr? Wie unschuldig. Sie ist anders als ihr, anders als du. Sie ist wie ein funkelndes Juwel in einem Berg aus Unrat. Sie ist nicht das, was ich haben muss, sie ist das, was ich haben will.« Das Zimmer versank in Dunkelheit, Finsternis zog auf wie ein Gewitter, verschlang nahezu die beiden kleinen Lichter, die zu flackern begannen. Worte wie Donner. »Gib mir deine Tochter!«

Es war so klar und so offensichtlich, so verständlich.

Tränen fielen zu Boden wie Regen. »Das kann ich nicht tun. Dann wäre mein Leben ebenso beendet. Welchen Sinn würde ein reines Gewissen machen, wenn ich mein Liebstes dafür opfern müsste? Soll ich den einen Schmerz mit dem anderen ausgleichen? Was ist das für ein übles Geschäft.«

»Ich beobachte. Ich erkenne. Ich biete dir die Wahl. Es ist deine Entscheidung. Du kennst den Preis, den du zahlen musst.« Langsam und unendlich müde nickte Ulrich. »Ich habe gewählt. Ich werde weitermachen, auch wenn es mich in Stücke reißt. Aber eines verspreche ich dir. Ich werde einen Weg finden, dich zu vernichten und aus meinem Gewissen zu tilgen.«

»Versprich nicht, was du nicht halten kannst.«

Ulrich flüchtete aus seinem Zimmer, flüchtete vor der Stimme und vor allem vor sich selbst, wohl wissend, dass er letzteres nicht schaffen würde.

Die Dunkelheit, die Stimme, die Essenz dessen, was der Mensch in seinen finsteren Tiefen erschafft, blieb zurück.

Es gab sehr wohl einen Weg. Doch nicht jener, der die Drohung aussprach, konnte ihn gehen. Jemand anderes konnte das. Jemand, vor dem sogar die Dunkelheit Angst hatte.

25

Einige Tage lang herrschte Eiszeit zwischen dem Ehepaar Sandfels. Gesprochen wurde selten, und wenn, dann sehr sachlich, ohne Emotionen, ohne das Geschehene zur Sprache zu bringen, ohne gegenseitige Vorwürfe. Beide wussten, dass die Reaktion von Thomas ein einmaliger Ausrutscher war. Ingrid akzeptierte still Thomas' allabendliche Abwesenheit. Es sei nur eine Phase, durch die sie beide durchmussten, beruhigte sie sich.

Ihre Ehe war ja nun auch nahezu perfekt verlaufen. Es gab natürlich Meinungsverschiedenheiten bei manchen Themen, die aber nichts mit ihrem Familienleben zu tun hatten. Vielleicht war die Zeit reif für eine richtige Belastungsprobe. Sie mussten Ruhe bewahren, abwarten, fair miteinander umgehen, sich respektieren. Ingrid sah sogar ein, dass Thomas bis zu einem gewissen Grad recht hatte. Er hatte nie Ansprüche gestellt, war immer für sie und die Tochter da, hatte nie etwas für sich allein gewollt.

Der nächste Tag war ein allgemeiner Feiertag, und das Casino sollte geschlossen bleiben. So beschloss Ingrid am Abend davor, Thomas dort aufzusuchen, um sich anzusehen, wie weit er inzwischen gekommen war. Womöglich hatte sie tatsächlich zu früh aufgegeben, die Mechanismen zu verstehen. Wenn sie jetzt neben ihrem Mann sitzen und ihn bei seinem Tun beobachten würde, wäre es vielleicht etwas anderes. Auf jeden Fall konnte sie bei ihm sein, dabei sein, wenn er sich gut fühlte. Sie wollte ihm beweisen, dass sie sich für seine Sachen interessierte, sich mit ihm freuen konnte. Der Feiertag kam da sehr gelegen, und wenn sie es schaffte, für eine gute Stimmung zu sorgen, konnte sie diese in den nächsten Tag hinüberretten. Sie könnten dann alle drei etwas zusammen unternehmen, und es würde etwas Abstand und Ruhe einkehren, und vielleicht konnte man dann wieder anfangen, normal miteinander zu reden.

Da sie trotzdem nicht wusste, wie der Abend verlaufen würde, wollte sie Kati vor dem am schlimmsten anzunehmenden Fall schützen.

Kati war von dem Vorschlag, bei Sarah zu übernachten, begeistert.

Von dem anderen nicht.

»Und wenn du wie Papa wirst?«, fragte sie.

»Ach Kati, das ist doch Unsinn. Ich habe gar kein Interesse an diesen Sachen. Ich möchte einfach ein bisschen Zeit mit deinem Vater verbringen. Du weißt, wie gern er dort ist. Ich möchte … dass er das Gefühl hat, dass ich mich mit ihm freuen kann. Ich bleibe, wie ich bin. Versprochen.« Sie zwinkerte ihr zu.

»Okay.« Kati blieb misstrauisch.

Sarah selbst ging ans Telefon.

»Meine Eltern sind nicht da.«

»Oh. Weißt du, wann sie wiederkommen?«

»Nein. Irgendwann spät abends wahrscheinlich. Sind im Casino. Soll ich was ausrichten?«

»Nein ... Sarah, hör mal, hast du die Handynummer deiner Eltern? Dann würde ich sie anrufen.«

»Ja, hab ich.«

»Gut, dann ruf ich sie gleich an. Aber dich muss ich natürlich auch fragen. Wäre es dir recht, wenn ich Kati heute zu dir bringen würde? Zum Übernachten?«

Es quiekte freudig aus der Leitung. »Mann, das wäre cool.«

Ingrid erreichte Sarahs Mutter auf dem Handy. Selbstverständlich wäre es absolut kein Problem, wenn Kati heute bei ihnen übernachten würde. Und es sei ja klasse, wenn sie sich nachher noch im Casino treffen würden. Sie sollten ohnehin einmal über eine Spielgemeinschaft nachdenken, immerhin sei man ja fast bekannt miteinander, da die Töchter in die gleiche Klasse gingen und man sich auf den Elternabenden ja auch schon recht gut verstanden hatte.

Ingrid schnappte sich Kati und beide nahmen den Bus. Kati stieg in Sarahs Straße aus, Ingrid fuhr weiter bis zur Torstraße.

Am Eingang steckte Ingrid ihre ID-Card, die sie immer noch besaß, in den Empfangsterminal. In der Lounge konnte sie Thomas nicht entdecken, dafür winkten ihr Sarahs Eltern zu, die es sich bei Cola und Wasser auf den breiten Sofas bequem gemacht hatten. Ingrid wechselte ein paar Worte mit ihnen, und bedankte sich für die kurzfristige Möglichkeit, Kati bei ihnen unterzubringen.

»Überreden Sie Ihren Mann doch auch zu einer kleinen Pause, Frau Sandfels. Dann können wir ein paar Tipps austauschen.«

»Ich muss ihn erst mal finden«, lachte Ingrid. »Aber ich versuche es.«

Also weiter in den ersten Stock.

Nahezu alle Rechner waren besetzt. Die Luft roch abgestanden und verbraucht, zitterte vor Elektrizität und Anspannung. Ingrid nickte hierhin, hob dorthin die Hand, kannte den einen, hatte den anderen schon einmal gesehen. Gegenreaktionen bekam sie kaum, was nicht zuletzt an den Headsets lag, die jeder Spieler an seinem Platz hatte und gern benutzte. An einen einzelnen PC konnte man zudem mehrere davon anschließen und miteinander koppeln, sodass es möglich war, sich zu unterhalten, ohne die anderen zu stören.

Sie entdeckte Thomas in der siebten Reihe, ganz am Ende und tippte ihm auf die Schulter.

Er wirbelte herum, setzte den Kopfhörer ab. »Ingrid! Schatz!«

Die gute Laune und freudige Überraschung stand ihm ins Gesicht geschrieben. Ingrid hatte eigentlich eher damit gerechnet, dass er ihr eine furchtbare Szene machen würde. Stattdessen stand er auf und rückte ihr einen Stuhl zurecht. »Möchtest du ein Nüsschen?« Er hielt ihr eine der Schalen mit Erdnüssen, die überall herumstanden, unter die Nase.

Ingrid lehnte ab und sah ihn an. Seine Augen leuchteten. Er sah so glücklich aus. Alle Härte, die sich in letzter Zeit in seine Mimik geschlichen hatte, war wie weggeblasen.

Sie überlegte, ob sie ihm ihre Überlegungen darlegen sollte, erklären, warum sie gekommen war, entschied sich aber dagegen. Keine Diskussionen jetzt. Die positive Stimmung war fragil, das spürte sie. Jetzt ging es darum, still seine Nähe zu genießen, bei ihm zu sein. Seine Begeisterung zu teilen.

»Schatz«, sagte Thomas, nahm ihre Hände in seine und küsste sie. »Sieh dir das nur an. Was für ein Verlauf.«

Ingrid lächelte, aber kämpfte gegen den Kloß in ihrem Hals an. Sie war froh, ihn so glücklich zu sehen, aber was war der Grund dafür? Dass sie hier war?

»Thomas, willst du nicht mal eine Pause machen?«,

fragte sie zaghaft. In dem Moment, in dem sie den Vorschlag machte, wusste sie, dass es ein schlechter war.

Aber wieder reagierte Thomas entspannt. »Aber doch nicht jetzt, Schatz. Komm, ich erkläre dir das mal eben. Wir haben Glück heute. Das fühle ich. Alles läuft, wie ich vorausberechnet habe. Ich kann jetzt auf keinen Fall aufhören, weil ich den richtigen Zeitpunkt exakt abpassen muss. Du weißt doch, Timing ist alles. Es geht um Sekundenbruchteile. Hier, setz mal bitte den Kopfhörer auf.« Er wartete kurz, wechselte dann verschiedene Statistiken auf dem Bildschirm durch, rief Kurvenverläufe ab, tippte Zahlen ein, behielt dabei immer ein kleines Fenster am Rand des Monitors im Blick.

Die wechselnden Lichter spiegelten sich auf Ingrids Gesicht. Thomas redete, zeigte auf Diagramme, stellte Zusammenhänge her, tippte, Fenster ploppten auf. *Alles so schön bunt hier*, dachte Ingrid.

Und ganz langsam verstand sie. Ihr Kopf näherte sich immer mehr dem Bildschirm. Ihre Augen bewegten sich immer schneller. Ihr Lächeln wurde breiter. Ihr Verstand verband das, was ihre Augen aufnahmen, mit ihrer Vorstellungskraft. Sie fühlte die Energie, die Kraft und Souveränität, die ihr Mann neben ihr ausstrahlte, die Kraft der Zahlen, die Macht seiner Entscheidungen, die in einem Finger, der eine Taste drückte, innewohnte.

Sie verstand, was möglich war. Und sie wollte es selbst.

»Lass mich mal«, sagte sie in das kleine Mikrofon, ohne die Augen vom Bildschirm abzuwenden.

Kati sah auf ihre Armbanduhr. Halb neun. Sie fühlte sich immer noch pappsatt. Sarah und sie hatten es sich auf dem Sofa im Wohnzimmer gemütlich gemacht und schauten Fernsehen, nachdem sie einen riesigen Topf

Spaghetti mit Tomatensauce gekocht und fast komplett verputzt hatten.

Sarah war aufgrund des üppigen Mahls eingeschlafen, ihr Kopf lehnte an Katis Schulter. Ihr Atem ging langsam und gleichmäßig. Katis Arm kribbelte und schmerzte.

»Hallo. Aufwachen.«

Sarah bewegte sich nur leicht. »Was'n …?«

»Ich kann meinen Arm nicht mehr bewegen, der ist genauso eingeschlafen wie du.«

»Aber warum musst du mich dann wecken, wenn dein Arm schläft?«, gähnte Sarah.

»Weil du drauf liegst.«

Sie lachten.

»Was meinst du, wann kommen deine Eltern wieder?«

Sarah, nun halbwegs wach, sah auf die Uhr und zuckte mit den Schultern. »Keine Ahnung. Manchmal kommen sie, wann sie es gesagt haben, manchmal kommen sie erst, wenn ich schon lange schlafe.«

»Hm. Hoffentlich versteht sich Mama wieder gut mit Papa.«

»Sie wollte doch ins Casino. Wie alle anderen auch. Sie spielt. Dort verstehen sich alle gut, weil sie nicht miteinander reden.«

»Du spinnst!«

Wieder zuckte Sarah mit den Schultern, streckte sich und gähnte noch mal herzhaft. »Vielleicht. Meine Eltern haben das mal so ungefähr gesagt. Wer ins Casino geht, der spielt auch.«

»Mama will nicht spielen«, widersprach Kati bestimmt. »Sie hat gesagt, dass sie nur bei Papa sein will. Sie hat es versprochen.«

Sarah schnaubte abfällig, tippte Kati an den Kopf.

»Mann, du weißt schon, dass Erwachsene ihre Versprechen fast nie halten? Sie wollen immer nur, dass wir unsere halten. Aber mach dir nichts draus. Man gewöhnt sich an alles.«

»Auf keinen Fall. Ich will mich nicht da dran gewöhnen.« Energisch schüttelte Kati den Kopf. Es wurde nun wirklich langsam Zeit, etwas zu unternehmen.

»Reg dich nicht auf. Warte mal ab bis morgen.«

Eine Weile schwiegen sie und verfolgten die Spielshow im Fernsehen, die sich wie Kaugummi zog. Kinder duellierten sich in unterschiedlichen Disziplinen mit Erwachsenen, und alles wirkte abgesprochen. Wenn ein Kind verlor, weil es einfach gar nichts auf die Reihe bekam, wurde es trotzdem vom Showmaster und den anderen Erwachsenen in den Himmel gelobt. Wenn eines gewann, ebenfalls. Letztlich gab es gar keinen Unterschied zwischen gewinnen und verlieren.

»Komm, lass uns schlafen gehen«, meinte Sarah schließlich.

»Du musst eh noch die Luftmatratze aufpumpen.«

»Wieso ich?«

»Weil du nicht auf dem harten Boden schlafen willst?«

»Genau. Da schläfst nämlich du. Ich schlafe im Bett.«

»Es ist mein Bett.«

»Und ich bin dein Gast, der Gast ist König.«

»Wohl eher Prinzessin, Fräulein Geisterkriegerin.«

Stumm grinsten sich die so unterschiedlichen Mädchen an.

Während Kati wirklich das wandelnde Klischee einer Prinzessin war, mit ihren langen blonden, leicht gewellten Haaren, den großen, strahlend blauen Augen, die neugierig und gleichzeitig skeptisch ihre Umwelt erfassten und einen Tick zu nah beieinanderstanden, mit ihren hohen, edel wirkenden Wangenknochen, und ihrem schlanken, drahtigen, für ihr Alter recht muskulösen Körper, glich Sarah eher einem kleinen Troll. Ihr Gesicht war kugelrund und pausbäckig, ihre Gestalt gedrungen und weich, nicht dick, aber mit einem in der Mitte gelegenen Schwerpunkt, und sie war deutlich kleiner als Kati, obwohl sie älter war. Ihre dunklen Augen schauten immer wohlwollend, ihre braunen Haare standen widerspenstig ab und waren trotz der Kürze nicht zu bändigen. Sarah grübelte nicht viel, sie nahm die Welt, wie sie war, egal was kam, sie war mehr passiv und immer ein bisschen ängstlich.

Sie waren wie eine kindliche, weibliche Variation von Don Quijote und Sancho Panza.

Das Grinsen der Kinder ging in ein Kichern über.

Ihnen wurde wieder einmal bewusst, welch gute Freunde sie waren.

Thomas, Ingrid und Sarahs Eltern – Bernd und Yvonne – hatten sich noch in der Nacht zum gemeinsamen Frühstück verabredet, und so saßen sie bereits am reich gedeckten Tisch, als die Mädchen nach dem Aufstehen dazukamen.

Das Thema der Erwachsenen war nicht schwer zu erraten und in vollem Gange. »Da hat man einen so guten Lauf, und dann ist heute zu. Immer das Gleiche«, sagte Yvonne.

»Na ja, so schlimm ist das ja nun auch nicht. Die Börsen müssten heute doch auch zu sein, oder?«

Die Kinder wünschten brav einen guten Morgen und setzten sich, Kati spitzte die Ohren.

»In Frankfurt bestimmt. Aber doch nicht überall, wenn ich mich nicht irre«, stellte Thomas in den Raum.

»Wie wir sehen, wir wissen noch nicht alles.«

»Genau. Am meisten lernen musst allerdings du, Ingrid. Haben wir ja gestern gesehen.«

Kati glotzte ihre Mutter an, mit offenem Mund.

»Ich bin dabei, ich bin dabei«, winkte Ingrid ab. »Glaubt mal, ich lerne schnell, wenn ich will. Und dann mache ich euch allen was vor.«

Kati ließ ihre Hand mitsamt dem darin befindlichen Brötchen entgeistert auf den Teller zurücksinken. Sie sah zu Sarah hinüber, machte ein entrüstetes Gesicht – stellte still ihrer Freundin die Frage, was sie davon halten würde. Sarah zuckte mal wieder die Schultern, hob die Brauen und kaute weiter an ihrem Nutellabrot. *Hab ich doch gleich gesagt*, war die ebenso stumme Antwort.

»Na schön. Machen wir heute halt einen Tag Urlaub«, schlug Bernd vor. »Das Wetter sieht ordentlich aus. Ein bisschen frische Luft tut uns allen bestimmt gut. Lasst uns doch zusammen in den Waldpark fahren. Ihr wisst, welchen ich meine?«

»Ach, den sie neu gemacht haben?«

»Genau. Wir können dann noch ein bisschen fachsimpeln, und die Mädchen haben einen großen Spielplatz zur Verfügung. Die langweilen sich ja eh nur, wenn sie uns zuhören müssen.« Er tätschelte beiläufig Sarahs Kopf, als sei sie ein alter Hund. Sarah nickte stoisch und kaute unbeeindruckt weiter.

Der Vorschlag wurde angenommen, und nach dem Frühstück bestieg jede Familie ihr Auto.

Sie fuhren in den rund fünfzig Kilometer entfernten Waldpark, ein abgegrenztes Gelände innerhalb eines aufgeforsteten Waldes, mit Kletterpark, Spielplatz, Biergarten und Hotel-Restaurant. Viel Betrieb war nicht, trotz Feiertag.

Bernd behielt recht, jegliche Unterhaltung drehte sich natürlich wieder nur um das eine Thema, also meldeten sich die Mädchen ab.

»Wir gehen spielen«, informierte Sarah die Erwachsenen. »Ich hab das Handy dabei, falls was ist.«

»Gut, gut«, erwiderte Yvonne. Sarah stupste Kati an, nickte ihr verschwörerisch zu. »Ich hab das Handy dabei, falls was ist«, wiederholte sie langsam und deutlich, als würde sie mit einem schwerhörigen und begriffsstutzigen Senioren reden. Sie zählte an den Fingern auf: »Wie zum Beispiel entführt werden, oder von einem Bären oder von Wölfen angefallen werden. Oder vielleicht fallen wir beim Klettern von der Brücke und brechen uns die Beine.« Kati schlug sich die Hand vor den Mund. Sarah konnte richtig cool sein. »Aber ihr könnt uns auch anrufen. Wenn Aliens landen und euch entführen wollen, oder so.« Kati prustete hinter ihrer Hand, obwohl das, was Sarah tat, so witzig eigentlich gar nicht war.

»Gut, machen wir«, versprach Yvonne.

Kati nahm die Idee auf, stellte ihre Mutter ebenfalls auf die Probe. »Mama, hast du nicht Lust, mitzukommen? Wenn wir uns zusammen die Beine brechen, macht das doch viel mehr Spaß.«

Ingrid hob die Hand, ohne ihre Tochter anzusehen. »Macht das ruhig allein.«

Kati legte den Kopf schief und wartete einige Sekunden. Dann machte sie noch einen Anlauf. »Wir sollen uns also allein die Beine brechen? Und uns von Aliens entführen lassen? Mama?«

»Jaja, viel Spaß und grüßt schön.«

Ingrids Hand winkte, wie losgelöst von ihrer psychischen Existenz.

Auf den riesigen Spielplatz hatten sich nur ein paar schnatternde Müttern mitsamt ihren brabbelnden Kleinkindern hin verirrt. Kati und Sarah entdeckten ein Baumhaus, beschlagnahmten es und sahen schweigend in die dunkelgrünen Reihen des Waldes.

Kati betrachtete Sarah von der Seite, ihr Profil, wie sie in die Ferne blickte. Ihr war nicht anzusehen, ob sie sich wirklich an alles gewöhnen konnte, oder ob ihre Gleichgültigkeit nur gespielt war.

Sie ließ den Kopf sinken und sah auf den Boden des Baumhauses, auf die Holzbretter, durch die kleinen Astlöcher, versuchte den weit unten gelegenen Boden zu fokussieren. Er blieb verschwommen. Sie atmete tief durch. Ihre Mutter war nun also auch vom Casino befallen. Sie freute sich zwar darüber, dass sich ihre Eltern offenbar wieder ganz gut verstanden, aber sollte stimmen, was Sarah gesagt hatte, lag die Harmonie nicht in der wiedergefundenen gegenseitigen Zuneigung. Das Casino machte etwas mit den Erwachsenen, die dort hingingen und spielten. Es schlug sie derart in seinen Bann, dass sie alles um sich herum vergaßen. Sogar ihre eigenen Kinder wurden ihnen immer unwichtiger. Immer lästiger?

Jetzt, in dieser Stille, neben ihrer Freundin, der einzigen Person, der sie vermutlich noch trauen konnte, hielt sie es nicht mehr aus. Sie musste ihre Gedanken mitteilen, sie musste eine Meinung zu all dem hören. Wem sonst könnte sie es erzählen? Sie überlegte eine Weile und entschied, die Geschichte in der Dusche zu verschweigen, zumal etwas Vergleichbares nicht wieder passiert war. Außerdem war sie ihr peinlich.

Sarah sagte nichts, hörte nur schweigend zu. Kati rechnete damit, ständig unterbrochen zu werden, machte

Pausen, damit Sarah nachhaken konnte, hoffte insgeheim, dass ihr eine rationale Interpretation einfiel, aber Sarah blickte konzentriert, nickte lediglich hin und wieder.

Als sie geendet hatte, resümierte Sarah: »Also … erst siehst du irgendwelche Männer. Dann machst du die Mutprobe und siehst ein Mädchen, das genauso aussieht wie du. Mit dem Mädchen passiert dann was. Außerdem hatte sie einen Dolch. Und genau diesen Dolch – oder einen, der so aussieht – bekommst du zum Geburtstag?«

»Genau. Und ich hab das Casino gesehen, also die Umrisse davon. Und dann hat es sich verändert und das Mädchen ist aufgetaucht. Sie hat dann mit dem Dolch auf mich gezeigt. Dann hat sich das Casino wieder verändert, ganz merkwürdig, als wäre es lebendig. Aber es war ja dunkel, ich konnte kaum was sehen. Dann ist das Mädchen … als wäre es gestorben und würde ganz schnell … verwesen.« Kati schüttelte sich, als sie sich die Szene nochmals in Erinnerung rief. »Und ja, der Dolch … sie hatte genau den gleichen.«

»Und du meinst, das hat was mit dem Casino zu tun?«

»Sarah, das *muss* doch was damit zu tun haben. Alle haben immer erzählt, dass das Gelände und das Herrenhaus komisch sind, dass es da spukt, es verhext ist oder irgend so was. Das weißt du doch. Irgendwas war da auf dem Gelände. Und irgendwas stimmt mit dem Casino auch nicht. Siehst du nicht, wie anders alles geworden ist? Den Sportverein wollen sie zumachen. Die Lehrer und alle Leute, die man so trifft, die sind doch alle komisch geworden. Frau Hansen, die ist ganz weg. Die Dicke aus dem Supermarkt, die immer so komisch riecht – wann hast du *die* das letzte Mal gesehen? Und Papa sagte mal, dass wir einen neuen Hausarzt suchen müssen, weil der alte aufgehört hat, und der war echt nicht alt. Draußen sind mehr Kinder als Erwachsene. Und alles hat angefangen, seitdem das Casino da ist. Alles war gut, solange es verboten war, dahin zu gehen. Jetzt ist alles neu, alle gehen dahin und verändern sich. Das ist wie … als würden die Erwachsenen innen hohl gemacht. Als würden sie ausgesaugt oder so. Als würden wir Kinder für sie immer weniger da sein, dabei sind *sie* doch immer weniger da.« Kati fuhr sich mit den Händen durch die Haare. »Ich weiß nicht, wie ich das erklären soll. Aber du merkst das doch auch, oder!?«

Sarah drehte den Kopf, schaute wieder in den Wald hinein, als ob dort eine Antwort zu finden sei. Nach einer Weile sagte sie: »Unser Nachbar, der Herr Becker, der war total nett. Manchmal hat er mir ein Ü-Ei geschenkt. Im Sommer hat der morgens, wenn ich zur Bushaltestelle gegangen bin, immer nach seinen Rosen geschaut. Ich hab den schon lange nicht mehr gesehen. Die Rosen sehen richtig traurig aus. Er hat die immer abgeschnitten, wenn sie verblüht waren. Jetzt kümmert sich keiner mehr drum. Er hat mal gesagt, dass die Rosen sein Ein und Alles sind, seit seine Frau tot ist. Sie sind wie seine Kinder. Vielleicht ist er auch tot, und keiner hat es gemerkt. Oder er ist im Casino … « Sarah machte eine Pause. »Du hast recht. Als ob sie zu Zombies werden und dann verschwinden. Das Casino frisst sie auf, ganz langsam.« Während Sarah das erzählte, wandte sie den Blick nicht ab vom Wald.

Kati glaubte ein Glitzern in ihren Augen zu erkennen. Es ging ihrer Freundin also doch nahe.

»Mann, das ist total gruselig«, fügte Sarah hinzu, und sah Kati wieder an. Sie weinte nicht, hatte sich offenbar wieder vollkommen im Griff oder Kati sich getäuscht.

»Das Mädchen, das du gesehen hast, muss ein Geist gewesen sein. Sie hat dir nichts getan, also war sie ein guter Geist. Der Dolch … vielleicht wollte sie ihn dir zeigen oder ihn dir geben. Vielleicht musst du etwas tun, Kati. Der Dolch ist das Zeichen dafür, warum hättest du ihn sonst bekommen? Das Mädchen kann vielleicht nichts mehr tun. Geister sind ja tot. Oder sie leben nicht. Nicht so richtig.« Sie sah zu Boden, durch die gleichen Astlöcher wie Kati. »Du musst etwas tun, Kati.«

»Mm … Ich glaube, ich weiß auch was.«

»Was?«

»Wir müssen dahin. Wir müssen wissen, was da los ist. Und dann, wenn wir da sind … müssen wir … ich weiß noch nicht.«

Sarah überlegte, zögerte. »Dahin? Und wenn das Casino mit uns das Gleiche macht wie mit den Erwachsenen?«

»Das glaube ich nicht. Das … nein, das glaube ich einfach nicht.« Kati schüttelte den Kopf, ihre Haare wehten. »Wenn wir was dagegen tun wollen, dann … dann dürfen wir keine Angst davor haben. Wir dürfen … wir dürfen einfach nicht das machen, was die Erwachsenen machen.«

»Na gut. Aber das Casino ist ja nur für Erwachsene, wie wollen wir da reinkommen?«

»Wir müssen halt rein, wenn uns niemand sehen kann.«

»Wie soll das gehen? Wir können uns ja nicht unsichtbar machen.« Sarah riss ängstlich die Augen auf, als sie verstand. »Oh ... Aber doch nicht nachts? Das eine Mal hat mir echt gereicht. Und da war ich noch nicht mal in der Nähe.«

»Sarah, wenn wir nicht bald was machen, dann verlieren wir unsere Eltern.« Ihr lief es eiskalt den Rücken runter. »Es hat doch schon angefangen. Irgendwann verschwinden sie, wie dein Nachbar, und wie die anderen Leute. Wir müssen was tun! Alle Erwachsenen sind in Gefahr. Oder meinst du nicht? Mama hat versprochen nicht zu spielen. Sie hat es *versprochen*! Und jetzt ist sie genauso! Das hat nicht mal einen Tag gedauert!« Sie wurde immer aufgeregter, sprach lauter, gestikulierte wild mit den Händen. »Deine Eltern, meine Eltern, alle Erwachsenen … sind bald weg! Wir sind bald allein, Sarah! Total allein!«

»Kati, hör auf, ich will das nicht. Das macht mir Angst.«

»Ich will das auch nicht, das kannst du mir glauben! Ich will meine Mama und meinen Papa wiederhaben. Du willst doch auch deine Eltern wiederhaben? Das muss doch aufhören, oder?« Sie stand einige Sekunden da, wie bereit für einen Kampf, als wolle sie ihre Freundin angreifen. Dann entspannte sie sich wieder, streckte die Hand aus, suchte Hilfe, warb um ein Bündnis.

Sarah presste die Lippen aufeinander. Was wollte Kati denn machen? Was nützte es ihr, mitten in der Nacht in das Casino zu gehen? Sie streckte ebenfalls eine Hand aus, ergriff aber noch nicht die ihrer Freundin. »Wir brauchen einen Plan. Einen scheißguten Plan!«, meinte sie.

Kati grinste grimmig. »Verlass dich drauf. Wir machen den besten Scheißplan, den überhaupt je einer gemacht hat.«

Kati hatte, wenn sie ehrlich war, nicht die geringste Vorstellung von einem Plan. Aber sie war glücklich, sie hatte mit jemandem reden können. Sarah hatte sie ernst genommen, mit ihr gegrübelt und würde ihr zur Seite stehen, egal was da käme. Kati verspürte Hoffnung.

Wieder war sie an dem Punkt, an dem es darum ging, das Licht zu suchen, aber dieses Mal musste sie es nicht mehr allein suchen. Dieses Mal fühlte sie sich nicht hilflos und ausgeliefert, dieses Mal war es wie ein Kampf, eine Schlacht, in die sie gehen wollte – gehen *musste*, weil es um viel mehr ging als um eine alberne Mutprobe. Das Problem war dieses Mal, dass sie nicht wusste, was sie tun sollte.

Sarahs Handy klingelte plötzlich. »Meine Mama«, sagte sie nach ein paar gewechselten Worten. »Sie wollen wissen, wo wir sind. Wir hätten uns abmelden sollen, sagt sie.«

26

Ulrich hatte nach dem Vorfall in seinem Arbeitszimmer mit Katharina gesprochen, sich zwar entschuldigt, aber vor allem auch angemahnt, dass sie ihm nicht mehr hinterherzuspionieren hätte. Er sprach von Vertrauen, und dass es immens wichtig sei, dass sie ihm immer vertrauen könne, auch wenn es vielleicht nicht immer so leicht sein würde. Im Gegenzug erwartete er aber auch von ihr, dass er sich auf sie verlassen konnte. Er hatte versucht, ihr seine Lage deutlich zu machen und erklärt, dass das Spielhaus ein wichtiger Bestandteil ihres Einkommens war, dass die Vermietung der ungenutzten Zimmer des Hauses nicht mehr ausreichen würde, weil vieles immer teurer wurde. Er schwärmte ihr von Neuerungen und Erfindungen vor, die er ihr und ihrer Mutter gern bieten würde und nach und nach ins Haus einbauen lassen wollte. Er lobte sie dafür, dass sie verstand, was eine Investition sei und Verständnis dafür hätte. Er verstand auch, dass sie ihn vermisste. Aber er verlangte von ihr, dass sie etwas eigenständiger werden würde, schließlich sei sie ja auch älter geworden, und wenn sie verstand, dass Investitionen auf längere Sicht angelegt seien, müsse sie lernen, geduldiger zu sein. Er versicherte ihr, bald wieder mehr Zeit mit ihr zu verbringen.

Katharina dagegen sprach die Erscheinungen, die sie hatte, nicht an. Ebenso fragte sie nicht, warum er Männer mit in sein Zimmer nahm, und diese nicht mehr herauskamen. Sie fragte ihn auch nicht nach der Stimme, die offenbar dort hauste. Sie sprach den Zusammenstoß mit Sigmund nicht an, nicht nur, weil sich ihre Mutter darum kümmern wollte, sondern weil Ulrich die Wichtigkeit der Vermietung der Zimmer betont hatte. Sie war letztlich froh, dass er aus freien Stücken auf sie zugekommen war und sich die Zeit genommen hatte, mit ihr zu reden. Das war eben etwas, das in letzter Zeit kaum vorkam, und sie wollte den Augenblick nicht durch Fragen zerstören, die ihn verärgern könnten.

Er redete mit ihr, das war die Hauptsache.

Bereits am frühen Morgen hatte Johanna – wie so oft in letzter Zeit – das Haus verlassen. Meist kam sie erst gegen frühen Abend wieder zurück. Katharina bat nicht nur einmal darum, sie begleiten zu dürfen, aber das Thema war tabu. Ihre Welt war hier und sollte es vorerst auch bleiben.

Ulrich schlief in der Zeit, in der Katharina Unterricht hatte, aß dann eine Kleinigkeit und kümmerte sich gegen Nachmittag bis tief in die Nacht hinein wieder um das Spielhaus.

An diesem Nachmittag döste Katharina im Garten. Sie hatte es sich mit einer Decke und ein paar Leckereien, die Köchin Hilda zubereitet hatte, gemütlich gemacht. Die Sonne schien noch einmal mit reichlich Kraft, es war ein wunderschöner herbstlicher Tag. Im Halbschlaf schaute sie in den Himmel, ließ sich von den kleinen weißen Wölkchen tragen, die so viel Frieden ausstrahlten. Sie schloss die Augen, dämmerte hinfort, träumte von einem lachenden Vater, von einer fröhlichen Mutter, von anderen Zeiten.

Wie lange sie geschlafen hatte, wusste sie nicht, sie wurde wach, weil ein kühler Luftzug ihre Haut streifte. Noch immer auf dem Rücken im Gras liegend, betrachtete sie die Wolken, die ihren Flug verlangsamt hatten. Es war fast so, als wäre eine von ihnen stehen geblieben und alle anderen wurden von ihr verschlungen. Nein, nicht verschlungen, es war vielmehr mehr so, als würden die Wolken sich vereinigen wollen – als wollten sie ein Ganzes werden. Die Übergänge verschwanden, bis letztlich nur noch die eine, gewaltige, und nun dunkel werdende am Himmel stand.

Weit entfernt erklang Donner.

Ein erster Regentropfen küsste Katharinas Nasenspitze. Sie wusste, dass es gleich anfangen würde zu schütten, aber sie blieb weiter liegen, wie fest verwurzelt mit dem Untergrund, mit dem Boden des Gartens, der zu ihrem Heim gehörte. Der Himmel über ihr vollführte seine faszinierende Vorstellung, und der aufkommende Wind verscheuchte die letzten warmen Schleier des Tages und brachte einen entfernt nach Frost riechenden Hauch mit sich.

Das Gewitter platzte auf sie nieder.

Katharina sprang auf, doch bevor sie den rettenden

Eingang des Hauses erreicht hatte, war sie bis auf die Knochen durchnässt.

Aus ihrem Zimmer holte sie frische Kleider und machte sich auf den Weg zum Badezimmer und fand es verlassen vor. Sie verriegelte das Bad und drehte das Gas für den Wandofen auf, der, während er das Wasser für die Badewanne erhitzte, für ordentlich Wärme sorgte.

Als der Raum merklich behaglich wurde, zog sie die Kleider bis auf ihr Unterhemd aus und setzte sich vor den großen Spiegel, der neben dem Ofen an der Wand hing. Allerlei Bürsten, Tinkturen, kleinste Farbbecher und Puderdosen standen auf dem Regal unter dem Spiegel, und Katharina untersuchte alles interessiert. Die Dinge gehörten ihrer Mutter, die es nicht so gern sah, wenn sie sich daran zu schaffen machte. Aber ihre Mutter war nicht da und würde es auch nicht merken, wenn sie vorsichtig damit umgehen würde. Sie begutachtete die unterschiedlichen Bürsten, und entschied sich für eine grobe, um ihr nasses, vom Wind zerzaustes Haar zu bändigen. Eine hübsche Puderdose fiel ihr ins Auge, sie legte die Bürste weg und öffnete die Dose. Sie sah sich um, fand aber weder einen Pinsel noch etwas Vergleichbares, um den Puder aufzutragen. So kippte sie sich etwas davon in die Hände und tauchte ihr Gesicht hinein. Dabei machte sie den Fehler, Luft zu holen. Sie verschluckte sich, hustete, und der Puder hüllte sie ein in eine Wolke, ließ sich auf ihrem Haar nieder, gelangte in ihre Augen, auf das Regal und auf den beschlagenen Spiegel.

Katharina griff halb blind nach einem Tuch und wischte sich über das Gesicht. Ihre Augen brannten, aber sie konnte wieder etwas sehen.

Der Spiegel war weiß vor Puder und nun genauso

blind, wie sie es gerade noch gewesen war.

Sie schollt sich selber ob ihrer Ungeschicklichkeit. Nachdem sie sich und alles andere wieder halbwegs gesäubert hatte, setzte sie sich zurück vor den blinden Spiegel, um auch ihn von dem Puder zu befreien. Geradeso konnte sie die Umrisse ihres Kopfes erahnen. Sie wickelte einen Zipfel des Tuchs um ihren Finger und bohrte in die weiße Schicht des Puders ein kleines Loch, genau dort, wo sich eines ihrer Augen befand. Wenn sie sich gerade hinsetzte, spiegelte sich eines ihrer blauen Augen in genau dem frei gewischten Bereich, wie ein Auge in einem weißen Nichts, freischwebend, ohne Kopf und Körper, einfach nur ein Auge. Ein weiteres Loch in der Puderschicht legte das zweite Auge frei.

Katharina blinzelte ihrem Spiegelbild zu, machte das eine Auge zu, dann das andere, blinzelte. Fehlte noch der Mund. Ein einfacher Halbkreis musste reichen. Dieser war dann nicht ganz so perfekt platziert, sodass sie auf dem Stuhl, auf dem sie saß, hin und her rücken musste, aber schließlich traf sie genau die richtige Position. Fast musste sie lachen, als sie ihre Augen und ihren Mund in dem Weiß sah, so völlig ohne den Rest von ihr. Es machte einen Heidenspaß, die verschiedensten Grimassen zu schneiden, sich die Zunge rauszustrecken und dabei zu sehen, wie das Spiegelbild darauf reagierte.

Aber irgendwann hatte sie alle Grimassen ausprobiert, und das Spiel verlor seinen Reiz. Ein bisschen Wehmut erfasste sie, weil sie dieses Spiel allein spielen musste. Gern hätte sie es mit ihrer Mutter gespielt, obwohl diese wohl vorher geschimpft hätte – immerhin hätten sie ihren Puder dafür verschwenden müssen. Aber sie wusste, dass ihre Mutter meist gar nicht so streng war, vielmehr versuchte sie lediglich, streng zu sein. Aber letztlich konnte sie es doch nicht, weil sie meist über sich selber lachen musste.

Katharina lächelte traurig, als sie daran dachte. Es war nicht schön, allein zu sein, auch wenn man sich langsam daran gewöhnte. Gewöhnen musste.

Sie stellte das Feuer des Ofens ab, drehte den Wasserzufluss auf, damit sich die Wanne füllen konnte, setzte sich wieder zurück, wischte dann den Spiegel mit einer großen Bewegung sauber und fing an zu schreien.

27

Im Fernsehen lief einer der Barbie-Filme, mit seinen platten Charakteren und platten Gesichtern und den immer gleichen, platten Handlungen. Kati mochte die Filme eigentlich, aber heute kam ihr dieser ziemlich dumm vor. Albern. Kindisch.

Da auch auf den anderen Kanälen nichts Interessantes ausgestrahlt wurde, blieb sie auf dem Sender, blätterte die Fernsehzeitung durch, und pfefferte sie danach auf den Couchtisch. Ein Plan. Sie hatte immer noch keinen Plan.

Ihre Eltern waren natürlich wieder im Casino. Die gute Stimmung zwischen ihnen hatte angehalten, die Verwandlung ihrer Mutter allerdings auch. Sie redeten miteinander, und wenn es um Geld, Gewinn und das Casino ging, blitzten Emotionen auf. Aber von diesen wurde Kati ausgeschlossen.

Sarah hatte recht behalten, man gewöhnte sich an das alles, an das Ja und Nein, an die kurzen Sätze, die lediglich bestätigten, dass man so funktionierte, wie es von einem Kind erwartet wurde. Man gewöhnte sich auch daran, dass man allein war.

Kati schnappte sich das Telefon und rief Sarah an. Alleinsein war nicht nur langweilig, es war deprimierend.

»Was denkst du denn?«, sagte ihre Freundin voller triefendem Sarkasmus, als Kati ihr eröffnet hatte, dass sie allein war und fragte, wie es bei ihr aussehen würde. »Heute sollten Oma und Opa kommen. Sind sie auch. Und was meinst du, wo sie hingegangen sind?«

»Echt? Scheiße.«

»Sie wollten heute hierbleiben, haben sie versprochen. Aber du weißt ja ...«

»Hm … okay. Warum sollen wir uns eigentlich an unsere Versprechen halten, wenn die das nie machen? … Und was machst du? Schaust du auch Fernsehen?«

»Ja, den Barbie-Film.«

»Ich auch.«

Und dann, gleichzeitig, wie auf Kommando: »Der ist voll scheiße!«

Kichern traf sich in der Mitte der Leitung, klatschte sich ab.

Nach einer Weile fragte Sarah: »Kommt ein Gewitter, oder?«

»Hm. Mit Sturm bestimmt.«

»Mann, ich hasse Gewitter.«

»Okay, wer mag die schon?«

»Wir telefonieren noch weiter, ja?«

»Klar!«

»Hast du schon einen Plan? Du weißt schon, wegen ...«

Kati holte Luft, entließ sie rauschend in die Leitung. »Nein, ich hab … ich weiß noch nicht …«

»Ist nicht schlimm. Dir fällt bestimmt noch was ein.«

»… Jetzt fängt es an zu regnen.«
»Bei uns auch.«
»Echt? Wir wohnen ja auch sooo weit auseinander.«
»Haha ... Kati?«
»Ja?«
»Wenn wir dahingehen müssen, ins Casino … du beschützt mich doch vor den Geistern, oder? Du machst, dass ich nicht so werde wie die Erwachsenen?«
»Na klar. Wir sind die besten Freundinnen, die es gibt. Ich beschütze dich, und du beschützt mich. Nichts wird uns was anhaben können!«
»Das …«
Plötzlich zerschnitt ein ohrenbetäubender Knall das Gespräch. Er war so laut und unvermittelt, dass Kati vor Schreck den Hörer fallen ließ. Er machte auf dem Sofa einen Hüpfer und landete auf dem Boden. Katis Herz blieb einen Moment stehen, um dann mit vielfacher Geschwindigkeit weiterzuschlagen.
Das war nur Donner. Einfacher Donner. Nichts Aufregendes. Sie bückte sich nach dem Mobilteil.
»Sarah? Hast du das auch … Sarah?«
Es tutete aus dem Hörer. Kati drückte hektisch die Wahlwiederholungstaste, aber die Leitung war unterbrochen. Eine Verbindung zurzeit nicht möglich. Sie schaute einen Moment auf das Gerät, knipste dann den Fernseher aus, nahm das Mobilteil an sich und ging nach oben.

»Dir muss endlich was einfallen«, sagte Kati zu sich selbst. Sie hatte sich fürs Bett umgezogen, saß in ihrem Zimmer vor dem Spiegel und betrachtete sich darin. Sie versuchte sich in den Kopf zu schauen, irgendwo ungenutzte graue Zellen zu entdecken, die ihr dabei helfen konnten, zumindest den Ansatz einer Idee für einen gescheiten Plan zu finden.

Sollte sie mit den Erwachsenen reden? Sollte sie ins Casino stürmen und eine Ansprache halten? Ihre Gedanken begannen sich das Szenario auszumalen: Sie bat freundlich um Einlass, bestieg einen Stuhl oder Tisch, machte auf sich aufmerksam und begann eine Rede zu halten – über das Casino, über die Gefahr, die von ihm ausging, und was sie vermutete und dass doch bitteschön wieder alles so sein sollte, wie vorher.

Während sie darüber nachdachte, und sich dabei selbst beobachtete, stahl sich ein spöttischer Gesichtsausdruck in ihr Spiegelbild.

Das war doch lächerlich. Wer sollte ihr schon glauben, egal, was für Befürchtungen sie vorbrachte, egal, was für Erklärungen oder gar Beweise? Sie würden sie doch nur auslachen. Außerdem müssten die Erwachsenen ihr erst einmal zuhören. Ein kleines Mädchen gegen unzählige Erwachsene, gegen Menschen, von denen sie die allermeisten nicht einmal kannte.

Noch etwas fiel ihr dabei ein: Das Casino hatte Angestellte, die mit Sicherheit kein Interesse an einem Aufruhr gehabt hätten. Und konnte sie überhaupt sicher sein, dass die Erwachsenen, während sie dort waren, nicht unter einem besonderen Bann standen? Wer wusste das schon, möglicherweise würden sie das kleine Mädchen, das sie retten wollte, als Feind ansehen, es einsperren oder noch Schlimmeres machen.

Das konnte so nicht funktionieren.

Niemand durfte mitbekommen, dass sie ins Casino ging, sollte sie sich für diesen Weg entscheiden. So viel war klar.

Aber zu reden war vielleicht keine so schlechte Idee.

Dann eben nur mit ihren Eltern, zu ihnen hatte sie eine besondere Beziehung, es musste doch viel einfacher sein, mit ihnen zu reden und ihre Bedenken und Gedanken mitzuteilen. Vielleicht sollte sie ihnen auch von ihren Erlebnissen erzählen. Schließlich waren sie die Erwachsenen, sie würden dann sicherlich einsehen, dass es nicht gut für sie sein konnte, weiter ins Casino zu gehen. Und die anderen Erwachsenen – nein, die gingen sie nichts an. Ihre Eltern, das war etwas anderes, auf diese hatte sie als Tochter einen Anspruch. Sie gehörten zusammen. Sie gehörte in ihre Welt, so wie sie in die ihrige, sie mussten verstehen, dass sie sie nicht ausschließen durften.

Das war ein einfacher, ein einleuchtender Weg, ein Weg, der klar und deutlich vor ihr lag, sie konnte das Licht im Dunkel im Grunde schon erkennen. Sie musste also gar nicht unbedingt ins Casino, sie musste nur den Mut für den Anfang finden, mit ihren Eltern zu sprechen. Sie musste nur dafür sorgen, dass sie ihr zuhörten.

Doch ganz tief in ihr regte sich etwas und schüttelte vehement, fast fassungslos den Kopf ob ihrer Naivität und ihres Egoismus. Es war nicht so einfach, ganz im Gegenteil. Selbst wenn sie ihre eigene, kleine Welt vielleicht wieder geraderücken konnte, so würde sich trotzdem nichts ändern, der einzige Unterschied wäre lediglich, dass sie nicht mehr allein gewesen wäre. Dafür wären sie und ihre Eltern zusammen allein gewesen, weil der Rest der Welt um sie herum noch immer verrückt gespielt hätte.

Und was war eigentlich mit Sarahs Eltern?

Fast schien es ihr, als ob das kleine Licht, das sie sehen konnte, ein Irrlicht war, das sie tiefer in die Dunkelheit führen wollte.

Sie stützte ihr Kinn in die Hände, drehte ihre Gedanken auf die eine und die andere Seite, streckte sich die Zunge heraus, weil sie in der Gefangenschaft ihrer Taten- und Ideenlosigkeit wütend auf sich selbst war. Draußen schlug der Regen wie zur Untermalung erbost gegen die Fenster.

Sie mussten ins Casino. Es half alles nichts. Hier bis in alle Ewigkeiten zu sitzen und zu grübeln, brachte sie keinen Deut weiter. Vielleicht lag die Lösung direkt vor ihnen, wenn sie erst einmal das Casino betreten hatten.

Sarah hatte auch nicht mehr zurückgerufen, bemerkte Kati nebenbei, entweder war die Verbindung immer noch tot oder sie war zu Bett gegangen.

Plötzlich ließ eine Reihe von Blitzen die Deckenbeleuchtung flimmern. Mit jedem Blitz, der die Nacht durchschnitt, erlosch die Lampe im Zimmer, vier-, fünfmal hintereinander. Nach dem sechsten Blitz blieb es ein paar Augenblicke dunkel. Kati schaute erwartungsvoll zur Decke, dorthin, wo die Lampe hing, und als sie instinktiv aufstand, kehrte der Strom zurück. Nur Blitze. Es waren nur Blitze, die den Strom gestört hatten. Nichts weiter. Sie sah noch immer zur Lampe hoch, wartete auf den nachfolgenden Donner. Er kam, rollte an wie ein Ungetüm, doch da sie damit gerechnet hatte, erschreckte er sie nicht.

Was sie fast zu Tode erschreckte, war ihr Blick zurück in den Spiegel, denn darin saß jemand.

28

Katharina hörte auf zu schreien. Die Person, die hinter ihr stand, verblüffte sie derart, dass sie völlig durcheinandergeriet. Ihre Angst wich einer verwunderten Sprachlosigkeit, ihr Verstand versuchte zu begreifen, was sie da in ihrem Spiegelbild hinter sich sah.

Sie sah sich nämlich selbst.

Und dieses Selbst schrie.

Kati schrie. Als sie den Kopf wieder zurück zum Spiegel gedreht und ihr Blick sich fokussiert hatte, realisierte ihr Verstand erst gar nicht, was sie da sah. Sie sah sich direkt vor dem Spiegel sitzen, aber nur *im* Spiegel. Der Hocker, der vor ihrem Spiegel stand, und auf dem sie vor Kurzem noch selbst gesessen hatte, war leer. Das Spiegelbild aber zeigte nicht nur sie selbst, als würde sie auf genau diesem Hocker sitzen und in den Spiegel blicken, sondern auch ein vollkommen fremdes, altertümlich anmutendes Badezimmer. Sie starrte in das Gesicht im Spiegel, das vor Schrecken verzerrt war, mit vor Panik weit aufgerissenen Mund. Es war so grotesk und verwirrend, und ihre weit aufgerissenen Augen blickten in die weit aufgerissenen Augen ihres anderen Ichs, das in dem Moment, in dem Kati den Mund geöffnet hatte, seinen schloss.

Katharina drehte sich langsam um. Hinter ihr war ein Mädchen, nur ein Mädchen, das ihr verblüffend ähnlich sah, es konnte nicht anders sein. Es durfte nicht anders sein. Aber hinter ihr war niemand.

Kati schlug sich die Hand vor den Mund. Sie hielt die Luft an. Ihre Nackenhaare stellten sich auf. Sie musste sich umdrehen, musste sich vergewissern, ob sie sich noch in ihrem Zimmer befand und wer sie eigentlich war. Langsam drehte sie den Kopf. Hinter ihr war ihr Zimmer, und als sie zurückblickte, war der Stuhl im Spiegel wieder leer.

Ihre Angst flog hinfort wie ein verscheuchter Vogel, denn sie ahnte, was gerade geschehen war. Sie nahm die Hand vom Mund und setzte sich, starrte sich ins Gesicht. Langsam, und ohne das Gefühl zu haben, sie hätte ihrem Körper den Befehl dazu gegeben, hob sie einen Finger und bewegte ihn auf den Spiegel zu.

Katharina drehte sich zurück und schaute wieder in den Spiegel. Sie war allein, auch im Spiegel stand niemand mehr hinter ihr. Hatte sie sich getäuscht? War mit dem Spiegel etwas nicht in Ordnung? Sie hob einen Finger, langsam und misstrauisch, und bewegte ihn auf den Spiegel zu, berührte die Oberfläche.

Zwei Finger trafen sich auf einer Spiegeloberfläche und verweilten dort. Zwei Mädchen blickten in ihre Spiegelbilder und sahen sich selbst.

Katharina nickte.

Kati nickte.

Zwei Mädchen waren getrennt von Zeit und Raum, aber nicht von dem, was sie waren.

Vom Treffen mit ihrer Freundin und dem Genuss einer nicht unbeträchtlichen Menge Wein leicht benebelt und wackelig auf den Beinen, betrat Johanna das Haus. Ein seliges Lächeln stand in ihrem geröteten, vom Regen etwas abgekühlten Gesicht. Sie war froh darüber, in ihrer Freundin einen Gesprächspartner gefunden zu haben, dem sie ihr Leid klagen, mit dem sie auch einmal ausgelassen sein und lachen konnte. In der letzten Zeit, in der sie immer darauf achten musste, nicht wieder in einen Streit mit Ulrich zu verfallen, hatte ihr das so unendlich gefehlt. Die Wirkung des Weins hatte sie in eine Stimmung versetzt, die nicht besser sein konnte.

Wenn man Alkohol genossen hatte und eine gewisse Albernheit das Hirn umspülte, schob man Probleme zur Seite und machte sie deutlich kleiner, als sie waren. Es war ein schmaler Grat, auf dem man wandelte – ein Schluck mehr, und das Luftschloss konnte fallen und in tausend Teile zerbersten.

Johanna prüfte ihre feuchten Kleider, entschied sich gegen ein sofortiges Wechseln und überlegte kurz, ob sie eher Hunger hatte oder doch noch eine Flasche aus dem Keller holen sollte. Der Durst überwog, es hätte ja sein können, dass das Luftschloss noch ein kleines bisschen höher fliegen konnte.

Die Vorstellung, sich mit einem Glas Wein ins Bad zu begeben, um im heißen Wasser sanft dahin zu schlummern, war einfach zu verlockend.

Man muss nicht arg betrunken sein, es reicht dieser Anflug vom Gefühl der Leichtigkeit, das Loslassen der alltäglichen, instinktiven Disziplin, der Verstand funktioniert anders, weniger scharf, alles ist flockig und weich, schön und unbeschwert. Doch die gefühlte Unverletzlichkeit ist in Wahrheit ein Trugschluss.

Alte, sehr alte Treppen aus Stein, die in einen Keller führen, der noch älter als das Gebäude ist, auf dem es erbaut wurde, können tückisch sein. In der Regel weiß man das, vor allem, wenn man diese Treppen einen nicht unerheblichen Teil seines Lebens lang hinab- und hinaufgegangen ist. Aber manchmal fallen verschiedene Widrigkeiten auf exakt einen Zeitpunkt, wie verschlungene Irrwege, die, jeder für sich genommen, einfach zu bewältigen gewesen wären. Aber wenn diese Irrwege zusammen auf einen Punkt zusteuern, ist man machtlos, vor allem, wenn man nicht weiß, um welchen Punkt es sich handelt. Das Schicksal schlägt zu, vereint alle Möglichkeiten auf diesen einen Punkt, und nichts kann das, was geschehen soll, dann noch abwenden.

Die gute Seele des Hauses, die dickliche Köchin Hilda, verfiel in einen ohrenbetäubenden, nicht enden wollenden Schreianfall, als sie die Treppe zum Keller hinuntergestiegen war und das kleine Licht in ihrer Hand den Boden beleuchtete. Etwas Korn, sie wollte nur etwas Korn holen, stattdessen fand sie Johanna in einer Lache aus Blut und Rotwein am Fuße der Treppe, mit grotesk verrenktem Hals und merkwürdig dreinblickenden, weit aufgerissen Augen. Sie wirkte wie ein Scherbenhaufen, so derangiert wie ihr ganzer Körper war. Ein Arm zeigte die Treppe hinauf, wies den Weg, den sie offensichtlich nicht mehr in der Lage zu gehen war, und der andere Arm, der aus dem Schultergelenk gesprungen sein musste und verdreht hinter ihrem Kopf lag, zeigte in die Tiefen des Kellers. Um sie herum drapiert lagen zwei zerstörte Rotweinflaschen, deren Inhalt sich über sie und die Stufen ergossen hatte. Das Ganze war ein Bild des Grauens aus Saft und Blut, das über und über die

Treppe hinab in den Keller zierte, wie ein Inferno aus flüssiger roter Explosion.

Als der Arzt eintraf und man Johanna ans Tageslicht gezerrt hatte, vermochte er nur noch ihren Tod festzustellen.

Stufen aus Stein, Alkohol, nasse Schuhe – die Irrwege der verfluchten Zufälle hatten ein gemeinsames Ziel gefunden.

Unerklärlich jedoch war der Ausdruck in Johannas Gesicht. Es war kein Ausdruck der Überraschung über einen Fehltritt. Es stand etwas anderes in ihrem Gesicht, unlesbar für die Anwesenden.

29

»Oh Mann, sie war wieder da!?«, vergewisserte Sarah sich am nächsten Tag in der Pause, nachdem ihr Kati von dem Aufeinandertreffen mit dem anderen Mädchen im Spiegel erzählte hatte. Ihr stand die Aufregung deutlich ins Gesicht geschrieben. »Und ihr habt euch im Spiegel berührt? Das ist ja voll gruselig!«

»Nein, nicht berührt. Nicht so richtig. Ich weiß nicht. Sie war plötzlich da, und da war dieses alte Badezimmer. Sie hat geschrien, und ich hab geschrien, aber nicht gleichzeitig, das war seltsam. Und als ich den Finger gehoben habe, haben wir das wieder gleichzeitig gemacht. Vielleicht war das dann wieder mein eigenes Spiegelbild und sie war weg. Aber vorher war sie es, ganz sicher.«

»Wenn ihr so gleich ausseht, ist sie vielleicht deine Ururoma. Könnte doch sein. Du bist mit ihr verwandt.

Das Badezimmer ist bestimmt aus dem alten Haus, das sie abgerissen haben. Sie hat also dort gewohnt.« Sarah verschränkte die Arme und lehnte sich auf der Bank zurück, auf der sie saßen.

»Okay, sie hat da gelebt. Aber dass sie meine Urururoma ist, glaube ich nicht. Das fühlt sich einfach nicht so an, als ich sie gesehen hab«, warf Kati ein.

»Und wie soll sich das anfühlen?«

Kati zuckte mit den Schultern.

»Auf jeden Fall müssen wir herausfinden, was damals mit dem Haus passiert ist«, meinte Sarah. »Jeder erzählt doch was anderes. Wir müssen aber wissen, was *wirklich* passiert ist. Geister sind ja meistens deshalb Geister, weil sie noch was zu erledigen haben oder keine Ruhe finden oder so. Und der Dolch, damit ist auch was … deine Oma hatte ja auch so einen.«

»Die ist nicht meine Oma, Sarah.«

»Mann, das ist doch jetzt erst mal egal.«

»Okay. Aber wer kennt sich mit dem Haus aus und wer mit Dolchen?«, fragte Kati.

»Das Internet. Google weiß alles. Da hätten wir echt schon früher draufkommen können.«

Da Sarah zwar ein Smartphone hatte, aber nur zu Hause das Internet nutzen konnte, verabredeten sie sich für den Nachmittag. Beide konnten den Rest des Unterrichts kaum noch folgen, so sehr überschlugen sich ihre Gedanken und ihre Vorfreude, an neue Informationen zu kommen.

Endlich sollte es vorangehen mit ihrem Plan.

In Sarahs Zimmer gingen sie über ihren PC ins Internet. Kati ließ sich auf Sarahs Bett fallen, verschränkte die

Hände hinter dem Kopf und begutachtete die Poster von realen und fiktiven Berühmtheiten an den Wänden, die jedes Mal, wenn sie ihre Freundin besuchte, anders arrangiert oder ausgetauscht worden waren. Sarahs Vorliebe für bestimmte Idole wechselte recht rasch. Das einzig immer gleiche Poster war ein übergroßer Kunstdruck von einem maßlos kitschigen weißen Einhorn, mit lila-rosa Mähne und mit an allen möglichen und unmöglichen Stellen versehenem Glitzer, der aussah wie kristallisierter Puderzucker.

Sarah klickte derweil diverse Seiten durch. Normalerweise hätte sich Kati dazugesetzt, aber sie wusste, dass Sarahs Recherchegeschwindigkeit im Netz enorm war. Es machte überhaupt keinen Sinn, das Ganze zu verfolgen, geschweige denn zu helfen, zumindest nicht, bis ihre Freundin an die Infos gekommen war, die relevant waren.

Sarah rief schließlich eine Webseite mit der ausführlicheren Geschichte des Ortes Coppenbroich auf.

Die Geschichte des Flecken Coppenbroich reichte rund achthundert Jahre zurück und begann mit einem Adligen namens Siegfried Coppen.

Coppen ließ im Jahre 1205 eine Burg auf einem vertrockneten Sumpf errichten. Mittels immens hohen Aufwandes wurde schließlich im Jahre 1223 die Burg trotz denkbar schlechter Voraussetzungen fertiggestellt. Im selben Jahr verstarb Siegfried Coppen, und die Burg wurde von seinem Sohn Adelbert Coppen übernommen. Immer wieder stürzten Teile der Burg ein, was wahrscheinlich an dem doch nicht vollständig trockenen Sumpf lag, dabei hatte man mit der weiträumigen Unterkellerung alles für die Standfestigkeit getan. Die Burg verschlang deshalb im Laufe der Zeit jede Menge finanzieller Mittel. Es siedelten sich Handwerker, ihre Familien und immer mehr Menschen an, um für die Instandhaltung zu sorgen. 1254 schließlich wurde offiziell der Ort Coppenbroich gegründet. Der Name setzte sich aus Coppen (dem Erbauer) und Broich (Bruch, Sumpf) zusammen.

Die Straße, in der die Burg stand, erhielt den Namen *Torstraße,* den sie noch heute trägt. *Tor* nicht als Synonym für Pforte, sondern als Synonym für Narr. Nur ein solcher hätte eine Burg auf einem Sumpf errichten können – so hieß es zumindest bezüglich der Namensfindung.

Nach diversen Wechsel der Eigentümer wurde die Burg 1650 zu einem Bischofssitz.

Kati hakte ein. »Steht denn da nichts über das Haus? Das ist doch egal, ob da vorher mal eine Burg war, das Mädchen hat in dem Haus gelebt, was sie abgerissen haben. Und das war ja ganz klar keine Burg. Das Badezimmer, das ich im Spiegel gesehen habe, war nicht aus dem Mittelalter. Das war so … vielleicht hundert Jahre alt.«

»Ich weiß. Ich lese das mit der Burg nur noch zu Ende, nachher übersehen wir noch was.« Sarah überflog die Zeilen schneller und fasste zusammen: »Also … nach der Übernahme durch die Kirche verliert sich die Geschichte der Burg. Sie hatte sie irgendwann sich selbst über- und alle Ansprüche fallen gelassen, wodurch sie immer weiter zerfiel, weil sich kein neuer Besitzer fand. Zu Beginn des 19. Jahrhunderts wurden die Reste der Burg abgerissen und ein Herrenhaus direkt auf den noch vorhandenen Keller gebaut. Da hast du das Haus«, meinte Sarah. »Das stand also direkt da, wo vorher die Burg war.« Sie sparte einige Absätze aus. »Das ist nicht so wichtig, das auch nicht … ach hör mal, es gab im

Keller einen separaten Raum, der provisorisch zugemauert worden war, und niemand wusste, wofür der gut war. Er war leer, als man ihn geöffnet hatte. Voll gruselig, oder?«

»Das Haus, Sarah …«

»Nun warte doch mal …« Sarahs Augen rasten über den Monitor. »Sagt dir der Name Beers etwas?«

»Nein, keine Ahnung.«

»Also wohl nicht verwandt … Scheiße …«, entfuhr es Sarah plötzlich.

»Was denn?«

»Das hier.« Sie tippte mit dem Finger auf einen Abschnitt. »Gegen Ende des 19. Jahrhunderts befand sich das Haus im Besitz der Familie Beers. Sie vermietete Teile des Hauses und baute ein Spielhaus an, um die Finanzierung des Hauses zu sichern.«

»Spielhaus?«, fragte Kati verblüfft, richtete sich im Bett auf und runzelte die Stirn. »Ist das nicht so was wie ein Casino?«

»Genau das meine ich. Das ist heftig, oder? Aber es geht noch weiter.«

Kati erhob sich und setzte sich mit an den Schreibtisch. Sarah holte Luft und zitierte weiter: »Kein Jahr später brach nachts ein Feuer aus. Durch ständige Modernisierung des Hauses mit noch nicht ganz ausgereiften Techniken kam es zu einer Gasexplosion, das Haus brannte in kürzester Zeit nieder. Das Spielhaus war dabei voll in Betrieb und etliche Menschen kamen bei dem Brand ums Leben.

Das ist also passiert … kein Wunder, dass alle erzählen, dass es dort spukt. Damals vermutete man zuerst Brandstiftung durch Ulrich Beers, den Hausherrn selbst, weil er angeblich den ganzen Verdienst durch das Spielhaus zur Seite geschafft und Steuern hinterzogen hat. Vollkommen schuldenfrei soll das Haus auch nicht gewesen sein. Im Dorf wurde erzählt, dass es zu familiären Zerwürfnissen gekommen sein soll, nachdem das Spielhaus erbaut worden war. Kurze Zeit vor dem Brand kam außerdem seine Frau durch einen Sturz ums Leben, was die Vertrauenswürdigkeit des Hausherrn ebenfalls in einem schlechten Licht erschienen ließ. Ihr einziges Kind, eine Tochter, starb bei dem Brand, während man die Leiche von Beers dagegen nicht gefunden hat.« Sie stoppte kurz, schüttelte sich. »Gruselig. Er hat sie ermordet …« Wieder zeigte sie auf eine Zeile. »Sieh mal: Der Philosoph Arnim von Geest hat den Untergang des Hauses vorausgesagt. Es konnte aber nie nachgewiesen werden, ob von Geest sich tatsächlich dazu geäußert hatte, da es keinerlei schriftliche Aufzeichnungen darüber gibt. Ein Arnim von Geest lebte zu der Zeit zwar in Coppenbroich, er galt aber mehr als Sonderling, respektive als klassischer Dorftrottel.«

Kati sank während Sarahs Vortrag immer mehr in sich zusammen.

Sarah las weiter vor: »Dass ein Gasleck die Schuld an dem Brand hatte, gilt als sicher. Die Versorgung der Haushalte mit Gas steckte zu der Zeit noch in den Kinderschuhen, und es gab immer wieder kleinere oder größere Probleme mit Bränden, da neben dem Gas auch noch offenes Licht benutzt wurde. Bis heute wurde das Herrenhaus nicht abgerissen, das Betreten des ganzen Areals ist aus Sicherheitsgründen verboten. Dem Flecken fehlen die finanziellen Mittel um das Gelände zu sanieren. Der Versuch, es in den 1980er Jahren unter Denkmalschutz zu stellen, schlug fehl.« Sarah holte Luft und verzog missbilligend den Mund. »Die Webseite könnten sie mal aktualisieren. Inzwischen haben sie ja was mit dem Gelände angefangen.« Sie klickte zurück zur Suchmaschine. »Hier gibt es eine Seite ... Moment ... ah, da. Die heißt Geisterhäuser in Deutschland. Auf Platz 18 steht Coppenbroich. Ja, Torstraße ... Burg ... Herrenhaus ... das ist es.« Sie klickte mit dem Cursor die Zeile an, der Browser leitete sie weiter. Ins Nichts. »Was? Das ist doch ... scheiße. Zurzeit unter Konstruktion.« Sarah pfefferte die Maus von sich, lehnte sich im Stuhl zurück, streckte sich und stand dann auf. »Ich glaube, ich hole uns erst mal was zu trinken. Ich hab 'nen ganz trockenen Mund.«

Kati schwieg, schluckte nur. Die Informationen wehten wie trockenes Laub durch ihren Kopf, wie ein unheilvoller Wirbelsturm.

Tochter. Er hatte eine Tochter. Sie musste noch mal schlucken. *Sie ist verbrannt.* Übelkeit begann sich in ihrem Magen zu regen. Hatte sie, als sie die Mutprobe auf dem Gelände absolvierte und die grausige Veränderung des Schädels des Mädchens mit ansehen musste, deren Tod gesehen?

Sarah kam mit zwei riesigen Gläsern Fanta zurück. »Also«, meinte sie, nachdem sie sich wieder hingesetzt hatte. »Das mit der Burg ist nicht so wichtig, da hast du recht.«

»Er hatte eine Tochter ...«, flüsterte Kati kaum hörbar.

»Was?«

»Die Tochter ... sie ist verbrannt ...«

Sarah riss die Augen auf und schlug sich mit der flachen Hand auf die Stirn. »Scheiße. Das hab ich ganz vergessen. Mann, glaubst du, dass ...«

Kati konnte den Blick nicht vom Monitor abwenden, obwohl dort nur der blaue Schriftzug *›under constructi-*

on‹ prangte. »Ja … oder … ich weiß nicht. Was ist, wenn … sie muss es doch sein?«

In diesem Moment klopfte es an der Tür. Die Mädchen zuckten zusammen, Sarah kippte beinahe ihre Fanta in die Tastatur.

Yvonne Köster schaute ins Zimmer. »Sarah … ach, hallo, Katharina. Du bist hier?«

»Ja … ich, hallo Frau Köster«, sagte Kati abwesend.

Yvonne nickte, kam aber nicht weiter ins Zimmer, hielt die Klinke in der Hand. »Wir sind dann weg. Warte nicht auf uns, es wird spät.« Sarah verdrehte die Augen, hielt ihr Gesicht dabei aber zum Monitor gerichtet, sodass ihre Mutter es nicht sehen konnte. Statt einer Einverständniserklärung sagte sie: »Mama, wusstest du, dass hier mal eine Burg stand? Im Ort?«

»Was? Nein. Ist mir nie aufgefallen. Schön. Dann könnt ihr da ja mal Prinzessin spielen.«

Sarah verdreht abermals die Augen. Kati schaute verkniffen in ihr Glas.

»Mama! Da kann man nicht mehr spielen, die Burg gibt es nicht mehr. Und schön ist das auch nicht«, erklärte sie. »Da, wo die Burg stand, steht heute ...«

Yvonne unterbrach den beginnenden Redefluss ihrer Tochter mit einem demonstrativen Blick auf ihre Armbanduhr. »Ich muss mich fertig machen. Träumt was Schönes. Tschüss.«

Und weg war sie.

Eine Weile starrten die Mädchen still auf den Monitor, ohne ihn wirklich anzusehen. Sarah nahm Katis letzte Gedanken auf und begann: »Wenn der Vater wirklich das Haus angezündet hat, dann hat er vorher seine Frau umgebracht und mit dem Brand seine Tochter. Und seine Tochter ist das Mädchen, das … Nur, warum? Warum sollte er sie umbringen? Er hätte sie doch mitnehmen können.« Weiter sprach sie nicht. Zu viele Theorien riefen nach Beachtung in ihrem Kopf.

»Er hat sie umgebracht …« Unweigerlich hatte Kati wieder die Szene vor Augen, in der ihr Vater zu ihr ins Zimmer gekommen war und sie so angegangen hatte. Wie ein Monster hatte er gewirkt, das kurz davor war, ihr Schlimmes anzutun. Sie kniff die Augen zusammen, bewegte unmerklich den Kopf hin und her. Nein. Das konnte nicht sein. Das durfte nicht sein. Ein warmes Gefühl der Zuneigung stemmte sich gegen ihre Vermutung. Er war nur wütend wegen des Streits vorher, beruhigte sie sich. Es war nur einmal, dass er so ausgeflippt war. Nur einmal. Ein Versehen. Es würde nie wieder vorkommen. Er war ja auch wieder nett zu ihr. Nett. So etwas wie nett. Nein, das war er nicht. Er war … wie ohne Gefühle für sie. Ohne Wut. Ohne irgendetwas.

Sarah sah Kati das intensive Nachdenken an. Sie nahm noch einen Schluck der gelben Brause und versuchte zu erahnen, was in ihrer Freundin vorging. »Aber, dass er sie umgebracht hat, weiß man ja gar nicht. Da steht ja, dass es eine Gasexplosion gab, also einen Unfall. Schade, dass wir die Geisterseite nicht aufrufen können.«

Mehr zu sich selbst, ganz leise, sagte Kati: »Papa war letztens total sauer. Er hat mich angeschrien, ich glaube, noch ein bisschen, und er hätte mich geschlagen … Ich hatte richtig Angst vor ihm.« Sie hielt ihr Glas umklammert, als müsse sie sich daran festhalten. Immer wieder durchzuckten böse Blitze ihren Verstand und versuchten Risse in ihr Vertrauen zu ihrem Vater zu reißen. Was wäre, wenn die Kinder ihren Eltern nicht nur gleichgültig wurden, sondern lästig? So lästig, dass …

»Mann, das ist echt schlimm. Aber hat er nicht, oder?«

Kati schüttelte den Kopf.

»Eltern sind doch immer mal sauer. Meine Mama hat mir auch mal eine geknallt. Das bedeutet gar nichts«, beschwichtigte Sarah. »Außerdem ... dein Vater hat das Casino ja nicht gebaut. Warum sollte er versuchen ...« Wieder hielt sie inne, weil plötzlich eine Frage in ihrem Kopf auftauchte. Sollte der Vater das alte Haus tatsächlich angezündet haben und es ging dabei um Geld, um was ging es dann ihren Eltern, wenn sie ins Casino gingen? Sie spürte, wie ihr das Blut ins Gesicht schoss und ihr ganz heiß wurde.

»Das bringt so nichts«, schnaufte sie schließlich entnervt. »Wir müssen mal vernünftig denken.«

Sarah hob einen Finger, versuchte wieder etwas mehr Sachlichkeit in das Gefühlschaos zu bringen. »Burg ist egal. Dann gab es ein Haus mit Casino. Brand. Haus kaputt. Jetzt gibt es wieder ein Haus, das ist direkt ein Casino. Das ist schon ziemlich komisch ... Und du hast ... du hast Kontakt zu dem Mädchen, das im Haus gewohnt hat. Ob das Haus angezündet wurde oder nicht, wissen wir nicht. Also denken wir da erst mal nicht weiter dran. Könnte es nicht sein, dass mit dem Casino das Gleiche passiert, wie mit dem alten Haus? Dass es wieder ein Unglück gibt? Nur nicht mit Gas oder so, aber vielleicht irgendwas anderes. Und das Mädchen warnt dich, damit du die Leute warnen kannst, die ins Casino gehen. Und dass sie so aussieht wie du ... sie sieht halt zufälligerweise so aus wie du. Oder ist eben doch deine Oma. Oder Uroma. Oder sie macht, dass sie aussieht wie du, damit du kapierst, dass du die Erwachsenen warnen musst.«

Sarah zog die nach und nach zwecks Aufzählung ausgestreckten Finger zu einer Faust zusammen, ließ sie auf den Tisch fallen und schaute Kati erwartungsvoll an. »Was hältst du davon? Klingt logisch, oder?«

»Hm … Ja. Okay. Aber was ist mit dem Casino? Da muss doch noch irgendwas anderes sein. Hast du vergessen, dass die Erwachsenen so komisch geworden sind? Es sind Leute verschwunden, einfach weg. Was ist damit? Das passt doch irgendwie nicht. Wenn es nur um einen Unfall, einen Brand oder so was geht … warum sind unsere Eltern so komisch? Es geht nicht um ein Unglück, das Casino selbst hat was damit zu tun. Und was ist mit dem Dolch? Auch schon vergessen? Und wieso ich?«

»Mann, du hast recht. Scheiße, warum muss das so schwer sein? Vielleicht ist das nur Zufall, dass die Erwachsenen da so gern hingehen. Vielleicht macht das wirklich so viel Spaß, dass sie nur noch daran denken. Und dass welche verschwunden sind, das …« Sarah sackte in ihrem Stuhl zusammen. Mehr fiel ihr im Moment einfach nicht ein.

Kati sah den kleinen Luftbläschen zu, die aus ihrem Glas stiegen. Nach einer Weile sagte sie: »Es gibt da was, das ich dir noch nicht erzählt habe.«

»Was? Echt? Was? Los, sag! Wie soll ich dir helfen, wenn ich nicht alles weiß?«

Das Glas fest umklammert, den Blick stur auf die Flüssigkeit gerichtet, erzählte Kati von der Fratze unter der Dusche, dass sie ihren Namen gesagt hatte.

Sarah klappte die Kinnlade herunter. »Du erzählst jetzt Scheiße, oder? Du machst einen Witz!?«

Langsam, ganz langsam drehte Kati den Kopf und sah ihrer Freundin ins Gesicht, und sie sah dabei wahrlich nicht witzig aus.

»Scheiße«, sagte Sarah ehrfürchtig.

»Ja, total.«

Sarah stand auf, ging zum Fenster und stemmte ihre Hände auf das Fensterbrett. Ihr Blick suchte das Auto ihrer Eltern, es war nicht da, natürlich nicht. »Dann ist es also so«, fing sie an. »Das Casino verändert die Erwachsenen. Wegen des Geldes, des Spielens oder wegen irgendwas. Es macht halt was, was die Erwachsenen anzieht, sodass sie immer wieder dahingehen und am liebsten dortbleiben würden. Dabei vergessen sie alles andere um sich herum. Und das war vielleicht damals auch so. Es gab *familiäre Zerwürfnisse*, stand auf der Webseite. Das ist wie Streit. Das Mädchen, das du siehst, hat das Gleiche erlebt, wie du jetzt. Und es wird bald ein Unglück geben in dem Casino. Und du musst das verhindern.«

»Aber das Gesicht?«

»Weiß ich nicht. Zu blöd, dass es nicht mehr gesagt hat und nicht wiederaufgetaucht ist.«

»Ich finde das nicht blöd.«

Sarah musste grinsen. »Stimmt. Ist bestimmt nicht lustig.«

Langsam ergriff Kati eine gewisse Erschöpfung. Immer mehr setzten sich einzelne Puzzlesteine zusammen. Aber es waren zu viele, um auch nur ansatzweise ein Bild zu erahnen. Sie musste etwas verhindern, nur was, wann und wie?

»Und wenn du dir das nur eingebildet hast? Das Gesicht?«, sinnierte Sarah, hob direkt beschwichtigend die Hände. »Ich meine nicht, dass du das erfunden hast.«

»Ich hab mir das nicht eingebildet«, widersprach Kati. »Das war genauso echt wie das mit dem Mädchen.«

Sarah ging vom Fenster weg, legte sich aufs Bett, griff ins Nachtkästchen und holte einen Schokoriegel hervor.

»Willst du?«, fragte sie.

Kati schüttelte den Kopf.

Still kaute Sarah auf dem Riegel herum, plötzlich sprang sie auf die Beine und setzte sich wieder an den PC. »Ich habs! Ein Übertragungsproblem.«

»Ein was?«

»Zuallererst hast du das mit den Männern gesehen, als wir Sport hatten? Und dann ist das mit dem Gesicht unter der Dusche passiert. Und erst dann hast du das Mädchen gesehen, ist doch richtig, oder?«

Kati nickte.

»Was du zuerst gesehen hast, waren die allerersten Daten. Geister müssen ja irgendwie eine Verbindung herstellen. Das ist vielleicht wie mit dem Internet. Also, du gehst ins Netz. Dann auf eine Seite. Diese Seite ist auch die Verbindung zu dem Mädchen, sozusagen. So ähnlich. Das mit den Männern waren die ersten Daten, die auf der Seite zu sehen waren. Das Mädchen hat dann gemerkt, dass du auf ihrer Seite bist und wollte einen Chat mit dir anfangen. Und in dem Moment gabs Verbindungsprobleme. Wie wenn YouTube hängt oder so.« Sarah redete mit vollem Mund, wurde immer aufgeregter. Der Zucker des Riegels zeigte seine Wirkung. »Und dann stand der Chat. Das Gesicht ist ja nie wiederaufgetaucht, stattdessen das Mädchen. Ist ja auch klar, wenn seit über hundert Jahren keiner mehr den Chat benutzt hat, dann ist der schon etwas eingestaubt.«

»Du meinst, dass das Gesicht unter der Dusche das Mädchen war, und es hatte nur … ’ne schlechte Leitung?«

»Genau!«, mampfte Sarah. »Veralteter Browser. Stromschwankungen, nicht aktualisiertes Betriebssystem, irgend so was. Oder ’n Virus.«

»Ich weiß nicht.« Kati versuchte sich an ihre Gefühle zu erinnern. »Das war so ganz anders. Als ich das Mädchen das erste Mal gesehen hatte … ich hatte schon Angst, aber nicht vor ihr. Zuerst dachte ich ja, sie sei meine eigene Angst. Aber jetzt weiß ich, dass sie das nicht war. Als sich ihr Kopf dann … das war aber nur eklig und furchtbar. Und als ich sie dann im Spiegel gesehen habe, hab ich mich nur erschreckt, weil sie plötzlich da war. Aber bei der Fratze, das war wirklich schlimm. Ich glaube, so viel Angst hatte ich noch nie.«

»Jeder hätte Angst, wenn er so was sehen würde. Wenn man stattdessen sich selbst sieht, oder jemanden, der so ähnlich aussieht … komisch wäre das auch, aber … man hat ja eher vor Geistern Angst, die scheiße aussehen, als vor welchen, die nicht so scheiße aussehen.«

»Ich sehe also nicht so scheiße aus?« Nun musste Kati grinsen. Trotz allem.

»Nö. Eigentlich siehst du ganz gut aus.«

Beide lachten.

»Wenn das Gesicht also nicht wiederauftaucht, dann war es doch das Mädchen«, schloss Sarah.

»Vielleicht hast du echt recht. Hast du doch noch einen von den Schokoriegeln?«

»Klar. Und dann schauen wir, was wir über deinen Dolch rausbekommen. Weißt du, woher dein Vater ihn hat?«

»Nein, das hat er mir doch nicht gesagt.«

»Hast du ihn mit?«

Kati kramte in ihrem Rucksack und holte den Dolch hervor. Sarah fotografierte ihn von verschiedenen Seiten und nutzte eine Bildersuchmaschine.

Diverse Webseiten später und nach schier endloser Sucherei und Bildvergleichen, gaben sie es fast auf, bis Kati auf ein Foto zeigte, das die Auslage eines Geschäftes zeigte. »Da, das Bild. Kannst du das groß machen?«

Das Foto zeigte die Schaufensterauslage eines Geschäftes namens UNTERBERG, welches sich in der Innenstadt befand und Antiquitäten anbot. Sarah ging mit ihrer Nase näher an den Schirm und sah sich dann den Dolch auf dem Schreibtisch noch mal an. Die Ähnlichkeit war verblüffend.

Kati sprang von ihrem Stuhl hoch, tippte aufgeregt auf den Bildschirm. »Das ist mein Dolch! Schau mal, da liegt mein Dolch im Schaufenster!«

Sarah hob eine Augenbraue und schaute zu ihrer Freundin hoch, die gebannt auf den Bildschirm starrte. »Könnte sein.«

»Könnte nicht nur. Mein Papa hat den Dolch aus *diesem* Laden. Sarah, wir müssen da hin. Der Verkäufer weiß bestimmt mehr.«

Sie verloren keine Zeit und sattelten ihre Fahrräder.

In immer mehr der kleinen Läden in der Innenstadt hingen Schilder, die darauf hinwiesen, dass man das Geschäft aufgegeben hatte oder dass die Ladenfläche zu vermieten sei.

Auf ihrem Weg zu dem Antiquitätengeschäft achteten Sarah und Kati bewusst darauf, wie viele Menschen sie sahen und was die, die ihnen begegneten, für einen Eindruck auf sie machten. Coppenbroich war nie eine pulsierende Großstadt gewesen, aber zumindest tagsüber gab es vor allem in der Innenstadt eine gewisse Geschäftigkeit. Doch nun kam es den Mädchen vor, als seien sie nicht unter der Woche an einem Nachmittag unterwegs, sondern an einem Sonntagmorgen, wenn die Geschäfte geschlossen waren und die Menschen noch in ihren Betten lagen. Von ein paar Jugendlichen abgesehen, sahen die wenigen Erwachsenen, die ihnen dann doch begegneten, so aus, als wären auch sie nicht ganz da oder würden zwar körperlich anwesend, aber geistig noch in eben jenen sonntäglichen Betten liegen. Nicht so furchteinflößend wie Zombies natürlich, aber auch nicht unbedingt vertrauenerweckend.

»Da müssen wir rein«, meinte Sarah und zeigte in eine kleine, schattige Seitengasse. Wenige Augenblicke später standen sie vor dem unscheinbaren Geschäft, über dem in dicken Lettern ›UNTERBERG‹ stand. Sie stellten ihre Fahrräder ab und betrachteten die Auslage.

Schließlich stupste Kati Sarah an, sie solle hineingehen.

Sarah stupste Kati an, sie solle hineingehen.

Sie einigten sich darauf, gemeinsam hineinzugehen. Etwas unsicher standen sie dann im vorderen Bereich des Ladens und sahen sich um. Hier war niemand, zumindest konnten sie niemanden sehen. Da das Geschäft aber offen war, vermuteten sie weiter hinten jemanden. Oder war der Betreiber des Ladens auch schon verschwunden? Das war er nicht, denn tatsächlich richtete sich eine Stimme an sie. Sehen konnten sie aber immer noch niemanden.

»Guten Tag, meine Damen«, sagte die Stimme, und da sahen sie ihn endlich, den alten Mann, mit seiner etwas altmodischen Kleidung. Er machte so gar keinen geschäftigen Eindruck, im Gegenteil, er wirkte auf die Mädchen eher wie ein Märchenonkel, der nun gleich ein altes Buch hervorziehen und zu lesen beginnen würde.

Der alte Mann, der ihnen riesengroß vorkam, blieb vor den beiden stehen und lächelte. Dabei strich er sich über seinen Bart. Er blickte erst Sarah in die Augen, dann Kati, und sein Blick blieb bei dem blonden Mädchen hängen.

Kati wurde es mulmig, vorsichtig wich sie ein paar Zentimeter zurück.

»Ja, er hatte recht. Du bist besonders«, sagte er.

»Ich? Wieso? Was meinen Sie?«, fragte Kati verwundert.

»Das Schwert«, sagte er. »Du hast das Schwert bekommen, nicht wahr? Das mit dem blauen Stein?«

Kati nickte verblüfft.

»Das freut mich. Niemand anderes hätte es bekommen sollen.«

»Mein Papa hat mir das Schwert, den Dolch … aber woher wissen Sie das?«

»Ich weiß ein bisschen etwas. Nicht viel. Nur ein bisschen hiervon, ein bisschen davon.« Er wiegte den Kopf synchron zu seinen Worten, beugte sich dann vor, um Kati direkt ins Gesicht sehen zu können. »Du hast bemerkt, dass es angefangen hat, nicht wahr?«

Kati klappte die Kinnlade herunter. Konnte das sein? Er wusste Bescheid?

»Darf ich deinen Namen wissen?«, fragte er weiter. »Ich habe einen Verdacht, aber ich bin mir nicht ganz sicher.«

»Kati …«, stotterte Kati, »Also, Katharina. Katharina Sandfels.«

Der Mann richtete sich wieder gerade auf, strich seinen Bart glatt. »Du bist es, es ist kein Zweifel möglich.«

Kati spürte, dass sie dem alten Mann vertrauen konnte und dass sie mit ihm reden musste.

»Was ist mit mir?«, flüsterte sie kaum hörbar. »Was passiert hier nur? Wer ist dieses andere Mädchen, das so aussieht wie ich? Sie hat im Haus gewohnt, oder? Was will sie von mir?«

Plötzlich spürte sie Sarahs Ellenbogen in ihrer Seite.

Ihre Freundin machte ein wütendes Gesicht, formte mit dem Mund ihr ›Mann‹, ohne es auszusprechen. Sie waren zwar hierhergekommen, um noch etwas mehr zu erfahren, aber Sarah war der Meinung, dass sie doch nicht einfach drauflos erzählen konnten. Sie wussten doch überhaupt nicht, mit wem sie es zu tun hatten.

»Das sind sehr viele Fragen«, folgerte der Mann vollkommen richtig. »Du wirst sie dir selbst beantworten müssen, Katharina. Es ist etwas im Gange, und nur du kannst es aufhalten. Du wirst der entscheidende Schlüssel dabei sein. Du musst darauf vertrauen, dass alles seinen Weg gehen wird. Aber vor allem musst du dir selbst vertrauen. Du bist sehr stark, viel stärker als du glaubst.«

Sarah wurde das zu dumm. Kati hatte die Karten auf den Tisch gelegt, vielleicht etwas vorschnell, aber sie lagen nun einmal da. Und der Alte war nur zu diesem unklaren Gerede fähig, aus dem sie nicht schlau wurden. Dass Kati etwas tun musste, wussten sie auch schon vorher. »Aber was soll sie denn tun?«, blaffte sie den Mann an.

»Das wird sie wissen, wenn die Zeit gekommen ist«, orakelte er weiter, und wieder an Kati gewandt: »Es wird nur noch ein bisschen dauern. Hab Geduld.«

»Was? Was wird noch dauern? Was muss ich wissen? Was soll ich tun? Bitte!« Sie platzte fast.

»Leider kann ich dir nicht mehr sagen, so gern ich es täte.«

»Warum können Sie mir denn nicht helfen?« Fassungslosigkeit ergriff Kati. Sie waren hier, redeten mit einem alten Mann, der wusste, was das alles zu bedeuten hatte. Er hätte ihnen helfen können, das Geheimnis um das Haus und das Casino zu lüften, er hätte ihnen helfen können, die Erwachsenen zu befreien, und damit dafür sorgen können, dass alles wieder wie vorher war. Er wusste es und weigerte sich, ihnen zu helfen. War ihm das alles egal? Kati kämpfte mit den Tränen. So kurz vor dem Ziel …

»Wenn ich es dir sagen würde, würdest du es tun, weil ich es dir gesagt habe. Leider funktioniert es so nicht. Du musst es selbst verstehen und selbst wollen und deine eigene Entscheidung treffen. Unbeeinflusst von anderen. Und du wirst ein Opfer bringen müssen, zu dem du vielleicht nicht bereit wärst, wenn du es vorher wüsstest.«

Kati schluckte die Tränen runter, eine Gänsehaut krabbelte ihre Arme empor.

Opfer? »Wenn … wenn ich ein Opfer bringen muss, wird es dann wieder wie vorher? Ich meine …«, sie stockte, »… wie früher? Werden die Erwachsenen dann wieder normal?«

»Ja, das werden sie. Es wird immer so werden wie am Anfang. Das Ende ist der Anfang, und der Anfang das Ende. Aber nun habe ich genug gesagt.«

»Das Mädchen …«, innerlich zitterte Kati vor der Frage. Ihr Herz, ohnehin schon schneller schlagend, legte noch ein paar Takte zu. »Das Mädchen aus dem Haus … hat er sie umgebracht? Ihr Vater … hat ihr Vater sie umgebracht?«

Der Mann riss verblüfft die Augen auf, als hätte sie ihm eine unverschämte Frage gestellt. »Ach herrjeh, nein, um Himmels Willen, wie kommst du nur darauf?«

»Weil … das so im Internet steht.«

»Das Internet.« Er strich wieder seinen Bart glatt. »Da steht viel. Merk dir eines, Katharina. Glaube nicht einfach alles, was man dir erzählt, sei immer misstrauisch, sei immer wachsam. Denke genau nach.« Er drehte sich abrupt um, beendete damit das Gespräch. »Ah …«, machte er, blieb stehen und hob einen Finger. »Eines kann ich dir vielleicht doch noch sagen. Es gibt Dinge zwischen Himmel und Erde, die man sich kaum vorstellen kann. Unvorstellbare gute Dinge und unvorstellbar böse Dinge. Aber sie existieren nie von sich aus. Es sind die Entscheidungen, die man trifft.« Er setzte sich wieder in Bewegung, nach zwei Schritten hielt er abermals inne. »Das Schwert. Vergiss es nicht. Es ist wichtig. Sehr wichtig. Und glaube nicht alles, was man dir erzählt. Höre auf dein Herz.«

Seine Gestalt schlurfte in den hinteren Teil des Geschäftes und verschwand, wurde verschluckt von den sepiafarbenen Einrichtungsgegenständen und antikem Gerümpel, das überall herumstand. Seine Schritte verloren sich, als wäre das Geschäft kein kleiner, überschaubarer Laden, sondern eine viele hundert Meter große Halle.

Die beiden Mädchen wechselten Blicke. Sie standen allein da, ratlos, verwirrt. Knietief in Enttäuschung.

»Hast du irgendwas von dem verstanden, was der gesagt hat?«, fragte Sarah auf dem Heimweg, nach einer Weile, in der sie nichts miteinander gesprochen hatten und nur ihren eigenen Gedanken nachhingen.

»Nein. Der hat in Rätseln gesprochen. Aber er hat gesagt, dass ich auf dem richtigen Weg bin. Dass ich es noch verstehen werde. Und dass es noch etwas dauern würde. Und dass der Vater seine Tochter damals nicht umgebracht hat mit dem Feuer. Also stimmt das mit der Brandstiftung nicht. Doch ein Unfall.«

Sarah nickte. »Ja, ein Unfall. Aber das mit den unvorstellbar bösen Dingen, das hört sich echt gruselig an. Mann, ich verstehe immer weniger.«

»Von Dingen, die man sich nicht vorstellen kann«, ergänzte Kati und es schüttelte sie. »Was man sich nicht vorstellen kann, kann man auch nicht verstehen. Das alles, was in letzter Zeit passiert ist, das ist ja schon unvorstellbar. Aber jetzt weiß ich wenigstens, dass das alles echt ist, was ich erlebe. Ich bin nicht verrückt.«

Sarah nickte wieder, schaute auf die Straße und schwieg. Kati hatte also keinen Unsinn erzählt. Es passierte wirklich.

30

In dem Augenblick der alles verschlingenden Trauer, in den Armen ihres Vaters liegend, konnte Katharina wieder etwas wie Vertrauen fühlen. Der Verlust von Frau und Mutter führte Vater und Tochter wieder zusammen, erinnerte sie daran, dass sie eine Familie waren, wenn auch eine unheilbar beschädigte.

»Es tut mir so leid!«, weinte Ulrich und küsste Katharinas Haar, strich ihr die nicht versiegenden Tränen von den Wangen. »Was tue ich nur? Was ist nur aus mir geworden? Es ist alles meine Schuld. Hätte ich mich mehr um euch gekümmert, wäre das nicht passiert. Johanna, deine Mutter, sie ist mir immer ausgewichen. Ich habe gemerkt, dass sie trinkt, aber es war mir egal. Sie hat geglaubt, dass ich sie nicht mehr liebe. Dabei stimmt das nicht. Katharina, du musst mir das glauben, ich wollte sie nicht vernachlässigen. Es ist, ich muss doch …« Er stockte, kämpfte gegen seine eigenen Tränen. »Wäre ich mehr bei ihr gewesen, wäre das nicht passiert, sie wäre nicht so oft aus gewesen. Ich habe sie aus unserem Heim vertrieben, weil ich kein guter Ehemann mehr war. Ich habe versagt. Es ist meine Schuld.« Er schlang seine Arme um sein Kind. »Ich wollte dich nicht schlagen. Ich habe Angst um dich. Oh, Katharina. Ich liebe dich so. Du bist das Einzige, was mir geblieben ist. Das Einzige, für das ich noch lebe.« Das nächste, das er sagte, meinte er mehr zu sich selbst, oder zu jemanden, der nicht anwesend war. »Niemals, niemals wirst du sie bekommen.«

Ulrich nahm Katharinas Kopf in seine Hände und schaute ihr in die verweinten Augen. »Katharina! Geh nicht in mein Zimmer! Niemals! Du musst dich davon fernhalten. Nein, mehr noch, geh nie wieder in den Keller!« Ein Hauch Wahnsinn legte sich auf sein Gesicht. »Dort wohnt ein böser Geist! Er hat mich zu dem gemacht, was ich jetzt bin. Er trägt eine Mitschuld.«

Katharina nickte, wollte ihrem Vater signalisieren, dass sie wusste, wer dort hauste, doch Ulrich verstand ihre Zustimmung anders.

Eine Weile hielten sie sich nur gegenseitig, in schweigender Erinnerung verloren.

»Ist ein böser Geist eine Investition?«, fragte Katharina plötzlich.

Verwirrt schaute Ulrich seine Tochter an, im ersten Moment verstand er sie gar nicht, dann rann Eiseskälte seinen Nacken entlang. »Was? Wie meinst du das? Woher hast du das?«

»Ich … das war nur eine Idee. Aber sag, Vater, wieso verscheuchst du den bösen Geist nicht?«, fragte sie zögernd. Ulrich lächelte sie traurig an. »Das ist nicht so einfach. Es wäre damit nicht getan. Ich müsste allenfalls einen Preis bezahlen, den ich nicht bezahlen kann.«

»Aber wir wären ihn los. Und du müsstest ihm keine Männer mehr bringen!«

Er war fassungslos, es traf ihn wie ein vernichtender Schlag. Sie wusste es?

Katharina senkte den Blick. Sie wusste, dass er wusste, dass sie es wusste.

»Ich habe es gesehen. Du nimmst manchmal Männer mit in den Keller, und dann kommst du allein wieder raus. Und die Männer sind fort.« Sie sah ihn wieder an, öffnete den Mund, schloss ihn, senkte den Blick und flüsterte: »Ich hab sie schreien gehört. Was macht er mit ihnen? Frisst er sie? Sind sie der Samen, der den Boden fruchtbar macht?«

Ulrich schockierte diese Frage, diese Direktheit, mit der nur Kinder Fragen stellen konnten. Er selbst hätte es umschrieben, anders formuliert, aber es lief auf genau das heraus. »Oh, mein Gott!«, entfuhr es ihm.

Katharinas Gesicht veränderte sich. Sie lächelte mit einer merkwürdigen Bitterkeit, die ihm Angst machte.

»Es gibt keinen Gott, Vater«, hauchte sie.

»Katharina!«

Sie schüttelte wutentbrannt den Kopf, schrie ihn an: »Wie kann ein Gott so etwas zulassen? Vater, du bist der beste und liebste Mensch, den ich kenne. Wie kann Gott zulassen, dass du das tun musst, was du tust? Wieso lässt Gott zu, dass es etwas gibt, dass dich Mutter vergessen lässt? Dass dich *mich* vergessen lässt?«

Ulrich öffnete den Mund, hob zu einer Erklärung an, doch er wusste nicht, was er sagen sollte. *Wieso lässt Gott das zu?*, wiederholten seine Gedanken. *Wieso lässt er es zu, dass die Menschen ihre Gier nach Reichtum über alles stellen? Wir häufen Besitz an, bis wir auf einem Berg sitzen, der so hoch ist, dass wir nicht mehr die erkennen, die uns wirklich wichtig sind. Was hat sich Gott nur dabei gedacht, uns so zu erschaffen? Schuf er uns nicht nach seinem Ebenbild? Klug, weise, gütig, voller Liebe?*

Er hatte die Männer gesehen, wie sie spielten, und wie aus dem Spiel Besessenheit wurde. Als würde ein Dämon Besitz von ihnen ergreifen und sie immer weiter antreiben. Wie der Teufel selbst, der sie ins Unglück stürzte, soweit, dass sie sich selbst aufgaben und verloren. Und er hatte seinen eigenen Stolz und seine Überheblichkeit und seine Gier gesehen, wie er neben sich stand und sich beobachtete, bei dem, was er tat. Er tat es, und er wusste, was er tat, und etwas in ihm entkoppelte sich von ihm und nahm von seinem Ich Besitz. Wieso ließ Gott zu, dass er nicht besser war? Wieso ließ er es zu, dass er überhaupt erst in diese Lage kommen konnte?

Sind wir Gottes Ebenbild?, fragte er sich ernsthaft. *Ist Gott unser Ebenbild? Wenn ja, ist das dann für ihn auch alles nur ein Spiel? Ein belustigendes Spiel, in dem er mit ansieht, wie sich die Menschen unglücklich machen? Immer wieder?* Etwas schlich sich in seinen Verstand. Etwas wie ein ekelhaftes Insekt, wie eine Spinne, eine Made, etwas Widerwärtiges, von dem er wusste, dass er es, einmal in seine Gedanken eingedrungen, nicht mehr loswerden würde. *Was ist, wenn Gott mit unserer Gier spielt, weil er selbst nicht genug davon bekommen kann, uns bei unserer Zerstörung zu beobachten?* Er schüttelte den Kopf. Er konnte nicht zulassen, dass seine Tochter ihn in seinem Glauben erschütterte. Ulrich sah sie an, ihr vom Weinen geschwollenes Gesicht, ihre roten Augen, ihren fragenden, trotzigen und wütenden Blick. Während er sie betrachtete und seine Gedanken immer mehr ins Trudeln gerieten, verabscheute er sich selbst, verabscheute er sie; er war nicht mehr in der Lage, diese Situation weiterzuführen. Er musste fort von seinen Zweifeln, von seiner Trauer, fort von seiner Tochter, die ihn liebte und die er liebte, weil er das alles nicht mehr ertragen konnte. Er musste weitermachen, bis ein Wunder geschah und ihn erlöste. Er musste weg von dem Kind, das nach seinem Herz verlangte.

»Ich muss mich wieder um meine Gäste kümmern«, sagte er, löste sich von seiner Tochter, schaffte es dabei nicht, ihr in die Augen zu sehen.

»Ja, Vater«, sagte Katharina.

Nein, Vater. Es tut mir leid, aber ich werde in das Zimmer gehen müssen. Wenn du nicht den Preis zahlen kannst, dann kann ich ihn vielleicht bezahlen. Denn ich liebe dich auch, und ich will dich zurückhaben. Ich will nicht, dass du wirst, was du schon bist.

31

»Ich war doch immer ein guter Kunde! Ich bezahle immer pünktlich die Raten für das Haus. Sie haben sich immer auf mich verlassen können. Ich bin ausgesprochen ungehalten. Nein, das trifft es nicht. Ich fasse es einfach nicht!«

Thomas' Kopf wackelte wie der eines Springteufels.

Der Filialleiter der Coppenbroicher Bank machte ein entschuldigendes Gesicht.

»Bitte, Herr Sandfels, Sie dürfen das nicht persönlich nehmen«, bat er, sprach dabei etwas zu schnell mit einer dünnen, etwas zu hohen Stimme, die in den Ohren ein ungutes Gefühl produzierte.

»Ach nein? Wissen Sie was? Ich nehme es persönlich.«

»Das ist schade. Es ist nur so, wenn es das nur wäre. Sie haben ja nicht nur bei uns einen Kredit aufgenommen.«

Uh?!, machte es in Thomas' Kopf, und er hatte das Gefühl, dass seine Ohren zu glühen begannen. Woher wussten sie das? Er konnte sich nicht erinnern, dem Casino die Erlaubnis gegeben zu haben, seine Daten in irgendeiner Form weiterzugeben. Hieß es nicht immer, dass keine Weitergabe an Dritte erfolgen würde?

Offenbar konnte sein Gegenüber seine Gedanken lesen. Oder es lag tatsächlich an den Ohren. »Selbstverständlich geht es uns nicht unbedingt etwas an, wenn Sie in anderen, sagen wir, Häusern, ebenfalls Darlehen aufnehmen. Zumindest nicht direkt und solange es keine geschäftlichen Beziehungen zwischen uns und den Häusern gibt und Sie ein weiteres Darlehen bei uns beantragen oder um eine Aufstockung des vorhandenen bitten, was so ohne Weiteres ohnehin nicht möglich ist. Falls Sie verstehen.« Er beugte sich vor. »Und das ist schon mehr, als ich Ihnen eigentlich sagen dürfte. Das tue ich eben nur, weil Sie ein so guter Kunde sind.«

»Ich verstehe. Aber dann wissen Sie doch auch, wie das Ganze funktioniert. Sie spekulieren doch letztlich auch nur …«

»Das ist im gewissen Sinne richtig«, unterbrach er ihn. »Und verstehen Sie mich bitte nicht falsch, aber wir sind hier Profis, wir wissen, was wir tun. Und Tatsache ist, dass wir seit einiger Zeit ziemlich, sagen wir, in Anspruch genommen wurden.« Er machte eine kurze Pause. »Das ist im Grunde alles kein Problem. Banken leben sicher auch davon, Geld zu verleihen, da haben Sie ganz recht. Das funktioniert aber auch nur so lange, wie wir das verliehene Geld wieder zurückbekommen. Wenn der Ausfall zu groß wird, dann …« Er beschrieb mit seiner Hand eine Talfahrt.

»Ja und?«, fragte Thomas. »Und wieso sollte ich den Kredit nicht zurückzahlen?«

Der Bankangestellte zog Augenbrauen und Schultern nach oben. »Wir müssen abwägen. Ich versuche das zu erklären. Stellen Sie sich vor, Sie leihen Ihrem Nachbarn Geld. Ihr Nachbar ist ein toller Kerl, Sie kennen ihn und so weiter. Jeden Monat kommt er bei Ihnen klingeln und gibt Ihnen die vereinbarte Rate. Es ist also alles gut. Aber auf einmal kommt er nicht mehr. Was tun Sie? Richtig, Sie gehen rüber und klingeln selbst. Es macht aber niemand auf und dann entdecken Sie an der Tür ein Schild mit der Aufschrift ›Unbekannt verzogen‹. Blöd oder? Nun leihen wir als Bank aber nicht nur einem Nachbarn Geld, sondern der ganzen Straße. Wenn da dann plötzlich an allen Häusern so ein Schild hängt … oder, sagen wir, das ist so, als würden Sie morgens aufwachen und das Klingeln ihres Nachbarn vermissen. Sie stehen dann auf, gehen raus und stellen fest, dass die ganze Straße weg ist. So etwas wollen wir als Bank natürlich nicht. Zumindest nicht, wenn die Straße noch unser Geld hat, ansonsten kann so eine Straße natürlich machen, was sie möchte. Da müssen wir dann aber vorher eben ganz genau schauen. Nicht jede Straße ist die Schlossallee, verstehen Sie? Sicherlich haben wir als Bank in so einem Fall andere Möglichkeiten, zum Beispiel Sicherheiten. Aber es gibt eben auch Ausfälle, weil wir feststellen mussten, dass diese Sicherheiten, nun, nicht sicher waren. Stellen Sie sich weiter vor, die Sicherheit sind die Straßenlaternen. Blöd oder? Es gibt dann natürlich noch andere Möglichkeiten, es gibt ja auch Gesetze und Gerichte und so weiter, aber leider sind die Gesetze noch nicht soweit, dass sie Menschen, die, sagen wir mal, nicht gefunden werden wollen, wieder herbeizaubern können, von Straßen ganz zu schweigen, um mal bei diesem Bild zu bleiben. Ich will das Wort Betrug jetzt nicht in den Mund nehmen, aber es hat sich in letzter Zeit hier einiges verändert, das wissen Sie doch auch, und wir als Bank müssen darauf reagieren. Ich bin zwar der Filialleiter und habe eine gewisse Entscheidungsgewalt, aber wir sind auch nur eine kleine Filiale, und so eine Straße ist schon eine Hausnummer, selbst wenn sie nur klein ist, denn so furchtbar viele Straßen haben wir hier auch nicht, aber das wissen Sie ja selbst. Nachher ist noch die Straße weg, in der unsere Bank steht, und wo bleibe ich dann?«

»Ich bekomme also keinen Kredit oder wenigstens eine Aufstockung des laufenden, weil Sie Profis sind und Angst haben, dass die Straßen unter die Räder kommen?«, fragte Thomas sarkastisch.

»Exakt«, war die Antwort. Ob er das ebenfalls sarkastisch meinte, war weder an seinem Tonfall noch an seiner Miene festzustellen.

»Ich verspreche Ihnen, dass ich mich nicht aus dem Staub machen werde.«

»Natürlich, Herr Sandfels. Das glaube ich Ihnen doch auch.« Das wirkte echt. »Ach, Sie machen mir das aber auch schwer. Manchmal will man ja auch gar nicht, dass es so weit kommt. Man ist dann in so eine Sache reingerutscht, und man verliert den Überblick, oder andere übernehmen den Überblick, und dann blickt man selbst gar nicht mehr durch, und sagen wir mal, dann wird es ganz schnell dunkel. Das sieht man vorher manchmal gar nicht. Sie sind dann zwar in der Straße der Einzige, der seinen Verpflichtungen nachkommt, aber das nützt Ihnen ja nichts, wenn die Straße weg ist. Da sind Sie dann ja auch nicht mehr da.«

Thomas schaute verwirrt. Langsam aber sicher bekam er den Verdacht, dass der Filialleiter ihn für einen Vollidioten hielt.

»So, nun ja, ich denke, ich bin Ihnen sehr weit entgegengekommen, Herr Sandfels, und Sie können mir glauben, wenn ich Ihnen versichere, dass ich nicht jedem Kunden so einen tiefen Einblick gewähre, weil ich möchte ja auch, dass Sie das verstehen, warum wir leider in Ihrem Fall so handeln müssen.«

»Dass Sie nicht handeln!?«, knurrte Thomas.

Der Filialleiter schürzte die Lippen. »Ich verstehe Ihre Verstimmung, ich kann das wirklich nachvollziehen.« In seinen Tonfall mischte sich eine Spur Schärfe, was durch seine dünne Stimme noch unangenehmer wirkte. »Ich kann Ihnen die Empfehlung mit auf den Weg geben, dass Sie vielleicht versuchen sollten, Ihren, sagen wir, sonstigen Verpflichtungen, nachzukommen. Wir hätten auch ein gewisses Interesse daran. Versuchen Sie etwas Ordnung in Ihre Angelegenheiten zu bringen. Vielleicht sehe ich dann noch mal Ihre Unterlagen durch und wir kriegen das mit der Straße auch noch hin. Es muss ja keine Schlossallee sein.«

»Meine Angelegenheiten gehen Sie nichts an.« Was bildete sich der Kerl ein. Thomas kochte. »Ich werde mir überlegen, die Bank zu wechseln!«

Ein Seufzer kam zurück, der weniger nach Anteilnahme als vielmehr nach Erleichterung über die Beendigung des Gesprächs klang. »Das steht Ihnen natürlich frei. Ich wünsche Ihnen viel Erfolg. Aber bedenken Sie dabei bitte, dass es immer noch die gleiche Straße ist, auch wenn Sie ihr einen anderen Namen geben.«

32

Katharina kannte nur noch ein Ziel: In das Arbeitszimmer gelangen und diese Geißel zerstören, verjagen, tilgen, endgültig, damit sie nicht auch noch ihren Vater verlor und er nicht mehr gezwungen war, Männer verschwinden zu lassen. Damit er sich wieder um sie kümmern konnte, damit sie wieder eine Familie sein konnten. Und sie wollte Rache für den Verlust der geliebten Mutter.

Doch Ulrich schien zu ahnen, was sie vorhatte. Den Schlüsselbund ließ er nicht mehr aus den Augen, und wenn er schlief, hatte er ihn an einem geheimen Ort verborgen.

Das hielt Katharina jedoch nicht davon ab, eines Nachmittags vor der verschlossenen Tür des väterlichen Arbeitszimmers zu stehen.

Sie benutzte ihr Schwert als Hebel, versuchte die Spitze unter die Eisenbeschläge zu bekommen und das Schloss zu sprengen.

Aber es war aussichtslos.

Sie rammte das Schwert zwischen Tür und Rahmen, zog mit aller Kraft, doch außer ein paar abgesprungenen Holzsplittern hatte sie nichts vorzuweisen.

Katharina keuchte vor Anstrengung, ließ die Schultern hängen und gab auf. Eine pelzige Kugel aus Wut und

Hoffnungslosigkeit rotierte in ihrem Magen. Nur wenige Zentimeter Holz trennten sie von ihrem Ziel, es war zum Verzweifeln.

Das Schwert sank. Das Geschenk ihres Vaters, das Sinnbild für die Liebe der Familie, versagte seinen Dienst. War nutzlos.

Nein, nein, nein!

Noch mal hob sie das Schwert, betrachtete die glänzende Klinge. Es war fast so, als würde das Schwert sich ihrem Willen widersetzen und stattdessen der Anweisung ihres Vaters folgen. War es dafür zu verdammen? Nein. Und ja, weil es sich weigerte, dem Guten und Richtigen zu folgen.

Sie hob es hoch, hoch über ihren Kopf, legte alle Kraft, alle Wut, alle Hoffnung in den Schlag. Die Wucht und die Verblüffung darüber, dass sie auch damit ihrem Ziel keinen Schritt näherkam, riss sie zu Boden, als hätte der Stahl der Waffe ein Eigenleben entwickelt und versucht, sie an die Anweisung ihres Vaters zu erinnern.

Katharina zog die Knie an und starrte auf die Stelle, die ihr Schwert getroffen hatte. Nur ein winziges Stück Holz hatte sich gelöst, immerhin, es schimmerte hell darunter, doch ihr war klar, dass sie auf diese Weise eine Ewigkeit brauchen würde. Eine Ewigkeit, die sie nicht hatte. Sie *musste* dort hinein. Sie besah sich die Klinge, die keinen Kratzer abbekommen hatte und bohrte die Spitze in das Holz der Tür.

Nun stand sie da, bereit zum Duell, als wäre die undurchdringliche Barriere das erste Ungetüm, das sie erlegen müsste.

»Tür!«, sagte sie. Und sie sagte es mit so viel Kraft, mit so viel Überzeugung und Willen, dass sie spürte, wie sich ihre Nackenhaare aufstellten, wie eine Energie und

Kraft sie erfasste, die ihr selbst unheimlich vorkam.
»Tür!«, wiederholte sie. »Geh auf! ICH - WILL – DA – REIN!«

33

»Tür!«, sagte Kati.

Wieder einmal übernachtete sie bei ihrer Freundin. Es war zur Normalität geworden, die Mädchen entschieden das inzwischen von sich aus, und ihren Eltern war es mehr als recht, eine gewisse Eigenständigkeit der Kinder kam ihnen sehr entgegen.

Die bisher benutzte Luftmatratze lag zusammengeknüllt in der Ecke, irgendwann hatte sie ihr Leben ausgehaucht, außerdem war sie unbequem und Sarahs Bett auch groß genug für zwei.

»Tür!«, sagte Kati noch mal, und war dabei nicht zu überhören.

Sarah wurde erst nur wach, irgendein Geräusch hatte sie aus ihren Träumen gerissen, und es dauerte einen Augenblick, bis sie merkte, dass Kati gesprochen hatte. Sie tat nichts weiter, betrachtete ihre Freundin, und beruhigte sich mit dem Gedanken, dass es nicht so ungewöhnlich war, wenn Menschen im Schlaf redeten. Vor allem, wenn sie so viel ungewöhnliche Dinge erlebten.

Sie fragte sich, ob sie auch im Schlaf redete, schließlich erlebte sie ebenfalls so einiges, und noch während sie darüber nachdachte, streckte Kati plötzlich eine Hand aus und sagte wieder »Tür!«

Doch ihre Stimme klang nun etwas anders, dunkler,

rauer, fast als wäre sie wütend. Das fahle Mondlicht, das zum Fenster hineinkam, reichte bis zur Wand des Zimmers, zu der Stelle, auf die Kati zeigte. Da war natürlich keine Tür.

Sarah entschied, Kati zu wecken. Sie drehte den Kopf wieder zurück und erschrak. Kati saß kerzengerade im Bett, hatte nun beide Arme ausgestreckt, die Hände eng beieinander, als würde sie etwas festhalten, und wiederholte: »Tür!«

Sarah beugte sich vor, um ihr ins Gesicht zu sehen, um sie anzusprechen, um sie aufzuwecken aus diesem Traum.

Die Augen ihrer Freundin waren offen. Aber es waren keine normalen Augen. Sie hatten sich verdreht, sodass nur noch das Weiße sichtbar war. Sarah machte einen Satz zur Seite und plumpste aus dem Bett. Blitzschnell war sie auf den Beinen, einen halben Meter vom Bett entfernt, ihr Herz schlug vor Aufregung laut in ihrem Kopf.

»ICH – WILL – DA – REIN!«, gab Kati von sich.

»Maaaannnn«, flüsterte Sarah, die Hand halb vor dem Mund. »Du bist voll gruselig!«

Und als ob das noch nicht genug war, drehte Kati in unendlicher Langsamkeit den Kopf in ihre Richtung, und die weißen Augen, schimmernd wie Perlen, schienen sie zu fixieren. Sarah wich weiter zurück, stieß an die Wand, sie stellte sich auf die Zehenspitzen, in der Hoffnung, doch noch ein paar Zentimeter zwischen sich und die Geisterkriegerin zu bringen, denn das war ihre Freundin jetzt, und es war so unfassbar furchteinflößend.

Sarah stiegen vor Angst die Tränen in die Augen, ihre Stimmbänder begannen zu vibrieren und einen leisen, brummenden Ton zu erzeugen. Denn Kati fing an zu reden, als würde sie sich unterhalten, mit dem Geist des Mädchens, oder mit den verbrannten Seelen des alten Herrenhauses.

34

Katharina spürte einen Atem in ihrem Nacken.

Sie wirbelte herum, und wieder stand dieses Mädchen hinter ihr, das am Todestag ihrer Mutter im Spiegel aufgetaucht war, und das ihr so verblüffend ähnlich sah. Es war ihr, als würde sie sich selbst sehen, als hätte sie einen Zwilling oder als hätte sie sich dupliziert.

»Tür«, sagte das Mädchen, das Katharina nicht mehr ganz so fremd vorkam.

Katharina hatte keine Angst mehr. Als sich ihr Finger und der Finger des Mädchens im Spiegel berührt hatten, verspürte sie Wärme und Vertrautheit, Freundschaft, Zusammenhalt, und genau diese Gefühle strömten nun auf sie ein, gaben ihr Kraft, hier und jetzt nicht zu verzweifeln und aufzugeben.

»Tür«, wiederholte das Mädchen, sagte genau das gleiche Wort, wieder und wieder, das sie vor wenigen Augenblicken selbst gesagt hatte.

»Tür!?«, wiederholte Katharina, wie eine zur Bestätigung dargebotene Frage, eine Bestätigung dafür, dass das andere Mädchen auch sie hörte.

»Ich will da rein!«

»Ja«, stimmte Katharina nickend zu. »Ich MUSS da rein!«

Das andere Mädchen legte langsam den Kopf schief, als würde es nachdenken müssen. »Da rein?«, sagte es, und es hörte sich tatsächlich wie eine Frage an, obwohl sie bereits gesagt hatte, dass sie da rein wolle.

»Ja.«

»Warum? Was ist da?«, hauchte das Mädchen. Die Worte kamen wie ein leichter Luftzug über ihre Lippen, herangeflogen, wie von weit entfernt.

»Es war im Wasser und nannte meinen Namen. Jetzt ist es hier und frisst Menschen«, sagte Katharina bestimmt. Sie wollte noch mehr sagen, nahm sich aber sofort zurück, denn die ganze Situation wirkte fragil, wie in einem Traum, zerbrechlich wie dünnes Glas, das zum Klingen gebracht wurde.

Sie passte ihre Stimme dem Gefühl und dem feinen Ton an, als sie weitersprach. »Ich will das nicht. Es soll meinen Vater in Ruhe lassen und ihn nicht auch noch fressen. Ich will ihn zurückhaben. Es ist da drin. Ich werde dieses Ding vernichten.« Während sie das sagte, spürte sie, wie eine unendliche Traurigkeit von ihr Besitz ergriff. Ihre Kehle schnürte sich zu, ihre Lippen begannen zu zittern, sie bedeckte ihr Gesicht mit einer Hand und Tränen rannen ihre Wangen hinunter.

Katharina wusste nicht, wer das Mädchen war, woher es kam, wie es so plötzlich auftauchen konnte. Sie spürte nur, dass sie ihr vertrauen konnte. Dass sie verstehen würde. Dass sie vielleicht doch nicht ganz allein war, und in ihrer grenzenlosen Traurigkeit entzündete sich ein kleiner Funken Hoffnung.

Doch als sie die Hand wieder vom Gesicht nahm, war sie allein. Das fremde Mädchen war verschwunden.

35

Wie ein Gecko an die Wand gedrückt, erreichte Sarah den Lichtschalter und atmete auf, als Kati in dem Moment, in dem sie das Licht anknipste, wieder die Augen schloss und zurück auf das Bett fiel. Jeder Zweifel über das, was sie ihr bis dato erzählt hatte, wich immer mehr der Überzeugung, dass tatsächlich ein Kontakt zu einem Geist bestand. Der Chat, wie sie die Verbindung genannt hatte, schien immer besser zu funktionieren.

»Kati, Kati!«, flüsterte Sarah, trat wieder ans Bett heran und berührte ihre Freundin vorsichtig an der Schulter.

Kati öffnete die Augen. Und es waren wieder ihre Augen, und sie wirkte nicht so verschlafen oder verwirrt, wie es eigentlich hätte sein müssen. Sie war hellwach und blickte Sarah voller Erkenntnis an. »Ich weiß es. Ich weiß jetzt Bescheid.«

»Der Plan …?«

»Plan«, wiederholte Kati. »Plan, ja … nein …« Sie geriet vollkommen aus dem Häuschen, kniete sich im Bett hin, fasste Sarah an den Händen und rüttelte an ihr, als wäre es ihre Freundin, die aus einem Traum erweckt werden müsse. »Ich weiß, dass das Gesicht unter der Dusche damit zu tun hat. Es hat alles damit zu tun. Das Mädchen ist nicht das Gesicht. Es gab keine Übertragungsprobleme. Diese Fratze … das Ding hat an allem Schuld. Das Mädchen hat es auch gesehen – im Wasser. Und es hat ihren Namen gesagt. Genau wie bei mir! Sarah, es frisst Menschen! Es will auch unsere Eltern fressen. Es wird alle fressen. Es macht etwas, und die Erwachsenen fallen darauf herein. Um den Unfall geht es nicht.«

Sarah antwortete nur mit einem offen stehenden Mund. Kati konnte den sich lichtenden Nebel in ihrem Kopf kaum in Worte fassen. »Dieses Etwas war schon einmal hier. Weißt du noch, was wir über das Haus gelesen haben? Da gab es mal ein Casino. Du hattest recht. Die Fratze, oder was immer es auch ist, war schon einmal da, damals, im Haus, und nun ist sie wieder da, in dem Casino. Es ist … wie als wäre das Casino dieses Ding. Und in der Burg vorher war das bestimmt auch so. Deshalb wollte die Kirche sie nicht mehr haben. Sie wussten es. Es ist … Es ist …«

»Was?«, fragte Sarah und runzelte die Stirn. »Was ist es nur?«

Kati durchfuhr eine kaum zu bändigende Energie, endlich setzte sich das Puzzle zusammen, auch wenn noch nicht alles passte. Aber langsam konnte sie das endgültige Bild erahnen. »Das Unvorstellbare!«, raunte sie.

»Das Böse!?«, musste Sarah ergänzen, obwohl sie es eigentlich nicht wollte.

Darauf ging Kati nicht ein. Es wäre sinnlos gewesen, es zu wiederholen, denn beiden war klar, dass es das unvorstellbar Böse war.

»Und ich weiß jetzt, wo«, flüsterte Kati.

»Im Casino?« Sarah seufzte. Sie hatte gehofft, dem nächtlichen Besuch zu entgehen.

»Das Zimmer! Der Raum im Keller! Ich weiß es. Es ist in diesem Raum!«

»Du hast das gerade gesehen, als du …« Sarah erschien es, als würde ihre Freundin langsam durchdrehen.

»Ich weiß, wo.« Kati rüttelte weiter an Sarah.

»Kati«, sagte Sarah kopfschüttelnd und versuchte etwas beruhigend zu klingen, wobei sie in erster Linie versuchte, sich selbst zu beruhigen. »Du warst in diesem Haus, oder? Glaube ich dir. Aber das Haus ist weg, zerstört, futsch, kaputt, nicht mehr da. Und den Keller gibt es bestimmt auch nicht mehr.«

Katis Hände ließen von Sarah ab, ihr Körper sank in sich zusammen, sämtliche Energie wich aus ihr. Doch plötzlich atmete sie tief ein, hob wieder den Kopf, legte ihn leicht schief, überlegte, kramte in den Bruchstücken einer Erinnerung, die nicht die ihre war, und sie grinste wie im Wahn.

»Doch. Es ist noch alles da.«

»Du kannst einem ganz schön Angst machen, Kati.«

»Wir dürfen keine Angst haben. Ich hatte damals auch keine Angst. Ich wusste, dass ich es einfach tun musste. Ich dachte gar nicht an Angst. Ich dachte nur an die, die ich liebhatte.«

»Du? Damals? Wie? Also, in dem Haus? Dann bist du das Mädchen? Der Geist? Also, früher? Jetzt? Geht das überhaupt? Mann, du bringst mich völlig durcheinander.«

Kati schlüpfte aus dem Bett und schaltete die Deckenbeleuchtung aus, die noch immer brannte.

Wenn man das Licht finden wollte, musste es erst dunkel sein.

»Ich kann es mir auch nicht richtig erklären«, sagte sie schließlich, als sie wieder im Bett lag. »Das, was jetzt passiert, ist schon einmal passiert. Als das Haus noch stand. Früher. Also schon, wie wir gedacht haben, aber anders. Und das Mädchen, das damals da war, das war wie ich, und es hat das Gleiche erlebt, wie ich. Oder sie erlebt es gerade. Das ist total durcheinander. Und sie will dagegen kämpfen, genau wie ich. Ihr Vater wurde ihr weggenommen. Also … nein. Er ist noch da. Aber es fühlt sich an, als ob er weg ist. Genau wie bei mir. Genauso wie bei dir. Sarah! Nie, nie, nie hat er ihr etwas getan oder seine Frau ermordet. Und das Schwert! Mein Dolch! Sie hat ihn immer dabei. Der Dolch ist eine Waffe! Er ist wichtig, genau wie der Alte im Laden gesagt hat. Bestimmt muss ich damit kämpfen!«

»Mann. Das ist total irre. Ich möchte echt nicht in deiner Haut stecken.«

Hätte sie tauschen wollen? Kati wusste es nicht. Sie fühlte, dass der alte Mann in dem Laden recht gehabt hatte, dass sie besonders war, dass sie eine Aufgabe hatte, die niemand anderes lösen konnte. Nicht für sich, nicht für Sarah oder die Erwachsenen. Sie musste das unvorstellbar Böse vernichten, und damit würde etwas so viel Größeres geschehen, so groß, dass sie sich davon überwältigt fühlte, aber doch stark genug, um es zu tun. Bei der Erkenntnis, dass sie die Aufgabe erfüllen würde, schlich sich allerdings ein Gefühl in ihr Herz, das neu für sie war. Ein heilloses Durcheinander, eine gegensätzliche Mischung aus Wut, Liebe, Mut, Angst und Stolz, deren Fusion in grenzenloser Traurigkeit gipfelte.

»So lange sind sie noch nie weggeblieben.«

Am Morgen standen die beiden Mädchen am Fenster und starrten auf die leere Hauseinfahrt. Sarah legte das Handy zur Seite. Fünfmal hatte sie ergebnislos versucht, ihre Eltern zu erreichen. Ihr lief stumm eine Träne über die Wange. »Warum haben wir bloß gesagt, dass die Erwachsenen gefressen werden?«

Kati legte den Arm um Sarah. »Es tut mir so leid. Vielleicht ist es ja nicht so …« Dabei wusste sie, dass es so war. »… es ist das, was das Mädchen …«

Sarah sah auf und unterbrach damit den Satz. Ihr Gesicht war gerötet, immer mehr Tränen rannen ihre Wangen hinunter. Sie konnte die Frage kaum aussprechen, es war eine gewaltige Anstrengung, doch sie musste es hören, die Antwort, die Bestätigung für das, was sie schon wusste.

»Sind … sind sie gefressen worden, Kati? Meine Eltern? Sind sie jetzt weg, wie die anderen?«

Kati zerriss es das Herz. »Ich weiß es nicht, Sarah.« Das war der einzige Trost, den sie ihr im Moment geben konnte. Sarah machte eine Bewegung mit dem Kopf. Es war ein Nicken. Oder ein Schlucken.

Eigentlich hätten sie zur Schule gemusst, aber in stiller Übereinkunft blieben sie zu Hause. Es war ohnehin zu spät. Und jetzt, in diesem Moment gab es nichts Unwichtigeres als Schule. Was hätte man ihnen dort auch über das Leben beibringen können? Gab es einen Lehrplan für das, was in Coppenbroich geschah?

Die Mädchen weinten still darüber, dass es etwas unvorstellbar Böses gab, dass ihre Eltern derart in den Bann schlagen konnte.

Sie weinten still darüber, dass die Kinder darunter zu leiden hatten, dass ein Kind den Kampf dagegen aufnehmen musste.

Sie weinten still darüber, dass Erwachsene über alles bestimmten und nicht merkten, was sie taten und anrichteten.

Sie weinten still darüber, dass es so viel in der Welt der Erwachsenen gab, das sie nicht verstehen konnten und so vieles in der Welt der Kinder, das Erwachsene nicht verstanden.

Sie hätten weiter und unablässig still geweint, wenn ihnen bewusst gewesen wäre, dass auch Kinder irgendwann erwachsen sein würden.

Und erst, wenn sie erwachsen gewesen wären, wären ihre Tränen versiegt.

36

Für Besucher begehbar war in dem nahezu rechteckig und schnörkellos aufgebauten Casino, dessen Ausmaße eine große Sporthalle übertraf, das Erdgeschoss und die erste Etage, die man mittels einer ausladenden Treppe, die an die großen Treppen in altehrwürdigen Theatern erinnerte, betreten konnte.

Es gab zudem noch unterirdische Räumlichkeiten, beziehungsweise den Keller, der aber nur mit einem Aufzug erreichbar war, der wiederum nur von wenigen, von Eberhard Willerbach persönlich ausgewählten, Mitarbeitern bedient werden konnte. Nur sie hatten die notwendige elektronische Karte zur Verfügung.

Der Eingang bestand aus Glastüren und einem großen Eingangsbereich samt Empfang, in dem unter anderem die persönliche ID-Card kontrolliert wurde. Hinter einer zweiten Gruppe aus Glastüren befand sich die Lounge. Davon abgetrennt eine Küche, die sanitären Anlagen und ein Besprechungsraum für die Mitarbeiter.

In der Lounge konnte man auf den ausladenden Sofas relaxen, Getränke und kleine Speisen ordern. Ein paar verstreut aufgestellte Geldspielautomaten und Flipper erinnerten an klassische Spielotheken, wurden aber kaum genutzt und eher als Deko wahrgenommen – obwohl sie voll funktionstüchtig waren. Zahlreiche TV-Geräte an den Wänden zeigten hin und wieder Börsenberichte, versehen mit Laufbändern der neuesten Nachrichten, aber sonst fast ausschließlich Werbung. Es gab so viel in der Welt, so viele neue Innovationen, Waren und Produkte, permanente Neuerungen und Verbesserungen dieser, und man gehörte einfach nicht dazu, wenn man sich dem verweigerte. Man war immer informiert über alles, was man brauchte oder zu brauchen glaubte, oder was andere meinten, was man zu gebrauchen hätte, und dazu brauchte man vor allem Geld.

Zwischendurch wurde die allgemein gehaltenen Produktinformationssendungen von Werbung und kurzen Einspielern unterbrochen, die speziell die Vorteile und Innovationen des Casinos aufzeigten. Die Lautstärke der Geräte war abgedreht, die gezeigten Informationen funktionierten rein visuell, meist durch die Verknüpfung der Waren mit lächelnden und glücklichen Gesichtern.

Seit einiger Zeit lief eine interne Information über eine Handy-App, die den Zugriff auf persönliche Daten, Trades, Zinsveränderungen und sonstige relevante Infos erleichtern sollte, wenn man sich gerade in der Lounge aufhielt. Die Nutzung der App war kostenlos, solange man sie im Gebäude verwendete. Ein Upgrade auf eine Benutzung außerhalb war möglich, jedoch nur gegen eine Gebühr, die mit wenigen Prozentpunkten der Einlage verrechnet wurde, wobei sich die Höhe der Berechnung nach der Einlagenmenge richtete. Im Falle eines Upgrades gab es dafür einen kostenlosen Trade, was mit dem Slogan »Upgraden Sie noch heute und Sie werden belohnt« und einer jungen, hübschen Frau, die freudig erstaunt auf ihr Handy tippte und das nicht sichtbare Ergebnis ihren ebenfalls freudig erstaunten Freunden zeigte, beworben wurde. Der Werbefilm war eine raffiniert konstruierte Endlosschleife, denn die Freunde der jungen Frau, malten nun ihrerseits Formen auf ihre Smartphone-Displays und zeigten ihre Errungenschaft weiter, bis irgendwann wieder die junge Frau vom Anfang zu sehen war.

Ansonsten sorgte leichte, unspezifische Instrumentalmusik für eine entspannte Atmosphäre. Nur wenn man sich sehr auf die Musik konzentrierte, konnte man eine Reihe von Worten vermuten, die wie ein Mantra klangen, aber genauso gut eine digitalisierte Froschbalz sein konnte. Da das nicht eindeutig war und die Analyse sehr ermüdend, gaben diejenigen, die sich die Mühe machten, der Musik zu lauschen, schnell wieder auf und beugten ihr Haupt zurück auf die Handys, um auch wirklich alle Funktionen der neuen App zu verstehen. Schließlich wollte man die Belohnung und nicht dastehen wie ein Idiot, wenn man das Casino verließ, da die falsche Bedienung den Gratistrade schluckte.

Alternativ konnte man eben auch seine Häppchen oder Getränke vertilgen, oder angeregte Gespräche über die neuesten Anlagestrategien austauschen, im Zweifelsfall mittels Hinzunahme der App, sofern man sie denn verstand.

In der ersten Etage befand sich die sogenannte Spielebene, der eigentliche Kern, hier vergaß man die Realität und musste hoch konzentriert sein. Nichts lenkte in irgendeiner Form ab, und die ganz leicht blauschimmernde Beleuchtung vertrieb aufkommende Müdigkeit.

Nur ein- oder zweimal wurde von einem neugierigen Besucher gefragt, ob denn der Fahrstuhl nicht benutzbar wäre und wohin er überhaupt führen würde. Die Antwort, dass dieser lediglich die Verbindung in den technischen Bereich herstellen würde, sozusagen in das Herz des gesamten Gebäudes, und Besuchern nicht zugänglich sei, stellte den Neugierigen zufrieden. Man hätte nur fragen wollen, und von Technik ja ohnehin keine Ahnung.

Technik.

Vieles in dieser ganzen Zeit, in dieser halben Ewigkeit, in der es zur Untätigkeit verdammt war, hatte sich verändert. Vieles war einfacher geworden, manches schwieriger. Aber eines hatte sich nicht geändert. Die Menschen, die noch immer so leicht zu verführen waren. Wie modern war alles geworden, wie fortschrittlich, die ganze Welt war miteinander verknüpft, alles war globalisiert – die Reichweite und die Möglichkeiten waren so viel größer.

So weit hatte sich die Menschheit entwickelt, und doch war sie letztlich auf der gleichen Stufe stehen geblieben. Die Technik ging mit großen Schritten voran, das menschliche Bewusstsein blieb dabei jedoch stehen. Vielleicht war die Intelligenz der Menschen schon viel früher stehen geblieben, was sie aber nicht bemerkten, oder nur unterbewusst, und der rasche, immer schneller werdende, vermeintliche Fortschritt war nur die Kompensation der eigenen Unfähigkeit zur Weiterentwicklung.

Geld regiert die Welt. Der Mensch war abhängig davon, ohne wirklich zu durchschauen, was mit ihm passierte, er war der Esel, der hinter dem Bild einer Möhre hertrottete, das man ihm vor die Nase hielt. Er kam dabei gar nicht auf die Idee, dass er die Möhre nicht fressen konnte, weil sie nur ein Bild war. Doch war sie ja so viel verlockender als all das Gras links und rechts von ihm. Aber so domestizierte man den Esel, der den Namen Mensch trug. Und wenn man ihn erst mal mit der Illusion der Möhre infiziert hatte, indem man ihm erklärte, dass er die Möhre unbedingt brauchen würde, konnte man ihm das nehmen, was das Wertvollste an ihm war. Seine Seele, seine Menschlichkeit, seine Freiheit – eben das, was ihm zum Menschen machte und von einer Maschine unterschied.

Aber es gab immer einen Punkt, an dem alles zu kippen drohte.

So, wie der Mensch immer schneller trabt in der Hoffnung, die Möhre zu erhaschen, und immer schneller das Rad dreht, um das zu bekommen, was sich weiter entfernt, je schneller er dreht, so ist eine Überhitzung des Systems vorprogrammiert.

So musste es vielleicht sein. So musste vielleicht der Lauf der Welt sein. Gab es also doch ein Fünkchen Hoffnung für den armen Esel? Ein winziges Licht in der Dunkelheit? Oder hatte all das nichts mit Hoffnung zu tun, sondern war lediglich ein Automatismus, der so ablief, weil es gar nicht anders ging – ein System mit installierter Selbstzerstörung?

37

Kati schüttelte plötzlich den Kopf und bohrte ihren Finger ins Ohr.

»Was ist denn?«, fragte Sarah am späten Nachmittag. Sie schauten mehr oder weniger konzentriert in den

Fernseher, ermattet von den vielen Tränen.

»Ach, nichts«, meinte Kati. »Ich habe nur so ein Piepen im Ohr.«

»Dann denkt gerade jemand an dich.«

»Und wer soll das sein? Meine Eltern vielleicht?« Kati biss sich auf die Lippen. Aber der Satz war ihr schon herausgerutscht. Sie hob zu einer Entschuldigung an, es reichte aber nur zu einem betretenen Blick nach unten.

Doch Sarah fing nicht wieder an zu weinen. Sie hatte einfach nicht mehr den Willen, sich noch länger ihrer Traurigkeit zu ergeben. Stattdessen sah sie Kati mit entschlossenem Blick ins Gesicht. »Ich hab nachgedacht. Tun wir es diese Nacht«, sagte sie. Es klang nicht nach einem Vorschlag. Es klang vielmehr nach einer Anordnung, nach einem Befehl.

»Ich werde dir helfen, das unvorstellbar Böse zu vernichten.«

Bevor sie ihr Vorhaben in Angriff nahmen, fuhr Kati nach Hause. Sie hatte noch etwas zu erledigen.

»Aber wie kommen wir nun rein?«, fragte Sarah, als sie unterwegs waren. »Durch den Eingang lassen die uns bestimmt nicht.«

»Hatte ich auch nicht vor. Niemand darf wissen, dass wir rein wollen. Wir sehen uns erst mal um, vielleicht gibt es ja eine Hintertür oder so.«

Sie hatten sich dunkel gekleidet, damit sie in der Nacht nicht so leicht zu erkennen waren. Sarah hatte von Natur aus dunkle Haare, und Kati bedeckte ihre blonden mit ihrem Basecap. Zusätzlich hatte sie einen kleinen Rucksack mitgenommen, in dem sich unter anderem der Dolch befand, der ja eine entscheidende Rolle spielen sollte.

Die Fahrräder schlossen sie auf der anderen Straßenseite hinter Bäumen ab, obwohl eine Sicherung kaum nötig war. Niemand trieb sich zu der Zeit auf der Straße herum.

Der riesige Parkplatz wurde nur von wenigen Kugellaternen erhellt, aber mehr war auch nicht nötig. Der Eingangsbereich strahlte durch die Glastüren gleißend hell, geradezu einladend, kompensierte nicht nur die spärliche Parkplatzbeleuchtung, sondern lenkte die komplette Aufmerksamkeit zum Gebäude. Ein strahlendes Licht in der Dunkelheit.

»Mann, das ist viel zu hell. Was machen wir jetzt?«, fragte Sarah. Sie standen vor der Einfahrt zum Parkplatz und sondierten die Lage.

»Hab ich doch gesagt. Gehen wir nach hinten. Mal sehen, wie es da ist.«

Kati setzte sich in Bewegung, schulterte den Rucksack und schritt stramm und voller Tatendrang drauflos.

Sarah trottete hinterher. Und langsam spürte sie, wie ihr mutiges Herz mit jedem zurückgelegten Meter kleiner wurde.

Der Wille mag groß und mächtig sein, in Anbetracht der bevorstehenden Tat jedoch auch ein scheues Tier.

Als sie noch zusammen recherchiert und kombiniert, sich Indizien zurechtgelegt hatten, zusammen traurig und enttäuscht waren, da klang das noch alles so logisch und schlüssig. Sarah war fest davon überzeugt, dass sie ihre Eltern aus den Klauen von etwas Bösem befreien mussten, es konnte gar nicht anders sein. Sie mussten einfach das tun, was sie nun gedachten zu tun. Und sie wollte es tun, unbedingt, es gab doch überhaupt keine andere Möglichkeit.

Oder?

Während ihr diese Frage in den Sinn kam, geschah etwas mit ihr. Sie sah das blonde Mädchen vor sich, das mit eisernem Griff den hin und her schwingenden Rucksack hielt, und unwillkürlich fragte sie sich, ob sie nicht auch in diesem Rucksack steckte. Hineingestopft und festgezurrt.

Immer größer wurden ihre Zweifel an der ganzen Geschichte.

Konnte es nicht sein, dass Kati übergeschnappt war? Wann hatte sie ihr eigentlich von dieser Sache berichtet? Doch erst viel später nach den ersten angeblichen Geschehnissen. Und die Geschichte von der Fratze kam noch viel später dazu, tauchte auf wie aus heiterem Himmel, als sei sie ihr plötzlich eingefallen.

Hatte Kati je irgendeinen Beweis erbracht?

Was der alte Mann im Laden erzählt hatte, schien zu ihren Erzählungen zu passen, aber hatte er ihre Version der Geschichte damit bestätigt? Oder hatte er nur irgendetwas dahergeredet, was man so oder so auslegen konnte? Er hatte sie erkannt, ja, aber Katis Vater hatte den Dolch dort gekauft, vielleicht hatten sich die beiden über sie unterhalten, und seine Worte bezogen sich auf das, was er mit ihrem Vater besprochen hatte. Sarah versuchte, sich den genauen Wortlaut ins Gedächtnis zu rufen – es klappte nicht. Das unvorstellbar Böse. Daran erinnerte sie sich. Aber was hieß das schon? Natürlich gab es schlimme Dinge auf der Welt, das bedeutete gar nichts.

Sicher, es war ein erstaunlicher Zufall, dass es damals ein Spielhaus gegeben hatte. Aber warum sollte der Bürgermeister nichts davon gewusst und gedacht haben, dass es eine gute Idee wäre, ebenfalls so etwas bauen zu lassen.

Kati hatte offenbar von dem Mädchen, das in dem alten Haus gewohnt hatte, gewusst. Aber auch das musste nichts bedeuten, es gab bekanntlich genug Geschichten über das Haus, und vielleicht hatte Kati, schon bevor sie die Mutprobe absolvierte, selbst recherchiert, möglicherweise gar auf der Webseite über Geisterhäuser. Sie identifizierte sich einfach mit diesem armen Mädchen, das dort umgekommen war, deshalb behauptete sie auch ständig, dass sie ihr bis aufs Haar glich.

Aber was war mit ihren Eltern, die sich so verändert hatten?

Hatten sie sich denn verändert? Wenn sie sich vorstellte, was und wie sie noch vor einem Jahr gedacht und empfunden hatte, musste sie an ein kleines Kind denken, das so vollkommen in seiner eigenen heilen Welt gelebt hatte. Also konnte es durchaus sein, dass nicht ihre Eltern sich verändert hatten, sondern dass es ihr nur so vorkam, weil sie diejenige war, die sich veränderte.

Und die verschwundenen Menschen? Sie waren doch überhaupt nicht verschwunden. Das wirkte nur so. Sie waren im Casino. Was auch sonst bot Coppenbroich Besonderes? Den Sportverein? Dort gingen doch nur alle hin, weil es nichts anderes gab. Und endlich gab es etwas Aufregendes, Neues, und natürlich gingen die Erwachsenen und ihre Eltern dorthin, weil es ihnen Spaß machte. Sie wusste doch selbst gut genug, wie leicht man die Zeit vergaß, wenn man etwas tat, das einem Spaß bereitete.

Ihr fiel die Erwähnung ihres Nachbarn ein, bei der es um ein Altenheim ging. Sie erinnerte sich nicht mehr genau daran, aber so etwas hatte er erzählt, da war sie sich sicher.

So musste es also sein: Katis Erzählungen und Wahrnehmungen hatten sie einfach nur beeinflusst, hatten ihr den Floh ins Ohr gesetzt, dass die Erwachsenen alle verrückt geworden waren.

Diese Ideen zupften an einer der letzten Saiten ihrer kindlichen Fantasie, verbanden die Enttäuschung über das Verhalten ihrer Eltern mit Abenteuerlust und schaurigen Geheimnissen.

Sie war fast ein halbes Jahr älter als Kati, und während sie selbst begriff, was wirklich mit ihnen passierte, sträubte sich Kati innerlich nur gegen das unvermeidliche Erwachsenwerden. Sie fühlte sich allein gelassen und suchte nach Aufmerksamkeit – übertrieb dabei allerdings gewaltig.

Sarah war weit davon entfernt, ihrer Freundin böse Absichten zu unterstellen. Kati konnte womöglich nichts dafür, war vielleicht sogar krank oder durch die Schläge gegen den Kopf verwirrt, und glaubte fest an das, was sie sich ausgedacht hatte – für sie war es zur Realität geworden.

Sarah ging ein Licht auf.

Sie verlangsamte nochmals ihre Schritte, war kurz davor anzuhalten, um mit ihrer Freundin zu reden, und sie vor einer Dummheit zu bewahren. Sie könnte ihr vorschlagen, doch erst mal ganz höflich am Eingang nachzufragen, ob ihre Eltern anwesend seien.

Aber natürlich, hätte ein Mitarbeiter des Casinos dann lächelnd bestätigt. Ihre Eltern wären über Nacht geblieben, denn das Casino hatte auch Zimmer, die man mieten konnte, groß genug war es ja. Selbstverständlich seien sind hier, und es würde ihnen gut gehen, und sie würden bald nach Hause kommen, sie hätten einfach vergessen, sich zu melden, und der Handyempfang sei hier so schlecht.

Und dann hätte der Mann sie ermahnt, dass es doch nicht sein könnte, dass zwei Kinder um diese Uhrzeit draußen herumliefen, dass sie schnell nach Hause laufen sollten, und dort wie brave Kinder auf ihre Eltern warten sollten, denn die Erwachsenen wüssten schon, was sie taten. Im Gegensatz zu zwei Mädchen mit lauter Unsinn im Kopf. Wobei ja genau genommen nur eines diesen Unsinn im Kopf hatte und das andere brave Mädchen damit angesteckt hatte. So etwas wie das unvorstellbar Böse gab es hier nicht, das sei nur Einbildung, und sollte es doch keine Einbildung sein, dann sollte sich das brave Mädchen mal fragen, in wessen Rucksack es steckte.

Sarahs Kopf stand kurz vor der Explosion, alles klang so einleuchtend, so beruhigend und nicht wie dieses irre Zeug, von dem Kati erzählt hatte. Es gab keine Geister, es gab nichts Böses, das irgendwo hauste und Menschen fraß, und schon gar nicht gab es Kinder, die schon lange tot waren und Kontakt mit anderen Kindern aufnahmen, die noch lebten. Und überhaupt, man sollte eh nicht immer alles glauben, diese Geistergeschichten und Theorien im Internet, das war Unsinn. Komplette Scheiße.

Sie fragte sich ernsthaft, ob ihre Freundin nicht professionelle Hilfe brauchte. Doch Sarah schwieg und trottete weiter.

Inzwischen hatten sie die Rückseite erreicht, und hier schien es tatsächlich möglich zu sein, das Gelände zu betreten, ohne gesehen zu werden.

»Okay.« Kati bückte sich und formte ihre Hände zu einer Räuberleiter.

Sarah kaute auf ihrer Unterlippe herum. »Ich weiß nicht.«

»Was weißt du nicht? Ob du mich hochziehen kannst?« Kati richtete sich wieder auf.

»Nein. Ob wir das Richtige tun. Mann, wenn wir erwischt werden. Das gibt scheiß viel Ärger. Das ist doch Einbruch.«

Kati starrte Sarah nur an. Am liebsten hätte sie ihrer Freundin eine Kopfnuss verpasst.

»Vielleicht sollten wir erst mal fragen?«, murmelte Sarah vorsichtig.

»Fragen? Was willst du denn fragen?«, wollte Kati wissen. Dann glaubte sie zu begreifen. »Ja, klar. Gehen wir zum Eingang und fragen nach dem unvorstellbar Bösen: ›Guten Abend, wir müssten mal kurz in den Keller, um dieses Ding zu vernichten, das unsere Eltern gefangen hält. Vielleicht wären Sie so nett, uns dabei zu helfen?‹«

»Nein … doch nicht so. Ich dachte, wir könnten nach unseren Eltern fragen …«

Eine Ader an Katis Hals begann zu pulsieren. Ihr Gesicht rötete sich. »Spinnst du, Sarah? Du kannst ihnen nicht trauen. Wie blöd bist du?«

Sarahs Kinn begann zu zucken, ihre Mundwinkel wanderten nach unten.

Kati verdrehte die Augen, regte sich wieder etwas ab. »Nein, okay, du bist nicht blöd. Tut mir leid. Aber daran hab ich auch schon gedacht, das funktioniert nicht, das ist zu gefährlich, die Erwachsenen sind nicht sie selbst, wenn sie da drin sind. Noch weniger als wenn sie zu Hause sind.« Sie schaute Sarah skeptisch an. »Wir können da doch nicht so einfach reinspazieren und sagen was wir vorhaben und …«

»Ich weiß nicht«, unterbrach Sarah. »Mann, Kati, das ist alles so schwer und verrückt, ich will nicht, dass es so ist, wie du sagst. Hast du mal daran gedacht, dass das auch alles ganz anders sein könnte? Es kann doch nicht sein, dass … es darf doch nicht sein, was nicht sein kann. Nachher machst du irgendwas Falsches, und dann fliegt das Casino in die Luft. Vielleicht hat das Mädchen damals auch … Nicht ihr Vater hat, sondern sie … und … Oder du glaubst nur, dass du etwas tun musst … aber eigentlich ist alles ganz normal …« Unsicher, nahezu ängstlich schaute sie zur Seite.

Kati nahm es fast den Atem. Gerade eben noch zornig, machte sich jetzt Verblüffung in ihr breit. Sie fühlte sich wie ein Ballon, in den jemand eine Nadel gerammt hatte. Ihre Freundin, ihre beste Freundin, mit der sie alles geteilt hatte, wandte sich von ihr ab? »Du … du glaubst, ich bin verrückt, oder?« Sie machte ein paar Schritte rückwärts, von Sarah weg, die Mauer begrenzte ihre Flucht. Sie schloss die Augen. Ihr Brustkorb hob und senkte sich wie nach großer Anstrengung.

»Nein«, stammelte Sarah. »Nein, nicht verrückt. Ich weiß doch auch nicht. Ich glaube dir, was du erzählt hast, aber vielleicht musst du das anders verstehen, das ist vielleicht die Pubertät oder so. Du weißt doch auch, dass man sich dann verändert und merkwürdige Sachen träumt oder sich einbildet.«

»Und du weißt darüber Bescheid, ja?«, zischte Kati, hielt die Augen geschlossen, kämpfte mit sich, sammelte sich, atmete ein und aus.

Ganz ruhig sagte sie dann: »Sarah, ich weiß nicht warum. Ich weiß nur, dass ich das tun muss. Ich denke mir das nicht aus!« Sie sah auf, legte alle ihre freundschaftlichen Gefühle, die sie für Sarah empfand, in ihren Blick. »Du kannst tun, was du willst. Glaub mir oder glaub mir nicht. Geh nach Hause und warte auf deine Eltern oder komm mit und hilf mir sie zu befreien. Egal was du tust, du bleibst meine beste Freundin, solange ich lebe.«

Sie sahen sich eine Weile wortlos in die Augen. Dann zuckte Sarah mit den Schultern. Was sollte sie dagegen sagen? Selbst wenn das alles nur auf Einbildung basierte, hatte Kati mit dem Beweis ihrer Freundschaft jeglichen Widerstand in ihr gebrochen. Sie konnte unmöglich einen Rückzieher machen.

Blieb eben nur, bei der Sache mitzuspielen, und dabei ein Auge auf sie zu haben und dafür zu sorgen, dass sie keinen Unsinn anstellte.

Sie beschloss also, Kati ihren Willen zu lassen und sie nicht weiter zu hinterfragen. Nur so würde ihre Freundin langsam zurück in die Realität finden, sie würde früher oder später merken, dass das alles nur in ihrer Einbildung existierte.

Was sollte ihnen auch groß passieren? Selbst wenn man sie erwischen würde, gäbe es allenfalls eine Standpauke und möglicherweise etwas Hausarrest, aber das wäre so verkehrt ja gar nicht. Dadurch würde ihnen auf jeden Fall die Aufmerksamkeit ihrer Eltern wieder sicher sein. Und darum ging es doch letzten Endes.

Es sei denn … aber darüber wollte sie nicht weiter nachdenken. Sollte es allen Ernstes doch so sein, wie Kati glaubte, dann hätten sie ohnehin keine andere Wahl.

»Mann, hilf mir mal hoch, oder willst du ewig da rumstehen?«, grinste Sarah und knuffte Kati an die Schulter.

»Ich warte nur auf dich«, feixte Kati zurück und atmete auf. »Alles wieder okay?«

Sarah hob den Daumen.

Es dauerte eine Weile, bis sie auf der Mauer saßen. Sarah war dank Katis Kraft recht schnell oben, hatte dann aber selbst ziemlich viel Mühe, ihre Freundin hochzuziehen. Oben angekommen, waren sie beide der Meinung, dass sie beim nächsten Mal die Rollen tauschen sollten. Sofern es denn zu einem nächsten Mal kommen würde, worauf sie aber nicht sonderlich scharf waren. Auf der Mauer hockend, sahen sie hinunter auf die Seite des Geländes. Das schwache Licht, das von der Straßenseite kam, wurde vollkommen verschluckt, unter ihnen tat sich gähnende Dunkelheit auf. Den Boden konnten sie allenfalls erahnen. Die untersten Äste eines großen, alten Baumes streiften die Mauer, wie Finger, die an ihr entlangtasteten.

»Ganz schön hoch, wenn man erst mal oben ist«, stellte Sarah fest.

»Wer es bis nach oben schafft, der kommt auch wieder runter«, sagte Kati und sprang. Sie verschwand in der Dunkelheit, und nur ein dumpfer Schlag zeugte davon, dass sie unten angekommen war.

»Okay, das geht.« Kati richtete sich auf, ihre Hand stützte sich dabei an dem Baum ab, dessen Krone über die Mauer ragte. Sie zuckte zurück. Die Rinde fühlte sich an, als ob sie unter Strom stehen würde. »Du kannst springen«, drang ihre Stimme nach oben, sie war aufgrund ihrer schwarzen Kleidung kaum zu sehen. Sarah vertraute und sprang ebenfalls.

Schnell hatten sich ihre Augen an die Dunkelheit gewöhnt, und sie konnten die Umrisse des Casinos erkennen.

»Und du bist sicher, dass das unvorstellbar Böse nicht hier draußen, sondern da drinnen ist?«, fragte Sarah mit vorgeschobenem Interesse.

»Es läuft doch nicht rum. Es ist da drinnen«, sagte Kati.

»Gut. Dann gehen wir da jetzt rein.«

»Okay.«

Geduckt schlichen sie auf die Rückseite des Casinos zu.

»Das ist schon komisch. Vorn ist das total hell und hier hinten fast stockdunkel«, meinte Sarah schließlich, als sie am Casino angekommen waren. »Und irgendwie sieht es von hinten ganz anders aus, als von vorn.«

Kati stimmte ihr zu, wahrscheinlich lag das einfach daran, dass hier jegliche Beleuchtung fehlte. Sie blieb stehen, nahm den Rucksack ab und kramte darin herum. Plötzlich erschien ein kleiner weißer Fleck in der Dunkelheit, streifte kurz Sarahs Gesicht, leuchtete auf den Boden und erhellte dann von unten herauf ihr eigenes Gesicht. Dazu zog sie noch eine etwas irre wirkende Grimasse und fing an zu kichern.

»Sehr witzig«, beschwerte Sarah sich. »Die hättest du auch schon vorher anmachen können. Wir hätten uns beim Springen alles brechen können.«

»Wenn auf der Mauer plötzlich eine Taschenlampe angeht, sieht man das doch«, erklärte Kati.

Sie vermied es tunlichst, den Lichtkegel auf das Gebäude selbst zu richten, um sich nicht doch noch zu verraten, indem der Schein ein Fenster traf. Sofern es hier welche gab.

Vorsichtig und Stück für Stück leuchtete sie den unteren Bereich des Gebäudes ab. Sie suchte nach irgendeiner Tür, einem Lieferanteneingang, einem Notausgang oder einem Fenster, durch das sie hineingelangen könnten.

Tatsächlich wurde sie fündig. Kati stupste Sarah an und zeigte im Schein der Lampe auf eine niedrige Mauer, die wie ein kurzer, unbedachter Gang direkt an die Wand führte. Eine Treppe führte einige Meter nach unten, und am Ende befand sich eine massive Stahltür mit einer elektronischen Sicherung, die nur mittels einer Magnetkarte zu öffnen war, wie Sarah sofort erkannte. Der Eingang zum Keller des Casinos.

»Der Keller«, triumphierte Kati. »Ich hab dir ja gesagt, dass es ihn noch gibt.«

»Sieht fast so aus.« Sarah blieb skeptisch. »Aber wir kommen da nicht rein, wir brauchen eine Karte«, flüsterte sie und zeigte auf einen kleinen Kasten.

Nun gut, es gab also einen Keller, soweit behielt Kati recht, musste Sarah zugeben, aber sie gelangten zumindest durch diese Tür unmöglich hinein.

Kati zog und drückte am Türknauf. »Scheiße.«

»Da kann man nichts machen.«

»Warte mal, ich hab eine Idee.«

»Was willst du denn machen? Die bekommst du nicht auf. Du musst eine Karte haben und durch den Schlitz da ziehen. Das ist wie beim Arzt oder bei der Bank oder wenn du was bezahlen willst. Da sind Daten drauf, das Teil liest sie und öffnet dann die Tür. Sag bloß, das weißt du nicht?«

Kati reagierte in keinster Weise auf die Erklärung, drückte Sarah die Taschenlampe in die Hand, kramte wieder in ihrem Rucksack herum und beförderte den Dolch zu Tage.

Sie erinnerte sich an den Traum von neulich, in dem das andere Mädchen genauso vor der verschlossenen Tür gestanden hatte. Zu irgendetwas musste der Dolch schließlich gut sein, und da sie bisher keine weiteren Mitteilungen irgendeiner Art von dem Mädchen bekommen hatte, beschloss sie, die Situation aus dem Traum einfach nachzustellen. Sie hob den Dolch, berührte mit der Spitze die Tür und sagte: »Geh auf!«

Nichts geschah.

»Geh auf!«

»Ähm …«, machte Sarah und schaute ihrer Freundin verständnislos zu.

»Geh auf! Ich will da rein.«

Es funktionierte nicht. Kati ließ etwas ratlos den Dolch sinken. Dann fiel ihr Blick auf den kleinen, mit dem Schlitz versehenen Kasten. Durch diesen Schlitz musste man eine Karte ziehen, hatte Sarah erklärt. Sie runzelte die Stirn. Ein Versuch war es wert.

»Nicht! Du machst es kaputt!« Sarah machte einen Satz nach vorn, aber Kati hatte bereits die Klinge angesetzt und zog die Spitze, die gerade dünn genug war, um in den Schlitz zu passen, hindurch.

Das Geräusch war kaum wahrnehmbar. Erst summte es verhalten und mit einem ganz leisen *Plopp* öffnete sich die Tür. Sie schwang einige Zentimeter auf, wie durch Geisterhand, oder als hätte jemand von innen die Klinke gedrückt.

Sarah klappte die Kinnlade herunter. Entweder war der Kartenleser kaputt, oder diese ganze Magnetstreifenerfindung riesiger Betrug. Oder …

Sie betraten einen kleinen Raum und blieben direkt hinter der Tür stehen.

»Mach sie zu«, flüsterte Kati. Sarah prüfte verblüfft, ob innen ebenfalls ein entsprechendes Sicherheitssystem war und schloss die Tür. Sie behielt die Taschenlampe, während Kati den Dolch in die rechte Hand nahm.

Sarah leuchtete den Boden und dann die Wände ab. Im Raum befand sich technisches Equipment, surrende Computer und Server, sauber sortierte Kabelstränge und Regale, die mit gleichförmigen, weißen Kästen vollgestellt waren. Am Ende des Raums befand sich eine weitere Tür. Kati bat Sarah, die Regale genauer zu beleuchten. Sie öffneten einen der Kästen und entdeckten unzählige Festplatten darin. Damit konnten sie wenig anfangen. Sie hatten jetzt nicht die Möglichkeit, die Platten auszulesen, und selbst wenn, gingen sie davon aus, dass ihnen die darauf befindlichen Daten kaum helfen würden.

Also weiter. An der Tür, die in den nächsten Raum führen musste, und auch gesichert war, blieben sie stehen und lauschten. Kati legte ein Ohr an die Tür, konnte aber keinerlei Geräusch vernehmen. Sie hob einen Daumen und deutete Sarah, die Lampe auszumachen. Ganz vorsichtig benutzte sie wieder die Klinge und auch hier funktionierte sie. Sarah schüttelte konsterniert den Kopf.

In diesem Raum herrschte absolute Dunkelheit, und Kati öffnete die Tür weit genug, um geradeso hindurchschlüpfen zu können. Sarah folgte ihr und zog die Tür hinter sich wieder zu. Das Geräusch, das ihre Schuhe verursachte, klang nun anders, hallte, und ließ den Schluss zu, das sie in einem sehr großem Raum standen. Hier roch es auch anders. Fast wie in einem Krankenhaus, ein bisschen nach Chemie, oder nach künstlich gereinigter Luft. Dabei war jedoch noch ein anderer Geruch unterschwellig wahrnehmbar, weit im Hintergrund, als ob dieser der eigentliche Geruch des Kellers war – ein wenig süßlich, modrig.

Kati hörte, wie Sarah schluckte. Im Dunkeln tastete sie nach ihrer Hand, fand sie, ergriff sie und flüsterte: »Mach die Taschenlampe an.«

Sarah hielt die Lampe nach unten, sodass sie erst einmal nur den Boden sehen konnten. Er war von heller Farbe, glatt und sauber, sah im Schein der Lampe genauso aus wie die Wände, die das Gelände umzäunten. Im Boden hatte man in regelmäßigen Abständen Abflussgitter in der Größe eines Schreibblockes eingelassen.

Langsam hob sie die Lampe, aber trotz des starken Strahles erreichte der Lichtschein nicht die gegenüberliegende Wand, sondern verlor sich im Dunkeln. Der Raum musste also extrem groß sein, mindestens so groß wie das Gebäude darüber.

»Das ist der Keller des alten Hauses, der Keller der Burg«, raunte Kati. »Ich hab es dir doch gesagt.«

Dieser Raum, das wussten beide nun, sah zwar anders aus, und mit Bestimmtheit waren seine ursprünglichen Wände und der Boden mehrfach verkleidet und erneuert worden, aber letztlich war die Leere in ihm viele hundert Jahre alt.

Sarah lenkte das Licht zur Seite.

Was im Schein dann plötzlich auftauchte, ließ sie erstarren. Kati sah es ebenfalls und gab einen erstickten Laut von sich. Beide stolperten vor Schreck ein paar Schritte rückwärts und stießen gegen etwas, oder etwas stieß gegen sie.

Die Berührung in ihrem Rücken brachte Sarah dazu, wie wild mit den Armen zu fuchteln und um sich zu schlagen, dabei ließ sie die Taschenlampe fallen. Die Lampe kullerte über den Boden, und beleuchtete unzählige Füße, aufgereiht wie eine Armee. Sie beschrieb einen Bogen und noch mehr Füße tauchten auf, überall, so weit das Licht reichte. Der ganze verhexte Keller war voll mit Füßen, mit Beinen, die Schatten warfen, auf noch mehr Füße und Beine, die wieder Schatten warfen. Die Taschenlampe rollte weiter, drehte sich und hüpfte über die Abflussgitter. Der Lichtkegel ging auf und nieder und ließ die Füße mit ihren Beinen tanzen, als ob die

Armee sich in Bewegung setzen würde, lautlos, dann gab es einen metallisch klingenden Schlag, und es wurde dunkel.

Sarah drehte durch.

So schön hatte sie sich alles zurechtgelegt, als sie hinter Kati hergetrottet war, so klug und weise hatte sie sich gefühlt, so stolz, überlegen und fürsorglich, weil sie davon überzeugt gewesen war, alles begriffen zu haben. Innerlich gelächelt hatte sie über Kati, wollte ihr Spiel mitspielen, kam sich vor wie die große Schwester, die eine schützende Hand über die verwirrte Kleine halten wollte.

Nichts hatte sie begriffen, gar nichts. Ihre geistige Mauer gegen das unvorstellbar Böse zerfiel zu Staub und legte ihre Nerven blank, wie von Haut befreite Muskulatur.

Sie war das Kind, das sich der Realität nicht stellen wollte.

Wie konnte sie nur jemals an Kati zweifeln?

Die Geister. Wer auch immer sie gerufen haben mochte – sie waren hier.

Sarahs Schrei ging in eine Mischung aus Wimmern und Krähen über, in einen gutturalen Urlaut, lang gezogen und wehklagend. Ihre Beine gaben nach und sie sank zu Boden. Ihre Arme umschlossen ihre Knie, sie verstummte und wippte zitternd hin und her, als hätte man aus ihrem Hirn Suppe gekocht. Der alte Keller, so modern er nun aussehen mochte, war angefüllt mit den Verunglückten des verheerenden Brandes, und sie tanzten unablässig einen Totentanz. Nicht mehr lange, und sie würden anfangen zu singen und nach den Mädchen greifen, um sie in ihre Polonaise der Ewigkeit einzureihen.

Katis Herz schlug zum Zerbersten. Adrenalin schüttelte sie. In ihren Ohren kreischte eine Trillerpfeife. Den Dolch, weit von sich gestreckt, wagte sie nicht, sich zu bewegen. Tausende von brüllenden Gedanken durchfuhren sie, vermischt mit panischer Angst und dem Versuch, es Sarah nicht gleichzutun: einfach loszulassen und in sich zusammenzufallen. Es konnte nicht sein. Es durfte einfach nicht sein.

Aber irgendetwas sagte ihr plötzlich, dass keine unmittelbare Gefahr drohte, dass das, was sie hier vorfanden, nicht der entscheidende Faktor war. Es war nicht der ominöse Raum, den sie suchten, nicht das Ziel, es war nur eine Etappe, möglicherweise eine Prüfung, die zeigen sollte, wie stark sie waren. Trotzdem war es für sie eine extreme Anstrengung, die Nerven zu behalten. Wenn das hier nur ein Teil ihres Weges sein sollte, was konnte dann noch kommen?

Sie würgte immer wieder, dabei war ihr Mund vollkommen trocken, fast verschluckte sie sich. Sie schnappte nach Atem, hustete. Ihr Körper reagierte auf das, was sie sah, und wollte flüchten, mit jeder Faser, und ihr Verstand hielt dagegen, eisern, bleiern.

Sarah fing hinter ihr an zu brummen, wie ein kaputter Wecker, dessen kleiner Hammer daran gehindert wurde, gegen die Glocken zu schlagen, um sie aus dem Albtraum zu erwecken.

»Sarah«, keuchte Kati. »Sarah, bitte, bleib bei mir.«

Das Brummen ihrer Freundin änderte leicht die Frequenz, es war wie eine Antwort, die aber nicht formuliert werden sollte, auf eine Frage, die nicht gestellt werden sollte. Sarah reagierte, nahm Kati noch wahr, spürte irgendwie, dass sie nicht aufgeben durfte, noch nicht, nicht jetzt.

Kati griff mit der freien Hand ins Dunkel, dorthin wo sie Sarah vermutete, streifte ihren Kopf, was dem Brummen eine heulende Frequenzspitze entlockte. »Sarah«, sagte Kati noch mal, berührte die Schulter ihrer Freundin, ließ ihre Hand dort ruhen, bis Sarah ihre Hand ergriff und zupackte. Das Brummen verlor sich.

»Ich will nicht mehr«, wimmerte Sarah.

»Bitte, wir müssen … wir können nicht hierbleiben, wir müssen weiter.« Katis Atem ging stoßweise.

Aber die Angst und Panik vor dem, was in dem Raum um sie herum war, war gar nicht das Schlimmste.

Die größte Angst war, der Angst freien Lauf zu lassen. Die Dunkelheit hatte die Umarmung eingeleitet, es fehlte nicht mehr viel, und sie hätte sich um sie geschlossen, um sie nie mehr loszulassen.

»Ich brauche dich, ich kann das nicht allein.« Sie zog Sarah auf die Füße und schlang ihre Arme um sie, presste sie an sich, in der instinktiven Hoffnung, zu zweit wären sie groß genug, um dem Klammergriff der Dunkelheit zu entgehen. So standen die beiden Mädchen einen Moment, während Kati schnaufte und Sarah hemmungslos schluchzte. Um sie herum standen Tausende von stummen Beobachtern, mit ausdruckslosen Gesichtern, scheinbar bewegungslos.

38

Zum wiederholten Male polierte Katharina die Klinge ihres Schwertes. Es glich mehr einer mechanischen Bewegung, als einer sinnvollen, das gleichmäßige Wischen über den Stahl beruhigte sie, half ihr, nicht zu sehr zu grübeln. Zwischendurch hob sie die Klinge und betrachtete ihr Gesicht und ihre Augen, die so sehr an ihre Mutter erinnerten. Wieder wischte sie darüber, irgendetwas in ihr hoffte, die Trauer über den Verlust mit dem Schmutz hinfortzuwischen, der schon lange nicht mehr da war.

Obwohl ihr Vater so sehr seine Mitschuld bekundete und einsah, hatte er sich in keinster Weise geändert. Er vermied es inzwischen sogar, ihr in die Augen zu sehen. Er war zu einem Fremden geworden, wie einer von denen, die ebenfalls in ihrem Haus lebten, und ihr nur hin und wieder über den Weg liefen. Im Gegensatz zu ihrem Vater verhielten sich die zahlenden Gäste jedoch höflich, grüßten sie und fragten hier und da nach ihrer Befindlichkeit. Immer seltener beantwortete sie die freundlich gemeinte Frage, denn immer weniger wusste sie, wie sie sie hätte beantworten sollen.

Sigmund machte einen Bogen um sie. Wahrscheinlich war er sich seiner selbst nicht mehr ganz sicher, wusste nicht, ob Katharina ihn verraten hatte.

Sie selbst wusste ebenfalls nicht, ob ihre Mutter mit ihm oder mit ihrem Vater über den Übergriff gesprochen hatte. Sie wusste gar nichts mehr, fühlte sich nur leer und einsam, verlassen und verloren.

Eine Träne sammelte sich in ihrem Augenwinkel. So oft war sie in letzter Zeit an der Tür zum Keller vorbeigeschlichen, hatte die Hand auf die Klinke gelegt, und gehofft, den Mut zu finden, nochmals einen Versuch zu starten, dem allem ein Ende zu bereiten, damit sie die Familie, die ihr geblieben war, zurückbekommen würde.

Wie sollte ihr Leben weitergehen?

Von klein auf waren das Haus und der große Garten ihr Lebensmittelpunkt und ihre Eltern ihre Bezugspersonen. Ihre Mutter war fort. Für immer. Und ihr Vater …? Das Haus, ihr Heim, war es zu ihrem Gefängnis geworden?

Sie nahm das Schwert in beide Hände und hob es hoch, zeigte mit der Spitze zur Decke und betrachtete es. Was hatte ihr Vater damals erzählt, als sie es etwas verblüfft entgegengenommen hatte? Dass es ein Zeichen für den Zusammenhalt der Familie sei, dass es schon lange im Besitz seiner Familie gewesen sei und nun folgerichtig an sie weitergegeben werden sollte. Sie ließ das Schwert sinken, sah in die polierte Klinge, und ihre Augen spiegelten sich darin wider. In ihrer Einbildung erschienen nun auch die Augen ihres Vaters neben den ihrigen, und sie schienen zu lächeln, so, wie sie es früher immer getan hatten. Katharina lächelte selbst, als sie daran dachte. Wie sehr hatte er sich geändert. Immer, wenn er sie gesehen hatte, leuchtete sein Gesicht auf, selbst wenn er mit irgendetwas beschäftigt war, sich mit Gästen unterhielt oder arbeitete. Auch wenn er ihr Dinge über die Natur oder die Welt im Allgemeinen erklärte, fiel ihr oft auf, wie er sie lächelnd betrachtete. Das alles hatte nach und nach aufgehört, seit er dieses Spielhaus in Betrieb genommen hatte, seit er investiert hatte. Vielleicht sah er sie auch nur noch als einen Gast an, oder als Investition, und ihr war der Gewinn, den sie erbringen sollte – irgendwann – noch nicht bewusst.

Vielleicht lächelte er, wenn er in sein Zimmer ging. Vielleicht belog er sie darüber. Vielleicht tat ihm das alles gar nicht so leid, wie er beteuert hatte. Vielleicht gab es keinen bösen Geist. Vielleicht hatte er ihre Mutter die Treppe hinuntergestoßen. Vielleicht gab es nur jemanden, der einmal ihr Vater gewesen war. Sie schüttelte den Kopf. So durfte sie nicht denken. Nein, er war kein böser Geist. Sie liebte ihn, egal, was er tat, und sie war fest davon überzeugt, dass er sie auch noch liebte, irgendwo an einer Stelle, die verschüttet war von all den Sorgen, der Arbeit und der Schuld, die er auf sich geladen hatte. Der böse Geist war nicht er, das Ding in seinem Zimmer war das Böse.

Sie stellte sich vor, was mit ihr geschehen würde, wenn sie dieses furchtbare Monster, das damals in ihrem See war, ständig an ihrer Seite hätte. Noch dazu, wenn dieses Wesen sie in der Hand hätte und erpressen könnte, etwas zu tun, was sie nicht wollte. Keinen Tag würde sie das ertragen. Sie musste stolz auf ihren Vater sein, mit ihm fühlen, für ihn da sein und ihn nicht unter einem Berg aus Vorwürfen begraben.

Wenn sie doch nur mit ihrem Schwert das Monster töten könnte. Mit dem Schwert ihrer Familie, dem Schwert ihres Vaters, das er ihr in seiner Liebe vermacht hatte.

Liebe.

Etwas flammte in ihr auf. Ein Gedanke, eine Ahnung. Eine Hoffnung. Vielleicht hatte ihr Vater ihr mit dem Schwert eine Waffe gegeben, mit der man nicht töten musste. Töten bedeutete Zerstörung, Auslöschung, aber genau das wollte sie doch gar nicht. Sie wollte wieder etwas zusammensetzen, etwas heilen, sie wollte Liebe, keinen Hass.

Katharina riss die Augen auf, im gleichen Moment das Schwert hoch, und das Schwert schien das Licht der Kerzen aufzusaugen, zu erstrahlen, die Klinge funkelte und der blaue Stein am Ende des Griffes sandte ein kaum merkliches Glühen aus.

In ihren Ohren begann es zu rauschen. Ihr Herz klopfte schneller. Sie spürte, wie eine elektrisierende Energie von ihr Besitz nahm, und plötzlich meinte sie, eine Stimme zu vernehmen, ein zartes Wispern, fast wie das Flügelschlagen eines Schmetterlings an ihrem Ohr, etwas Warmes, Vertrautes.

Da war es wieder, dieses Gefühl, dass jemand bei ihr war, neben oder hinter ihr, wobei das nicht von Belang war. Es war jemand bei ihr, ohne tatsächlich anwesend zu sein. Katharina spürte das fremde Mädchen wieder, sie wusste, dass sie es war, und sie konnte die kleine, dünne Stimme, das Flattern der zarten Verbindung nun erkennen. Es war ihre eigene Stimme, die zu ihr sprach, aus weiter Ferne nach ihr rief, traurig, mutig und bittend zugleich, und die Stimme sagte: »Ich brauche dich, ich kann das nicht allein.« Die Wärme, die sie durchfuhr, war wie eine Umarmung. Seit Langem hatte sie sich nicht mehr so glücklich gefühlt, so aufgeladen mit Energie. Die Stimme, die zu dem fremden Mädchen gehörte und doch ihre eigene war, teilte ihre Kraft mit ihr, übertrug sie auf geheimnisvolle Weise. Katharina schloss die Augen, lächelte wohlig, schlang ihre Arme um sich selbst, versuchte das Gefühl festzuhalten.

Doch plötzlich riss etwas an ihr, an dem Gefühl in ihr und an der Stimme. Der kleine Schmetterling wurde hinfortgewischt von einem Sturm und trudelte voller Hilflosigkeit hin und her, die Stimme verlor sich in knirschendem Brummen.

Ein gewaltiger Strom durchschoss sein gesamtes Selbst, rein und klar, voller Kraft. Es wusste mit jeder Faser, dass die Seele, nach der es sich so sehr verzehrte, den letzten, entscheidenden Impuls bekommen hatte, um sich endlich der unvermeidlichen Konfrontation zu stellen. Es musste sie nur noch rufen, herbeiholen, ihre letzten Zweifel zerstreuen.

In Katharinas Kopf drängte sich eine andere Stimme, und es war die Stimme, die sie kannte und so verabscheute. Diese Stimme sagte ihren Namen, so wie damals, als sie das erste Mal aufeinandergetroffen waren, aber dieses Mal hatte die Stimme einen anderen Klang. Die Stimme rief nach ihr, lockte sie, wollte sie an sich binden, war wie der köstliche Geruch eines Mahls, des vielleicht letzten Mahls, so süß und verführerisch, alle Sinne betäubend.

Die Zeit war reif, der Dämon war reif, sich das zu holen, was er nicht verdiente, und die reine Seele war reif, das zu tun, was sie tun musste.

Katharina erhob sich, folgte dem Ruf der Entscheidung, während draußen die Nacht ihren Höhepunkt erreicht hatte. Einem Schlafwandler gleich schritt sie langsam zum Keller, und sie wusste, dass dieses Mal die Macht ihres Schwertes stark genug sein würde, die Schlösser des verbotenen Raums zu sprengen.

Hinter ihr fiel die Tür ihres Zimmers ins Schloss, der Windhauch löschte alle Kerzen, und die Dunkelheit kehrte ein.

39

Sarahs Schluchzen verebbte und auch Katis Atem beruhigte sich. Vorsichtig lösten sie sich voneinander.

»Ich hab so furchtbare Angst«, flüsterte Sarah. »Hier sind überall Geister. Du hast so recht gehabt, Kati, mit allem. Und ich hab noch gedacht, *ich* müsste auf dich aufpassen.«

»Vergiss es, okay? Und das sind keine Geister, hörst du? Die bewegen sich nicht. Das sind Figuren, Puppen irgend so was.« Kati bot eine andere Erklärung an und versuchte damit, nicht nur Sarah zu beruhigen, sondern vor allem sich selbst gegenüber zu leugnen, was auch sie gesehen hatte. Man durfte sich nicht weiter in die Angst hineinsteigern, sonst wurde wahr, was man dachte, das wusste sie. Man musste die Angst besiegen, sonst wurde man von ihr besiegt.

Es musste sich also um irgendeine Art von Figuren handeln, deren Sinn und Zweck sie einfach nicht erkennen, sich nicht vorstellen konnten. »Wir müssen die Lampe wiederfinden. Ohne Licht kommen wir nicht weiter. Wohin ist die Taschenlampe gerollt?«

»Weiß ich nicht«, jammerte Sarah. »Ich such sie auch nicht. Ich bewege mich nicht von der Stelle. Mir egal, was das für Dinger sind, die stehen da rum, und ich will die nicht anfassen und auch nicht, dass die mich anfassen!«

»Niemand fasst dich an. Aber wir müssen weiter. Machen wir einen Schritt nach dem anderen. Denk nicht an die Figuren. Wir müssen an Licht kommen. Wir müssen was sehen. Ich hab ein Feuerzeug mitgenommen, das hab ich im Rucksack …«

»Mein Handy …«

»Ja, genau! Sag bloß, du hast dein Handy dabei?«

»Hab ich immer. Ich muss doch meine Eltern …« Sarah hielt inne, blockierte den Gedanken und zog die Nase hoch. »Da ist Licht dran.«

Kati verstaute den Dolch fürs Erste wieder im Rucksack, steckte aber sicherheitshalber das Feuerzeug in die Hosentasche, drückte Sarah noch mal und klopfte ihr auf die Schulter.

Sarah beruhigte sich weiter, dank des Handys in der Hand. Es gab ihr etwas Sicherheit in diesem surrealen Szenario. Man drückte einen Knopf und das Entsprechende geschah, ganz im Gegensatz zu diesem Ort, an dem keine von ihnen wissen konnte, was als Nächstes passieren würde.

Die Leuchtkraft der kleinen LED war kein Vergleich zur Taschenlampe, aber es reichte, um festzustellen, dass Kati recht hatte. Die Füße und Beine, die sie gesehen hatten und im schwachen Licht auftauchten, gehörten tatsächlich zu Figuren, die sehr an Schaufensterpuppen erinnerten, und natürlich bewegten sie sich nicht. Sie fragten sich beide, was denn derart viele Figuren im Keller des Casinos zu suchen hatten. Zudem waren alle vollständig bekleidet und von unterschiedlicher Statur. Aber es waren eben nur Puppen. Sarahs Angst mischte sich mit Neugier, und das genauere Beleuchten einiger Figuren offenbarte die vorhandenen, aber nicht sehr ausgearbeiteten Gesichtszüge.

»Mann, was wollen sie mit denen?«

»Keine Ahnung. Vielleicht wollen sie aus dem Keller irgendwann mal ein Modehaus machen.«

»Das könnte echt sein. Ist trotzdem voll gruselig.«

»Leuchte mal lieber auf den Boden, wir müssen die Lampe wiederfinden.«

Nach vorn gebeugt leuchteten sie den Boden ab, aber die Taschenlampe blieb verschwunden.

Stattdessen fiel Sarah etwas auf. »Guck mal. Die haben keine Füße.«

Kati sah genauer hin. Tatsächlich, zum Teil hatten die Figuren keine Beine mehr, aber es war nicht so, dass man vergessen hatte, ihnen Beine oder Füße zu montieren. Vielmehr standen sie auf den in den Boden eingelassenen Gittern und verschwanden einfach nach und nach, zerliefen in unendlicher Langsamkeit, sodass der Vorgang als solches nicht wahrnehmbar war. Fäden aus dem Puppenmaterial und Stofffetzen hingen zwischen den Gittern, erstarrt in Tropfenform, wie ehemals heißes und nun erkaltetes Wachs oder wie zäher Schleim.

»Die tropfen in den Gully«, flüsterte Sarah. »Das ist voll …«

»Gruselig«, ergänzte Kati angewidert. Was hatte das zu bedeuten? Wer stellt in seinem Keller Figuren auf und lässt sie auf diese Weise verschwinden?

Verschwinden.

Das Wort wiederholte sich in Katis Kopf, und etwas fügte sich zusammen, eine furchtbare Ahnung kroch ihren Rücken hinauf, doch bevor sich der Gedanke zu etwas Greifbaren formen konnte, fand Sarah die Taschenlampe.

»Ich hab sie.« Der Lichtstrahl der wiedergefundenen Lampe richtete sich nach oben, direkt in das Gesicht einer der Figuren, vor der sie standen und die im Abfluss verschwand. Es unterschied sich von den vorherigen

Kati bemerkte, dass Sarah, die zwei Schritte vor ihr ging, mit der Lampe den Kameramodus des Handys aktiviert hatte. Ob sie nun alles aufnahm, konnte sie nicht erkennen, aber es kam ihr gelegen. Denn während Sarah angestrengt auf den Bildschirm schaute und eher den unteren Bereich des Bodens beleuchtete, konnte sie sich vergewissern, ob sie mit ihrer Vermutung richtiglag.

Als sie in eines der hinteren Puppengesichter leuchtete, biss der Gedanke, der sich aufgemacht hatte, an ihr empor zu klettern, schließlich zu, als wäre er eine widerwärtige Riesenspinne, ein Skorpion, der sein brennendes Gift in ihren Adern verteilte.

Sie erkannte das Gesicht, und das war mehr als genug, um sich der Grausamkeit der Realität zu beugen. Dabei hatte sie doch so sehr versucht, nicht daran zu denken.

Es war gut, dass Sarah darauf konzentriert war, nach einer weiteren Tür zu suchen, denn so konnte sie Katis Reaktion nicht sehen. Sie konnte auch nicht das Gesicht einer Sportlehrerin sehen, die in der letzten Erkenntnis über den Verlust ihrer Menschlichkeit zu einer seelenlosen Statur erstarrt war und tatenlos ertragen musste, wie sie bald den letzten Rest, der sie als Mensch identifizierten mochte, auch noch verlieren würde.

Kati war nun diejenige, die Sarah für ihre stoische Ruhe bewunderte, wie sie konzentriert den Weg vor ihren Füßen beleuchtete. Sie schüttelte unter Aufbietung fast all ihrer Kraft den Anblick ihrer ehemaligen Lehrerin ab. Sie musste weiter bei klarem Verstand bleiben, stark sein, für sich, für Sarah, für das, was sie tun musste und sich nicht ablenken lassen.

Nach einem endlos erscheinenden, zitternden Marsch standen sie schließlich vor der einzigen weiteren Tür.

Einer Fahrstuhltür.

Beide schauten sich unsicher an.
»Was meinst du, fährt er dann … dahin?«, fragte Sarah.
»Ja … nein … das verstehe ich nicht. Das Zimmer ist im Keller, es muss hier sein. Das kann nicht sein.«
»Kati, das ist ein Fahrstuhl. Der fährt nach oben.«
»Oder nach unten.«
»Wir sind schon unten.«
»Das kannst du nicht wissen.«
»Mann, ich will nicht noch weiter nach unten! Wenn es da Knöpfe gibt, nehme ich den, der nach oben führt.«
»Lass uns erst mal da rein, dann wissen wir Bescheid.«
»Ja.«
»Also ...«
Sie vereinigten ihre Lichter auf das kleine Bedienfeld neben der Fahrstuhltür, an dem diesmal kein Kartenlesegerät war, und jeder von ihnen erwartete, dass der andere den Rufknopf drückte.
Sarah war es dann, die die Hand ausstreckte.
»Warte!«
Kati stoppte die Bewegung ihrer Freundin, hielt ihre Hand fest. Sie holte Luft, einmal, zweimal. Ließ sie wieder entweichen, schluckte den Kloß, der ihr die ganze Zeit im Hals gesteckt hatte, hinunter. Es ging nicht anders, ihre vorhin getroffene Entscheidung, war die falsche. Sie öffnete den Mund, hob an, der Anfang eines Wortes stieg ihre Kehle hinauf, ihr Gesicht fiel fast in sich zusammen. »Sarah, ich muss dir etwas sagen. Es ist … deine Eltern …«
»Was!?« Sarah riss ihre Hand fort, machte einen Schritt rückwärts, hob das Handy und starrte durch den Bildschirm Kati an – produzierte damit eine merkwürdige Distanz zwischen ihnen, trotz der körperlichen Nähe. »Was ist mit meinen Eltern?!«

»Ich glaube … die Puppen … ich glaube, das sind keine Puppen.«

Ganz langsam wiegte Sarah den Kopf hin und her. »Du hast gesagt, dass das Puppen sind. Kati? Du hast gesagt, dass das Puppen sind!«

Kati ließ die Arme hängen, ihre Stimme klang leise, monoton. Sie schaute zu Boden und teilte ihre Einschätzung mit, wie eine untalentierte Theaterschülerin ihren Text aufsagte. Sie musste ihre Emotionen unter Kontrolle halten, noch ein bisschen, und das ging nicht, wenn sie Sarah jetzt ins Gesicht sehen würde.

»Sarah, diese Puppen hier, das sind Menschen. Das sind die ganzen Menschen, die verschwunden sind. Ich weiß nicht wie, ich weiß nicht warum, aber sie landen hier und dann verschwinden sie ganz. Am Anfang haben sie noch ihre Gesichter, man kann erkennen, wer wer ist. Und dann werden ihre Gesichter immer flacher und irgendwann sind sie ganz weg, und dann verschwinden sie im … Sumpf. Weißt du noch, was wir gelesen haben? Hier drunter ist Sumpf.«

Sarah glotzte Kati an, als wäre sie vollkommen verrückt geworden. »Du spinnst. Du spinnst total. Echt, Mann, Kati, jetzt spinnst du.« Ihr Kopf wackelte weiter hin und her, nun etwas schneller.

»Ich glaube, deine Eltern sind auch hier«, fuhr Kati fort.

Stille, Bewegungslosigkeit.

Sekunden, drei, zwei, eins, null.

Sarah steckte in Seelenruhe das Handy weg, schoss dann vor wie eine Raubkatze und krallte ihre Finger in Katis Jacke, riss an ihr, schüttelte sie, dass ihr das Basecap vom Kopf flog und zu Boden trudelte. »Lass das!«, brüllte sie. »Ich … ich … ich … lass das! Tu das nicht!

Hör auf damit! Hör endlich auf damit!« Sie keuchte. »Ich hab genug, das ist alles totale SCHEISSE!« Ihr Gesicht explodierte fast in dem ihrer Freundin. »Hör auf, diese Scheiße zu erzählen! Du bildest dir das ein! Und das wird … nachher wird das alles noch wahr!«

»Nein … es ist doch …«, hauchte Kati tief betroffen. Noch immer hatte sie die Augen niedergeschlagen, traute sich nicht, Blickkontakt herzustellen. »Ich weiß nicht, was passieren wird, aber ich muss weiter. Du kannst mit mir kommen. Oder du bleibst hier und suchst deine Eltern. Oder du gehst nach Hause. Wenn du das willst, bring ich dich bis nach draußen.« Sie öffnete die Augen, fand endlich den Mut, Sarah anzublicken und weinte stumm. »Aber ich muss das hier tun. Ich muss weiter, egal, was du machst. Ich kann nicht anders. Ich will das alles nicht, Sarah, es tut alles so weh in mir drin«, sie klopfte dabei auf Sarahs Faust, die noch immer ihre Jacke festhielt. »Es tut so weh, Sarah. Es tut mir alles so leid.«

Sarahs Hände sanken, ihr Kopf neigte sich auf Katis Schulter. »Was machen wir hier bloß? Wie konnte das alles passieren, Kati? Warum du? Warum kann das nicht ein Erwachsener machen? Das sind doch auch alles Erwachsenensachen. Was haben wir mit diesem Scheißcasino zu tun?«

Immer mehr wuchs die Überzeugung in Kati, dass genau da, der Zusammenhang lag. Dass die Rettung oder die Beendigung dieses Albtraums, der die Erwachsenen betraf, eben nur von einem Kind beendet werden konnte, so wie damals schon, als das andere Mädchen in dem alten Haus gelebt hatte. Was ihr noch nicht klar war, war der Grund dafür. Kinder waren schwächer, kleiner, hatten längst nicht so viel Wissen, und verstanden so viel weniger von der Welt. Wenn Erwachsene mit all ihrer Erfahrung und ihrem Wissen das Problem nicht lösen konnten, wie konnte das dann ein Kind? Warum konnte das nur ein Kind?

»Ich bleibe nicht hier, Kati. Ich gehe auch nicht nach Hause. Ich hab dir das versprochen. Ich kann nicht zwischen den ganzen … Puppen … meine Eltern suchen. Ich kann nicht. Mann, ich würde total durchdrehen.« Sie zog die Nase hoch, versuchte ein schiefes Grinsen. »Aber tu mir einen Gefallen. Nein, zwei. Hör auf, so schlimme Sachen zu erzählen. Ist schon schlimm genug, was ich selber sehe. Du musst mir das nicht auch noch erklären.« Ihr Gesicht entspannte sich etwas mehr. »Und zweitens, hör auf zu heulen, Geisterkriegerin, ich heule auch nicht.«

»Doch, tust du.«

Sie lächelten beide im Bewusstsein, dass sie sich gegenseitig Kraft gaben. Kati gab Sarah die Taschenlampe und nahm selbst den Dolch wieder zur Hand. Zusammen drückten sie dann den Rufknopf des Fahrstuhls, der daraufhin grün aufleuchtete, und in der Stille des morbiden Grabes des Casinos hörten sie die schwere Mechanik ihre Arbeit verrichten. Die Mädchen nickten sich zu. Die Tür öffnete sich und gab die hell erleuchtete Kabine frei, die einen zweiten Eingang hatte.

Sie mussten weder nach oben, noch nach unten fahren. Der Fahrstuhl war nur eine Schleuse. Sie mussten nirgendwo hinfahren, sie mussten nur diese zweite Tür öffnen und würden ihrem Ziel einen weiteren Schritt näherkommen.

Nachdem sich die erste Tür des Fahrstuhls geschlossen hatte, öffnete sich die zweite und gab den Blick auf einen recht kleinen, hellen Raum frei, der vielmehr wie ein

Durchgang wirkte, denn er war vollkommen leer. Hier war nichts, nur weiße Wände, weißer Boden, eine weiße Decke mit eingelassenen Lampen. Das Einzige, was sich in diesem Raum von dem allgegenwärtigem Weiß abhob, war eine weitere Tür am Ende, die wie ein schwarzer rechteckiger Kasten wirkte, wie ein aufgebahrter Sarg.

Die Mädchen standen noch in der Kabine und beiden war klar, dass diese Tür, die letzte sein würde. Hinter dieser war das Zimmer, das sie gesucht hatten, der geheimnisvolle Raum, der einst zugemauert war. Dort würde es sich entscheiden, ob sie der Aufgabe, das unvorstellbar Böse zu vernichten, gewachsen sein würden.

So etwas wie Kälte schlich sich in die Kabine, einem unsichtbaren Wesen gleich, krabbelte unter ihre Kleidung und kratzte an ihrer Haut.

Sie setzten zeitgleich ihre Füße über die Schwelle des Fahrstuhls und übertraten die Grenze von Zeit und Raum.

Unzählige und zwei Geschichten standen kurz davor, den normalen Ablauf von Vergangenheit, Gegenwart und Zukunft zu sprengen, und Sarah spürte, dass die Zeit an ihr zu reißen begann, als ob sie einer Begutachtung unterzogen wurde. Sie wurde hin und her geworfen, die Zeit brachte sie durcheinander, zerlegte sie in ihre Einzelteile und setzte sie wieder zusammen, in Bruchteilen von Bruchteilen, in der ein Wimpernschlag die Unendlichkeit bedeutete.

Ihr wurde schwindelig.

Übelkeit erbrach sich in ihr. Ihr Mund öffnete und schloss sich wieder, sie sah verängstigt zu ihrer Freundin.

Kati schien von alledem völlig unbeeindruckt, hob

langsam den Finger und zeigte auf das schwarze Rechteck.

»Ich … geh … da … jetzt … rein!«, sagte sie, und dann noch etwas, mit einem Ton in der Stimme, der Sarah das Blut in den Adern gefrieren ließ.

Katharina Sandfels strahlte eine gewaltige Stärke aus in diesem Moment, und deklassierte Sarah zu dem, was sie war, zu einer Grundschülerin, die ein maßlos kitschiges Einhorn-Poster über dem Bett und nicht den Hauch einer Ahnung von dem hatte, was das alles bedeutete und um was es ging.

Sarah gehört nicht hierher. Aber das wusste sie nicht.

»Sarah«, sagte Kati. »Kehr um. Geh. Du musst jetzt gehen.«

Es war für Sarah nicht ganz einfach, bei der Angst, Verblüffung, Verwirrung und Übelkeit in ihrem Magen, entrüstet auszusehen. »Ich gehe nicht zurück. Das kannst du vergessen, ich bleibe bei dir. Wir machen das zusammen.«

Kati nickte ganz langsam. Dann setzte sie einen Fuß vor den anderen, vorsichtig und zugleich sicher, fast wie ein Blinder, der seinen Weg zwar kannte, aber doch immer mit allem rechnete.

Die Stimme, diese furchtbare Stimme, hatte nun eindeutig begonnen zu rufen, als sie den Fahrstuhl verlassen hatten. Sie wurde in Katis Kopf immer lauter, forderte immer mehr Raum. Kati wusste, dass Sarah jetzt keine Hilfe mehr sein würde, dass der Weg ab jetzt nur noch der ihrige sein würde, dass sie jetzt nicht mehr auf sie achten konnte. *›Geh‹*, hatte sie ihre Freundin gebeten. Sarah hatte sich dagegen entscheiden.

War sie also das Opfer? Es gab doch immer ein Opfer. Es gab immer einen Preis, den man bezahlen musste.

»Katharina«, hörte sie, wieder und wieder, wie ein geisterhaftes Echo. Die Stimme verdrängte die Gedanken an Sarah, an alles andere, wurde zum Mittelpunkt von allem. Diese Stimme war die Stimme, mit der alles begonnen hatte. Und mit der alles enden sollte.

Kati nahm den Dolch fest in die rechte Hand, spürte die Wärme, die von ihm ausging. Nur ganz kurz hatte sie das Gefühl, wieder zusammen mit ihren Eltern zu sein, wie früher, ihre Liebe zu spüren und ihre Geborgenheit. Und sie spürte noch jemanden.

Der blaue Stein am Griff des Dolches schien zu leuchten.

Sarah folgte Kati bis zur letzten, mit der gleichen, allgegenwärtigen elektronischen Vorrichtung gesicherten, Tür.

»Hier ist es also?«, flüsterte Sarah, als sie davorstanden.

Es dauerte einen Moment, bis Kati antwortete. Sie musste die Worte, die Sarah von sich gab, erst wieder einordnen, verstehen und abtrennen von ihrem eigenen Namen, den sie unablässig hörte. »Ja«, antwortete sie schließlich. »Hier ist es. Hier ist es zu Ende.«

Sie zog die Klinge durch den Schlitz, das Schloss knackte, und sie griff nach dem Knauf.

Hinter ihnen setzte sich der Fahrstuhl in Bewegung.

40

All die Schatten, die schemenhaften Gesichter, die dunklen, kaum zu erahnenden Gestalten, die vor Katharina forthuschten, sich von der Seite näherten und wieder verschwanden, die sie still und heimlich verfolgten; all die verlorenen Seelen und Geister, die in diesem Keller verweilten und auf Erlösung warteten, konnten das Mädchen nicht aufhalten, denn sie sah sich nicht um.

Das Schloss brach wie ein trockenes Stück Gebäck.

Katharinas Hand bewegte sich langsam auf den Knauf zu, und da folgte eine zweite, schemenhafte Hand, gleich mit ihrer, die ihre Bewegung nachahmte.

Ihre Hand ruhte auf dem Knauf. Die andere Hand zog nach und ruhte nun ebenfalls auf dem Knauf.

In dem Moment, in dem aus den Händen eine wurde, stöhnte Katharina auf. Sie warf den Kopf in den Nacken, ein Zittern durchlief sie, ihre Kehle schnürte sich zusammen, irgendetwas war auf einmal in ihr. Und so plötzlich, wie der Anfall über sie gekommen war, verschwand er wieder, und sie wusste es. Für einen winzigen Augenblick wusste sie es. Dann war es fort, wie ein Blatt vom Wind getragen, wie ein Huschen im Augenwinkel. Die Gewissheit über das, was in sie gefahren war, war fort.

Doch das war unwichtig. Katharina war Kati.

Die Tür öffnete sich und die Zeit unterwarf sich.

41

Kati zweifelte an dem, was sie sah. Sie gab ihrer Hand den Befehl, nach dem Knauf zu greifen, aber plötzlich griff eine andere Hand, die nur zu erahnen war, einen winzigen Moment vorher nach ihm.

Doch sie zog ihre nicht weg, denn sie wusste, zu wem die Hand gehörte, sie wusste, dass sie nun genau das tat, was sie schon einmal getan hatte.

Ihre Hand folgte der anderen, und als beide wieder zu einer wurden, verkrampfte sich ihr Körper. Sie gab ein Seufzen von sich, und nur ihr fester Griff am Knauf verhinderte, dass sie zu Boden ging.

»Kati? Was ist?«, fragte Sarah verängstigt, fasste ihr an die Schulter, wollte sie halb wegziehen, halb beistehen, und sie spürte durch den Stoff Katis zitternden, kalten Körper.

Wie in Zeitlupe richtete sich Kati wieder auf. Sarah starrte sie an und erschrak. Das war nicht mehr das Mädchen, das sie kannte. Und sie war es doch. Es war unmöglich, den Unterschied zu beschreiben. Jeder flüchtige Blick hätte keine Veränderung wahrgenommen, aber Sarah war eine Ausnahme. Das Erlebte und die erworbene Sensibilität hatte sie auf einer emotionalen Ebene mit Kati verbunden, die unvergleichlich war. Sie war Katis beste Freundin, und sie sah den Unterschied – spürte ihn.

»Kati«, wiederholte sie wieder, in der Hoffnung, dass diese Veränderung nur optisch war.

Kati hörte sie jedoch nicht mehr.
Kati war Katharina.
Die Tür öffnete sich und die Zeit unterwarf sich.

42

Zeitgleich setzten Thomas und Ingrid die Kopfhörer ab und tauschten verwirrte Blicke zwischen sich und dem Monitor aus, der soeben sämtliche Grafiken eingefroren hatte. Ein Textbalken blinkte quer darüber, der ihnen anwies, sich unverzüglich beim Empfang zu melden. Alle Eingaben in die Tastatur änderten nichts an dem Zustand – hätte der PC reden können, er hätte schlichtweg *Nein* gesagt.

Vor ein paar Minuten hatten die Sandfels eine brillante Idee umgesetzt, von der sie absolut überzeugt gewesen waren. Wie sie jedoch anhand der Grafiken sehen konnten, war sie alles andere als brillant.

»Das kann aber nicht sein«, lamentierte Thomas. »Irgendwas ist da schiefgelaufen. Die Sache war todsicher.«

Ingrid kratzte sich mit der einen Hand am Kopf, die andere hielt über der Schale mit den Nüssen inne, die sie unablässig in sich hineingeschaufelt hatte.

Sie war genauso überrascht wie er. »Da ist bestimmt ein Fehler im System.« Sie zeigte auf den Bildschirm. »Deshalb sollen wir uns wohl auch beim Empfang melden, irgendeine Verbindung hat gesponnen. Oder irgendein Transfer ist in die falsche Richtung gelaufen. Der PC ist abgestürzt. Reg dich nicht auf, Thomas, das klärt sich.«

»Eigentlich rege ich mich gar nicht auf, es ist nur … das kann eigentlich nicht sein.«

»Eben, sehe ich ja auch so.« Unauffällig blickte sie sich um, aber die anderen Spieler an ihren Monitoren machten nicht den Eindruck, als sei ihnen etwas Ähnliches widerfahren. Ihr dämmerte langsam, dass kein Fehler seitens des Computers vorlag.

Thomas zückte sein Handy, tippte ein paar Zahlen in die App. »Nein«, sagte er nach einer Weile. »Das scheint zu stimmen. Verdammt, ich glaub, wir haben uns gerade voll abgeschossen. Das hätte ich echt nicht gedacht.«

»Ach, und selbst wenn. Das hatten wir schon öfter. Mal gewinnt man, mal verliert man, das kann ja jetzt so schlimm nicht sein.«

»Doch. Und das weiß du. Wir haben das doch besprochen. Alles oder nichts.«

Ingrid sah ihn verständnislos an. »Ja, schon, aber … Aber das heißt doch nicht, dass … also, wir können doch sicherlich …« Sie lehnte sich auf ihrem Stuhl zurück und verschränkte die Hände hinter dem Kopf. »Na toll. Müssen wir eben wieder einen Kredit aufnehmen. Mir graut es zwar jetzt schon vor den Konditionen, das wird ja nicht günstiger, aber was solls. Es muss ja weitergehen. Der wievielte ist das jetzt? Hast du da einen Überblick? Wo liegen jetzt die Zinsen? Also diese Zinsen werden uns noch mal auffressen.«

Thomas schluckte und stützte seinen Kopf in die Hände. Er sagte einen Moment nichts, dann sah er seine Frau an, konsterniert. »Du hast das nicht verstanden, oder? Wir kriegen nichts mehr. Bei der Bank schon lange nicht und hier auch nicht.«

»Hast du den letzten nicht zurückgezahlt?«

»Was heißt ich?« Er klopfte mit den Fingern auf den

Tisch. »Ingrid, wir haben das lang und breit durchgekaut. Du warst genauso damit einverstanden, dass wir das jetzt durchziehen. Wenn ich mich recht erinnere, warst vor allem du dafür, keine Rücklage zu bilden, oder irre ich mich?«

Ingrid sank etwas im Stuhl ein, faltete ihre Hände im Schoß zusammen, wie ein schuldbewusstes Schulmädchen. »Ja … ich meine … nein. Eigentlich … also ich hab das nicht so verstanden, dass wir gar nichts mehr haben. Das geht ja gar nicht, wir sind doch eigentlich verpflichtet, diese Rücklagen, zumindest für die Zinsen … und du hast doch gesagt, dass das alles in Ordnung gehen würde.« Sie schüttelte den Kopf, ihre Gedanken gerieten durcheinander, Zahlen vermischten sich mit einer grimmigen Ahnung. »Thomas, du machst mich ganz konfus. Bitte mal Klartext. Wir sind pleite?«

»Das trifft es nicht ganz. Pleite hieße plus/minus Null.«

»Aber das Haus, wir …«

»Das Haus?« Er wurde laut. »Das Haus ist am Arsch! Das weißt du genauso wie ich. Sag mal, über was haben wir in letzter Zeit eigentlich geredet? Hast du mir überhaupt zugehört?«

»Pssst«, machte ein junger Mann neben ihnen, lupfte seinen Kopfhörer und schaute böse. »Hier arbeiten noch andere Leute.«

Thomas beruhigte sich, wurde leiser, flüsterte jetzt. Seine Fingerspitzen vollführten ein Stakkato auf dem Tisch. »Hör mir zu. Wir sind nicht nur pleite, wir sind hoch verschuldet. Bei der Bank, beim Casino, wir haben nichts mehr.« Er zog die Oberlippe hoch, grinste sarkastisch. »Nein, falsch. Wir haben weniger. Sozusagen haben jetzt andere uns. Wir gehören dem Casino. Und unserer Bank. Und wenn ich richtig vermute, gehört der

Bank auch das Casino, oder andersrum, das wissen die wahrscheinlich nicht mal selber, wer da wo seine Finger drin hat. Das ist doch alles das gleiche Durcheinander.«

»Die Bank gehört dem Casino?«

»Oder andersrum.«

»Und wir …«

»Auch. Einem von beiden. Wobei das wahrscheinlich egal ist. Im Zweifelsfall zersägen sie uns in der Mitte.«

»Das ist nicht gut, oder?«

»Nein, das ist nicht gut.«

»Hör mal, wir sollten mit ihnen reden. Müssen wir ja eh, wie es aussieht. Vielleicht gibt es da doch noch eine Möglichkeit, wie wir weitermachen können. So kann es ja nicht bleiben.« Sie zeigte wieder auf den Bildschirm, drückte die Esc-Taste. Nicht zum ersten Mal.

»Dein Wort in Gottes Ohr. Ich hoffe das auch. Wir müssen nur erklären, warum wir die Rücklage nicht gebildet haben.«

Hinter der Empfangstheke gab es eine kleine, abgeschiedene Sitzgruppe, zu der sie geführt wurden. Sie nahmen Platz, man ließ sie allein, und sie warteten einige Minuten schweigend.

»Guten Abend.« Zwei bulligen Herren in der typischen Casinouniform, an der sie jeweils ein Namensschildchen trugen – ›C. Hoffmann‹ und ›P. Winkler‹ – tauchten auf und vergewisserten sich nochmals, dass sie es auch wirklich mit den Sandfels zu tun hatten. Sie fragten nach den ID-Karten.

»Wenn es weiter nichts ist.« Thomas atmete auf, denn da es nur um die ID-Karten ging, war es wohl halb so schlimm. Die Karten wurden von Winkler, der etwas kleiner als sein Kollege war und sich nicht ganz so behäbig bewegte, durch ein Lesegerät gezogen, das an einen

Computer angeschlossen war. Er überprüfte mehrere Daten, nickte dann seinem Kollegen zu und gab die Karten zurück.

»Werfen Sie uns jetzt raus?«, wollte Ingrid wissen.

»Aber nicht doch. Machen Sie sich bitte keine Sorgen.« Mehr sagten beide nicht, stattdessen verfielen sie in eine Art seliges Lächeln – was zu einer etwas merkwürdigen Pause führte.

Thomas deutete das Verhalten als Aufforderung, sich zu erklären. »Also, wir würden gern noch mal einen Antrag ausfüllen ... Sie wissen schon. Wobei uns natürlich klar ist, dass wir eigentlich ...«

Langsam. Er wusste nicht, was alles in der casinoeigenen Datensammlung auftauchte. Wussten die beiden Mitarbeiter von den nicht gebildeten Rücklagen? Er kaute kaum merklich an seiner Unterlippe. Sie hätten sich beide etwas mehr um die gesammelten Daten kümmern sollen. Was wussten sie eigentlich darüber, was das Casino über sie wusste? Er war schon erstaunt darüber, dass seine Hausbank so gut Bescheid wusste. Verdammt. Das hätte der Weckruf sein müssen!

Winkler beobachtete Thomas und lächelte noch etwas breiter, sagte aber immer noch kein Wort, faltete nur die Hände zusammen und beugte sich ganz leicht vor, als hätte er ihn akustisch nicht ganz verstanden oder würde ihn zum Weiterreden animieren. Hoffmann saß nur da, unbeweglich, wie eine etwas zu prall aufgepumpte Gummipuppe, die man in einen Stuhl gestopft hatte.

»Ja, also ...«, stotterte Thomas weiter, starrte Hoffmann dabei an. Der Typ machte ihn nervös. Vermutlich war er dafür da.

Ingrid kam ihm zu Hilfe. »Ja, also ... wir würden gern mit Ihnen beratschlagen, was wir jetzt tun können. Inwieweit uns zum Beispiel noch ein Kredit gewährt werden kann.« Jetzt lächelte sie die beiden Männer an, hoffte somit, den Spieß umzudrehen. Winkler lehnte sich zurück, öffnete die Hände und fand seine Sprache wieder. Hoffmann veränderte kaum merklich seine Position. Thomas rechnete fest damit, dass er beim kleinsten falschen Wort aus dem Sessel geschossen kommen würde, wie ein Airbag aus einem Lenkrad.

»Darum geht es, Frau Sandfels. Es müssten da dann nur einige Formalitäten geklärt werden.«

»Können wir das nicht am PC? So wie sonst auch?«

»Die jetzigen Umstände sind nicht wie sonst auch, Frau Sandfels.«

»Da haben Sie wohl recht. Ich dachte nur, wenn das soweit in Ordnung geht, könnten wir ja direkt … Sie wissen ja, Zeit ist Geld.« Sie deutete ein Lachen an, etwas gekünstelt, was sie merkte, und sie verstummte.

»Machen Sie sich keine Sorgen. Wir können alles direkt in die Wege leiten. Es sei denn, Sie möchten vielleicht in Ruhe noch mal miteinander darüber sprechen. Die Konditionen verändern sich natürlich, aber das wissen Sie ja. Wir können Sie gern allein lassen, oder Sie gehen in die Lounge und trinken etwas. Es ist Ihre Entscheidung.«

Die Eheleute sahen sich an, zwinkerten sich zu und nickten. Sie waren sich einig. Je schneller sie wieder an ihren Computer kamen, desto besser.

Das nächste Mal, schwor sich Thomas, würde er allerdings nicht auf Ingrid hören. Er würde entsprechende Vorsichtsmaßnahmen treffen. Er seufzte. Es war doch sinnvoller, den Frauen nicht die gesamte Kontrolle zu überlassen, wenn es ums Geld ging. Sie verstanden einfach zu wenig davon.

Ingrid nahm sich vor, eine knallharte Verhandlung zu

führen, vor allem, wenn es um die Konditionen ging. Es konnte nicht sein, dass sich jedes Mal bei einem neuen Kredit die Zinsen erhöhten. Der exponentielle Anstieg war schon schlimm genug, und wenn man das hochrechnete, war man ja fast mehr damit beschäftigt, die Zinsen zu erwirtschaften als eigene Gewinne einzufahren. Sie hatte es bisher immer Thomas überlassen, die Formulare auszufüllen. Er hatte ihr immer versichert, dass alles schon in Ordnung gehen würde. Aber jetzt würde sie das Heft in die Hand nehmen. Man konnte den Männern nicht immer das ganze Feld überlassen. Und das nächste Mal würde sie entscheiden, welche Karten sie spielten. Und das würde sie auch rigoros durchsetzen, selbst wenn es wieder Streit darüber geben würde. Einer von ihnen musste schließlich das Wohlergehen der Familie im Blick behalten.

Sie lächelte ihn an, er lächelte sie an, zufrieden, selbstsicher, selten diese Einigkeit.

Sie erhoben sich. »Nicht nötig«, sagte Thomas. »Trinken können wir auch später noch etwas.«

»Wie Sie möchten«, antwortete Winkler.

»Oha, ich hätte nicht gedacht, dass wir mal die Ehre haben würden, den Fahrstuhl benutzen zu dürfen«, sagte Thomas, während Hoffmann seine Karte durch den Schlitz zog.

»Ich dachte, da geht es nur in den technischen Bereich?«, fragte Ingrid erstaunt.

»Das tut es auch. Und in den VIP-Bereich, wie er intern genannt wird. Sie werden aber sicher verstehen, dass das nicht groß kommuniziert wird. Der Bereich wird Gästen vorenthalten bleiben, bis sich die Umstände ändern. Verschwiegenheit ist uns wichtig. Sie können das bestimmt nachvollziehen.« Winkler war scheinbar fürs Reden zuständig, während der größere Hoffmann schwieg und Türen öffnete.

Thomas nickte anerkennend. »Ich muss sagen, ich finde das schon erstaunlich. In einer normalen Bank hätte man uns vor die Tür gesetzt, und hier werden wir zu VIPs.« Er grinste verschmitzt die beiden Männer an, die mit hinter dem Rücken gefalteten Händen auf den Fahrstuhl warteten. »Wobei ich das natürlich verstehe, dass wir jetzt VIPs sind. Ihr Interesse an uns ist ja nicht ganz uneigennützig. Wir sind wertvoll, in gewissem Sinne.« Er kniff ein Auge zu.

»Wir verstehen uns.«

Ingrid griff nach Thomas' Hand, und sie sahen sich glücklich an. Unabhängig voneinander fanden sie beide die bevorstehende Fahrt nach unten bezeichnend für ihre Situation. Sie waren mit ihren Finanzen ganz unten, nicht nur im metaphorischen Sinne, aber ganz unten zu sein bedeutete auch, dass es nur noch nach oben gehen konnte. Wenn sie die Formalitäten erst abgewickelt hätten, würde es wieder aufwärtsgehen und sie könnten, selbstverständlich mit ein paar wohl überlegten Modifikationen, da weitermachen, wo sie aufgehört hatten. Das Rad musste weitergedreht werden, Stillstand bedeutete immer Rückschritt und Verlust.

Die Fahrt nach unten dauerte nur einige Sekunden.

Sie standen nach dem Verlassen des Fahrstuhls in einem recht kleinen, hell erleuchteten, weißen, völlig leeren Raum, an dessen Ende sich eine Tür befand, die wieder mit einer elektronischen Sicherung versehen war.

Ingrid rieb sich die Arme. Es war kühl hier, fand sie.

Einige Meter vor der Tür deutete Hoffmann, immer noch stumm, den Sandfels, stehen zu bleiben.

Winkler blieb bei ihnen.

Hoffmann zog seine Karte durch den Schlitz, das Schloss surrte, und er öffnete die Tür.

Und dann geschah etwas, das so vollkommen der lässigen Abgeklärtheit der beiden Mitarbeiter widersprach.

Mit einem verblüfften Aufschrei machte Hoffmann einen Satz nach hinten, torkelte ein paar Schritte weiter rückwärts und plumpste dem Ehepaar und seinem Kollegen vor die Füße. Die drei starrten ihn an, er mit weit aufgerissenen Augen Richtung Tür, und dann sahen sie alle selbst dorthin.

Und sie sahen nichts.

Nichts war nicht richtig. Sie sahen eine Schwärze, die mehr als schwarz war, und sie schien zu leben, denn, obwohl man in dieser Schwärze nichts ausmachen konnte, schien sie sich wie ein Strudel zu drehen, abstoßend und anziehend zugleich. Eine unsichtbare Hand griff nach etwas in ihnen, rüttelte an ihnen, vor und zurück, wohl sich selbst nicht im Klaren darüber, ob sie sie zu sich holen oder abweisen sollte. Dieses Gefühl verursachte ein diffuses Unwohlsein in ihnen, den aufkommenden Willen, sich zu übergeben, aber nicht eindeutig, nur wie ein Ansatz davon, als hätten sie das Erbrochene eines anderen vertilgt und der eigene Magen war damit beschäftigt, den fremden Stoff zu verdauen. Sie waren hin- und hergerissen zwischen nach vorn stürzen und nach hinten fallen.

Hoffmann rappelte sich auf, machte ein verwirrtes Gesicht und ging dann wieder zur Tür. Thomas und Ingrid schauten Winkler fragend an, der zwischen ihnen stand. Er spürte die Blicke, glotzte stur geradeaus, und bis auf seine arbeitenden Wangenknochen rührte er sich nicht.

Hoffmann streckte nun vorsichtig einen Fuß über die

Schwelle, in dieses Schwarz hinein, sein Körper folgte ihm zur Hälfte.

Halb schon im Raum, halb noch im Gang hielt er inne, erschauderte und zog sich wieder zurück. Dieses Gefühl, diese Unmenschlichkeit, die ihm erschreckender Weise dabei so furchtbar vertraut vorkam – denn auch in ihm war sie –, überstieg sein Fassungsvermögen. Er erkannte, er verstand. Nicht Worte waren es, die ihm die Gewissheit lieferten, es war ein Gefühl, das aber so rein und klar war, dass es jede sonstig geartete Erklärung überflüssig machte.

Seine Knie gaben nach, der Mann brach zusammen, landete auf seinem Hosenboden. Er riss die Hände vor das Gesicht und begann bitterlich zu weinen, wie ein Mensch, der sein Leben lang nicht erfahren hatte, was wirkliche Trauer war. Er weinte wie ein Greis, der am Ende eines ewig langen, gefühllosen Daseins alle Trauer dieser Welt mit einem Male in sich aufnehmen musste. Sein Weinen ging in Heulen über, in wimmerndes Schreien, irre Laute kamen aus seiner Kehle.

Die Sandfels versuchten den Vorgang möglichst unvoreingenommen zu begutachten und zu ermitteln, was da gerade geschah. Sie sahen abwechselnd zur Tür, hinter der dieses undefinierbare Gefühl hauste und zum am Boden kauernden Mann, der die ganze Zeit kein Wort gesprochen hatte und nun um sein Leben heulte. Was hatte das zu bedeuten? Gehörte das zu den veränderten Umständen?

Winkler kniete sich neben seinen Kollegen und versuchte irgendwie Kontakt mit ihm aufzunehmen. Es schien hoffnungslos. Mehrfach schlug er ihm auf die Wangen, erst leicht, dann immer stärker. Er sagte seinen Namen, rüttelte an ihm. Kein Durchkommen.

Er griff nach seinem Handy, und noch während er am Boden kniete, erklärte er seinem Gesprächspartner, dass sie ein Problem hätten und dass dessen Anwesenheit dringend erforderlich sei.

»Ja, Herr Willerbach«, sagte er am Ende des Gesprächs kleinlaut und kümmerte sich dann wieder um Hoffmann.

Die lange Zeit, die Eheleute miteinander verbrachten, ließ sie manchmal das Gleiche im gleichen Moment tun und denken. Die Analyse des ganzen Szenarios hatte die Sandfels zu dem Schluss kommen lassen, dass hier etwas nicht ganz so ablief, wie es eigentlich sollte und dass die sofortige Bearbeitung ihres neuerlichen Antrags nicht mehr ganz so dringlich sei wie vor einigen Minuten. Eher im Gegenteil. Sie hatten plötzlich das tiefe Bedürfnis, die ganze Sache doch noch einmal zu überdenken und nach einer anderen Lösung zu suchen.

So wendeten sie den Kopf nicht von der Szene ab, setzten ihrerseits nun ein unverbindliches Lächeln auf, zudem einen Fuß hinter den anderen und gingen langsam und bedächtig rückwärts.

Winkler blickte zu seinem Kollegen und zur Tür und wieder zurück. Er nahm von dem sich langsam immer weiter entfernenden Paar keinerlei Notiz. Er folgte den beiden auch nicht, als sie den Fahrstuhl erreichten und hektisch und nun ohne Lächeln den Knopf für das Erdgeschoss drückten.

Bürgermeister Willerbach starrte sein Handy an. Was zum Teufel war da los? Warum, verdammt noch mal, konnte nicht mal etwas vollkommen komplikationslos laufen? Er überlegte kurz, ob er selbst einen Fehler gemacht haben könnte, irgendetwas getan oder nicht getan, was Verärgerung heraufbeschworen haben könnte, aber er war sich keiner Schuld bewusst. Er schüttelte den Kopf. Irgendetwas mussten seine Leute also verbockt haben.

Er verspürte nicht die geringste Lust, sich jetzt noch ins Auto zu setzen, aber der Anruf ließ ihm auch keine Ruhe. Er drückte die Wahlwiederholung. Das musste doch am Telefon zu klären sein. Warum musste er immer für Ordnung sorgen?

Ordnung.

Das Wort hallte in seinem Kopf nach, summte um ihn, wie eine lästige Fliege.

Er brach die sich aufbauende Verbindung ab und wischte sich über die Stirn. War das alles in Ordnung? Wieder diese lästigen Zweifel. *Idiot*, sagte eine kleine Stimme zu ihm. Er hasste es, wusste aber, dass er seine Zweifel durchlaufen musste. Er wusste auch, dass er sich auf seine kleine Stimme verlassen konnte, die ihm beim Relativieren half.

War es in Ordnung, was in seinem Ort geschah? War es in Ordnung, was er getan hatte? Es war ihm klar, dass Menschen verschwanden. Aber es kümmerte im Grunde niemanden, denn alles, was seinen normalen Gang gehen musste, was irgendwie notwendig war, funktionierte weiter. Es beschwerte sich ja auch niemand. Wo kein Kläger, da kein Richter. An Entvölkerung würde seine Gemeinde schon nicht zu Grunde gehen, Kinder wurden erwachsen, und wenn sich der Erfolg seines Tuns weiterhin herumsprechen würde, gäbe es bald auch nennenswerten Zuzug. Coppenbroich war nicht reich, aber es hatte Geschichte und war liebenswert. Etwas verschroben, wenn man unbedingt wollte, aber welches kleine Kaff war das nicht?

Und eigentlich hatte das ja auch alles nichts mit nichts zu tun, und dass es nun mal vorkam, dass es Leute gab, die sich dazu entschlossen hatten, wegzuziehen, irgendwo ein anderes Leben zu leben oder sonst irgendetwas machten und taten oder nicht machten und nicht taten, was ihn nichts anging, das war nicht seine Schuld. Es waren alles erwachsene Leute, freier Wille, freie Entscheidung. Er konnte sich schließlich nicht um alles kümmern. Er hatte sich um das Finanzielle zu kümmern, und das lief hervorragend, kein Grund zur Sorge, kein Grund zur Klage. Alles bestens, alles in Ordnung.

Coppenbroich ging es gut!

Willerbachs kleine Stimme fing an zu toben. Er hatte alles richtig gemacht. Kein Bürgermeister vor ihm hatte eine solche Leistung erbracht wie er. Er hatte nicht nur dieses unsägliche Herrenhaus abreißen lassen und damit den dämlichen Geschichten ein Ende bereitet, er hatte das Gelände zudem sinnvoll verwendet. Sein kleiner Ort war inzwischen über seine Grenzen bekannt und wurde hochgelobt für so viel Innovationswillen.

Er war der große Macher hier, in kürzester Zeit maximaler Gewinn. Er hatte eine politische Unmöglichkeit zur Kunst erhoben – er hatte Veränderungen angestoßen, die alle gut fanden. Und allen ging es besser.

Welcher Politiker, selbst auf Bundesebene, konnte das schon von sich behaupten? Er war nicht nur der Konstrukteur der vielen kleinen Zahnräder, die perfekt ineinandergriffen, er hatte sie auch an ihre Plätze gesetzt und mehr noch – er hatte die Maschine ersonnen.

Und jetzt rief ihn einer seiner Leute an und jammerte herum. Konnten sie ihre Probleme nicht mal selbst lösen?

Er schüttelte wieder den Kopf, gleiche Bewegung, andere Aussage und machte sich bereit, Winkler zusammenzufalten, stellte die Verbindung her und hörte entnervt dem Tuten zu.

»Nimm ab! Nun nimm schon endlich ab!« Noch mal Tuten. Stille. Und noch einmal. Dann knackte es in der Leitung und Willerbach holte Luft.

»Willerbach hier!«, schnaubte er. »Was ist bei euch eigentlich los?«

»Äh …«, kam es kleinlaut zurück. »Hoffmann hat den Raum … es war wie sonst auch, aber der Raum ist weg. Und Hoffmann ist … «

»Das haben Sie vorhin schon gesagt«, unterbrach Willerbach. »Was soll das bitte heißen?«

»Er ist verrückt geworden. Er sitzt hier vor mir und heult sich die Seele aus dem Leib.«

»Der Raum! Ich meine den Raum. Wie kann ein Raum weg sein?«

Einen Moment lang herrschte Stille in der Leitung.

»Wie soll ich das erklären? Da ist nichts. Da ist die Tür und alles, aber hinter der Tür ist … es ist einfach nur schwarz.«

»Dann holen Sie sich eine Lampe oder von mir aus eine Kerze und machen Sie Licht an.« Willerbach packte sich an den Kopf. »Rufen Sie mich jetzt an, weil da eine Birne durchgebrannt ist? Ist das Ihr Ernst?«

»Nein, nein, Herr Willerbach, bitte. Das ist nicht einfach dunkel da drin. Das ist … Sie sollten wirklich hierherkommen. Es ist etwas nicht in Ordnung, ganz und gar nicht in Ordnung. Hoffmann hat versucht den Raum zu betreten. Ich glaube …«

Willerbach kniff die Augen zusammen, hielt das Handy von sich weg, sein Gesicht spiegelte sich auf dem Display. Sollte seine Ordnung Risse bekommen? Er führte es wieder an sein Ohr. »Na schön. Bleiben Sie, wo Sie sind. Ich mache mich auf den Weg.«

43

Keine zehn Minuten später betrat Willerbach das Casino.

»Sieh mal, der Herr Bürgermeister.« Die gut gekleidete Dame mittleren Alters mit etwas zu viel Make-up im Gesicht stupste ihren Mann an, als Willerbach schnellen Schrittes durch die Lounge fegte.

»Was du immer siehst«, antwortete ihr Mann, etwas abwesend.

Sie musterte ihn. »Ist dir nicht gut? Du siehst so blass aus.«

»Ich habe ein bisschen Kopfschmerzen. Ist es dir recht, wenn wir fahren?«

Sie schaute in ihr Glas, das noch halb voll war, verlor sich kurz dabei, die Perlen beim Aufsteigen zu beobachten. Eigentlich wollten sie nur eine Pause machen, etwas trinken, aber wirkliche Lust verspürte sie auch nicht mehr. »Kannst du denn noch fahren?«

»Ja, sicher.«

Willerbach trommelte entnervt mit seinen Fingern gegen die Fahrstuhlwand, schaute auf seine Armbanduhr und zählte die Sekunden, die er nach unten brauchte.

Im Raum angekommen, fand er Winkler vor, blass und schwitzend, obwohl es hier unten merklich kälter war als oben. Hoffmann lag am Boden, bewegungslos.

»Was ist mit dem Raum? Die Tür …« Willerbach machte einen Bogen um Hoffmann, wollte vorbei an Winkler. Dieser stoppte ihn. Der Bürgermeister blickte auf Winklers Hand, die ihn festhielt, und ihm dann erwartungsvoll ins Gesicht.

»Ich habe die Tür zugemacht«, erklärte der Mitarbeiter. »Ich muss das erklären.«

»Als Erstes müssen Sie die Hand da wegnehmen. Und dann erzählen Sie ganz in Ruhe und der Reihe nach.«

»Entschuldigen Sie. Es ist … wir sind mit zwei VIPs hinuntergefahren. Hoffmann hat die Tür geöffnet, wie immer, und dann stolperte er zurück, als sei er geschlagen worden. Wir haben dann in den Raum sehen können … wie ich schon gesagt habe … da stimmt etwas nicht, Herr Willerbach, wirklich, das ist nicht wie sonst. Man kann das fühlen. Hoffmann ist dann hin und halb rein. Und dann ist er zusammengebrochen, hat geheult und immer weiter geheult und jetzt …« Er nickte mit dem Kopf in Richtung seines Kollegen. »Ich habe die Tür sicherheitshalber wieder zugemacht.«

Er hob beschwichtigend die Hände, traute sich nicht, Willerbach direkt ins Gesicht zu sehen. Es war offensichtlich, wie viel Mühe ihm die folgenden Worte machten. »Ich habe mich nie dafür interessiert, was hier eigentlich passiert. Ich habe nur meine Arbeit gemacht. Ich habe nur die VIPs in den Raum gebracht, was dann passiert, geht mich nichts an. Und die andere Seite vom Keller …« Er fuhr sich nervös durch die Haare. »Ich weiß nicht, was Sie für eine Rolle bei alledem spielen. Das geht mich auch nichts an, ich will das auch gar nicht wissen. Ich habe keine Ahnung von Politik. Ich weiß auch nicht, was da drin ist und was da passiert. Ich will das auch nicht wissen. Aber ich weiß, dass ich nicht will, dass es rauskommt, solange ich noch hier bin.«

»Nun mal ganz ruhig, ja!?« Willerbach musterte Winkler genau. Er traute ihm, gehörte dieser und Hoffmann zu den wenigen, die etwas mehr Befugnisse hatten und von ihm aufgrund ihrer bedingungslosen Loyalität in ihre Position berufen worden waren. Sie hatten keine Familie, keine Partner. Das einzige Leben, das sie neben ihrer Arbeit führten, fand im Fitnessstudio statt. Sie waren das Klischee des typischen Bodybuilders, nur Training im Kopf und vermutlich randvoll mit Anabolika. Dafür waren sie verschwiegen, selten krank und hoch diszipliniert.

Es war richtig, sie wussten und verstanden nichts von dem, was hier wirklich passierte, noch weniger als er selbst. Aber Menschen, die die Nerven verloren hatten, tendierten dazu, anderen Menschen eine Menge dummes Zeug zu erzählen, vor allem, wenn sie etwas simpler gestrickt waren. Und er wollte nicht das Risiko eingehen, sich irgendwann unangenehmen Fragen ausgesetzt zu sehen. Also hieß es erst mal Ruhe bewahren.

»In Ordnung, Herr Winkler. Sie haben alles richtig gemacht. Und Herr Hoffmann ist sicherlich nur etwas … überarbeitet.« Er fingerte umständlich an seinem Hemdkragen herum. »Die Luft hier ist ja auch so was von abgestanden.« Plötzlich erinnerte er sich an etwas, das Winkler vorhin erwähnt hatte, und ihm wurde heiß und kalt zugleich.

»Moment, die VIPs … was sagten Sie noch?« Er zeigte mit dem Zeigefinger auf die Tür und dann mit dem Daumen in die andere Richtung. »Die sind aber rein und …?«

Winkler schüttelte vehement den Kopf.

»Nein. Die haben das mitbekommen und sind dann

weg, glaube ich. Ich habe mich um Hoffmann gekümmert und dann gar nicht mehr an die gedacht. Die sind nicht rein, so weit sind wir nicht gekommen. Fragen Sie mich bitte nicht, wo …« Er drehte sich um, schaute verwirrt auf die Fahrstuhltür, als ob das Ehepaar doch noch dort stehen könnte.

Willerbach wurde schwindlig, er suchte Halt, fand aber auf Anhieb nichts, an dem er sich festhalten konnte. »Scheiße«, entfuhr es ihm. »Wer … wie hießen die?«

»Sandfels, glaub ich. Ja. Herr und Frau Sandfels. Die Vornamen hab ich jetzt nicht parat.«

»Gut, gut. Vergessen Sie das, darum werde ich mich später kümmern. Das ist jetzt nicht so wichtig.« Er fing nun auch an zu schwitzen. Probleme. Probleme, die nicht so einfach zu lösen waren. Willerbach hasste Probleme, überlegte fieberhaft. Im Moment gab es also vier Personen, die von den jüngsten Vorkommnissen wussten. Winkler war durcheinander, aber unter Umständen wieder auf Linie zu bringen. Was mit Hoffmann war, musste gleich noch geklärt werden. Im Falle eines Falles würde sein Verschwinden auch nicht mehr weiter auffallen. Aber was sollte er mit dem Ehepaar machen? Er hoffte, dass sie wiederkommen würden. Ach, keine Sorge, sagte er sich, bisher war jeder wiedergekommen.

Aber was war jetzt mit dem Raum?

Willerbach hatte nie darüber nachgedacht, dass das ganze Konstrukt ein Verfallsdatum haben könnte. Das hatte ihm niemand gesagt. War es jetzt so weit?

Er zückte seine elektronische Karte und zog sie durch den Schlitz. Gewissheit ging vor Vermutung. Vorsichtig machte er die Tür auf, er sah es, fühlte es, machte sie sofort wieder zu und ging ehrfürchtig ein paar Schritte zurück. Sein Herz schlug hart gegen seine Brust.

Er musste sich eingestehen, dass Winkler nicht übertrieben hatte. Da war nicht einfach nur ein Licht kaputt. Nur ein kurzer Moment dieser Schwärze hatte gereicht, und alles an und in ihm, sein Körper, seine Seele, alles sträubte sich dagegen, noch mal diese Schwärze zu sehen, geschweige denn die Schwelle zu übertreten.

Etwas in ihm erahnte, was ihm beim Überschreiten erwartet hätte. Er wäre in die unmenschlichen Bereiche seines Selbst vorgedrungen, und das – das war ihm klar – hätte er nicht verkraftet. Er hätte seiner eigenen Gier gegenübergestanden, er hätte nicht nur gesehen, was er getan hatte, er hätte alles begriffen, all die Zusammenhänge und Konsequenzen, für die die Menschen mit ihrem Wesen verantwortlich waren.

Willerbach entschied sich gegen die Konfrontation mit sich selbst. Manchmal war es besser, mit einer dunklen Ahnung zu leben und sich mit kleinen Stimmen zu beruhigen.

Er drehte sich um, sah zu Winkler, sah zu Hoffmann, ging zu ihnen, kniete sich neben den am Boden Liegenden, und fühlte seinen Puls. Hoffmann musste mit dem konfrontiert worden sein, vor dem er sich aus gutem Grund fürchtete. Manche Menschen erfahren am Ende ihres Lebens Erkenntnis. Und manches Leben wird durch Erkenntnis beendet. Nur den Unwissenden gehört das Paradies. Und den Blinden.

Willerbach suchte Winklers Blick. Er schüttelte den Kopf. Hoffmann hatte keinen Puls. Er wog kurz zwei Varianten ab, erhob sich, legte eine Hand auf Winklers Schulter. Jetzt nicht lange nachdenken. Es musste gehandelt werden.

»Passen Sie auf. Ich schlage vor, Sie gehen jetzt nach Hause und ruhen sich aus. Genehmigen Sie sich einen ordentlichen Drink. Morgen oder übermorgen kommen Sie dann bitte in mein Büro, und wir klären die ganze Angelegenheit. Sie gehören zu meinen besten Leuten, Herr Winkler. Ich möchte, dass das so bleibt.«

Winkler zögerte. »Ja«, sagte er dann. Langsam, unsicher, er wich dem Blick des Bürgermeisters aus. Dann noch einmal, stärker und bestimmt. »Ja, natürlich, Herr Willerbach.« Er sah ihm jetzt in die Augen, nickte, drehte sich um und verschwand Richtung Fahrstuhl. Es war nicht zu erkennen, ob er nachdachte oder alles so hinnahm.

Der Bürgermeister wartete noch eine Weile, bog den Rücken durch und ruderte mit den Armen um seine Muskeln aufzuwärmen. Hoffmann war ein mächtiger Kerl, der einiges wog. Er hätte Winkler um Hilfe bitten können, entschied sich aber dagegen. Möglicherweise war das, was er jetzt tun musste, der letzte Tropfen gewesen, der Winkler hätte ertrinken lassen.

Willerbach gab sich alle Mühe, sich nicht ansehen zu lassen, dass ihm langsam die Sache über den Kopf wuchs. Kaum war er nach der Beseitigung von Hoffmann ziemlich erschöpft wieder im Erdgeschoss angekommen, wurde er von einem Mitarbeiter beiseite genommen, der leise auf ihn einredete. Die Hälfte von dem, was dieser sagte, wischte an seinem Ohr vorbei, er brauchte keine Erklärungen, er konnte sehen, was geschah. Die Veränderung im Keller hatte sichtbaren Einfluss auf den Rest des Casinos, genau genommen auf seine Gäste. Sie gingen.

In der Lounge, die fast immer gut besetzt war, saßen deutlich weniger Besucher als sonst. Jetzt gerade, als Willerbach hinübersah, stand wieder einer auf und schlüpfte in seine Jacke. Es war fast so, als hätte es eine Durchsage gegeben, die das Schließen des Gebäudes angekündigt hatte. Niemand hastete, es war mehr ein gemütliches Verlassen, wie nach einem Kinofilm in einem Theater – man unterhielt sich entspannt, lächelte, winkte sich zu, strömte aber unmissverständlich nach draußen. Es gab kein Kommen und Gehen mehr, es gab nur noch ein Gehen.

Die Intensität der Stimme des Mitarbeiters, die Willerbachs Ohr automatisch heruntergeregelt hatte, damit seine Gedanken mit dem korrelieren konnten, was seine Augen sahen, wurde wieder stärker. »Wir wissen nicht, was los ist. Wenn das so weiter geht … Es ist wie auf Kommando. Herr Willerbach, wissen Sie, was da los ist? So was hatten wir noch nie.«

Ahnung. Vermutung. Erkenntnis. Etwas begann zu enden. Die Frage war, warum. Und was würde danach kommen?

Ist das, was nie erreichbar schien, nun doch in greifbarer Nähe, wird alles andere vergessen? Das, was wahrlich nötig ist, wird unwichtig, ganz gleich, welche Konsequenzen sich daraus ergeben.

44

»Warum nicht noch ein letztes Spiel?«

»Ich bedanke mich höflichst für Ihre Offerte, doch ich denke, ich habe mein Limit erreicht. Wenn man im Spiel immer verliert, sollte irgendwann die Vernunft siegen.«

Der Mann winkte ab, erhob sich, zahlte seine Getränke, seine Spielschulden und machte sich auf, zu gehen.

Ulrich hatte die Szene beobachtet und suchte stirnrunzelnd Blickkontakt zum Bediensteten, der sein Möglichstes getan hatte, den Gast zum Bleiben zu überreden. Er hob die Schultern und breitete die Arme aus. Was sollte er machen?

Sicherlich passierte es hin und wieder, dass jemand aufgab, sich von den Spielen losreißen konnte und nicht der Faszination der Vorstellung des Gewinnens erlag, doch die meisten kamen irgendwann wieder, konnten sich der Sucht nicht entziehen. Aber an diesem Abend war es anders. Immer mehr Gäste verließen das Spielhaus, es kam sogar vor, dass neue Besucher zwar eintraten, sich aber nur umsahen und dann wieder gingen.

Ulrich konnte sich das nicht erklären, selbst nach mehrmaligem Rundgang konnte er nichts Greifbares feststellen, was in irgendeiner Weise für die Veränderung verantwortlich sein könnte. Es war, als hätte sich die Stimmung geändert, als läge etwas in der Luft, wie ein Gewitter an einem Sommertag. Noch weit entfernt, man konnte es nicht sehen, nicht hören, es war eine elektrisierende Spannung, wie ein Geruch. Und jeder machte sich auf, sich in Sicherheit zu bringen – vor Blitzen und Donner.

Der Stand mit den Ringen, die man auf Stöcke werfen musste, war völlig verwaist, dabei war genau dieses Spiel das Lieblingsspiel der Frauen, die regelmäßig eine lange, schnatternde Schlange davor bildeten. Weiter hinten stand wieder jemand auf, lächelnd, er machte den Eindruck, dass er erreicht hatte, was er wollte und nun einfach genug hatte. Weiter links erhoben sich noch zwei Männer vom Würfeltisch.

Das Haus der Spiele leerte sich.

Ulrich musste dem auf den Grund gehen, und da er hier eindeutig keinen finden konnte, beschloss er, an einer anderen, wichtigeren Stelle nach Antworten zu suchen.

Er fand die Tür unverschlossen vor, sie stand einen Spaltbreit offen, das zerstörte Schloss am Boden. Eine dunkle Ahnung durchfuhr ihn, er bedeckte mit einer Hand sein Gesicht.

Katharina! Oh nein, bitte nicht!

Er riss die Tür ganz auf, nahm sich gar nicht erst die Zeit, in das Zimmer hineinzuschauen, er trat über die Schwelle, hastig und unbedacht, und als seine Füße den gewohnten Boden unter sich vermissten, er das Gleichgewicht verlor und nach vorn kippte, wollte er schreien. Aber diese unfassbare Schwärze, Kälte und dieses Gefühl – keine Farbe, eher die Nichtexistenz von Farbe, keine Temperatur, eher innere Kälte, kein Gefühl, eher vollkommene Gleichgültigkeit, die grausamer als jeder Hass war – schnürten ihm die Luft ab, und er konnte sich nur dem bodenlosen Sturz hingeben, in dem Bilder vor seinen Augen abliefen, die sein Herz zerrissen, die seine Albträume wie entspannten Schlummer wirken ließen.

Was hatte er getan? Wie oft hatte er sich diese Frage gestellt, und wie oft hatte er die Antwort darauf verdrängt. Doch jetzt konnte er nicht mehr flüchten, denn nicht er selbst gab sich die Antwort. Die Antwort bemächtigte sich seiner, mit aller unbarmherzigen Gewalt. Er sah seine Familie, wie sie fröhlich im Garten spielte, er sah seine Tochter, wie sie vor Vergnügen schrie, seine Frau, wie sie sich vor Lachen kaum halten konnte, als sie versuchte, sie zu fangen. Er sah seine Hand auf der

Wange Katharinas, spürte ihre Hand auf seiner, spürte das unabdingbare Vertrauen, das sie ihm entgegenbrachte, spürte ihre Liebe zu ihm, er spürte die Verbundenheit, das Gefühl füreinander, und er fühlte den Schmerz der Erkenntnis, dass es nie wieder so sein würde.

Er sah all die Menschen, die zu ihm gekommen waren, die nur ein wenig Unterhaltung suchten, aber den Keim einer Krankheit in sich trugen, für dessen Ausbruch er verantwortlich war, die er nährte und die er sich zu Nutze machte. Er sah ihre Träume und Hoffnungen, er konnte ihre Gedanken sehen, ihren Schmerz, ihren Verlust. Sah ihre Familien, ihre Söhne und Töchter, Hände auf kindlichen Wangen, Angehörige, wie diese zu Hause vergeblich auf ihre Lieben warteten, sah ihre Tränen, sah die Kinder und hörte, wie sie »Vater?« und »Mutter?« sagten.

Er fiel weiter, die Bilder froren ein, zerliefen dann, als sei beißende Säure über ein Gemälde gespritzt worden. Andere Bilder erschienen. Er sah Johanna, seine geliebte Frau, wie sie im Schlafzimmer auf dem Bett saß, das Gesicht in den Händen vergraben, und er hörte sie weinen. Er trat auf sie zu, griff nach ihren Händen, wollte sie von ihrem Gesicht nehmen, um sie zu trösten, aber dann merkte er, dass nicht sie dort auf dem Bett saß, sondern er selbst, und die Hände, die trösten wollten, gehörten Johanna. Er starrte mit ihren Augen in sein Gesicht, doch da war kein Gesicht mehr, da war nichts mehr, nur eine weiße Fläche in einem Oval. Sein Blick verschwamm. Er spürte ihre Einsamkeit. Er fühlte, was sie fühlte. Er fühlte die ganze Liebe, die in ihr wohnte und die nicht mehr erwidert werden konnte.

Katharina! Selbst wenn sie wütend war, war ihr Gesichtsausdruck immer liebevoll, fröhlich, das niedliche

Lächeln verschwand nie ganz. Jetzt sah er sie, wie sie in den langen Fluren des Hauses umherschlich, mit hängendem Kopf, und alle Ausstrahlung war aus ihrem Gesicht gewichen. Sie hielt das Schwert in ihrer Hand – das Schwert, von dem er ihr erzählt hatte, dass es die Liebe der Familie symbolisierte – und schmerzhaft wurde ihm bewusst, wie sehr seine Tochter ihn vermisste, wie sehr sie ihn suchte, wie sehr sie sich an dieses Schwert klammerte, weil es das Letzte war, das ihr von der Liebe ihres Vaters noch geblieben war: Ein Stück Stahl.

Seine rechte Hand glühte, brannte, als hätte er sie ins Feuer gehalten. Mit dieser Hand hatte er sie geschlagen. Sie verwandelte sich in glühendes Gold. So wertvoll und leblos.

Leblos …

Leben …

Wieso bloß hatte er auf diese Stimme in seinem Kopf gehört? Wieso hatte er sich bloß darauf eingelassen? Was nützte ihm dieser ganze Reichtum, mit dem er eh nichts anfangen konnte, weil er die ganze Zeit damit beschäftigt war, ihn zu erhalten und zu mehren?

Er verstand. Er verstand das System und den Mechanismus von dem, was ihn zu allem getrieben hatte, und das war das Furchtbarste von allem, denn ihm war klar, dass der Mensch sich nicht ändern würde. Das Ziel war die Essenz der Trauer, der Weg reine Fassungslosigkeit.

Es begann seinen Körper zu zermalmen.

Ulrich verfluchte sich. Er verfluchte seine Augen, weil sie so blind waren, er verfluchte seine Stimme, weil sie gesprochen hatte, er verfluchte seine Ohren, weil sie gehört hatten, er verfluchte sein Herz, weil es kalt war, seine Seele, weil sie so schwarz war. Er verfluchte die Menschheit. Er verfluchte Gott für seine Schöpfung, die er nur erschaffen hatte, um sie der Verdammnis preiszugeben.

Ulrichs Herz schlug nicht mehr. Vielleicht hatte es schon aufgehört, als er über die Schwelle trat, vielleicht schon damals, als er auf die Stimme hörte und das Spielhaus bauen ließ, vielleicht früher, vielleicht auch erst jetzt, als er sich seiner Schuld bewusst wurde.

Was hatte er getan?

Sein letzter Atemzug war das Bitten um Vergebung.

45

Sarah blickte sich um. Das grobe Mauerwerk der Wand verschluckte die Tür, die sich gerade hinter ihnen geschlossen hatte. Der Eingang verschwand. Und mit ihm auch der Ausgang.

Mit dem Schließen der Tür wurde es zudem zwielichtig, und die Wand veränderte ihr Aussehen, wurde fast schwarz und machte den Eindruck, als wäre sie organisch, als würde sie leben und atmen. Sie war wie Haut oder wie Fleisch, kurz vor der Verwesung. Dunkle, dampfende, weichliche Brocken lösten sich aus ihr heraus und hingen in Fetzen herab. Die Decke ähnelte den Wänden, nur, dass ihre Oberfläche aus zähflüssiger Substanz zu bestehen schien. Auch sie bewegte sich in arrhythmischen Wellen. Hin und wieder wölbten sich Blasen. Erst klein, wuchsen sie rasch an, schrumpften wieder blubbernd, oder platzten geräuschlos und gaben übelriechenden Qualm frei. Tropfen begannen herabzufallen, und sobald sie auf den Boden aufschlugen, verwandelten sie sich in Tiere, Würmern ähnlich, oder wie Asseln, Käfer mit Beinen und ohne, mit Flügeln und ohne, mit widerlichen kleinen Kauwerkzeugen oder Saugrüsseln und Stacheln. Mit Tausenden kleinen, glänzenden Augen, starrend. Ausdruckslos.

Sarah begann sich überall zu kratzen, denn die Tropfen der Decke fielen auch auf sie herab. Sie schlug um sich, und je mehr sie herumsprang und sich wehrte, desto mehr prasselte auf sie nieder.

Ihr ganzer Körper juckte, war bedeckt von den widerlichen Wesen. Alles wuselte, bewegte sich, die Wesen knisterten, während sie untereinander und übereinander herliefen. Sarah spürte sie nicht nur auf ihrer Kleidung, sie spürte auch, dass sie einen Weg unter ihre Kleidung suchten und fanden. Doch das Getier suchte noch weiter, kratzte an ihrer Haut, sie fühlte sie unter ihrer Haut, an Sehnen nagen, an Muskeln beißen, an Knochen schaben.

Sarah öffnete den Mund, um zu schreien. Doch bevor ein Laut über ihre Lippen kommen konnte, füllte sich ihr Rachen. Sie musste sich übergeben, hustete und spuckte heiße, brennende Flüssigkeit, dabei schlug sie weiter auf ihren Körper ein, riss sich die Jacke vom Leib, entblößte ihre Arme, und ihre Haut bewegte sich in Wellen wie die Decke, warf Blasen, die zerplatzten. Kleines Getier krabbelte aus den Wunden, teilte und vervielfältigte sich, nur um sich an anderer Stelle wieder unter die Haut zu bohren. Voller Panik musste sie dabei zusehen, wie ihr eigenes Fleisch nach und nach den Wänden und der Decke dieses verdammten Raums glich.

Schreien, bitte, sie wollte doch nur wie wahnsinnig schreien, aber der lebende Knebel begann bereits, ihr das Atmen zu erschweren. Kati! Wenn sie doch nur Kati auf sich aufmerksam machen konnte.

Kati war eine unbewegliche Säule aus Millionen von kleinen Lebewesen, aus unzähligen behaarten und nicht behaarten Beinen und Körpern, aus Knistern und Rascheln, ständig in Bewegung. Nur sie selbst rührte sich nicht, stand nur da, in einer Hand den Dolch – und auch er war nicht mehr zu erkennen, nur seine lebendigen Umrisse.

Kati schien das gleiche Schicksal zu erleiden wie sie selbst, nur, dass Kati sich bereits ergeben hatte. Oder schon tot war und nur noch von dem Getier aufrecht gehalten wurde.

Sarah streckte ihre Arme aus, überwand mit letzter Kraft ihren eigenen Wahnsinn. Sie versuchte nach ihrer Freundin zu greifen, wollte ihr helfen, sie aufrütteln, sie anschreien, sich nicht zu ergeben, denn sie war die Geisterkriegerin, es konnte doch nicht so enden. Sie hob einen Fuß, brachte all ihre Kraft auf, doch es war so unendlich schwer. Der weiche Boden war zäh wie Teer, die undefinierbaren Wesen hielten sie fest, klammerten sich an sie, klammerten sich an sich, klammerten sich an das, was unter ihnen war. Sarah schaffte es, einen Fuß zu heben, langsam und anstrengend, doch kaum hatte sie den Fuß wieder auf den Boden gesetzt, trugen sie die Wesen zurück, noch ein bisschen weiter weg von Kati.

Sarah konnte nichts sagen, konnte sich nicht bewegen. Ihre Gliedmaßen schmerzten vor Anstrengung, schmerzten vor offenen Wunden, der Anblick der eigenen Zerstörung war kaum zu ertragen.

Jede Gegenwehr verblasste, das Gewicht und der Wahn drückten sie nieder, sie sank auf die Knie. Noch mehr fiel über sie her, machte sich an ihren Augenlidern zu schaffen, drang in ihre Augen ein, sah mit ihren Augen.

Sie waren in ihrem Kopf. Einige von Sarahs Gesichtsmuskeln zuckten unvermittelt. Ein Auge schloss sich, flatterte, ging wieder auf. Der rechte Mundwinkel verzog ihr Antlitz zu einer Grimasse. Sarah blähte den Brustkorb auf, Luft, Luft, nur ein bisschen Luft, irgendwie atmen. Millionen von Boten aus der Hölle drangen ihre Kehle hinunter und atmeten für sie. Alles Würgen half nichts, sie klammerten sich in ihrem Fleisch fest, und je mehr sie hustete und versuchte Luft in ihre Lunge zu bekommen, desto schlimmer wurde es, desto tiefer gelangten sie, bis in ihren Magen, wo sie fühlen konnte, wie sie anfingen zu fressen. Die pure Angst legte ihre Schwingen um Sarah, schloss das Kind darin ein, drückte zu und nahm ihm den letzten Hauch Leben.

Sarah realisierte nicht mehr, ob sie die Augen schloss, oder ob die Wesen ihren Blick verdunkelten. Sie ergab sich.

Während die Schwärze über sie kam, formten ihre Lippen zwei letzte Wörter, die nicht sie aussprach, sondern unzählige Widerwärtigkeiten.

»Mama … Papa …«

Dann war nur noch Dunkelheit.

Sarah wusste nicht, wie lange. Zeit spielte keine Rolle, Zeit war keine existierende Einheit mehr.

Doch plötzlich kam ihr Bewusstsein zurück, plötzlich zerschnitt ein Licht die Dunkelheit. Sie traute sich, einige Schritte auf das Licht zuzumachen, mit ausgestreckten und tastenden Armen – denn um sie herum war noch immer Finsternis.

»Hallo?«, wollte sie sagen, aber ihre Stimme erklang nur in ihrem Kopf, wie durch Watte gemindert – der bloße Hauch eines Versuchs.

Genauso war auch die Stimme, die ihr antwortete – weich und behutsam, fragend und hoffend und vertraut.

»Sarah? Wo bist du?«

Sarah ließ sämtliche Vorsicht fallen. Sie rannte los, rannte so schnell sie konnte, weiter auf das Licht zu, rief dabei immer wieder nach ihrer Mutter und ihrem Vater. Und sie konnte sie nun beide hören, es waren ihre Eltern, eindeutig, doch sie konnte sie nicht finden. Jedes Mal kamen die Stimmen aus einer anderen Richtung, das Licht verschwand und tauchte an anderer Stelle wieder auf, als gäbe es keine Richtung mehr oder als wären alle Richtungen zu einer einzigen geworden.

»Ich bin hier, ich bin hier!«, schrie Sarah in ihrem Kopf und blieb stehen. Es war hoffnungslos. Überall waren die Stimmen ihrer Eltern, überall tauchte das Licht auf und verschwand wieder, immer schneller, wie ein Stroboskop.

Sarah weinte bitterlich. Sie flehte darum, dass ihre Eltern sie finden würden, wenn sie einfach hierbleiben würde, sich nicht mehr rühren würde. Sie war doch nur ein Kind, das sich verlaufen hatte. Ihre Eltern mussten sie finden, sie waren die Erwachsenen, sie mussten doch wissen, was zu tun war.

»Mama! Papa!« Sie schrie sich die Seele aus dem Leib, es hallte und dröhnte so derart in ihrem Kopf, dass sie sich selbst die Ohren zuhalten musste.

Die Berührung an ihrer Schulter war warm und wohltuend. Sie nahm die Hände von den Ohren, wirbelte herum, breitete die Arme aus, um ihre Eltern festzuhalten, doch da war niemand.

Sarah rief weiter. Die beiden Worte vermischten sich, wurden undeutlich, verzerrt, bis sie nicht mehr als Worte zu erkennen waren, es wurde zu einem Schreien und

Weinen, ein Heulen, sie fiel zurück in die Zeit, in der sie absolut hilflos war. Sie schlug die Hände vor das Gesicht, ging zu Boden, rollte auf die Seite und zog die Beine an.

»Bitte, bitte!«, brachte sie zwischen dem Weinen hervor. »Ich will zu meinen Eltern!«

Wieder berührte sie jemand, strich ihr über den Kopf, über ihre Wange und die Berührung verursachte ihr eine Gänsehaut. Sie konnte die Augen nicht öffnen, nicht einmal die Hände vom Gesicht nehmen, denn dann wäre wieder niemand da gewesen.

»Sarah«, sagte jemand ganz dicht bei ihr. Sie hielt den Atem an. Sie nahm die Hände vom Gesicht. Sie öffnete die Augen, sprang auf die Beine, machte noch einen Satz und landete in den Armen ihres Vaters. Sie spürte eine Hand auf ihrem Rücken. Es war die Hand ihrer Mutter. Sie ließ von ihrem Vater ab und umarmte ihre Mutter. »Mama!«, schluchzte sie überglücklich, drückte sie so fest, dass ihr das Atmen schwerfiel.

»Sarah, meine liebe Sarah!«, weinte ihre Mutter, und ihr Vater trat an sie heran, legte den Arm um seine Frau und auch er vergoss Tränen. Zu dritt sanken sie auf die Knie, entledigt aller materiellen Dinge, umschlungen in einer letzten Umarmung und erstarrt bis in alle Ewigkeit.

46

Zwei Teebeutel hingen in zwei Kaffeetassen, die auf dem Küchentisch standen.

Während Ingrid darauf wartete, dass das Wasser kochte, starrte Thomas in seine Tasse, als ob die reine Kraft seiner Gedanken ausreichen würde, den Tee auch ohne Wasser trinkbar zu machen.

Direkt nach dem merkwürdigen Vorkommnis im Casino hatten sie ihr Haus angesteuert und weder auf der Fahrt dorthin, noch jetzt ein Wort gesprochen. Beide konnten nicht recht glauben, was sie erlebt hatten, keiner traute sich bisher, die Geschichte zu interpretieren.

Ingrid schaltete den Wasserkocher frühzeitig aus, goss sich und Thomas ein und setzte sich ihm gegenüber. Schweigend betrachteten sie den heißen Dampf des Tees. Nach einer Weile ergriff er dann das Wort.

»Das war seltsam, findest du nicht? Verrückt. Vollkommen verrückt.«

»Ja. Vollkommen verrückt«, wiederholte Ingrid, froh darüber, dass sie endlich darüber reden konnten, und vor allem, dass sie ihre Gedanken aussprechen konnte. Sie überlegte eine Weile. »Aber, sag mal, findest du nicht eher, dass wir die Verrückten sind? Wir waren doch nie Zocker. Du hast eine Lebensversicherung, wir haben ein Haus gekauft, den Wagen geleast, aber sonst? Nicht mal ein Tagesgeldkonto haben wir. Und wir haben erst recht nichts mit Aktien oder Spekulationen oder so etwas am Hut gehabt. Selbst das mit dem Gold haben wir sein lassen, weil uns das zu unsicher war. Was haben wir da eigentlich die letzten Monate gemacht, Thomas? Unsere ganzen Rücklagen sind aufgebraucht, wir sind verschuldet, und wir hätten immer weitergemacht. Ich hab vollkommen den Überblick verloren. Wenn ich anfange darüber nachzudenken, dann wird mir richtig komisch. Thomas, bitte, ich will wissen, wieso wir uns so in die Sache haben reinziehen lassen.«

Thomas sah sie an, als hätte er nichts von dem verstanden, was sie gerade gesagt hatte. Dabei verstand er sehr wohl, und das machte ihm Angst. Seine Wangenknochen arbeiteten, sein Mund zuckte. Warum konnte das mit ihnen passieren?

Er nahm die Hand seiner Frau, drückte und küsste sie.

»Ich weiß es nicht. Ich verstehe das alles nicht. Es ist wie eine Sucht. Nur noch einmal, sagt man sich immer wieder. Dann gewinnt man. Und dann kann man ja ruhig weitermachen, das ist ja nicht schlimm. Ingrid, ich weiß es nicht. Das war nur ein Spiel, erinnere dich, es war spannend und neu für uns, und dann hat es funktioniert, wir haben die Regeln kennengelernt und die Möglichkeiten. Nur ein einfaches Spiel, ein kleiner Druck auf eine Taste, der so viel bewirken konnte.« Er sah weg von ihr, auf den Küchenboden. »Ich kann dir nicht sagen, warum Menschen rauchen oder zu viel Alkohol trinken, warum sie Drogen nehmen, warum sie sich von etwas abhängig machen. Ich dachte immer, wir wären immun gegen so einen Unsinn. Ich dachte, wir sind vernünftig. Wir waren süchtig. Wir waren richtig süchtig.« Er knabberte an seiner Unterlippe. »Abhängigkeit … Können wir überhaupt leben, ohne von etwas abhängig zu sein?«

Ingrid sah ihn mit großen Augen an.

Thomas atmete ein paarmal kräftig durch. Es fiel ihm

nicht leicht, seine Gedankengänge in Worte zu fassen, aber er spürte, dass er es musste, das er alles aussprechen musste und noch viel mehr, um sich über sich selbst klar zu werden.

»Vielleicht ist der Mensch so erschaffen, dass er immer nach etwas sucht, von dem er glaubt, sich daran festhalten zu müssen. Aber wenn wir mal ganz ehrlich sind, sind wir doch alle von Geld am meisten abhängig. Der eine will Alkohol, der andere Autos, oder Immobilien, oder sonst was. Aber es geht immer um Geld. Haben wir Geld, geht es uns gut. Haben wir keins, geht es uns schlecht. Geld bestimmt unser Leben, es entscheidet, was du dir leisten kannst, wie viele Annehmlichkeiten du in Anspruch nehmen kannst. Es ist verrückt. Und dieses verdammte Casino hat den Menschen das geboten, nach dem sie alle suchen: Geld. Vielleicht ist Geld das schlimmste Suchtmittel von allen. Das Verrückte ist: Es ging gar nicht um irgendwelche realen Dinge. Es ging nur darum, noch mehr Geld zu machen.« Er fing an zu lachen, bitter. »Hast du je von jemandem gehört, der sich sein Guthaben vom Casino hat auszahlen lassen? In barer Münze, meine ich?« Ingrid dachte nach, schüttelte verblüfft den Kopf. »Siehst du? Kein Mensch hat das, was er da erspielt hat, wirklich gebraucht, sonst hätte er es doch genommen. Das ist irre. Es ist so simpel, zu erkennen, was mit uns passiert ist. Wie konnten wir nur so unfassbar dumm gewesen sein? Was haben wir nur getan?«

Ihm wurde schlecht, er schob den Becher mit dem Tee weit von sich über den Tisch, das Getränk roch wie abgestandener Urin. »Wir haben das einfach gemacht, Ingrid. Aus Spaß. Wir haben alles verloren, wofür? Für eingebildeten Reichtum, für irgendwelche Zahlen in einer

Datenbank?« Er fing an, sich mit der Faust gegen den Kopf zu schlagen. Ingrid hielt seine Hand fest, ihre Augen waren feucht.

»Warum habe ich nicht einfach aufgehört? Warum musste ich immer weitermachen, immer weiter? Warum habe ich mir nicht vorstellen können, dass auch ich dieser Sucht verfallen könnte? Wieso habe ich dich da mit hineingezogen? Du hast mich gewarnt. Du hast mich doch gewarnt, oder?« Er stützte die Ellenbogen auf den Tisch und vergrub sein Gesicht in den Händen.

Vielleicht weinte er.

Ingrid konnte im Moment nichts sagen. Sie war dieser Gier genauso erlegen. Zwar hatte sie sich hin und wieder ausgemalt, was sie alles mit dem Geld hätten anfangen können, aber den Gedanken daran verwarf sie schnell wieder, denn eine Entnahme oder gar die Auszahlung ihres Guthabens hätte das schöne Fantasiebild der Zahlen zerstört. Sie steuerten auf ein nicht vorhandenes Ziel zu, sie brauchten nicht zu spielen, weil sie Geld brauchten, sie spielten, weil sie es konnten, weil der bloße Anblick von einer simplen Zahl auf einem Monitor erregender war als alles andere. Die Vorstellung der Realität war realer als die Realität selbst.

»Thomas?«, sagte sie zärtlich und strich ihm durchs Haar. Er sah auf, er hatte geweint, seine Augen waren gerötet und feucht. »Lass uns bitte abmachen, dass wir dort nicht mehr hingehen. Ich weiß zwar nicht, wie wir das mit den Schulden regeln sollen, aber … nie wieder. Thomas, versprich mir das.«

Er nickte. Dann hob er an, stellte die eine Frage, die sie beide bisher bewusst umschifft hatten. »Da unten … was …«

Ingrid legte ihm den Zeigefinger auf die Lippen. »Es

ist vorbei. Bitte, belasse es dabei. Wir sollten wirklich glücklich darüber sein, dass wir jetzt hier und uns einig sind. Manche Fragen sollten wir vielleicht nicht stellen.«

»Ja. Verstehe. Manche Antworten will man nicht haben.«

»Viel wichtiger ist, dass wir unserer Tochter eine Erklärung schulden. Ich glaube nicht, dass sie das alles verstanden hat. Sie ist bestimmt völlig durcheinander.«

Die zwei blickten sich schuldbewusst an. Dann erhoben sie sich abrupt und gleichzeitig, gingen gleichzeitig los, erreichten gleichzeitig die Küchentür, passten aber nicht gleichzeitig hindurch. Ingrid stolperte und fiel fast hin.

Leise, aber mit raschem Schritt gingen sie die Treppe hoch, öffneten die Tür zum Kinderzimmer.

Katis Bett war gemacht, fein säuberlich, wesentlich ordentlicher als sonst. Sie war nicht da. Auf dem Bett lag ein Zettel.

Ingrid war schneller als Thomas, sie nahm den Brief und las vor:

Liebe Mama, lieber Papa,

ich will nicht, dass es so bleibt. Ich will nicht, dass ihr auch verschwindet. Ich weiß, dass ich was tun muss, auch wenn ich nicht genau weiß, was. Ich weiß, dass das unvorstellbar Böse im Casino ist und dass es schuld ist. Ich werde das beenden. Ich will, dass es wieder ist wie vorher.

Kommt mir nicht nach. Ihr dürft nie wieder dorthin. Wenn ich wieder da bin, erkläre ich euch alles.

Hoffentlich ist es nicht zu spät.

Ich hab euch ganz doll lieb.

Ein Korb voller Küsse, Eure Kati.

»Mein Gott.« Ingrid schlug sich die Hand vor den Mund, sie sah Thomas an, der ihr zitternd den kurzen Brief abnahm und ihn wieder und wieder las.

»Was meint sie mit das *unvorstellbar Böse* ist im Casino?« Thomas versuchte ruhig und analytisch zu bleiben, versuchte den Gedankengang seiner Tochter nachzuvollziehen.

»Das ist mir egal, Thomas. Wir fahren jetzt sofort dahin und holen sie raus.«

Er schüttelte den Kopf. »Nein, warte. Ich glaube nicht, dass sie wirklich da ist, sie werden sie doch ohnehin nicht reinlassen.« Sein Blick glitt mehr zufällig zum kleinen Kästchen hinüber, in dem immer der Dolch lag. Er war nicht da. Er registrierte das Fehlen, verarbeitete die Information und legte sie ab, schaute wieder zurück zu Ingrid und beruhigte sie weiter. »Sie ist bestimmt bei Sarah. Sie hat sich da nur etwas ausgedacht, irgendwelche Schlüsse gezogen. Sie rennt doch nicht allein zum Casino los mit dem Dolch und …«

Er musste sich setzen. Er musste sich ganz schnell irgendwo hinsetzen. Das Bett war in Reichweite, halb tastete er sich vor, halb fiel er, seine Gesichtszüge entgleisten, als hätte er einen Schlaganfall. Durch sein Hirn ratterten lauter Bilder, Zitate und Eindrücke aus der letzten Zeit. Viele von ihnen waren für sich genommen ohne Zusammenhang, aber je öfter sie vor seinem inneren Auge auftauchten, desto mehr wurde ihm klar, dass sie sehr wohl einen Zusammenhang hatten, dass es einen Anfang gegeben hatte, einen gradlinigen Verlauf, und dass seine Tochter eine bedeutende Rolle bei alledem spielte. Mehr noch: Dass *sie* die entscheidende Rolle dabei spielte. Und dass es ein Ende geben musste.

»Thomas? Thomas?« Ingrid rüttelte an ihm. »Hör mal,

das ist nicht hilfreich. Was ist los?« Es war nicht zu übersehen, dass es in ihm brodelte. »Was ist mit unserer Tochter? Thomas? Kannst du bitte mal mit mir reden!?«

Er nickte. »Ich sage dir, was ich weiß. Aber unterbrech mich bitte nicht, versprich mir das, ja? Das wird jetzt völlig irre klingen …«

Er fasste alles schnell zusammen, vergaß dabei auch Katis Verhalten in der Nähe des Geländes nicht. Er berichtete von dem Tag, als er sie aus der Schule abholte und sie unter der Dusche zusammengebrochen war, von ihrem Wunsch nach einem Messer und von dem alten Kauz aus dem Antikladen, der ihm nicht nur den Dolch verkauft, sondern auch Andeutungen gemacht hatte, die er damals für reine Verkaufsstrategie hielt. Er zog den Bogen zu der Aussage im Brief und endete beim VIP-Raum des Casinos.

»Wir kommen wohl nicht darum herum, Fragen zu stellen.«

Während Thomas' Ausführungen hatte Ingrid angefangen, den Kopf zu schütteln. Es war nicht so, dass sie ihm die Dinge, bei denen sie selbst nicht dabei gewesen war, nicht glauben wollte, sie wollte das von Thomas angedeutete Resümee einfach nicht glauben. Sie bekam Kopfschmerzen.

»Moment, Moment, Moment«, wehrte sie ab. »Das heißt, unsere Tochter hat von Anfang an etwas gewusst oder gespürt, sie hat eine Verbindung zu alledem? Was soll das für eine Verbindung sein? Das ist doch totaler Quatsch.«

»Ich weiß nicht mehr, als ich dir gesagt habe. Welche Schlüsse wir jetzt genau daraus ziehen können – ich bin überfragt. Sag mir, was wir unten im Casino gesehen haben. Sag mir das. Wir wissen beide, dass das kein technisches Problem war. Ich hab es gespürt, und du hast es auch gespürt, oder irre ich mich? Und überhaupt – wieso haben wir vorhin eigentlich so plötzlich einen Gesinnungswandel durchlebt?« Er stand auf, ging auf und ab. »Seit Monaten rennen wir diesem Mist völlig blind hinterher und auf einmal fällt uns das wie Schuppen von den Augen? Sie hat *verschwinden* geschrieben. Du weißt genauso wie ich, dass eine ganze Menge Leute einfach nicht mehr da sind. Wir waren nicht einfach süchtig, wie Banker oder Aktienhändler. Wir waren gefangen, eingesperrt, alles hat sich nur noch um dieses Casino gedreht. Du hast das selber gesagt: Verrückt. Wir sind verrückt geworden. Wir haben das nicht gemerkt, aber Kati hat es gemerkt. Vielleicht hat sie das schon viel früher … gewusst.«

Ingrid wedelte mit der Hand vor ihrem Gesicht herum. »Wie dem auch sei, das ist mir jetzt egal, das sind alles Sachen, über die wir uns immer noch den Kopf zerbrechen können. Ich will mein Kind zurück und zwar jetzt.«

»Lass uns erst mal bei Bernd und Yvonne anrufen. Sie ist bestimmt dort.«

Bei den Kösters ging niemand ans Telefon.

»Und jetzt?«, fragte Ingrid. »Wir fahren zum Casino, wenn sie bei Sarah nicht ist, ist sie dort.«

»Ich frage mich nur, warum keiner rangeht. Bernd und Yvonne könnten im Casino sein, aber warum geht Sarah nicht ans Telefon? Sag mal … wann hast du die beiden eigentlich das letzte Mal gesehen? Nicht nur im Casino, überhaupt, meine ich.«

»Ich … Keine Ahnung. Was meinst du damit? Was ist das für eine Frage? Wann haben wir uns denn das letzte Mal in der Öffentlichkeit blicken lassen? Unser soziales

Leben fand doch gar nicht mehr statt. Nur noch im Casino.« Sie merkte plötzlich, worauf er hinauswollte und wurde blass. »Nein, nein, hör auf mit dem Quatsch. Ich glaube nicht, dass Menschen verschwunden sind. Also nicht richtig. Es gibt bestimmt Erklärungen dafür. Aber nicht jetzt. Kommst du mit oder nicht?«

»Fahr allein. Ich halte es für besser, wenn einer hierbleibt. Vielleicht ruft sie an oder taucht hier wieder auf. Sie hat zwar einen Schlüssel, aber es sollte trotzdem jemand hier sein. Außerdem … habe ich da noch eine Idee.«

»Und was für eine?«

»Der Typ aus dem Antiquitätenladen. Ich will wissen, wer der eigentlich ist. Der weiß doch irgendwas. Also irgendwas, was außerhalb des Normalen liegt.« Thomas massierte seine Stirn. »Außerhalb des Normalen. Mein Gott, was rede ich nur.«

»Mach, wie du denkst. Ich fahre jetzt los.«

Ingrids Kopf hämmerte zum Zerspringen.

47

Thomas kippte den Tee in den Ausguss, kochte sich eine Tasse Kaffee und fuhr den Laptop hoch. Er gab den Namen der Gemeinde und die Begriffe *Antikladen* und *Unterberg* in die Suchmaschine ein. Sofort fand er den entsprechenden Eintrag, ein Foto vom Laden, die Adresse und das Impressum. Auf dem Foto, das das Schaufenster mit den Namen Unterberg darüber zeigte, entdeckte er sogar den Dolch, den er Kati geschenkt hatte. Er klickte auf das Impressum. Der Name Arnim von Geest war zu lesen und eine Telefonnummer. Die Telefonnummer gehörte zum Laden. Der Laden war in der Nacht natürlich geschlossen, außerdem wusste er nicht, ob der Name auch zum alten Mann gehörte, oder ob dieser nur ein Angestellter war.

Er googelte den Namen und fand jede Menge Einträge. Also ein sehr geläufiger Name. Er grenzte die Suche ein und verband den Namen mit dem der Gemeinde. Zwei Treffer. Der eine gehört zu einer Person aus dem 19. Jahrhundert, schied also aus. Zum zweiten gab es sogar eine Adresse – und es war die gleiche, wie die des Ladens. Es war nicht ungewöhnlich, dass die Betreiber von Geschäften auch in den dazugehörigen Räumlichkeiten wohnten. Also lag die Vermutung nahe, dass der alte Mann, der ihm den Dolch verkauft hatte, Arnim von Geest war und auch dort wohnte. Um sicher zu gehen, dass er richtiglag, schickte er den Namen noch mal durch die Bildersuche. Auf dem Foto von der Front des Geschäftes war niemand abgebildet, aber es gab hin und wieder Fotos von der Eröffnung, auf denen dann der Betreiber zugegen war. Und so alt konnte der Antiquitätenladen nicht sein, ihm war er schließlich vorher noch nie aufgefallen.

Die Bildersuche ergab tatsächlich einige Fotos aus anderen Perspektiven, aber immer ohne dazugehörige Personen. Fast wollte er die Suche beenden, bis er über ein etwas älter wirkendes Foto von einer Zeichnung stolperte, das zwar ohne Geschäft war, aber den alten Mann zeigte, den er gesucht hatte. Er war um einiges jünger auf dem Bild, aber eindeutig wiederzuerkennen.

Er klickte das Bild an, verwarf die dazugehörige Webseite und vergrößerte es. Das war er. Sein Name stand ebenfalls darunter. Arnim von Geest. Nun konnte Thomas sicher sein, dass der alte Mann aus dem Geschäft, der ihm den Dolch verkauft hatte und vermutlich mehr über das Casino oder Katis Rolle dabei wusste, Arnim von Geest hieß.

Thomas schaute auf die Uhr. Es war mitten in der Nacht. Aber er konnte keine Rücksicht darauf nehmen.

Den Hörer in der Hand, hielt er inne.

Seine Tochter. Katharina. Was konnte sie nur damit zu tun haben? Warum sie, warum glaubte sie das und vor allem, was glaubte sie? War es nur so, dass sie sich etwas einredete? Nein, das konnte eben nicht sein, er hatte selber die ganzen Geschehnisse aufgezählt, irgendein Geheimnis musste es geben, das konnte alles kein Zufall sein. Welche Verbindung gab es zwischen dem Gelände, dem Casino und seiner Tochter? Nur vage kannte er die Legenden über das alte Herrenhaus und den Brand, der es vernichtet hatte – es waren dumme Erzählungen, verblasste Gruselgeschichten aus seiner Kindheit, die immer irgendwann entstanden, wenn ein Ort oder ein Gebäude kein Leben mehr in sich trug und dem Verfall preisgegeben wurde. Und gab es nicht einmal eine Burg in Coppenbroich? Stand sie nicht einmal dort, wo das Herrenhaus stand und jetzt das Casino? War mit der Burg nicht auch einmal etwas Merkwürdiges geschehen? Warum wusste er eigentlich so wenig über die Geschichte der Gemeinde, in der er aufgewachsen war?

Flüchtig hatte er vor Jahren den Artikel über den Tod des Jugendlichen gelesen, nur nebenbei den Unfall des Arbeiters beim Abreißen des Hauses mitbekommen, obwohl er und Kati an diesem Tag dort vorbeigefahren waren. Was, wenn das keine Unfälle gewesen waren, wenn da doch etwas Übersinnliches vor sich ging?

Thomas war ein intelligenter Mann, der mit beiden Beinen fest auf dem Boden stand. Er war nicht übermäßig gläubig, glaubte nicht an esoterischen Hokuspokus, nicht mal besonders an Horoskope. Und nun? Gruselgeschichten waren unterhaltsam, meistens, aber es waren doch nur erfundene Geschichten, oder?

Seine Tochter. Katharina. Jeder Vater und jede Mutter hielt ihr Kind für etwas Besonderes. Es war die gängige und nachvollziehbare Floskel, die einerseits bedingungslose Liebe und andererseits unbewusstes Selbstlob ausdrückte. Er liebte Ingrid über alles, aber Kati war die Krönung dieser Liebe. Sie war natürlich etwas Besonderes, sie war sein Kind und das Kind des Menschen, mit dem er sein Leben verbringen wollte, die Essenz zweier Seelenverwandten. Aber wer war er, dass seine Gene etwas wirklich Besonderes erschaffen konnten, das aus all den anderen besonderen Kindern herausstach? Wer war Ingrid? Weder er noch sie hatten spezielle Fähigkeiten, natürlicher oder unnatürlicher Art, von denen sie wussten. Warum Kati? Er wollte sich nicht ausmalen, wie sehr sie unter seinem und Ingrids Verhalten gelitten hatte, unter seinem Ausrasten, als er in ihr Zimmer gestürmt war, sie geschüttelt und angeschrien hatte. Ein normales Kind hätte dadurch schon einen Schock bekommen können, wenn nicht sogar irgendwelche Entwicklungsstörungen. Und wenn sie nun auch noch mit Dingen belastet wurde, von denen er und Ingrid gar nichts wussten? Was, wenn sie *verstand*, was vor sich ging, aber kaum eine Chance sah, dagegen anzugehen? Sie war doch nur ein Kind.

Plötzlich fiel ihm auf, dass er keuchte. Er schwitzte, das Telefon war nass und klebrig in seiner Hand. Wenn das alles so war, wie er vermutete, war seine Tochter der stärkste Mensch, den er sich vorstellen konnte. Er selbst war dagegen nur ein lächerlicher, jämmerlicher Zellhaufen, der lediglich funktionierte. Er traute sich noch nicht einmal wirklich, diesen von Geest anzurufen um die mögliche Wahrheit zu erfahren. Er war ein Feigling. Ein Nichts. Und seine Tochter war alles.

Thomas verpasste sich eine Ohrfeige.

Er tippte die Nummer ein und stellte die Verbindung her.

48

Tief zog Ingrid die kalte Nachtluft ein. Ihr Kopf wurde klarer, die Schmerzen ließen etwas nach. Das war doch alles Unsinn.

Sie stieg ins Auto und ließ den Wagen an. Zugegeben, was Thomas erzählt hatte, klang wirklich bemerkenswert, und sie konnte nicht von der Hand weisen, dass die Geschichte im Keller des Casinos etwas merkwürdig gewirkt hatte. Aber was wussten sie denn wirklich? Und was war eigentlich genau passiert? Im Keller des Casinos war die ganze Technik und Elektronik untergebracht, da konnte es durchaus zu partiellen Stromausfällen oder Überspannungen oder Ähnlichem kommen.

Sie musste sich zwar eingestehen, dass sie keine Ahnung davon hatte, das bedeutete aber nicht zwangsläufig, dass es nicht irgendwie so sein konnte. Der Mitarbeiter hatte einen Stromschlag erhalten, war zudem psychisch labil und überarbeitet oder so etwas. Und das Gefühl beim Anblick des Inneren des Raums … sie überlegte, und kam zu dem Schluss, dass das etwas mit Elektrosmog, Magnetfeldern und unterbewussten Reaktionen auf das Verhalten des Mitarbeiters und ihren eigenen Erwartungen zu tun gehabt hätte.

Alle anderen Punkte, die Thomas angesprochen hatte, waren Zufälle, Fantastereien oder nur dummes Gerede, ein Zurechtlegen von Indizien, das unbedingt ein Gesamtbild ergeben sollte, das der eigenen Vorstellung entsprach. Sie gestand sich ein, dass sie beide durch die ganze Spielerei im Casino extrem überlastet waren, kaum noch zur Ruhe kamen und nun von ihrem schlechten Gewissen gegenüber ihres Kindes verfolgt wurden. Der Stress hatte einen Level erreicht, der seinen Tribut forderte.

Kati litt letztlich am meisten darunter, sie war ein Kind, und die kindliche Fantasie war noch um so vieles stärker als die der Erwachsenen.

Ingrid schluckte. Thomas und Kati hatten nun einmal eine sehr starke Bindung, und wenn er schon solche Sachen zusammenfantasierte, was mochte da nur in Katis Kopf vor sich gehen?

Sie glaubte nicht daran, dass ihre Tochter bei Sarah war. Sie war fest davon überzeugt, dass sie es irgendwie in das Casino geschafft hatte und dort nun nach etwas Bösem suchte, von dem sie glaubte, es würde ihr ihre Eltern wegnehmen.

Sie kniff die Augen zusammen, drückte eine aufkommende Träne weg. Kati tat ihr so leid.

Kati liebte und vertraute ihnen so sehr, dass sie sich nicht vorstellen konnte, dass ihre Eltern sie freiwillig so vernachlässigten. Es konnte in ihrer Vorstellung nur ein abstraktes Wesen sein, ein undefiniertes *Es*, etwas unvorstellbar Böses, das dafür verantwortlich war.

Ingrid verpasste sich eine Ohrfeige. Wie konnte sie das alles nur zulassen?

Rückwärts fuhr sie von der Einfahrt und bog in die Straße ein.

»Ey, hast du das Schild nicht gesehen, du bist viel zu schnell!«, meckerte Jasmin.

»Ich fahr doch gar nicht schnell«, verteidigte sich Maik.

Das knapp zwanzig Jahre alte Pärchen kam aus einer Diskothek, einige Kilometer weit entfernt und befand sich auf dem Nachhauseweg.

Jasmin reckte den Hals und schaute auf den Tachometer des nicht mehr ganz neuen pechschwarzen BMWs. Die Nadel tanzte zwischen achtzig und neunzig Kilometern pro Stunde.

»*Das* meinst du mit nicht schnell?«, fragte sie genervt und zeigte auf das Instrument.

»Genau! Schnell ist das nicht! Soll ich dir mal zeigen, was schnell ist?«

Maik wechselte vom vierten in den dritten Gang, trat das Gaspedal durch, was vom Aufheulen des Motors quittiert wurde. Er sah dabei nicht auf die Straße, sondern drehte den Kopf zur Seite, grinste Jasmin mit weit geöffneten Augen an.

Jasmin fragte sich, warum sie das jedes Wochenende mitmachte. Jedes Mal benahm sich ihr Freund auf dem Rückweg wie ein Vollidiot und fuhr wie der Teufel, obwohl er genau wusste, dass sie das verabscheute. Und jedes Mal hatten sie die gleichen Diskussionen darüber – er fuhr zu schnell, sie sollte sich nicht anstellen, er würde noch einen Unfall provozieren, ihr solle klar sein, dass er wisse, was er tue und ein guter Fahrer sei.

Jasmin schimpfte mit sich selbst, das Angebot ihrer

Freundin, bei ihr mitzufahren, abgelehnt zu haben. Maik war aber auch ein Charmeur, wenn er ihr versprach, dieses Mal nicht so schnell zu fahren, dass er es ja verstehen könne, wenn sie Angst hätte, obwohl sie ja eigentlich keine haben müsste. Und er grinste dann immer so schelmisch, setzte seinen Hundeblick auf, hielt ihr die Tür auf, und überhaupt, wie sähe es denn aus, wenn sie statt bei ihm, bei ihrer Freundin mitfahren würde, die keinen Freund hatte und eh nicht gerade die beliebteste in der Clique war. Eher das fünfte Rad am Wagen. Ja, es war ihre Freundin, und klar, sie war total nett, aber eben auch ein bisschen anders, nicht so cool und ein bisschen zu fett, und Jasmin hatte keine Lust darauf, die Gerüchte zu entkräften, die unweigerlich aufkommen würden, wenn sie nicht mit Maik nach Hause fahren würde. Nein, sie haben sich nicht getrennt. Nein, sie haben keinen Ärger. Nein, sie hat kein heimliches Verhältnis mit ihrer Freundin. Nein, sie ist keine Lesbe, auch nicht bi. Im Grunde war die Clique total dämlich, so insgesamt gesehen, aber auch total lustig.

So saß sie also auf dem Beifahrersitz wie auf glühenden Kohlen und krallte eine Hand in den Haltegriff oberhalb des Fensters.

»Der Gute hat noch ganz schön was drauf, was?«, riss Maik sie aus ihrer Gedankenschleife. »Gute Pflege bringts halt, nicht immer nur waschen, der Motor braucht auch seine Zuwendung.«

Er legte ihr eine Hand auf den Oberschenkel, ließ sie höher wandern. »So wie du. Make-up ist eines, um den Motor muss sich auch gekümmert werden.«

Diese Vergleiche fand sie dämlich. »Guck wenigstens auf die Straße!«, sagte sie, ließ seine Hand aber, wo sie war. Ein bisschen aufregend war das alles ja schon.

Maik lachte. »Wozu denn? Ist doch keine Sau unterwegs.« Er riskierte einen winzigen Blick zurück auf die Strecke, sah dann wieder Jasmin an. Mit quietschenden Reifen wuchtete er den BMW um eine Kurve. »Festhalten!«

Sagte es, tat es, und sein Tun wurde am Kurvenausgang von einem dumpf knackenden Aufprall unterbrochen.

Der BMW bockte, als hätte er einen schweren Schlag verpasst bekommen. Plastik splitterte, stob durchs Scheinwerferlicht wie Schnee, das Heck brach leicht aus. Sie hatten irgendetwas angefahren, und es war groß. Kein Hund, keine Katze, größer.

Maik stoppte den Wagen, der jetzt quer zur anderen Straßenseite stand. Er war blass geworden, starrte in den Rückspiegel.

»Scheiße! Scheiße!«, wimmerte Jasmin. »Du hast jemanden überfahren!«

Maik glotzte zurück auf das Lenkrad. Sein Herz raste, der kleine Finger seiner rechten Hand zuckte.

»Fahr zurück! Los!«

Er fuhr in eine Seitenstraße, um zu wenden. Langsam rollte er den Weg wieder zurück, bis sie im Scheinwerferlicht, von dem eines ausgefallen war, eine Gestalt am Boden liegen sahen.

»Scheiße, scheiße, scheiße«, flüsterte Jasmin kaum hörbar. Sie fingerte nach dem Türöffner.

Maik sah es, biss die Zähne zusammen und gab Gas, bog in eine andere Straße ein, wendete und fuhr wieder in die alte Richtung. Er passierte den Unfallort, blickte stur geradeaus, während Jasmin den Kopf drehte und auszumachen versuchte, ob die angefahrene Person sich bewegte.

»Du bist verrückt! Halt an! Halt an! Lass mich raus! Ich will aussteigen!«

»Halt die Klappe!«, zischte Maik. »Willst du in den Knast? Willst du, dass *ich* in den Knast muss?«

»Wieso denn das? Es war ein Unfall!«

»Gehts noch? Ich bin knapp Hundert gefahren, außerdem hab ich noch Speed intus. Uns hat keine Sau gesehen. Du hast nichts gesehen, ich hab nichts gesehen, klar?«

Jasmin stiegen die Tränen in die Augen. »Wir müssen doch helfen. Wir können ihn doch nicht dort liegen lassen. … Maik? … Maik! Ich fasse es einfach nicht! Du bist das allerletzte Arschloch!«

Ingrid hatte sich dagegen entschieden, auf den Parkplatz des Casinos zu fahren. Sie wollte nichts mehr mit dem Etablissement zu tun haben, in keinster Weise, und dazu gehörte, dass sie nicht mehr den Parkplatz benutzte. Sie fühlte sich als Außenstehende, die lediglich schauen wollte, ob sich ihre Tochter dort verlaufen hatte.

Sie parkte gegenüber, stellte den Motor ab und öffnete die Fahrertür. Ihr Nacken schmerzte vor Steifheit. Sie stieg aus, schlug die Tür zu, schloss ab und überquerte die halbe Straße. Mitten auf der Straße blieb sie stehen und fasste sich in die Jackentasche. Hatte sie ihre Geldbörse dabei? Die ID-Card? Sobald das hier vorbei war und sie Kati wiederhatte, würde sie diese verdammte Karte in die Mikrowelle stecken und durchbraten, bis nur noch ein geschmolzenes Häufchen übrig sein würde.

Das Auto, das kam, hatte sie nicht als solches wahrgenommen. Gesehen hatte sie es gar nicht, weil sie nach der Karte fingerte, und das anschwellende Brummen schob sie auf ihre wieder aufflammende Migräne. Ihr

Kopf war voll mit allem Möglichem, dem Namen ihrer Tochter, ihren eigenen Fehlern, explodierenden Mikrowellen; voll mit Gedanken, Erklärungsversuchen und Entschuldigungen.

Die Scheinwerfer ploppten regelrecht vor ihr auf, wie aus dem Nichts, wie ein gellender Schrei in totaler Stille, und als ihr Hirn realisierte, um was es sich handelte, war es für eine Reaktion längst zu spät. Die Kante des Kühlergrills traf sie auf Höhe ihrer Hüfte, sie spürte nicht wirklich etwas, sie hörte es nur, brechendes Plastik und brechende Knochen. Sie fühlte sich hochgehoben, fliegend, ohne Gefühl, ohne Schmerz, keine Migräne, kein steifer Nacken mehr, vollkommen losgelöst von ihrem Körper, von der Fähigkeit, sich zu bewegen oder irgendetwas zu tun oder zu denken. Die ID-Card des Casinos entglitt ihren Fingern und segelte wie eine schlecht geworfene Spielkarte durch die Nacht.

Den Aufschlag auf dem Asphalt merkte sie dann wieder. Sie war verwirrt. *Was* kam ihr als Erstes in den Sinn, dann *Warum* oder *Wo* oder eine Mischung aus beidem.

Um sie herum war es dunkel, sie bewegte den Kopf, versuchte es, was sehr wehtat, aber das diffuse Licht des Casinos erhellte ihr Blickfeld.

In Ordnung, es ist nichts. Sie versuchte, sich aufzurichten. Ihr Hirn gab den Befehl, und sie sah vor ihrem inneren Auge, wie sie sich erhob, aber sie spürte, dass keine Bewegung von ihr ausging, weil sich nichts an dem änderte, was sie sah. Sie drehte den Kopf in die andere Richtung. Etwas knirschte furchtbar laut in ihrem Kopf. Ihr Nacken wurde heiß. Sie schloss die Augen, einen Moment nur, um Kraft zu sammeln, neue Befehle zu ersinnen, die den Körper doch noch ansteuern konnten. Die Migräne kam zurück und war kaum auszuhalten.

Plötzlich wurde das brummende Geräusch, das sie auf ihre Kopfschmerzen geschoben hatte, wieder lauter. Helles Licht drang durch ihre halb geschlossenen Lider. Es stank nach Abgasen. Ein Motor röhrte, nah, sehr nah. Sie wollte eine Hand heben. Sich bemerkbar machen. Es ging nicht. Sie wollte etwas sagen, öffnete den Mund, aber ihr Unterkiefer rutschte ihr aus dem Gesicht.

Das Brummen entfernte sich. Frische Luft. Frische Luft konnte so angenehm sein, kühl am heißen Nacken. Vielleicht konnte sie noch eine Weile so liegen bleiben, es störte ja sicher niemanden, nur noch einen Moment, einen klitzekleinen Moment die Augen schließen und Luft holen. Dann aufstehen und weiter, Kati retten, nur noch einen Moment.

Das Brummen kam zurück. Es störte. Ja, sie würden doch gleich aufstehen, nicht drängeln. Nur fünf Minuten noch. Dummer Wecker. Gleich, gleich aufstehen. Kati wecken. Es ist doch Schule. Nicht zu spät kommen. Frühstück machen. Nachher den Staubsauger anwerfen. Dreck überall. Alles durcheinander. Durcheinander im Kopf. Dreht sich. Wecker wieder aus, gut, gut, fünf Minuten noch, so schön warm und kuschelig. Der heiße Druck im Nacken ließ nach, verflüchtigte sich, bis er ganz verschwunden war. Sie zog sich eine frisch gewaschene, strahlend weiße Decke über den Kopf. Ihre Gedanken versuchten noch einmal ein Wort zu formen, den Namen ihrer Tochter, aber es reichte nicht mehr, sie vergaßen, verwehten, verloren sich und erstarben.

Ganz tief in sich spürte Kati plötzlich einen schneidenden Schmerz. Es war, als ob ein Stück aus ihr herausgerissen wurde. Sie konnte nicht einordnen, um welchen

Teil es sich dabei handelte, aber etwas von ihr war fort. Unmissverständlich. Für immer. Dann war der Schmerz wieder verschwunden. Denn es war etwas, was sie schon wusste.

49

Arnim von Geest schob die Entschuldigungen für die nächtliche Störung schnell beiseite. Er erinnerte sich selbstverständlich an das Schwert und an dessen Käufer, und er könne sich durchaus denken, warum man ihn mitten in der Nacht anrufen würde. Katharina, ergänzte er, sei sogar mit ihrer Freundin bei ihm gewesen und hatte ihn ausgefragt.

Thomas machte ihm daraufhin Vorwürfe. Aber statt auf die Vorwürfe einzugehen, fragte von Geest Thomas, ob er denn nun etwas zu der ganzen Geschichte und Katharinas Rolle dabei sagen solle. Allerdings warnte er ihn, dass ihm das, was er zu sagen hatte, möglicherweise nicht gefallen könnte.

Thomas beruhigte und entschuldigte sich nochmals für seine Erregung, es ginge schließlich um seine Tochter.

»Haben Sie bitte Geduld, Herr Sandfels. Es ist nicht ganz einfach zu erklären, und ich möchte, dass Sie wirklich verstehen, was vor sich geht. Ich werde etwas ausholen müssen.«

»In Ordnung. Ich kann im Moment ohnehin nichts weiter tun. Und Sie können mir glauben, ich möchte wirklich alles verstehen. Ich werde ganz Ohr sein.«

»Gut. Wir haben leider verlernt, zuzuhören und zu verstehen. Würden wir uns diese Fähigkeit wieder mehr zu eigen machen, wäre der Menschheit in vielen Belangen geholfen.« Einen Augenblick herrschte Stille, von Geest schien sich zu sammeln.

Dann begann er: »Menschen haben Gefühle, Herr Sandfels. Manche Gefühle sind gut und manche sind schlecht. Und manchmal kommt es vor, dass die Gefühle stärker werden, als der Mensch, der sie hat. Dafür gibt es viele Beispiele. Die Liebe kann uns beflügeln und jeden Widerstand überwinden. Zorn kann uns unglaublich stark machen.

Und manchmal, ganz selten, kommt es vor, dass die Konzentration eines Gefühls so stark wird, dass es sich verselbstständigt. Die zugeführte emotionale Energie ist so mächtig, dass aus diesem Gefühl, das normalerweise im Menschen innewohnt und rein menschlich ist, ein eigenständiges, unmenschliches Wesen wird. Manche nennen diese Wesen Engel oder Dämonen, Götter oder Teufel. Es ist eine pure Essenz, ein Avatar. Die Gier ist auch so ein Gefühl, ein sehr mächtiges obendrein. Ich vermute, Sie wissen das.«

Thomas' Kehle war trocken. Er wusste das nur zu gut.

»Das Casino ist ein Transformator, der die Gier der Bewohner nach Geld und Reichtum bündelt und damit ein Monster erschaffen hat. Dieses Monster ist real, Herr Sandfels. Es existiert und wächst und wird immer stärker. Und je stärker es wird, desto gieriger werden die Menschen. Dadurch füttern sie es noch mehr, und das geht so weit, dass die Menschen sich von der Gier im wahrsten Sinne des Wortes auffressen lassen.«

Ein kalter Schauer überkam Thomas. Die ganzen Leute, die verschwunden waren, waren nicht irgendwo hingegangen, sie hatten sich tatsächlich fressen lassen. Das war Wahnsinn, einfach unglaublich. Und doch hatte er das selbst erlebt, alle Indizien lagen vor ihm ausgebreitet, er musste sie nur richtig lesen. Es kamen ihm die ganze Synonyme und Umschreibungen in den Sinn, die man im Zusammenhang mit der Gier benutzte, und sie trafen erschreckender Weise zu. Ihm wurde schlagartig bewusst, dass er und Ingrid um Haaresbreite mit dem Leben davongekommen waren. Sie waren selbst kurz davor, sich fressen zu lassen. Freiwillig. Sie hatten das sogar in aller Vorfreude erwartet. Nur durch den Zufall, dass an diesem Abend etwas mit dem VIP-Raum nicht stimmte, hatte sie gerettet.

»Wissen Sie, was ein exponentieller Anstieg ist?«, wollte von Geest wissen.

»Ja, das weiß ich.«

»Es gibt in exponentiellen Systemen immer einen Punkt, an dem es nicht mehr weitergeht. Das heißt, an dem es besser wäre, wenn es nicht mehr weitergehen würde«, erklärte der alte Mann. »Eines der bekanntesten und perfidesten in unserer Zeit dürfte wohl das Zinssystem sein. Irgendwann haben sich derart viele Zinsen angehäuft, dass eine Rückzahlung nicht mehr möglich ist, egal wie viel man spart oder produziert und verkauft. Die Banken wissen das, die Politik weiß das auch. Sie wissen, dass dieses System sich immer wieder totläuft, aber auf dem Weg dorthin viele Opfer fordert. Doch zurück zur Gier. Unsere Gier mag am Anfang so groß wie ein Samenkorn sein, viele Jahre lang schlafen und ungefährlich sein, aber irgendwann bricht sie aus und wächst. Es braucht nur einen Tropfen, der sie zum Keimen bringt. Dann wächst sie jeden Tag um die Größe, die sie am Vortag hatte, damit wächst sie immer schneller und schneller, und wenn sie die halbe Welt überwuchert hat, wird sie nur noch einen Tag brauchen, um die ganze Welt zu verschlingen.«

Von Geest hielt kurz inne, wollte Thomas die Möglichkeit geben, zu reagieren, aber Thomas blieb stumm.

So fuhr er fort. »Sie werden verstehen, dass irgendwann der Punkt kommt, an dem kein Platz mehr ist, keine Ressourcen, keine Möglichkeit der weiteren Ausdehnung. Was passiert, wenn wir morgen haben, wenn die Gier die ganze Welt gefressen hat? Was kommt danach? Was kommt nach dem letzten Tag? Es muss also einen Mechanismus geben, der dieses Wachstum beendet und wieder auf null stellt, die Gier zurück in einen Samenkorn verwandelt, alle Schulden erlässt, alle Schuld auf sich nimmt. Oder anders gesagt, das Monster, das von den Gefühlen der Menschen erschaffen wurde, muss jemand stoppen.«

»Sie meinen …«

»Ihre Tochter ist der Mechanismus, sie ist der Endpunkt des exponentiellen Systems. Ihre Tochter zieht in den Krieg.«

»Wie bitte?«

»Ihre Tochter ist ein Kind. Ein reines, unschuldiges Kind, das nur Interesse an Ihrer Zuneigung und Liebe hat. Liebe, Herr Sandfels, Liebe ist ein starker Gegenspieler zur Gier und Selbstlosigkeit zur Selbstsucht. Ich sagte vorhin, dass jemand alle Schuld auf sich nehmen muss, alle Schulden erlassen muss. Was meinen Sie, Herr Sandfells … wer, wenn nicht ein Kind ist so rein und unschuldig, so etwas zu tun? Die personifizierte Gier, die in unserem Casino haust, ist das unvorstellbar Böse. Ihre Tochter ist das unvorstellbar Gute. Das eine hebt das andere auf.«

»Sie wollen mir also erzählen, dass meine Tochter ins

Casino gegangen ist und dort gegen die Gier …?« Er vollendete den Satz nicht. Zu unvorstellbar war das alles.

»So ist es.«

»Wie soll das funktionieren?«

»Das weiß ich nicht. Das kann nur sie selbst wissen. Aber ich weiß, dass die Gier es ihr nicht leicht machen wird. Sie wissen selbst, was für ein boshaftes Wesen voller Falschheit die Gier ist. Sie wird täuschen, lügen und verwirren. Ihre Tochter ist nun mal trotz allem ein Mensch. Auch Kinder können gierig sein. Und wenn ich diese Welt beobachte, muss ich mit Schrecken erkennen, dass das immer früher geschieht. Ich will mir nicht ausmalen, was passiert, wenn die Gier Ihre Tochter besiegt, oder wenn es irgendwann keine reinen Herzen mehr gibt. Oder wenn wir durch unser Streben nach materiellen Dingen Kindern das Leben schenken, die nur noch danach funktionieren. Katharina muss ein großes Opfer bringen, um zu gewinnen und uns alle zu retten.«

»Was für ein Opfer?«

»Herr Sandfels … denken Sie nach.«

»Das ist doch …« Thomas wollte nicht daran denken. Wieder kam ihm der Brief von Kati in den Sinn. Sie hatte das alles geahnt. Und niemand konnte ihr dabei helfen. »Aber warum meine Tochter? Warum sie? Es gibt doch so viele andere Kinder. Warum muss sie das machen?«

»Warum *nicht* Ihre Tochter? Ich weiß nicht, warum Ihre Tochter diejenige ist, die diesem Wesen die Stirn bieten muss. Sie ist es einfach. Und sie wird es immer sein. So wie die Gier immer wieder auferstehen wird, wird auch Katharina immer wieder auferstehen. Das hoffe ich jedenfalls.« Er machte eine Pause. »Mehr kann ich leider nicht dazu sagen.«

»Woher wissen Sie das alles?«, wollte Thomas wissen. Es schnürte ihm die Kehle zu.

»Was weiß ich denn? Ich weiß gar nichts. Ich beobachte. Ich mache mir meinen eigenen Reim auf die Menschen. Ich weiß nicht, ob sich das alles so abspielen wird, wie ich erklärt habe. Ich weiß nur, dass sich Geschichte wiederholt. So wie aus einem Samen etwas erwächst und stirbt und neues erwächst.«

»Was meinen Sie, was soll ich jetzt tun?«

»Was wollen Sie denn tun?«, tadelte von Geest. »Verstehen Sie nicht? Sie können gar nichts tun. Sie können nur warten und das Beste hoffen. Denken Sie daran, dass Sie die Gier genauso gefüttert haben. Sie sind ein Teil von ihr. Sie sind erwachsen. Halten Sie sich raus. Ihre Tochter muss das allein tun. Sie ist größer und mächtiger als wir alle zusammen.«

Er verabschiedete sich und legte auf.

Thomas starrte den Telefonhörer in seiner Hand an. Er hörte plötzlich leise die Stimme von Kati, wie sie ihn fragte, was sie gegen die Angst tun solle. Ihm stiegen Tränen in die Augen. Er erinnerte sich an das Gespräch. Darum ging es also. Sie müsse nur das Licht suchen, hatte er ihr gesagt. Dabei war sie selbst das Licht. Sie war das Licht in der Dunkelheit, in der sie alle gefangen waren, weil sie sie selbst erschaffen hatten. Sie nahm die Sünden der Erwachsenenwelt auf sich. Sie stellte etwas zurück, damit es wieder von vorn beginnen konnte. Sie war der Tod. Und das Leben.

Thomas verstand, dass er nichts dagegen tun durfte, nichts dagegen tun konnte, weil er ein Bestandteil der Dunkelheit war, und dass er nur hoffen durfte, dass er, Ingrid und ihre Tochter heil aus der Sache herauskommen würden.

Er musste Ingrid anrufen und ihr klarmachen, dass sie im Casino nichts erreichen würde, dass sie sich möglicherweise sogar einer großen Gefahr aussetzte.

In dem Moment, in dem er sich vorstellte, dass Ingrid womöglich in den Keller gehen würde, versteifte sich sein ganzer Körper und seine Kehle schnürte sich zu.

Er sah auf die Uhr und berechnete die vergangene Zeit. Ihm kam ein furchtbarer Verdacht. War der Krieg bereits im Gange, als sie von den Mitarbeitern in den verdammten, sogenannten VIP-Raum geführt wurden? War Kati bereits dort und kämpfte für sie? War dort deshalb alles durcheinander?

Stechende Schmerzen jagten durch seinen Schädel. Er sprang vom Stuhl auf, schwindelte und stützte sich am Kühlschrank ab. Dabei wischte er den kleinen Blumenmagneten von der Tür. Katis Bild trudelte zu Boden. Er bückte sich, hob beides auf und wollte es wieder zurück hängen. Der Magnet entglitt seiner Hand. Thomas schnappte nach Luft.

Endlich sah er, was mit dem Bild nicht stimmte.

Die Sonne. Die vermeintlich lächelnde Sonne, war keine Sonne.

Es war eine pechschwarze, abgrundtief böse grinsende Fratze.

Zitternd gab er Ingrids Handynummer ein, ließ es klingeln. Sie ging nicht ran. Er legte auf, versuchte es wieder, wartete auf das Anspringen der Mailbox.

»Ingrid, bitte«, flehte er nach der Ansage. »Du musst zurückkommen, sofort.« Der Kloß in seinem Hals wurde immer dicker. »Du kannst nicht … du darfst nicht. Wir können nichts tun. Ingrid, komm zurück!«

50

Die Zeit stand und wartete.

Katharinas Kopf dröhnte von den Rufen der Stimme, die wieder und wieder ihren Namen rief, lockend und schmeichelnd, wütend und abstoßend. Sie legte den Rucksack ab, um mehr Bewegungsfreiheit zu haben und fasste den Griff des Dolches fester, hielt die Klinge vor sich, hinein in die Dunkelheit, die wie altes Blut roch.

In ihren Gedanken liefen Szenen ab, die sie als Katharina und als Kati erlebt hatte, vermischt mit Erlebnissen, die nicht die ihrigen waren, sah ihren Vater Ulrich und ihren Vater Thomas, ihre Mutter Johanna und ihre Mutter Ingrid, sah andere Väter, andere Mütter. Dazwischen blitzte das dämonische Gesicht auf, wie es mit seinem Maul ihren Namen formte.

Die Rufe wurden unerträglich. Sie hob die Waffe, schwang sie hin und her, als würde sie die Stimme mit blankem Stahl zerschneiden können.

Ich bin hier!, dachte sie voller Anstrengung, schrie in sich selbst hinein, um die Stimme zu übertönen.

»Ich bin hier«, brüllte sie mit aller Kraft nun unüberhörbar, presste die Luft aus der Lunge, und die lebendigen Wände schienen vor der Wucht ihrer Stimme zurückzuweichen. »Gib sie zurück! Gib sie alle zurück!«

Das Rufen hörte schlagartig auf. Es blieb ein Atmen, ein Keuchen, ein Rascheln, und es kam nicht von ihr, sie hielt die Luft an, horchte, nein, es kam nicht von ihr, es kam von überall, der ganze Raum, das Zimmer, das Universum war angefüllt davon. *Es ist hier! Es ist um mich herum.*

Ich bin in ihm.

Atem rauschte hörbar, wie aufkommender Wind, wehte um sie herum, änderte die Richtung, erklang von hier und von dort, näher und wieder weiter weg, wie ein Wirbelwind, nicht fassbar, und sich schneller drehend als man selbst je vermochte.

Und endlich richtete sich die Stimme an Katharina, redete mit ihr, tauchte nicht einfach auf und verschwand wieder, um sie zu verschrecken. Jetzt war Katharina davon überzeugt, kein kleines, unwissendes Kind mehr zu sein, sondern sich mit dem Wesen auf Augenhöhe zu befinden.

»Katharina! Ich sehe, ich sehe. Ich sehe, dass du da bist.« Es klang, als würde das Wesen schmunzeln. »Ich höre, dass du etwas von mir willst. Das überrascht mich nicht. Jeder will etwas von mir. Was gibst du mir denn dafür?«

Katharina machte einen Schritt vorwärts, stocherte mit dem Dolch ins Nirgendwo. »Du hast mir meine Eltern weggenommen, und ich will sie zurück. Ich gebe dir gar nichts. Du hast mich gerufen, du bist zu mir gekommen, im Wasser, im See, mein ganzer Kopf ist noch voll davon, und jetzt bin ich hier. Ich will sie zurück.«

»Ich habe dich gerufen?«, kam es zurück, mit einem Hauch Verwunderung in der Stimme. »Bist du dir da so sicher, Katharina?« Das Wesen machte eine Pause. Dann: »Höre genau in dich hinein. Habe ich dich gerufen, oder hast womöglich du mich gerufen? Denn was sollte ich von dir schon wollen? Ich höre ständig, dass von mir etwas gefordert wird. So auch du forderst von mir. Du bedrohst mich mit einem Schwert und verlangst von mir. Ist es nicht eher so, dass du mich gerufen hast?«

»Nein! Du hast mich gerufen, du rufst ständig meinen Namen! Ich habe dich nicht gerufen, niemals!«

»Ich rufe deinen Namen? Ist das so?« Wieder eine Pause. »Ist es nicht eher so, dass du deinen Namen immer und immer wieder hörst, weil es dir nur um dich selbst geht? Ich bin die Gier, Katharina, ich bin, weil du willst. Du hast mich gerufen, weil du gierig bist. Du willst deine Eltern zurück? Warum, Katharina, warum ist das so? Du bist diejenige, die fordert, die nicht zufrieden ist mit dem, was sie hat. Deine Eltern sind dir doch nicht weggenommen worden, sie haben sich von dir abgewandt. Du dummes Kind. Frage dich, warum. Du bist ein verwöhntes Kind, wie alle Kinder, und eure Eltern wenden sich von euch ab, weil ihr euch an sie klammert und sie auffresst. Was haben deine Eltern alles für dich getan? War das nicht genug? Gönnst du ihnen keinen Spaß? Ein bisschen Ablenkung? Ich habe dich nicht gerufen, Katharina, du hast mich gerufen. Du hast mich erschaffen. Ich bin dein Kind und nun willst du mich loswerden.« Das Wesen lachte. »Welch Ironie!«

»Ich …« Katharina geriet durcheinander. Sie hatte die Stimme gehört, wie sie sie unablässig rief, eindeutig, und das Gesicht hatte sie sich auch nicht eingebildet. Aber war sie sich wirklich sicher? Was wäre wenn … Verblüffung machte sich in ihr breit, traf sie wie ein unvermittelter Schlag, wie ein Stoß in eisiges Wasser – hatte sie sich in allem getäuscht? Nicht die Gier hatte sie gerufen, sie hatte die Gier selbst gerufen – waren das erste zarte Knospen der Selbstsucht? Sie stand hier und forderte für sich, sie wollte, dass alles wieder wie früher war, dass sie im Mittelpunkt stand. Sie beanspruchte ihre Eltern für sich, obwohl es eigenständige Menschen waren, mit eigenem Leben, eigenen Träumen und Wünschen. Ja, sie hatten ihr das Leben geschenkt, aber es war ein Geschenk, keine Verpflichtung. Es waren ihre Mama und ihr Papa, aber es waren auch Ingrid und Thomas, und sie waren so viel mehr als nur Eltern. War sie nicht wirklich langsam erwachsen genug, um eine gewisse Selbstständigkeit zu erlangen und ihren Eltern ein eigenes Leben zuzugestehen? Hatte ihr Vater nicht recht mit seinem Wutausbruch gehabt, als er ihr genau das vorwarf, und recht gehabt mit der Ohrfeige, weil sie sich immer in seine Angelegenheiten mischte? Wollte sie ihm wegnehmen, was seines war? War sie gierig, weil sie erwartete, dass man sich ständig um sie kümmerte, ständig für sie da war? War es gerechtfertigt, für immer die Liebe der Eltern einzufordern? Was wollte sie wirklich und für wen? Warum wollte sie die Erwachsenen befreien? Damit sie frei waren und sich wieder um sie kümmern konnten; von einem Gefängnis ins nächste, in der Überzeugung, dass ihr Käfig der bessere war – nur für wen? War das Casino also in Wahrheit gar kein Gefängnis, sondern eine Zuflucht? Hatte sie das Monster erschaffen? War sie schuld? Waren Menschen zu Puppen geworden und verschwanden, weil ihre Kinder sie ausgesaugt hatten?

Ihr Herz raste, flatterte in ihrem Brustkorb wie ein eingeschlossener Vogel.

Sie war den Weg bis zu diesem Punkt gegangen, glaubte, sie würde das Richtige für alle tun, dabei tat sie alles nur für sich selbst, und musste jetzt feststellen, dass sie das bekämpfen wollte, für das sie die Verantwortung trug. Sie war hier und forderte, obwohl sie nichts in der Hand hatte, gar nichts. Ja, sie war gierig, und das Wesen hatte recht mit der Forderung nach einer Gegenleistung, denn es gab nichts umsonst, es musste immer ein Preis bezahlt werden, wenn man etwas wollte.

Ihr Verstand sah es ein und stimmte dem zu, es war einfach zu einleuchtend. Es war die Wahrheit.

Ihr Herz aber, ihr kleiner bunter Vogel, wehrte sich mit aller Macht dagegen.

»Ja … nein …«, stotterte sie, ihr Kopf drohte zu zerspringen. »Du bist schuld! Du bist das Monster! Ich hab dich nicht gemacht!«, rief sie schließlich bestimmt und schüttelte den ganzen Körper, sie durfte sich nicht verwirren lassen. Es ging ihr nicht nur um ihre Eltern. Es ging ihr um alle, auch um die, die sie gar nicht kannte. Sollte es denn so sein, dass jeder nur für sich selbst lebte, ohne die Menschen, die er liebte? Wofür sollte es die Liebe denn sonst geben? War Liebe reiner Selbstzweck?

Es musste doch einen Sinn in einer ewig währenden Verbindung zwischen Menschen geben. Die Familie war doch keine Firma, die sich darauf beschränkte, Kinder in die Welt hinein zu produzieren, nur damit sie dann das Gleiche taten, ohne Sinn und Verstand und ohne Herz, nur bloßer Funktion unterworfen. Die Familie war doch keine verdammte Investition, die einen Gewinn erwirtschaften musste.

»Gib sie zurück, alle. Du bist für all das verantwortlich, du hast das gemacht, nicht ich. Du hast alles durcheinandergebracht. Wenn du die Gier bist, dann hasse ich dich. Ich werde dich umbringen.« Katharinas Herz gewann vorerst die Oberhand, und zur Bestätigung hackte sie wieder mit dem Dolch um sich.

»Wie du meinst, mein Kind. Vielleicht habe ich schuld, vielleicht auch nicht.« Pause. »Aber selbst wenn es so sein sollte, glaubst du wirklich, du könntest mich mit deinem kleinen Schwert beeindrucken? Komm, versuche es. Zerschneide mit Stahl ein Gefühl. Denn das bin ich, Katharina. Ein Gefühl. Sag mir, kannst du ein Gefühl zerstören? Ich werde immer sein, für alle Zeiten. Ich bin nicht tilgbar, solange die Menschen leben. Verfluche mich, hasse mich, es wird nichts ändern. Mich wollten schon viele vor dir töten. Du willst mich umbringen? Dann bringe alle Menschen um. Dann tötest du mich. Willst du das, kannst du das? Ich bin, weil ihr Menschen seid. Töte sie und du tötest mich. Komm, Katharina, sei grausam. Sei ein Mensch. Töte, damit du bekommst, was du willst, wenn du dann damit leben kannst.«

Plötzlich wurde es still, wie kurz vor einem Gewitter, als würde etwas Gewaltiges Luft holen. Dann brach sich die Stimme donnernd bahn: »Komm schon! Töte das Gefühl!«

Schaudernd ließ Katharina das Schwert sinken, mit jedem Herzschlag verließ ein Teil ihrer Kraft ihren Körper. »Aber … aber das kann ich doch nicht …«

Der nicht vollendete Satz ging in spöttischem Lachen unter. »Das kannst du nicht! Siehst du, das kannst du nicht! Du hast kein Mittel gegen mich. Da bist du nun, ein Kind nur, mit einem lächerlichen Schwert, und du forderst von mir? Warum sollte ich dir etwas geben? Sag mir, was du mir gibst, und ich werde über deinen Wunsch nachdenken.«

Katharina rutschte der Dolch aus den Händen. So sehr hatte sie sich darauf verlassen, dass die Waffe, das Geschenk ihres Vaters, das Zeichen für den Zusammenhalt der Familie, eine besondere Macht hatte, dass er der Schlüssel zu allem war. Aber mehr als ein paar Türen konnte er nicht öffnen, und wahrscheinlich war auch das nur Zufall gewesen. Im großen, alles entscheidenden Augenblick, war der Dolch vollkommen nutzlos. Sie ging auf die Knie und verbarg ihr Gesicht in den Händen.

»Bitte. Bitte gib sie mir zurück. Ich will meine Eltern zurück.« Sie begann zu schluchzen. »Ich will, dass alle Eltern und alle Erwachsenen wieder wie früher sind. Ich will, dass die Puppen wieder lebendig werden. Ich will das doch nicht nur für mich, ich will das für Sarah, für alle, ich will, dass alle wieder glücklich sind. Ich bin nicht gierig.«

»Ich höre, was du willst. Ich frage dich noch mal, was gibst du mir dafür, dass ich das tue?«

Es war alles sinnlos. Der ganze, beschwerliche Weg, den sie gegangen war, war umsonst. Die ganzen Erlebnisse hatten keine größere Bedeutung, als sie zu verspotten und ihr klarzumachen, dass sie nicht den Hauch einer Chance hatte. Die ganze Hoffnung, die in ihr gewachsen war, bekam Risse, fiel und zersprang wie ein Spiegel in tausend Teile, in deren Scherben sie sich selbst sah. Ein zerbrochenes Ich, ohne Möglichkeit auf Heilung und voller Zweifel über sich selbst und ihre eigentlichen Beweggründe. Was hatte sie sich nur gedacht? Wie glaubte sie, gegen dieses Monster anzukommen? Das Monster war ein Gefühl, nichts Greifbares und Angreifbares, und womöglich gar ein Teil von ihr.

»Ich weiß es nicht. Was soll ich denn haben, was du willst? Ich bin doch nur ein Kind. Ich habe doch nichts.«

»Weißt du, was eine Seele ist, Katharina? Eine Seele ist das, was dich ausmacht, was du bist. Du könntest mir deine Seele geben, Katharina.« Kurz herrschte Stille, als würde das Wesen seine Worte abwägen. »Ja, das könnte mir gefallen. Gib mir deine Seele, gib mir das, was du bist, das wäre ein Tausch, der mich zufriedenstellen könnte.«

Katharina hob den Kopf, ihre mit Tränen verschmierten Augen blinzelten. Sie hatte nicht mehr die Kraft, die verwirrenden Gedanken zu ordnen, zu entscheiden, was richtig und was falsch war, wer für was verantwortlich war und wer nicht. Es ging ihr nur noch um ihren sehnlichsten Wunsch, und es war ihr egal, ob sie aus Gier oder aus Liebe handelte oder ob es das Gleiche war. Mit stockender Stimme sagte sie: »Gibst du sie dann wirklich zurück?«

Kaum hatte sie die Worte ausgesprochen, explodierte die Dunkelheit, ging in Feuer auf, tosende Flammen erfüllten den Raum, leckten die Wände empor, zur Decke und darüber hinaus, sprengten das Gefüge, formten sich zu Krallen und züngelten auf das Kind zu.

Doch noch ohne es zu berühren, zuckten sie vorher zurück, in erregter Vorfreude und Erwartung.

In den Flammen tauchten Gestalten auf, Gesichter, Menschen, die riefen und schrien, voller Qual, und sie riefen nach Katharina. Aus dem Boden streckten sich brennende Arme nach ihr aus, versuchten sie zu greifen und festzuhalten. Die Gestalten bettelten darum, befreit zu werden von ihren Schmerzen, Gedanken und bohrendem Gewissen. Sie baten um Vergebung für ihre Sünden, flüsterten Versprechen, verdammten ihre Fehler, gelobten Besserung, wenn sie doch nur gerettet werden würden. Fleisch brannte und dampfte, Antlitze zerliefen wie schwelendes Wachs, ekelerregender Geruch erfüllte die Luft, es zischte und knisterte. Knochen aus Asche winkten im Feuer und am Boden – zum Gruß oder zum Abschied.

»Sieh sie dir an, wie sie leiden. Sieh nur, sieh hin!«, kam es aus der Flammenhölle. »Ich gebe sie alle zurück. Du hast es in der Hand. Komm zu mir, Katharina, rette sie. Rette sie alle! Du musst es nur sagen. Bezahle den Preis, und ich gebe sie zurück! Deine kleine, naive Seele für die Seelen aller anderen! Das ist ein gutes Geschäft, nicht wahr? Vertrau mir! Komm zu mir! Reich mir deine Hand, lass uns eins werden.«

Katharina verstand, welches Opfer sie bringen musste. Nicht ihre Freundin Sarah oder irgendjemand anderes war das Opfer, das von ihr gefordert wurde, sie selbst war es. Sie weinte bitterlich über die Erkenntnis, spürte sie doch, dass sie ihre Eltern nie wiedersehen, dass sie nie wieder lachen, nie wieder traurig sein würde. All die Erfahrungen, die ein Mensch im Laufe seines Lebens machen würde, würden für sie verschlossen bleiben, wie Türen in einem langen Gang, an dessen Anfang sie nur kurz stehen und hineinsehen durfte. Zehn Jahre hatte ihr Leben gedauert, den Rest war sie bereit zu opfern, damit all die Menschen, die sich in der Dunkelheit verloren hatten, wieder frei sein würden, um mit ihren Kindern zu lachen und traurig sein zu können. Dabei sein könnten, wenn sie die Erfahrungen des Lebens machen würden, den Gang betreten und alle Türen öffnen konnten.

Zusammen.

Papa!, dachte sie. *Ich muss nicht das Licht finden, ich bin das Licht.*

Sie nahm den Dolch vom Boden auf, betrachtete ihn mit ihren feuchten Augen, und presste ihn schließlich gegen ihre Brust, umschlang ihn wie als Ersatz für ihre geliebten Eltern, die sie befreite und gleichzeitig verlor.

Der blaue Stein am Ende des Griffes leuchtete beruhigend, als wolle er sie in ihrer Entscheidung bekräftigen, als wolle er sagen, dass alles in Ordnung sei.

»Ich bin einverstanden«, sagte sie, und ihre Traurigkeit ließ etwas nach. Die wohltuende Ruhe der getroffenen Entscheidung und der Gewissheit, das Richtige getan zu haben, machte sich in ihr breit.

Die Flammen schlugen zu, wie auf Kommando, mit kreischendem Triumph brachen sie über das Kind hinein, bereit zu versengen, zu zerreißen, zu verschlingen. Die Gier explodierte im Siegestaumel, lachte und krakeelte über den Gewinn und seine bevorstehende Befriedigung, und noch bevor die Essenz der reinen Seele sich kampflos der Niederlage hingab und in der Hitze der Grausamkeit verdampfte, brüllte die Gier: »Nichts und niemanden gebe ich zurück. Niemals. Was einmal ich bin, wird immer ich sein. Wer mich erfahren hat, wird mich nicht mehr los. Du hast verloren, Katharina! Du bist das Gegenteil von mir, mein Gegenstück, nicht stärker und nicht schwächer, aber du hast dich ergeben, aus freien Stücken, und ich habe gewonnen. Du bist der eine Tag, der mir noch fehlte. Ich habe dich belogen, Katharina, ich habe dich immer belogen, weil ich dich besiegen will, weil ich dich haben will, weil ich die Gier bin und immer mehr will. Die Gier lügt, mein Kind, weil sie unersättlich ist. Vertraue niemals der Gier, sie wird dich immer täuschen!«

Katharina hörte es. Während sie in der dargebotenen und von ihr akzeptierten Hölle zu verbrennen begann, vernahm sie die Verhöhnung, begriff die Sinnlosigkeit ihrer Opfer, und etwas geschah mit ihr.

Die Reinheit ihrer Seele rief nach Hilfe, und es kam etwas unfassbar Gewaltiges, verband sich mit ihr und wurde heißer als das Feuer, das in sie eindrang, vertrieb es, verjagte und löschte es. All die verlorenen Seelen, die spürten, dass auch sie betrogen worden waren und dass sie nicht mehr errettet werden konnten, verschmolzen ebenfalls zu dieser reinen Essenz. Katharina sog alle in sich auf, wuchs und wuchs, bis sie zu etwas anderem wurde.

Die Gier wurde, weil es die Menschen zuließen und sie immer weiter fütterten, bis sie sich von ihnen loslöste und ein eigenständiges Wesen wurde.

Aber das konnte nicht nur mit der Gier geschehen.

Katharina erschuf die reine Wut in sich, einen göttlichen Zorn, und sie transformierte sich in etwas, was nicht mehr rational war, nicht mehr logisch, geschweige denn sinnvoll.

Dieses Etwas sprengt die Ketten des Menschlichen, es ist nur noch Instinkt und stumpfe Reaktion, nur noch blendende Brutalität, es geht nicht um Verteidigung, es geht nicht um leben oder leben lassen, es geht nur noch um Verletzung, um kreischende Zerstörung ohne Rücksicht auf sich selbst. Es ist die Explosion des Irrsinns. Es ist nicht entscheidend, ob stark oder schwach, wie klein oder groß derjenige ist, der es erfährt, es spielt keine Rolle, es spielt einfach keine Rolle.

So sehr hatte der Avatar der Gier sich erhofft, sein Gegenstück zu unterjochen und zu tilgen, es sich einzuverleiben, und ins Unermessliche zu wachsen, die letzte und stärkste Seele zu bekommen in der Hoffnung, nie mehr reduziert werden zu können. Doch nun stand sie einem Gegner gegenüber, der in seiner Macht alles übertraf.

Die Manifestation der reinen Wut erhob sich in der Gestalt Katharinas, eines nun blendenden und vor Schönheit leuchtenden Engels, dessen Strahlkraft jedes

Höllenfeuer verblassen ließ. Die Flammen zogen sich weiter zurück in unterwürfiger Furchtsamkeit, jaulten um Gnade.

Den Dolch hoch erhoben, mit klarer, reiner Stimme, die zugleich lieblich und grausam war, schrie der Engel: »Nichts! Nichts wirst du bekommen!«

Der Dolch sank, die Spitze der Klinge drehte sich und zeigte auf das Herz der Wut.

Katharina, die Reine, hob den Kopf, ein letztes Mal, und alle Tränen waren aus ihren Augen verschwunden, nur noch tiefe Überzeugung stand darin, denn sie wusste, was sie tun musste. Sie konnte nicht zulassen, dass die Gier gewann, sie konnte es aber auch nicht verhindern, dass es die Gier gab, genauso wie es reine Herzen auf der Welt gab. Sie konnte nur für einen Ausgleich sorgen, für das Gleichgewicht, konnte nur die jetzige Schlacht zu Ende bringen, damit ein Neuanfang möglich war. Sie musste der Gier alles nehmen.

Krieg zwischen den Gefühlen würde es immer geben, solange es die Menschheit gab. Die Menschen konnte man nicht ändern, sie würden immer wieder die gleichen Fehler machen, aber deshalb durfte man sie nicht verfluchen und ihrem Schicksal überlassen. Man musste ihnen verzeihen, auch wenn es das größte Opfer bedeutete. Man musste ihnen immer wieder die Chance geben, von vorn zu beginnen, und dafür kämpfen, selbst wenn es sinnlos war.

Katharina musste sich opfern, aber nicht so, wie es die Gier wollte. Die Gier hatte sie verschlungen, doch noch lebte und existierte sie, und die Wut hatte ihr den Mut gegeben, zu erkennen und zu handeln. Ihr Tod war ihr Opfer, ihre Selbstlosigkeit die Waffe.

Und da tauchte die Manifestation der Gier aus den nur

noch schwelenden Flammen auf, und zeigte sich als ein kleines graues, gebückt kriechendes Wesen, eine lächerliche, dürre Gestalt, alt und gebrechlich. Das Gesicht, noch immer dämonisch, war verwandelt in mitleiderregende Lächerlichkeit.

Es hob die Hand, wollte Einhalt gebieten, doch es war nur das Flehen eines Bettlers, eines Süchtigen, für den es keine Hoffnung mehr gab.

»Nicht«, flüsterte es.

Der Dolch hatte von Anfang an eine klare Bestimmung. Katharina blickte der Gier mit festem Blick in die Augen, stark und überlegen, dann nickte sie. Tausende und Abertausende Seelen nickten zurück.

Sie streckte die Arme, holte noch einmal Atem und während sie spürte, wie der Stahl in sie drang und ihr Leben beendete, wusste sie, dass das ihre Bestimmung war.

Und für immer sein wird.

51

»Irgendwas riecht verbrannt.«

»Und warm ist es auf einmal auch.«

Die beiden Männer, die sich noch unter den wenigen Gästen in der Lounge befanden, wechselten vielsagende Blicke. Auch die anderen Gäste machten einen leicht angespannten Eindruck.

»Ist was angebrannt, oder wie?«

»Mir egal. Ich gehe jetzt.«

Willerbach und der Mitarbeiter standen noch am Fahrstuhl. Ihnen war der Geruch ebenfalls aufgefallen. Es begann zudem leicht aus den Fahrstuhltüren zu qualmen. Kaum hatten die ersten, feinen Rauchschwaden die Decke erreicht, begann der Feueralarm. Willerbach reagierte sofort.

»Raus! Alle raus!«

Die Sirene des Alarms dröhnte durch das ganze Gebäude, war nicht zu überhören. Schon machten sich die Besucher aus der Lounge zügig auf den Weg zum Ausgang. Das Personal in der Küche beriet sich kurz, folgte dann. Alles klappte vorbildlich, es gab keinerlei Panik, alles ging in Ruhe und ohne Hektik vonstatten. Es gab keine verschlungenen Pfade zu finden, keine gesonderten Notfallausgänge, jeder wusste, wohin er musste, um das Casino auf schnellstem Wege zu verlassen. Alles kein Problem.

Bei der Installation des akustischen Warnmechanismus hatte man jedoch an eine Sache nicht gedacht.

Willerbach zog an der Jacke des Mitarbeiters und forderte ihn nochmals dazu auf, seine Beine in die Hände zu nehmen. Aber er stand da wie festgenagelt. »Ich werde nach oben gehen und dafür sorgen, dass alle rauskommen« erklärte er sich.

»Wozu? Der Alarm ist doch nicht zu überhören«, schrie Willerbach gegen die Sirene an.

Der Mitarbeiter tippte sich an die Ohren und imitierte dann mit seinen Händen einen Kopfhörer. »Sie hören vielleicht nichts.«

Willerbach machte große Augen. Verdammt. Der Mann hatte recht. Er verzog das Gesicht, kratzte sich am Kopf, überlegte fieberhaft, starrte zum Fahrstuhl hinüber, aus dem inzwischen schwarzer dichter Qualm kam und sich über die Decke verteilte. Die Auslegeware unter seinen Füßen machte den Eindruck, als würde sie langsam weich und schwammig werden.

Er hatte nicht viel Zeit, aber er musste es riskieren. Wenn er jetzt die richtigen Schritte machte, und dann, wenn alles vorüber war, die richtigen Erklärungen fand, den unbequemen Fragen auswich und dafür sorgte, dass die richtigen gestellt wurden, konnte er vielleicht sogar als Held aus der ganzen Sache herauskommen. Okay, es brannte. Das war vielleicht gar nicht so schlecht. Wenn alles verbrennen würde, gab es nicht mehr viel, was man gegen ihn verwenden konnte.

Sein Leben hätte er natürlich nicht riskiert, er würde schon darauf achten, nicht wirklich in Gefahr zu geraten. Er musste nur schnell sein und sich im entscheidenden Moment aus der Gefahrenzone bringen.

»Stimmt. Gut, dass Sie das sagen!« Er beugte sich zum Mitarbeiter vor, zeigte nach oben. »Sehen Sie zu, dass Sie rauskommen, ich werde das übernehmen. Ich bin der Kapitän und das hier, ist das … Sie wissen schon, Titanic und so.« Der Mitarbeiter nickte dankend, hob den Daumen und verschwand.

Willerbach schaute zur breiten Treppe hinüber, rannte aber vorher noch mal in die Lounge. Dabei hatte er das Gefühl, dass die Luft deutlich schlechter und stickiger wurde. Sport war nicht sein Steckenpferd, und die Aufregung und die ungewohnte körperliche Anstrengung machten sich bemerkbar. Mit Stress konnte er in der Regel gut umgehen, das kannte er, aber Stress bewältigte er normalerweise von seinem Sessel aus.

»Alle raus hier!«, rief er den letzten paar Leuten zu, die bereits die Lounge verlassen und halb draußen waren, sich aber nun noch einmal zu Willerbach umsahen. »Ich werde mich um die Leute oben kümmern!« Er fuchtelte mit den Händen, zeigte auf sich, dann nach oben, nickte dabei, wiederholte es. Er wusste nicht, ob man ihn verstand, aber er hatte zumindest den Grundstein dafür gelegt, unter Umständen verstanden zu werden. Es reichte in der Regel, wenn ein oder zwei Leute kapierten, was er vorhatte: der Bürgermeister setzte sein Leben aufs Spiel, um andere zu retten.

Er verschnaufte ein paar Sekunden, hastete am Fahrstuhl vorbei, aus dem bereits Flammen loderten. Er traute kaum seinen Augen. Wieso ging das so schnell? Was zur Hölle brannte da eigentlich? Die ganze Wand war schwarz, schwelte, und sah aus, als würde sie an einer ekelhaften Hautkrankheit leiden, überall hatten sich kleine Pickel und Blasen gebildet.

Verdammte Fertigwände, dachte er. Er wollte nicht wissen, aus was sie bestanden, er wollte auch nicht wissen, wie gut oder wie schlecht sie brannten und wie gesundheitsschädlich es war, die Dämpfe einzuatmen. Kurz vor der Treppe platzte eine der Blasen an der Wand und gab einen Strahl aus flüssigem Plastik oder Ähnlichem in seine Richtung ab. Willerbach wich ihm aus, das Zeug spritzte auf den Boden und bohrte ein qualmendes Loch in den Teppich, als wäre es Säure.

Nach einigen Sätzen, bei denen er zwei Stufen auf einmal nahm, hatte Willerbach die erste Etage erreicht. Sein Herz dröhnte in seinen Ohren.

Tatsächlich saßen noch sehr viele Spieler an ihren Tischen, und sie hatten von dem Brand absolut nichts mitbekommen. Ihm kam ein Bild von Legehennen und gegrillten Gockeln am Spieß in den Sinn. Er schüttelte den Kopf. Die Tischreihen waren zu fast fünfzig Prozent besetzt – das war sehr wenig, verglichen mit Normalbetrieb, aber es waren immer noch über fünfhundert Personen. Ihm war heiß, er wischte sich den Schweiß von der Stirn.

Was also jetzt? Die Leute glotzten auf die Bildschirme, hatten Kopfhörer auf. Musste er jetzt jeden Einzelnen darauf aufmerksam machen, dass der Laden gerade im Begriff war, in Flammen aufzugehen? Er riss dem ersten Spieler, der ihm am nächsten war, den Hörer vom Kopf, woraufhin dieser ihn verständnislos anstarrte und ihm ein erbostes »Was!?« an den Kopf warf.

»Es brennt! Raus!«

Der Spieler runzelte die Stirn, sein Hirn ordnete zeitgleich Willerbachs Worte und die Sirene zu, er sprang vom Stuhl auf und schubste ihn zur Seite.

»Nein, Moment, so warten Sie doch!«, rief der Bürgermeister. Der Mann hätte ihm helfen können, die anderen zu warnen. »Idiot!«, schickte er ihm nach. Panisch überlegte er – hierbleiben oder flüchten? Irgendwie musste er doch mit einer kleinen, schnellen, wenig aufwändigen Aktion Aufmerksamkeit erregen können. Warum funktionierten die verfluchten Computer eigentlich noch?

Im Raum wurde es immer wärmer. Es begann zu riechen, nach heißem Plastik und Gummi, irgendetwas Chemischem. Willerbach wurde schwindlig, sein Herz trommelte in seinem Kopf. Er nahm Schwung und riss mit einem Arm im Laufen alle Monitore von den Tischen, verhedderte sich streckenweise in Kabeln, zog Tastaturen hinter sich her, schüttelte sich zwischendurch, um nicht zu stolpern, erreichte schließlich die Wand und schnappte nach Luft.

Die Spieler in der ersten Reihe realisierten, was los war, und einige von ihnen begannen nun, die anderen auf die Gefahr aufmerksam zu machen.

Willerbach griff nach einem Stuhl. Ihm war übel. Er bekam schlecht Luft. Er musste sich setzen. Seine Brust schnürte sich zusammen. Die Sirene war kaum zu ertragen. Er sah, wie Rauch in den Raum waberte. Langsam machte sich Panik breit. Ein paar der Spieler wollten nicht verstehen, dass sie in ernster Gefahr waren und beschwerten sich über ihre gerade versauten Aktionen. Es kam zu Handgreiflichkeiten. Ein Monitor flog an Willerbach vorbei. Wütendes Geschrei vermischte sich mit dem Jaulen der Sirene.

Die Feuerwehr muss doch schon längst da sein, dachte Willerbach, schnaufte, sog immer schneller die stinkende Luft ein. Er wollte nach seinem Handy greifen, mit der linken Hand, bekam sie nicht hoch. Sein Rücken schmerzte unerträglich. Ein anderer Monitor flog an ihm vorbei. Mit der rechten Hand fummelte er sein Smartphone aus der Jackentasche.

Wen wollte er gerade anrufen? Die kleinen Icons auf dem Bildschirm waren schwer zu erkennen, sie tanzten zudem etwas hin und her, und das Tippen darauf machte es nicht besser – es öffneten sich alle möglichen Programme und Dateien, nur nicht das Telefonbuch. Er kniff die Augen zusammen, riss sie wieder auf, um den Schleier aus dem Gesicht zu bekommen.

Die Handgreiflichkeiten hatten sich derweil in eine Massenschlägerei verwandelt. Eine Tastatur traf Willerbach am Kopf, er ließ das Handy fallen, jemand rannte an ihm vorbei, kickte dabei das Gerät aus seinem Sichtfeld. Dafür bekam er nun endlich den linken Arm wieder hoch, doch statt an die Stelle, wo ihn die Tastatur getroffen hatte, griff er ins Leere. Irgendetwas tropfte ihm auf den Kopf, heiß und brennend. Er fingerte danach. Es war flüssiges Plastik, das sich sofort in seine

Haut fraß, er sah es, halb fasziniert und halb angewidert, spürte aber keinen Schmerz. Wie konnte das sein, dass es von oben tropfte, brannte es dort auch schon? Noch ein Tropfen fiel. Instinktiv reckte er den Kopf, schaute zur Decke. Der nächste Tropfen traf sein Auge. Das spürte er und presste eine Hand darauf. Unsäglicher Schmerz riss ihn vom Stuhl hoch, er stolperte einen Schritt vorwärts, sah dabei mit seinem anderen Auge, dass der Ausgang der Etage schon von Feuer umrahmt war. Die Leute prügelten sich weiter. Willerbach machte noch einen Schritt und fing sich einen Ellenbogen von jemandem ein, der mit jemand anderen ein wütendes Knäuel bildete. Gut, jetzt tat seine Rippe weh, dafür ließ der Schmerz im Auge nach. Er torkelte zurück, plumpste wieder auf den Stuhl, und fragte sich, warum er eigentlich aufgestanden war.

Er beschloss, erst mal sitzen zu bleiben, sich aus dem Getümmel herauszuhalten, und plante im Gedanken die Pressekonferenz. Derweil flog eine Handvoll Nüsschen an ihm vorbei, er griff danach und erwischte eine. Dann veränderte sich die Ebene vor ihm, und er vermutete, dass ihm der Kopf zur Seite gesackt war, doch als er seinen Kopf in die vermeintlich andere Richtung kippte, sah er, dass eine weitere Ebene, hinter der ersten, ebenfalls kippte. Das Ganze glich nun einer über- und mehrdimensionalen Wippe, auf der Menschen in die eine Richtung rutschten und Menschen in die andere liefen, während auf der zweiten und inzwischen dritten Ebene alles seitenverkehrt passierte. *Eine Schiffsschaukel auf einer Kirmes*, dachte er. Irgendjemanden wollte er anrufen, fiel ihm ein.

Schließlich gab unter ihm der Boden nach, und die Ebenen verschwanden.

Das Casino, das seit einiger Zeit Dreh- und Angelpunkt Coppenbroichs war, spuckte schreiende, wild gestikulierende Menschen auf den großen Parkplatz.

In sicherer Entfernung blieben sie stehen, drehten sich um und beobachten, wie das Gebäude in sich zusammensackte.

Ein einzelner Feuerwehrwagen verspritzte in sinnloser Pflichterfüllung Flüssigkeit.

Silberne und blaue Blitze begleiteten das Sterben des Gebäudes. Lampen flackerten, gingen aus, erstarben wie Augen eines Ungeheuers. Die vier Feuerwehrleute stellten ihre Bemühungen ein.

Die Parklampen erloschen. Mit einem letzten, gewaltigen Donnern klappten die Überreste der Fertigbauwände zusammen wie ein Kartenhaus, fielen geordnet übereinander und verschwanden im Boden, falteten sich passgenau in den Keller zusammen, sodass oberirdisch so gut wie nichts mehr von dem Gebäude zu sehen war. Durch das plötzliche Zusammenklappen wurde das Feuer abrupt erstickt. Dicker schwarzer Rauch stob über das Gelände und hüllte die Menschen ein.

Stille.

Dunkelheit.

Angehaltener Atem.

Leises Windrauschen.

Hin und wieder hörte man Husten.

Verhaltenes Gemurmel kam auf.

»Ich hoffe, es sind noch alle rausgekommen«, flüsterte jemand.

»Wohl kaum …«, kam es aus der Dunkelheit zurück.

Smartphone-LEDs und Bildschirme gingen an, leuchteten wie Glühwürmchen.

»Willerbach ist doch nach oben? Ist der hier irgendwo?

Herr Willerbach!? Hallo? Sind Sie da?«

»Hier ist er nicht.«

»Keine Ahnung, ich hab ihn nicht mehr gesehen.«

»… hat uns doch die ganze Scheiße eingebrockt!«

»Was ist jetzt eigentlich mit unserem Geld?«

»Dass Sie jetzt an so etwas denken können, also wirklich! Seien Sie froh, dass Sie da lebend rausgekommen sind!«

»Das ist doch irgendwo gespeichert«, erklärte jemand.

»Und wo? Da drin vielleicht?«

Eine Frau kam angerannt, außer Atem, offenbar von außerhalb des Geländes. »Da vorn liegt eine Frau auf der Straße. Ich hab keinen Empfang. Kann jemand einen Krankenwagen rufen?«, keuchte sie.

»Ich schätze, mit einem Krankenwagen kommen wir nicht weit.«

52

Die Bilanz des Unglücks wurde später in der Zeitung gezogen, sogar das Fernsehen berichtete darüber, wenn auch eher zurückhaltend. Es wurde nur kurz über ein Feuer in einem Casino berichtet, bei dem voraussichtlich zweihundert Menschen, inklusive Bürgermeister, ums Leben gekommen waren.

Die Zeitung wurde etwas genauer, spekulierte über den missglückten Feuerwehreinsatz, den nicht erfüllten Brandschutzbedingungen und konnte sich nicht entscheiden, ob sie von einem Unglück oder von Brandstiftung ausgehen sollte. Man müsste auf die noch ausstehenden Untersuchungen warten und dann präzisieren.

Einige Zeit später gab es einen Nachruf auf Bürgermeister Eberhard Willerbach.

In heroischer Aktion hatte dieser sein Leben aufs Spiel gesetzt, um noch einige Leute aus den Flammen zu retten, fand dabei aber selbst unglücklicherweise den Tod. In einem Interview mit einem Parteikollegen schlug dieser eine Gedenkstatue vor, die man möglicherweise sogar auf das Gelände stellen wollte. Immerhin sei das Casino Willerbachs politisches Vermächtnis, und wenn es nicht zu dem tragischen Unglück gekommen wäre – man ging geschlossen von einem solchen aus –, hätte der Ort noch sehr lange von seiner wegweisenden Idee profitieren können.

Aber man wolle auch nichts überstürzen, erst einmal eine Arbeitsgruppe gründen und dort beratschlagen lassen, was mit dem Gelände weiter geschehen sollte.

Die sehr schleppend verlaufenden Untersuchungen der Polizei ergaben wenig. Brandsätze hatte man keine gefunden. Aller Wahrscheinlichkeit nach gab es einen Kabelbrand. Überhitzung der Elektronik. Ein Unfall.

Auf der Webseite ›Geisterhäuser in Deutschland‹ fand eine rege Diskussion über Platz 18 statt.

Der Brand des Casinos sei der endgültige Beweis für einen Fluch, der auf dem Gelände lastete. Schließlich war nun das dritte Gebäude innerhalb von fünfhundert Jahren unter merkwürdigen Umständen zerstört worden. Außerdem, wusste ein User, waren in Wirklichkeit viel mehr Leichen gefunden worden, als zu der Zeit des Brandes überhaupt im Casino gewesen waren. Die Zeitung und der Fernsehbericht hätten gelogen. Aber das war ja nichts Neues, denn sobald etwas Mysteriöses oder

Unerklärliches vor sich ging, logen alle Mainstream-Medien, um die Menschen nicht zu ängstigen und auf dumme Gedanken zu bringen.

Der Bürgermeister war vermutlich einem Wahn erlegen und hatte den Brand selbst gelegt. Der letzte Besitzer des Herrenhauses hatte schließlich exakt das Gleiche getan. Beide Brände mit Unfällen zu erklären, sei an Lächerlichkeit kaum zu überbieten.

Ein anderer User meinte sogar, er wüsste aus zuverlässiger Quelle, dass man zwei Kinderleichen gefunden hätte, die man aber aus Erklärungsnot nicht erwähnt hatte. Obwohl diese Behauptung weder bestätigt noch entkräftet wurde, pflichteten die meisten anderen User der Geschichte bei, schließlich würde das genau auf die Geschichte des Herrenhauses passen.

Andere zogen aus der Information den Schluss, dass der Bürgermeister ein Satanist gewesen sein könnte, der in dem Zimmer, dessen Funktion bis dato ungeklärt blieb, seinen üblen Gesinnungen nachging, gar Kinder opferte und irgendwann Angst hatte, aufzufliegen. Natürlich war der Mann nicht wirklich selbst schuld daran, sondern der Fluch. Die Querverbindung zum Pizzagate-Skandal und Energien, die die Erde unterjochen wollten, war dann auch nicht mehr weit.

Coppenbroich und sein verfluchtes Gelände wurde von Platz 18 auf Platz 12 der Liste hochgestuft.

Die Gemeinde verfiel in ihren alten, schläfrigen Trott. Arbeit gab es immer weniger, und viele entschlossen sich dazu, ihr Glück woanders zu suchen. Vielleicht flüchteten sie auch unbewusst vor den Erinnerungen.

Von denen, die noch verblieben, sprach niemand mehr ein Wort über das Geschehene, ohne dass darüber eine

Abmachung getroffen werden musste. Allen war irgendwie klar, was geschehen war, wenn sie auch nicht die Worte dafür fanden.

Das Vermeiden des Redens über das, was geschehen war, das stillschweigende Akzeptieren, ließ die Erinnerungen verschwimmen, forttreiben, wie einen unangenehmen Geruch, der sich verzog, wenn man nur lange genug ein Fenster öffnete.

Einer der wenigen, die nichts vergessen hatten und auch nicht fortzogen, war ein alter Mann namens Arnim von Geest. Die meisten hielten ihn für einen alten Kauz, der noch älteren Ramsch in einem kleinen Geschäft verkaufte, das kaum jemand betrat. Fast niemand redete mit ihm, und er redete mit fast niemandem.

Er beobachtete und wartete, wie er es immer tat.

Nach einer Familie Sandfels fragte niemand, bis sich ein Herr Kowalski die Mühe machte.

… Sandfels?

Ach, der Sandfels, der sich in seinem Haus erhängt hat? Ja, so was ist traurig. Ehrlich. Erst die Frau totgefahren, dann das Kind weg, man weiß ja nie, heutzutage, schlimm so was, vielleicht hat er seine Tochter selbst … nein, nein, ich habe gar nichts gehört, man weiß ja nie, man weiß ja nie, man kann den Leuten ja nicht in den Kopf schauen. Wirklich nicht. Vielleicht hatte er Schulden.

… Das Haus? Da müssen Sie mal bei der Bank nachfragen.

53

Die Versiegelung der hermetisch verschlossenen, auf ein perfektes Schlafklima eingestellten Kabine gab ein zischendes Pfeifen von sich.

Der Deckel war durchsichtig, der untere Teil bestand aus einem automatisch Bakterien und Viren vernichtendem Material auf Silberbasis. Ein kleiner Monitor am unteren Teil zeigte in einer Ecke die Zeichen

10.07.2178
08:00
Status: Gesund/Optimal
Ruhezeit: 8,5 Stunden

Der Raum, in dem die Kabine stand, war ein hübsch eingerichtetes Zimmer für ein junges Mädchen, sehr aufgeräumt, mit diversen Bildschirmen, und der PS33, einer Virtual-Reality-Gaming-Plattform, die auf das neueste Update wartete.

In dem Moment, in dem die Schlafkabine sich geöffnet hatte, aktivierten sich Digitalbilder an den Wänden, zeigten in langsamer Folge Pferde und Einhörner, schöne Landschaften, angesagte, jugendverträgliche Promis, spielten Musikvideos und Trailer der neusten Filme.

Ein Monitor flimmert kurz, wurde schwarz, schaltete sich ab, startete automatisch wieder neu, nur um wieder schwarz zu flackern.

Ein Nachrichtenschirm zeigte fünf neue Nachrichten

an. Eine sechste kam gerade herein und blinkte wie wild.

Das einzige, große Fenster erlaubte den Blick auf den strahlend blauen Himmel – nur ein paar vereinzelte Zuckerwattewölkchen klebten wie hingemalt am Firmament.

Gerade eben verschwand das Heck eines gewaltigen, wild blinkenden, nagelneuen Schiffs aus dem sichtbaren Bereich des Fensters.

Hier und da flogen die ersten kleinen Gleiter vorbei, die ihre Besitzer zur Arbeit brachten, zu anderen Wohnschiffen, die so groß wie ganze Städte sein konnten.

Aus der ungefähr zwei Meter langen und einen Meter breiten wie hohen Kabine ertönte ein Seufzen. Das Seufzen wurde zu einem herzhaften Gähnen und mündete in etwas, das sich wie ›Hm …‹ anhörte.

Zwei Hände streckten sich empor, zogen sich wieder zurück und ein Finger betätigte in der Kabine den Knopf für die Trockendusche. Danach tastete sich ein nackter Fuß auf den immer 25°C warmen, glatten, aber nicht rutschigen Boden.

Das unbekleidete Mädchen blieb einen Moment auf der Kante der Kabine sitzen, um sich die Augen zu reiben und sich noch einmal kurz die Erinnerungen an den Traum zurückzuholen.

Furchtbarer Traum, dachte es und schüttelte den Kopf. Lange blonde Haare umspielten sein Gesicht. Es stand auf, sagte »Kleid zwölf, UW Standard«, und ein weißes langes Kleid mit hellblauem Band schob sich an einer langen Stange aus dem in der Wand integrierten Schrank, darunter kam ein kleines Tablett mit Unterwäsche zum Vorschein.

Der Traum blieb in der Kabine zurück.

Allein. Aber alles andere als fort.

Eine junge Frau von vielleicht dreißig Jahren, mit den gleichen blauen Augen, betrat das Zimmer, als das Mädchen sich angezogen hatte. Die beiden umarmten sich, lächelten sich glücklich an.

»Herzlichen Glückwunsch zum Geburtstag, Ka'zina!«, sagte die Frau und »Ich hab dich lieb, mein Schatz!«

»Ich dich auch, Mama!«

»Machst du dich bitte fertig«, sagte die Frau und zerwühlte Ka'zina die Haare. »Und kämmen nicht vergessen. Wir wollen zeitig genug frühstücken.« Sie grinste und verdrehte die Augen. »Ich muss es nur noch bewerkstelligen, deinen Vater zu wecken. Wozu haben wir uns eigentlich die 2.2-Kabinen angeschafft, wenn er trotzdem liegen bleibt?«

Ka'zina grinste. »Das ist halt Papa. Ich glaub, keine Kabine der Welt könnte ihn wecken.«

»Da hast du wohl recht.« Ka'zina bekam einen Kuss, und ihre Mutter verließ das Zimmer.

Das Mädchen blickte noch eine Weile auf die Tür, die geräuschlos aus der Wand gefahren kam und den Raum wieder verschloss.

Ka'zina schloss lächelnd die Augen, tat ein, zwei tiefe Atemzüge und seufzte wieder. Sie streckte die Arme, reckte sich, und machte ein glückliches »Hm …«

Sie ging zu dem großen Fenster, verschränkte die Hände hinter dem Kopf und schaute nach dem Schiff, das sie heute Nachmittag besuchen wollten. Es war neu, und sollte sowohl für Erwachsene als auch für Kinder eine unglaubliche Menge an Spielen und Vergnügungen bereithalten, das Neueste vom Neusten.

Wie schön doch die Welt war, dachte sie, wie glücklich man doch in ihr und mit ihr sein konnte. Und noch viel mehr, wenn man Geburtstag hatte. Und noch viel, viel mehr, wenn man Eltern hatte, die einen liebhatten.

Nicht so, wie in dem Traum. Ihr Gesicht verfinsterte sich. Sie versuchte sich an ihn zu erinnern, aber es waren nur noch Bruchstücke vorhanden, traurige Gefühle, verlorene Hoffnungen. Sie wusste nicht mehr, ob sie selbst eine Rolle in dem Traum gespielt hatte, oder ob sie nur ein Beobachter gewesen war. Je mehr sie daran dachte, desto klarer wurden die Bilder, aber sie mochte sie nicht.

Nein, dachte sie und schüttelte den Kopf. *Das war nur ein Traum. Ein verrückter, trauriger Traum.*

Sie drehte sich um.

Und in diesem Augenblick, in diesem Moment, der nicht länger dauerte, als der Befehl ihres Gehirns an ihren Körper, sich umzudrehen, veränderte sich ihr Leben.

Endgültig und unwiderruflich.

Ka'zina starrte fassungslos in ihr eigenes Gesicht. Sie blickte auf sich selbst, wie sie dort saß, die Beine baumeln ließ, mit erwartungsvollem Ausdruck in den Augen.

Sie schlug sich die Hand vor den Mund, riss die Augen auf und wollte schreien.

Doch die Gewissheit verschlug ihr die Sprache; sie traf sie wie ein Schwert aus Eis, riss brennende Wunden in ihr Bewusstsein, umhüllte sie, klammerte sich an sie, wie eine todbringende Krankheit, wie ein Virus, gegen den sie die einzige Medizin war.

Der Traum … das war kein Traum.

Und es hatte soeben begonnen.